MEURTRES EN CAVALE

THE ADAMS ROUND TABLE
présente

Meurtres en cavale

11 nouvelles de suspense inédites

par

Lawrence Block – Mary Higgins Clark
Stanley Cohen – Dorothy Salisbury Davis
Mickey Friedman – Joyce Harrington
Judith Kelman – Warren Murphy – Justin Scott
Peter Straub – Whitley Strieber

TRADUIT DE L'ANGLAIS
PAR ANNE DAMOUR, NADINE GASSIE ET DOROTHÉE ZUMSTEIN

ALBIN MICHEL

Titre original :

MURDER ON THE RUN

Publié avec l'accord de Baror international,
Inc., Armonk, New York, USA

Introduction

Je suppose que vous vous demandez...

Pourquoi je vous ai tous convoqués ici. À vrai dire, je me suis moi-même posé la question. Tout le monde semble s'accorder sur le fait qu'un recueil de nouvelles nécessite quelques notes d'introduction. Si l'ouvrage devait plonger d'emblée le lecteur dans la première histoire, il risquerait de se retrouver un peu désemparé. Et puis, à peine aurait-il repris ses esprits qu'il la verrait s'achever pour être aussitôt aspiré par l'histoire suivante, sans aucun rapport avec la première.

Personnellement, cher lecteur, je vous crois capable de vous en tirer. Mais ce n'est pas moi qui mène la barque. On m'a demandé d'écrire une introduction, et je vais tenter de m'acquitter de cette tâche. Si vous êtes sûr de pouvoir vous en passer, ne vous gênez pas pour la sauter et pour attaquer la lecture.

À l'attention de ceux qui sont encore avec moi, que puis-je ajouter? Je ne me propose pas de commenter les nouvelles ici rassemblées. Mieux vaut les laisser parler d'elles-mêmes. Je n'ai pas non plus l'intention de déblatérer au sujet de leurs auteurs. Leurs noms vous sont probablement déjà familiers et, de toute manière, ils vous diront eux-mêmes, par le biais de leur travail, ce qu'ils ont à vous dire.

Voilà pourquoi je devrais plutôt parler d'eux non en tant qu'individus, mais en tant que collectif. Collectif désigné par ces termes : *The Adams Round Table*. Pour ce faire, il me faut d'abord préciser quelques points au sujet de l'Écriture.

Vous comprenez, c'est censé être une activité fascinante.

Pour commencer, je pense qu'*aucune* activité ne fascine les personnes qui s'y livrent. Du moins pas après les vingt premières minutes. Fréquenter des stars de cinéma, par exemple, ça semble évidemment très glamour, et ça doit certes être fascinant au début. Mais si vous vous entêtez à le faire, vous finirez par vous lier d'amitié avec certaines d'entre elles... Or qu'y a-t-il de fascinant à passer son temps avec ses amis ? D'autres s'avéreront être peu aimables et alors là, adieu la fascination.

Quant à l'écriture, c'est vraiment l'envers du glamour. C'est une activité qui consiste à traîner presque exclusivement avec des gens qui n'existent que dans votre imagination, dont ils sont des projections. Lorsque vous passez les heures les plus précieuses de votre journée avec des gens qui n'existent pas en dehors des limites de votre esprit, vous êtes susceptible de devenir vous-même un peu bizarre. Ajoutez à cela que le labeur en lui-même, qui consiste à forger des mensonges et à aligner des mots, s'avère souvent difficile, pour ne pas dire impossible. C'est épuisant et pourtant, détail exaspérant, ça ne fait pas perdre de calories.

Et vous trouvez ça fascinant ?

Le collectif *The Adams Round Table* a été créé il y a une douzaine d'années, à l'initiative de Mary Higgins Clark et du regretté Thomas Chastain. Nous nous réunissons pour dîner environ une fois par mois, non dans le but de nous fasciner les uns les autres, mais par instinct grégaire. Nous pouvons alors discuter des problèmes auxquels nous sommes confrontés, dans l'écriture ou dans la vie professionnelle, et nous soutenir mutuellement — parfois par des suggestions concrètes, parfois par l'usage de la brosse à reluire. Mais le plus important, sans doute, est le plaisir que nous procurent ces réunions. (Il est de temps en temps utile et enrichissant de traîner avec des gens qui *ne sont pas* des projections de votre imagination.)

Pourquoi *Adams* ? Pourquoi *Round Table* ?

Eh bien, voilà : nous nous retrouvions autrefois dans un restaurant tenu par un gars du nom d'Adam. Nous y avions notre salle, où nous nous installions autour d'une table ronde.

Le pouvoir d'attraction a fonctionné. Nous avons publié, au cours des années, quatre recueils de nouvelles. Il est probable que chacun d'entre nous ait été stimulé par le groupe. Quoi qu'il en soit, nous avons souvent mis dans ces recueils le meilleur de nous-mêmes, et ils ont été bien accueillis. Le collectif a accédé à la célébrité, et notre hôte d'alors a décidé de profiter de l'aubaine.

En conséquence de quoi il a redécoré son restaurant et abattu la cloison, si bien que notre salle privée ne l'était plus. Des hordes de dîneurs, attirées par notre prestige collectif comme les papillons de nuit par la lumière, ont alors pris d'assaut l'établissement. Pour s'enivrer de notre rayonnement et nous... *dévisager.*

Nous nous sommes donc empressés de ficher le camp. Le patron de notre nouveau restaurant ne s'appelle pas Adam et la table autour de laquelle nous nous asseyons une fois par mois n'est pas ronde, mais ovale. Et puis ? La nourriture est bonne, la compagnie stimulante et nous sommes toujours *The Adams Round Table.*

La table est mise. Et vous, cher lecteur, vous êtes notre invité d'honneur. Bon appétit !

LAWRENCE BLOCK,
pour le collectif *The Adams Round Table.*

Traduit par Nadine Gassie.

Le choix de Keller

LAWRENCE BLOCK

Assis au volant d'une Plymouth de location, Keller gardait l'œil sur la maison du gros. Elle était très grande, avec des *colonnes,* sans blague, une allée circulaire et une sacrée surface de pelouse. Keller, qui avait tondu pas mal de pelouses quand il était gosse, se demanda combien de fric se ferait un gamin en tondant une pelouse pareille.

Difficile à dire. Le truc, c'était que Keller n'avait pas d'élément de référence. Il croyait se souvenir qu'on lui donnait dans les deux dollars à l'époque, mais c'étaient des pelouses minuscules, des timbres-poste comparés à la verte enveloppe vallonnée du gros. Si l'on prenait en compte la disproportion des pelouses, et l'inexorable dévaluation du dollar au fil des années, combien une telle pelouse valait-elle ? Vingt dollars ? Cinquante dollars ? Davantage ?

La vraie réponse, soupçonna Keller, c'était que les propriétaires de pelouses semblables ne payaient pas de gosses pour pousser la tondeuse. Ils avaient des jardiniers qui s'amenaient avec un véhicule différent à chaque saison, tondeuse l'été, ramasseuse de feuilles l'automne, chasse-neige l'hiver. Et qui facturaient tant par mois. Une coquette somme qui dans les faits ne coûtait pas un rond au gros, parce qu'il la faisait certainement payer par sa boîte, ou la déduisait de ses impôts. Ou les deux, si son comptable était audacieux.

Keller, qui vivait dans un studio de Manhattan, n'avait pas de pelouse à tondre. Il y avait un arbre devant son immeuble, planté là et diligemment entretenu par le Service des parcs et jardins ; ses feuilles tombaient en automne, mais personne n'avait besoin de les ratisser. Le vent se chargeait — plutôt bien — de les emporter. La neige, quand elle ne fondait pas toute seule, était dégagée du trottoir à coups de pelle par le gardien de l'immeuble, lequel gardait l'ascenseur en état de marche, changeait les ampoules grillées dans l'entrée et assurait les petites urgences de plomberie. Keller avait un style de vie peu exigeant, vraiment. Il n'avait qu'à payer son loyer à temps et tout le reste était pris en charge par d'autres.

Ça lui plaisait comme ça. Néanmoins, quand son travail l'éloignait de chez lui, il se prenait à songer. Ses fantasmes, en somme, s'organisaient autour de styles de vie plus simples et plus modestes. Une jolie petite maison dans un lotissement, un boulot peu éreintant. Une vie sans complications.

La maison du gros, dans sa banlieue résidentielle tape-à-l'œil du nord de Cincinnati, n'était ni jolie ni petite. Keller n'était pas trop rancardé sur ce que faisait ce type, outre le fait que cela impliquait la réception de tas de visiteurs et pas mal de temps passé en voiture. Quant à savoir si c'était un boulot éreintant, difficile à dire, même si Keller soupçonnait que oui. Difficile de dire aussi si le gros menait une vie sans complications. Ce qui était sûr en revanche, c'était que quelqu'un voulait la lui ôter sans délai.

C'était là, naturellement, que Keller entrait en scène, et la raison pour laquelle il était assis au volant de sa voiture Avis, le long du trottoir en face de la propriété du gros. Méritait-elle ce nom d'ailleurs ? Où se situait la frontière entre une maison et une propriété ? Quel était l'étalon : dimension ou prix ? En y réfléchissant, Keller décida que c'était probablement une combinaison des deux. Une bâtisse de grès brun sur la 66e Rue Est n'était qu'une maison, pas une propriété, même si elle coûtait cinq ou dix fois plus cher que le domaine du gros. D'un autre côté, un mobile home pouvait trôner au milieu de huit ou dix hectares de terre sans s'élever au rang de propriété.

Keller méditait là-dessus quand l'alarme de sa montre-bracelet se déclencha, lui rappelant que la patrouille de sécurité serait là dans cinq minutes environ. Il tourna la clé de contact, jeta un dernier regard mélancolique à la maison (ou propriété) de l'autre côté de la rue, et quitta le bord du trottoir.

Dans sa chambre de motel, Keller alluma le poste de télévision et fit le tour des chaînes sans quitter son fauteuil. Dernièrement, avait-il observé, la plupart des motels décents proposaient des télécommandes avec leurs télés. Pour quelques jours, on vous boulonnait la télécommande à la table de chevet, mais ça n'était commode que pour celui qui regardait la télé de son lit. S'il fallait se lever et aller à la table de chevet pour changer de chaîne ou couper le son des publicités, autant se déplacer directement jusqu'au poste.

C'était pour empêcher le vol, naturellement. Une télécommande volante pouvait s'envoler droit dans la valise d'un hôte, et disparaître à jamais. Les lampes de chevet étaient boulonnées de la même façon, et les postes de télé aussi. Mais ça, ça ne posait pas de problème. On se fichait bien de ne pas pouvoir balader la lampe, ou la télé, dans la pièce. La télécommande, c'était une autre affaire. Pourquoi ne pas boulonner les serviettes, tant qu'ils y étaient.

Il éteignit le poste. C'était peut-être facile de changer de chaîne à présent, mais plus difficile que jamais de trouver un truc qu'il avait envie de regarder. Il ramassa un magazine, le feuilleta. C'était sa quatrième nuit dans ce motel, et il n'avait toujours pas trouvé le bon plan pour descendre le gros. Le moyen devait exister, il existait toujours, mais Keller ne l'avait pas encore trouvé.

Supposons qu'il ait une maison comme celle de ce type. En général, Keller fantasmait sur des maisons qu'il avait les moyens de s'offrir, des existences qu'il pouvait s'imaginer vivre. Il avait mis suffisamment d'argent à gauche pour s'acheter une maison modeste et la payer comptant, mais même s'il avait raclé les fonds de tiroir, il n'aurait pu rassembler l'acompte pour un domaine tel que celui du gros. (Pouvait-on l'appeler ainsi — un domaine ? Et qu'était-ce exactement qu'un *domaine* ? Quelle différence avec une propriété ? La distinction était-elle géographique, propriétés dans le Nord-Est, domaines dans le Sud et l'Ouest ?)

Bon, admettons qu'il ait l'argent, pas juste pour emporter l'affaire mais aussi pour couvrir les charges. Disons qu'il aurait gagné à la loterie, qu'il aurait pu se payer le jardinier, la bonne logée-nourrie et tout le toutim. Prendrait-il son pied, à déambuler de chambre en chambre, à admirer les toiles sur les murs, à se délecter du moelleux des moquettes ? Apprécierait-il de flâner dans le jardin, d'écouter les oiseaux, de respirer les fleurs ?

Nelson apprécierait, songea-t-il. Gambader sur une pelouse pareille.

Il resta un moment assis là, à secouer la tête. Puis changeant de fauteuil, il attrapa le téléphone.

Il composa son propre numéro à New York et obtint

son répondeur qui lui dit : « Vous. Avez. Six. Messages », avant de les lui passer. Les cinq premiers, en fait, avaient raccroché sans laisser de message. Le sixième était une voix familière. « Salut E.T. Téléphone maison. »

Il passa le coup de fil d'une cabine, deux cent cinquante mètres plus loin sur la route. Dot répondit et sa voix s'anima lorsqu'elle le reconnut.

« Ah, c'est toi, dit-elle. Je n'ai pas cessé d'appeler.

— Il n'y avait qu'un seul message.

— Je voulais pas en laisser. Je pensais causer à... comment elle s'appelle déjà ?

— Andria.

— C'est ça, et elle t'aurait fait la commission quand tu aurais appelé chez toi. Mais elle n'a jamais décroché. Elle doit être allée promener ton chien jusque dans le Bronx et retour.

— Probable.

— Alors j'ai laissé un message, et nous voilà en train de tailler une bavette comme de vieux amis. Je suppose que t'as pas fait ce pour quoi tu es parti.

— C'est moins facile et moins rapide que prévu, dit-il. Ça traîne.

— Autrement dit, notre ami respire toujours.

— À moins qu'il ait appris à vivre sans respirer.

— Bien, dit-elle. Je suis heureuse de l'apprendre. Tu sais ce que je te suggère, Keller ? De payer ta note de motel et de grimper dans un avion.

— Pour rentrer ?

— T'as tout compris, Keller, mais tu as toujours été un rapide.

— Le client a annulé ?

— Pas tout à fait.

— Alors...
— Prends l'avion, dit-elle, puis le train jusqu'à White Plains. Je te servirai un bon thé glacé. Et je t'expliquerai tout. »

Ce n'était pas du thé glacé, c'était de la citronnade. Assis dans un fauteuil en osier sous une véranda panoramique de la grande demeure de Taunton Place, Keller en sirotait un grand verre. Dot, vêtue d'une robe d'hôtesse bleu et blanc et chaussée de mules blanches, était juchée sur la rampe en bois.

« Je l'ai que depuis avant-hier, dit-elle en pointant l'index. Un carillon éolien. Je regardais *Télé Shopping,* et ils m'ont pris dans un moment de faiblesse.

— Ça aurait pu être une canne à pêche télescopique.

— Tout à fait, dit-elle, pour tout le vent qu'on a eu. Mais que dis-tu de cette coïncidence, Keller ? Alors que tu es en mission à Cincinnati, un autre client nous appelle pour un boulot au coin de ta rue.

— Au coin de ma rue ?

— Ou à un pâté de maisons, comme tu voudras. Je crois que c'est un anglicisme, "au coin de la rue", mais puisqu'on est en Amérique, zut. Ce sera à un pâté de maisons.

— Si tu le dis.

— Et tu ne devineras jamais où habite le deuxième client.

— Cincinnati, dit-il.

— Un cigare pour monsieur. »

Keller fronça les sourcils. « Ainsi, on a deux commandes dans le même secteur. Bonne occasion pour liquider les deux d'un coup, en admettant que ce soit possible. Économie sur les frais de déplacement, si ça entre en ligne de compte. Avion plus motel. Or me voici de retour, sans avoir accompli aucune mission, ce qui est absurde. J'en conclus qu'il doit y avoir autre chose.

— Un cigare et du feu pour monsieur.

— Pff, pff, souffla Keller. Les deux boulots ont un lien quelconque, et il vaut mieux que je sache tout à l'avance pour éviter de sauter sur mon propre machin.

— Et nous regretterions qu'il arrive quoi que ce soit à ton machin.

— Exactement. Alors, c'est quoi, le lien ? Même client pour les deux boulots ? »

Elle secoua la tête.

« Clients différents. Même *cible* ? Le gros a tellement bien tapé sur le système de deux types différents qu'ils nous ont appelé l'un après l'autre à quelques jours d'intervalle ?

— Ça serait pas mal, hein ?

— Bah, taper sur le système des gens, c'est comme le reste, dit-il. Yen a qui sont doués pour ça. Mais c'est autre chose.

— Exact.

— Cibles différentes.

— Je le crains.

— Cibles différentes, clients différents. Même moment, même lieu, mais tout le reste est différent. Alors ? Aide-moi un peu, Dot. Je sèche.

— Au contraire, Keller, dit-elle, tu chauffes.

— Quatre individus, tous différents. Le gros et celui qui nous a payés pour le liquider, puis la cible numéro deux et le client numéro deux, et...

— Le jour commence-t-il à se lever ? Une lueur est-elle en train de poindre ?

— Le gros nous a contactés, dit-il. Pour tuer notre premier client.

— Un cigare explosif pour monsieur.

— A nous paie pour tuer B, et B nous paie pour tuer A.

— C'est un peu algébrique pour moi, mais en gros c'est ça.

— Les contrats n'ont pas pu arriver directement, dit-il. Par courtier, c'est ça ? Parce que le gros n'est pas un mariole. Il pourrait être vaguement au parfum, comme le sont certains hommes d'affaires, mais il n'aurait pas su appeler ici.

— Il nous est arrivé par un intermédiaire, convint Dot.

— Et l'autre aussi. Des courtiers différents, évidemment.

— Évidemment.

— Et tous les deux ont appelé ici. » Il leva un regard significatif vers le plafond. « Et il a fait quoi, Dot ? Dit oui aux deux ?

— C'est ce qu'il a fait.

— Mais pourquoi diable ? On a déjà un client, on ne va pas accepter un contrat pour le tuer, surtout venant de quelqu'un qu'on a déjà convenu de zigouiller.

— Problème de déontologie, Keller ?

— Elle est bonne, dit-il en brandissant sa citronnade. À base d'extraits, ou quoi ?

— Pressée. Vrais citrons, vrai sucre.

— Ça se sent, dit-il. La déontologie ? Qu'est-ce que je sais de la déontologie ? C'est pas une façon de bosser, c'est tout. Que va penser le courtier ?

— Lequel ?

— Celui dont le client se fait buter. Que va-t-il dire ?

— Qu'aurais-tu fait, Keller ? À sa place, si tu avais eu le second coup de fil quelques jours après le premier ? »

Il médita la chose. « J'aurais dit que je n'avais personne sous la main en ce moment, mais que j'aurais un type bien d'ici quinze jours, quand il serait rentré d'Aruba.

— D'Aruba ?

— Ou n'importe où. Ensuite, après avoir fait sa fête au gros, je rentre et au bout de, disons une semaine, tu rappelles pour demander si le contrat tient toujours. Et il te sort un truc dans le genre : “Non, le client a changé d'avis.” Même s'il devine qui lui a grillé son bonhomme, c'est propre, net, régulier. Ou t'es pas d'accord ?

— Si, dit-elle. Je suis tout à fait d'accord.

— Mais c'est pas ce qu'il a fait, poursuivit Keller, et ça m'étonne. À quoi pensait-il ? Il a peur d'éveiller les soupçons, quelque chose comme ça ? »

Elle le dévisagea sans rien dire. Il croisa son regard, lut quelque chose dans sa physionomie, et pigea.

« Oh, non », fit-il.

« Je croyais qu'il allait mieux, dit-elle. Je ne dis pas que je ne prenais pas un peu mes désirs pour des réalités. Genre méthode Coué, tu vois.

— Compréhensible.

— Il y a eu cet épisode où il t'avait donné un mauvais numéro de chambre, mais tout s'est bien terminé au bout du compte.

— Pour nous, dit Keller. Pas pour le gars qui occupait la chambre.

— C'est vrai, il y a ça, accorda-t-elle. Puis il a eu ce passage où il a perdu les pédales, où il raccrochait au nez de tous ceux qui appelaient. Je pensais qu'un toubib pourrait peut-être le mettre sous Prozac.

— Je connais pas l'effet du Prozac. Dans notre métier...

— Ouais, c'est ce que je me suis dit. Déprimé, c'est pas bon, mais est-ce que planant, c'est mieux ? Ça pourrait être contre-productif.

— Ça pourrait être désastreux.

— Aussi, dit-elle. Et de toute façon, y a pas moyen de le faire aller chez un médecin, alors quelle différence ? Il perd les pédales, c'est peut-être comme la météo. Un front de basses pressions s'installe, et t'as rien à faire d'autre que t'affaler sous la véranda avec un thé glacé. Puis le front s'en va et on retrouve un peu de ce bon air en provenance du Canada, comme avant.

— Avant.

— Hier, il était au téléphone, puis il me sonne, je lui apporte un café, et il me dit : "Appelle Keller, j'ai du travail pour lui à Cincinnati."

— Du "déjà-vu".

— Tu l'as dit, Keller. Déjà-vu comme on n'en avait encore jamais vu. »

Elle expliqua avec force détails — ce qu'avait dit le vieux, ce qu'elle avait pensé qu'il voulait dire, ce qu'il voulait vraiment dire, et patati et patata. Ce qui se résumait au tableau suivant : le premier client, un certain Barry Moncrieff, réjoui à l'idée que son problème avec le gros serait bientôt résolu, avait fait des confidences à au moins une personne incapable de garder un secret. Et le gros, qui s'appelait Arthur Strang, en avait eu vent.

Pendant que Moncrieff oubliait imprudemment qu'un secret n'est jamais si bien gardé que par soi-même, Strang s'était à l'évidence souvenu que l'attaque est la meilleure défense. Il avait passé quelques coups de fil, et la sonnerie du téléphone avait fini par retentir dans la grande maison de Taunton Place, où le vieux avait décroché, et accepté le contrat.

Lorsque Dot eut souligné les complications — notamment le fait que leur nouveau client était déjà promis à l'exécution, en vertu des honoraires payés par l'homme qui venait de devenir leur nouvelle cible —, il était devenu évident que le vieux avait complètement oublié le contrat initial.

« Il ne savait pas que tu étais à Cincinnati, expliqua-t-elle. Pas la moindre idée qu'il t'avait envoyé là ou ailleurs. Pour lui, tu devais être sorti promener le chien, à supposer qu'il se souvienne que tu as un chien.

— Mais quand tu lui as dit...

— Il n'a pas vu le problème. Je me suis escrimée à le lui expliquer, jusqu'à ce que je voie en gros plan ce que j'étais en train de faire : souffler sur une ampoule électrique pour essayer de l'éteindre.

— Pff, pff, souffla Keller.

— Tu l'as dit. Ça n'allait pas faire tilt, point. “Keller est un bon gars, qu'y disait. Laisse Keller s'en occuper. Keller saura quoi faire.” »

— Ah, il a dit ça ?

— Ses propres mots. T'as pas l'air du tout dépassé, à part ça. Me dis pas qu'il s'est trompé. »

Keller réfléchit. « Le gros sait que sa tête est mise à prix, dit-il. Enfin, ça paraît évident. Ça expliquerait pourquoi il est si difficile à approcher.

— Si tu avais réussi, fit remarquer Dot, j'aurais haussé les épaules en disant : ce qui est fait est fait, et débrouillez-vous avec ça. Mais par chance ou par malchance, tu as appelé ton répondeur à temps.

— Par chance ou par malchance.

— Exactement, et ne me demande pas de trancher. La solution la plus simple ? Un seul mot et je rappelle nos deux intermédiaires pour leur dire qu'on se retire.

“Notre meilleur agent s’est cassé la jambe au ski, je vous conseille de faire appel à quelqu’un d’autre.” Quoi, qu’est-ce qu’il y a ?

— Au ski ? À cette période de l’année ?

— Au Chili, Keller. Fais marcher ton imagination. Peu importe, on s’est retirés.

— C’est peut-être le mieux.

— Pas du point de vue des espèces sonnantes et trébuchantes. Pas d’argent pour toi, et remboursements aux deux clients, qui devront chercher ailleurs ou en être réduits à se brûler la cervelle mutuellement. Je déteste rembourser de l’argent déjà encaissé.

— Qu’est-ce qu’ils ont payé ? La moitié d’avance ?

— Mm-m. Le système habituel. »

Keller se renfrogna, cherchant la solution. « Rentre chez toi, lui dit-elle. Fais une caresse à Andria et un bisou à Nelson, à moins que ce ne soit l’inverse ? La nuit porte conseil. Appelle-moi pour me donner ta décision. »

Il prit le train jusqu’à Grand Central puis rentra chez lui à pied, monta par l’ascenseur, introduisit sa clé dans la serrure. L’appartement était tel qu’il l’avait laissé, obscur et silencieux. La gamelle de Nelson était dans un coin de la cuisine. Keller posa les yeux dessus et eut le sentiment d’être une mère de soldat mort au combat qui garde la chambre de son fils exactement telle qu’il l’a laissée. Il savait qu’il aurait dû ranger la gamelle, ou la balancer en fin de compte, mais il n’en avait pas le cœur.

Il vida ses bagages, prit une douche, puis sortit manger un hamburger et boire une bière. Après quoi il marcha un peu dans les rues, mais ce n’était pas drôle.

Il rentra chez lui, appela la compagnie aérienne. Puis il refit son sac et prit un taxi jusqu'à Kennedy Airport.

En attendant l'annonce de l'embarquement, il téléphona à White Plains. « Chuis en route, apprit-il à Dot.

— Tu ne cesses de me surprendre, Keller, dit-elle. J'étais persuadée que tu resterais une nuit chez toi.

— Aucune raison de rester. »

Il y eut un silence. Puis elle dit : « Keller ? Il y a quelque chose qui ne va pas ?

— Andria est partie », dit-il, se surprenant lui-même. Il n'avait pas eu l'intention de le dire. Tôt ou tard, oui bien sûr, mais pas encore.

« Oh, mince, dit Dot. Je pensais que vous étiez heureux tous les deux.

— Moi aussi.

— Oh !

— Elle a besoin de se retrouver, dit Keller.

— Tu sais, j'ai déjà entendu des gens dire ça, et je sais jamais ce qu'ils ont derrière la tête. Comment fait-on pour se perdre d'abord ? Et comment savoir où se chercher ?

— Je me le demandais aussi.

— C'est un fait qu'elle est terriblement jeune, Keller.

— Ouais.

— Trop jeune pour toi, diraient certains.

— Certains le diraient.

— Enfin, elle doit te manquer. Sans parler de Nelson.

— Ils me manquent tous les deux, dit-il.

— Non, je disais : elle doit vous manquer à tous les deux, précisa Dot. Attends une seconde. Qu'est-ce que tu viens de dire ?

— On vient d'annoncer mon vol », dit-il, et il coupa la communication.

L'aéroport de Cincinnati se trouvait de l'autre côté du fleuve Ohio, dans le Kentucky. Ayant rendu sa voiture Avis le matin même, Keller songea qu'il pourrait paraître étrange de revenir en louer une autre au même comptoir. Il choisit donc d'aller chez Budget et eut une Honda.

« Voiture japonaise, l'informa l'employé, mais on les produit ici, en fait, aux bons vieux States.

— Voilà qui m'ôte un poids de la conscience », l'informa Keller.

Il s'installa dans un motel situé à cinq cents mètres du précédent et fit son rapport de la cabine d'un restaurant. Il avait une flopée de questions, des trucs qu'il avait besoin de savoir sur Barry Moncrieff, le type qui était à la fois client numéro un et cible numéro deux. Au lieu de répondre, Dot lui posa une question de son cru.

« Que veux-tu dire, ils te manquent tous les deux ? Où est Nelson ?

— J'en sais rien.

— Elle s'est enfuie avec ton chien ? C'est ça que tu me dis ?

— Ils sont partis ensemble, dit-il. Personne n'a fui.

— D'accord, elle est partie avec ton chien. J'imagine qu'elle s'est dit qu'il pourrait l'aider à se retrouver. Comment elle a fait ? Filé pendant que tu étais à Cincinnati ?

— Avant, dit-il. Et elle n'a pas filé. On en a parlé, et d'après elle, c'était mieux qu'elle emmène Nelson.

— Et tu as accepté ?

— Plus ou moins.

— Plus ou moins ? Qu'est-ce que ça veut dire ?

— Ça m'a souvent intrigué moi aussi. Elle a dit que j'ai pas vraiment le temps de m'occuper de lui, que je voyage beaucoup, et... je sais pas.

— Mais c'était ton chien, bien avant que tu la connaisses. Elle, tu l'as engagée pour le promener quand tu t'absentais.

— Exact.

— Et de fil en aiguille, elle s'est installée chez toi. Et pour finir, la voilà qui te dit que le mieux est que le chien parte avec elle.

— Exact.

— Et ils s'en vont.

— Exact.

— Et tu ne sais pas où ils sont, ni s'ils vont revenir.

— Exact.

— Quand est-ce arrivé, Keller ?

— Un mois environ. Peut-être un peu plus, six semaines.

— Tu n'en as pas soufflé mot.

— Non.

— Et moi qui te dis de l'embrasser et de faire une caresse au chien, peu importe d'ailleurs ce que j'ai dit, et tu continues à te taire !

— J'aurais fini par cracher le morceau tôt ou tard. » Ils gardèrent un instant le silence. Puis Dot lui demanda ce qu'il comptait faire.

« À quel sujet ? demanda-t-il.

— À quel sujet ? Au sujet de ton chien et de ta copine.

— C'est ce que je pensais, dit-il, mais tu aurais pu parler de Moncrieff et de Strang. La réponse est la même de toute façon. Je sais pas ce que je vais faire. »

Le résumé était le suivant. Il avait un choix à faire. Il lui appartenait de décider du contrat qu'il honorerait, et de celui qu'il annulerait.

Et comment décidait-on d'un truc pareil ? Deux individus réclamaient ses services, et un seul pouvait en bénéficier. S'il avait été une toile de maître, la réponse aurait été évidente. On aurait fait une vente aux enchères, et le plus offrant serait reparti avec un joli machin à accrocher au-dessus du canapé. Mais dans le cas présent, impossible de faire monter les enchères puisque le prix avait déjà été fixé, et que les deux parties, indépendamment l'une de l'autre, l'avait accepté. Chaque partie avait payé la moitié d'avance, et le boulot terminé, l'une des deux réglerait les cinquante pour cent restants. Objectivement, l'autre serait en droit d'obtenir un remboursement, mais plus en position de l'exiger.

Vue sous cet angle, cette mission était potentiellement plus lucrative que la normale, avec à la clé une fois et demie le montant des honoraires habituels. Et le résultat serait le même, quelle que soit la solution retenue. Tuer Moncrieff, et Strang paierait le reste. Tuer Strang, et ce serait Moncrieff qui paierait.

Alors lequel ?

Moncrieff, songea-t-il, avait appelé le premier. Le vieux avait conclu un marché avec lui, lequel impliquait tacitement une garantie d'exclusivité. Quand vous embauchez un individu pour en tuer un autre, vous n'exigez pas de l'individu en question l'assurance qu'il ne se fera pas embaucher ensuite pour vous tuer aussi. Cela va sans dire.

Donc, leur engagement initial les liait à Moncrieff, et tout arrangement avec Strang devrait être nul et non avenu. L'argent versé par Strang ne constituait pas exactement une provision, il entrait plutôt dans la catégorie des bénéfices extraordinaires, et n'avait pas besoin de peser dans la balance. On pouvait même arguer que prendre l'acompte de Strang relevait d'une stratégie parfaitement légitime, destinée à bercer la proie d'un sentiment de fausse sécurité, qui la rendrait plus facile à approcher.

D'un autre côté...

Si Moncrieff avait bien voulu fermer son maudit clapet, Strang n'aurait pas été un homme averti qui, comme on le sait, en vaut deux. C'était Moncrieff qui, en éventant ses plans pour liquider Strang, avait conduit le gros à contacter quelqu'un, lequel en avait contacté un autre, lequel avait fini au téléphone avec le vieux de White Plains.

Et c'était le bavardage de Moncrieff qui avait fait de Strang une cible si insaisissable. Sans quoi, le gros aurait été facile à approcher, et à l'heure qu'il était, Keller aurait depuis longtemps accompli sa mission. Et au lieu d'être assis tout seul dans un motel des faubourgs de Cincinnati, il aurait pu être assis tout seul dans un appartement de la Première Avenue.

Moncrieff, incapable de garder son secret, s'était desservi lui-même. Moncrieff, avec sa langue trop bien pendue, avait saboté le contrat qu'il avait été si prompt à signer. Ne pouvait-on invoquer le fait que ses actes, et leurs malencontreuses conséquences, n'avaient servi qu'à rendre caduc le contrat ? Auquel cas, le vieux était parfaitement en droit de conserver son acompte tout en acceptant une contre-proposition d'une autre partie intéressée.

Ce qui signifiait que la chose à faire était de considérer le gros comme le client véritable, et Moncrieff (gros ou maigre, grand ou petit, Keller n'en savait rien) comme la juste proie.

D'un autre côté...

Moncrieff possédait un appartement panoramique au sommet d'un gratte-ciel non loin du Riverfront Stadium. Comme les Reds jouaient un match à domicile, Keller acheta un billet et une paire de jumelles bon marché, et se rendit au stade. Sa place était située dans les gradins de droite, près de la ligne de faute, et suffisamment loin de la plaque pour qu'il ne fût pas le seul équipé de jumelles. À côté de lui se trouvaient un père et un fils équipés chacun d'un gant dans l'espoir de rattraper une balle. Aucun des lanceurs n'assura et les deux équipes renvoyèrent beaucoup de balles imprécises, mais le gosse et son père ne s'excitaient que lorsque la balle franchissait la ligne de faute au fond à droite.

Keller médita là-dessus. Si ce qu'ils voulaient, c'était une balle de base-ball, ne serait-il pas plus économique pour eux d'en acheter une dans un magasin d'articles de sport ? S'ils recherchaient le frisson de la chasse, ma foi, ils pouvaient toujours demander au vendeur de lancer la balle en l'air, et le gosse n'avait qu'à la rattraper quand elle retombait.

Pendant les arrêts de jeu, Keller pointait ses jumelles sur une fenêtre dont il était pratiquement sûr qu'elle donnait sur l'appartement de Moncrieff. Il se prit à se demander si Moncrieff était amateur de base-ball, et s'il profitait de la situation de son appartement pour regarder les matches de sa fenêtre. Il aurait fallu un grossissement beaucoup plus fort que celui des jumelles de Keller, mais si Moncrieff avait les moyens de s'offrir un appartement panoramique, il pouvait aussi s'armer d'un puissant télescope. Et avec le genre de gadget qui permet de compter les anneaux de Saturne, on doit être capable de juger de l'effet de balle du lanceur.

À peu près aussi malin que de s'amener au match avec un gant, conclut Keller. Si un type comme Moncrieff avait envie d'assister à une rencontre, il pouvait se payer une bonne place derrière l'abri des Reds. Par les temps qui courent, naturellement, il pouvait être tenté de rester chez lui et, pour des raisons de sécurité, de regarder le match à la télé plutôt qu'à travers un télescope.

Car, pour autant que Keller pût en juger, Barry Moncrieff prenait peu de risques. S'il n'avait pas pressenti que le gros pût riposter et engager des tueurs de son côté, alors il avait tout l'air d'être un homme prudent par nature. Il vivait dans un immeuble sûr dont il sortait rarement. Et s'il sortait, ce n'était jamais pour se rendre seul quelque part, apparemment.

Dans l'incapacité de choisir une cible sur la base d'une distinction éthique, Keller avait opté pour le pragmatisme. Son métier, après tout, n'avait rien de celui du bonimenteur de foire. Pas de bonus s'il mettait les bouchées doubles pour en arriver à ses fins. Alors, quitte à choisir un type parmi deux, autant prendre le plus facile à tuer, non ?

Cela faisait trois jours entiers qu'il méditait sur la question quand il quitta le stade au moment des prolongations. Les Reds perdaient face aux Phillies après avoir laissé les bases pleines à la deuxième moitié de la neuvième manche. La conclusion à laquelle il était parvenu était qu'*aucun* des deux hommes n'était *facile* à tuer. Tous deux vivaient dans des forteresses, l'un en plein ciel, l'autre en pleine pampa. Ni l'un ni l'autre ne serait impossible à choper — personne ne l'était — mais facile, ni l'un ni l'autre ne le serait.

Keller s'était arrangé pour apercevoir Moncrieff. Il s'était arrangé pour se trouver dans le hall de son immeuble, occupé à montrer un colis nanti d'une fausse adresse à un concierge aussi perplexe que lui-même feignait de l'être, lorsque Moncrieff était entré, flanqué de deux jeunes types larges d'épaules, avec des bosses sous leur veston. Moncrieff avait la cinquantaine chauve, la bouche tombante et des bajoues de basset.

Il était gros aussi. Si Keller n'avait pas déjà attribué cette étiquette à Arthur Strang, c'était *lui* qu'il aurait pu baptiser le gros. Certes, Moncrieff n'était pas aussi gros que Strang — peu de gens l'étaient — mais cela le laissait encore très loin de friser l'anorexie. Keller estimait qu'il pesait dans les trente à cinquante kilos de moins que l'autre. Si Strang marchait en se dandinant, Moncrieff se pavanait comme un pigeon.

De retour à son motel, Keller se retrouva planté devant le journal télévisé à revoir les meilleures actions du match auquel il venait d'assister. Il éteignit la télé, ramassa les jumelles et se demanda pourquoi il s'était fatigué à les acheter, et ce qu'il allait en faire à présent. Il se surprit à penser qu'Andria aimerait peut-être s'en servir pour observer les oiseaux à Central Park. Arrête ça, se dit-il, et il s'en alla prendre une douche.

Aucun ne serait de la tarte, songea-t-il, mais il entrevoyait déjà deux ou trois approches possibles pour chacun. Le degré de difficulté, comme dirait un plongeur olympique, était à peu près équivalent. Pour ce qu'il en savait, le degré de risque l'était aussi.

Une pensée le frappa. Et si l'un des deux le *méritait*?

« Arthur Strang, dit la femme. Tu sais, il était gros quand je l'ai connu. Pour moi, il est né gros. Mais il n'avait rien de commun avec ce qu'il est maintenant. Il était juste, comment dire, balourd. »

Elle s'appelait Marie, elle était grande avec des cheveux d'un rouge peu convaincant. Trentaine jeune, estima Keller. Grands yeux, grande bouche. Bien roulée aussi, mais de l'avis de Keller, puisqu'elle avait abordé le sujet, elle aurait supporté de perdre deux ou trois kilos. Non qu'il eût l'intention de le lui signaler.

« Quand je l'ai connu, il était balourd, dit-elle, mais il portait ces costumes de grands couturiers italiens, là, et il était impeccable, tu vois ? Tout nu, naturellement, laisse tomber.

— C'est fait.

— Hein ? » Elle eut l'air troublé, mais une gorgée de sa boisson la mit à l'aise. « Avant notre mariage, dit-elle, il avait vraiment perdu du poids, crois-le si tu veux. Ensuite, on a sauté par-dessus le manche à balai et il a commencé à bien se tenir à table.

— Il se tenait mal à table ?

— Non, bêta ! C'est une expression. Comme “sauter par-dessus le manche à balai”. On s'est mariés dans les règles, à l'église. De toute façon, je crois pas qu'Arthur aurait été très doué pour sauter par-dessus quoi que ce soit, quand bien même t'aurais posé le manche à balai par terre. On est restés mariés trois ans, et je parierais qu'il a pris dans les dix, quinze kilos par an. Puis on s'est séparés il y a trois ans, et est-ce que tu l'as vu, dernièrement ? Il est aussi gros qu'une maison. »

Aussi gros qu'un mobile home, peut-être, songea Keller. Mais aussi gros qu'une propriété, jamais de la vie.

« Oh, Kevin, dit-elle en posant une main sur le bras de Keller, c'est épouvantablement enfumé ici. Ils ont passé une loi qui l'interdit, mais les gens fument quand même, et qu'est-ce que tu veux faire, les mettre en prison ?

— On pourrait sortir prendre l'air », suggéra-t-il et le visage de l'ex-Mme Strang s'illumina à cette proposition.

De retour chez elle, elle dit : « Il avait des préférences, Kevin. »

Keller hocha la tête d'un signe encourageant, en se demandant si on l'avait jamais appelé Kevin auparavant. Il aimait bien la façon qu'elle avait de prononcer son nom.

« Pour être franche, reprit-elle sombrement, c'était un pervers sexuel.

— Pas possible.

— Il voulait que je lui fasse des trucs, dit-elle en lui frottant la jambe. Tu ne croiras jamais les trucs qu'il voulait.

— Ah ? »

Elle les lui raconta. « Je trouvais ça dégoûtant, dit-elle, mais il insistait, et c'est en partie pour ça qu'on s'est séparés. Mais, tu veux que je te dise un drôle de truc ?

— Certainement.

— Après le divorce, dit-elle, je suis devenue plus... libérée sur le sujet. Tu vas peut-être trouver ça difficile à croire, Kevin, mais je suis plutôt coquine.

— Sans blague.

— En fait, ce que je viens de te dire sur Arthur... le truc vraiment dégoûtant... ma foi, je dois avouer que ça me dégoûte plus un brin. Et même...

— Oui ?

— Oh, Kevin », dit-elle.

Elle était coquine, ça oui, et fougueuse, et après coup, Keller décida qu'il s'était trompé sur les deux-trois kilos. Elle était juste comme il fallait.

« Je me demandais, dit-il, en chemin vers la porte. Ton ex-mari ? Est-ce qu'il aimait les chiens ?

— Oh, Kevin, dit-elle. Et dire que je croyais que c'était *moi* la coquine. Tu es pas possible ! Des chiens ?

— Je le disais pas dans ce sens-là.

— J'te crois... Kevin, mon chou, si tu ne sors pas d'ici dans la minute, je pourrais bien ne jamais te laisser repartir. Des chiens !

— Comme animaux de compagnie, c'est tout, dit-il. Est-ce qu'il, voyons, a un faible pour les chiens ? Ou est-ce qu'il peut pas les sentir ?

— Pour ce que j'en sais, dit Marie, Arthur n'en a rien à cirer des chiens. Le sujet ne s'est jamais présenté. »

Laurel Moncrieff, la seconde des trois femmes avec qui Barry Moncrieff avait « sauté par-dessus le manche à balai », n'avait rien à révéler sur les variations de poids de son ex-mari, ni sur ses goûts particuliers quand les stores étaient baissés. Elle avait été sa secrétaire, l'avait ravi à sa première épouse, et avait ensuite veillé à ce qu'il eût un secrétaire masculin.

« Puis le salaud s'est inscrit dans un club de gym, dit-elle, et résultat des courses, il m'a laissé tomber pour sa prof. Il m'a froissée et jetée comme un Kleenex usagé. »

Svelte, brune, elle n'avait pas l'air du genre de femmes avec lesquelles on se mouche le nez. Elle n'avait pas été plus difficile à approcher que Marie Strang, et à peu près aussi facile à culbuter. Et bien qu'elle n'eût dévoilé aucune perversité intéressante, ni chez elle ni chez son ex-mari, Keller n'avait rien trouvé à redire, vraiment.

« Ah, Kevin », chuchota-t-elle.

C'est peut-être le nom, se dit Keller. Peut-être devrait-il l'utiliser plus souvent, il lui portait peut-être chance.

« En vivant seule comme ça, dit-il, tu n'as jamais pensé à avoir un chien ?

— Je voyage trop, dit-elle. Ce ne serait bien ni pour moi ni pour le chien.

— C'est le cas de beaucoup de gens, dit-il, mais ils ont l'habitude d'avoir un chien et ils ne veulent pas s'en séparer.

— Si ça marche pour eux, dit-elle. Moi, je ne sais pas ce que c'est qu'un chien, et comme on dit, on se passe très bien de ce qu'on n'a jamais eu.

— J'en conclus que ton ex n'avait pas de chien.

— Pas jusqu'à ce que je parte et qu'il épouse la salope aux mains magiques.

— Elle avait un chien ?

— Non, mon chou, c'était *elle*, le chien. Avec sa gueule de rottweiler. Mais elle a dégagé maintenant, et il l'a pas remplacée. Bien fait pour elle, si tu veux mon avis.

— Alors tu ne sais pas si Barry Moncrieff aimait les chiens.

— Les vrais chiens ? Je crois bien que cette espèce ne lui faisait ni chaud ni froid. Mais, comment en est-on venus à ce sujet débile ? Si tu t'allongeais et que tu m'embrassais, Kevin, mon chou ? »

Les deux hommes donnaient à des œuvres de charité locales. Strang était plutôt tourné vers le mécénat d'art, tandis que Moncrieff contribuait à la recherche médicale et à nourrir les sans-abri. L'un comme l'autre avaient une réputation de férocité en affaires. L'un comme l'autre étaient sans enfant, et privés d'épouse pour le moment. Si les informations de Keller étaient justes, ni l'un ni l'autre n'avait de chien, ni n'en avait jamais possédé. Aucun n'avait de tendance pro-chien ou anti-chien affirmée. Il aurait pu être utile de découvrir que Strang était un généreux bienfaiteur de la SPA et de la Ligue anti-vivisection, ou que Moncrieff aimait se rendre dans une cave du Kentucky pour voir des pitbulls se battre à mort, et parier de coquettes sommes sur l'issue des combats.

Mais Keller n'avait rien découvert de tel, et plus il réfléchissait, moins le critère lui paraissait légitime. En quoi la vie ou la mort d'un homme devait-elle dépendre de ses sentiments envers les chiens ? Et en quoi cela concernait-il Keller, de toute façon ? Ce n'était pas comme s'il était lui-même propriétaire d'un chien. Plus.

« Aucun d'eux n'est Albert Schweitzer, apprit-il à Dot, et aucun d'eux n'est Hitler. Ils se situent l'un et l'autre quelque part entre les deux, donc prendre une décision sur une base morale est impossible. Un vrai casse-tête, je te dis.

— Justement non, dit-elle. C'est bien le problème, Keller. Les jours passent, et tu n'as encore cassé aucune tête.

— Je sais.

— Décisions morales. C'est pas le bon boulot pour les décisions morales.

— Tu as raison, dit-il. Et qui suis-je, de toute façon, pour prendre des décisions de ce genre ?

— Épargne-moi la modestie, tu veux. Écoute, je suis aussi fêlée que toi. J'ai eu cette idée : appeler les deux courtiers, leur demander de contacter leur client. Expliquer que compte tenu des exigences particulières de la situation, et nanani et nanana, on a besoin de l'intégralité du paiement d'avance.

— Tu crois qu'ils marcheront ?

— Il suffit que l'un marche, dit-elle, et la décision est prise, non ? Il passe à la casserole et l'autre reste en vie pour finir de payer. Et le client est content.

— C'est brillant, dit-il, et il réfléchit un moment. Sauf...

— Ah, toi aussi, ça t'a sauté aux yeux ? Le type qui coopère, celui qui fait un effort pour se montrer vraiment bon client, c'est lui qu'on bute pour le récompenser. J'apprécie l'humour noir autant que mon voisin de palier, Keller, mais là, je trouve que c'est quand même un peu trop.

— Et puis, dit-il, avec la chance qu'on a, ils sont capables de payer tous les deux.

— Et retour à la case départ. Keller ?

— Oui ?

— Tout bien considéré, il n'y a qu'une solution. Tu as une pièce ?

— Je dois avoir ça. Pourquoi ?

— Tu la lances, dit-elle. Pile ou face. »

Face.

Keller ramassa la pièce et l'introduisit dans la fente. Il composa un numéro, et pendant que ça sonnait, il s'interrogea sur la sagesse de prendre une telle décision à pile ou face. Cela lui semblait effroyablement arbitraire, mais encore une fois, peut-être était-ce ainsi qu'allait le monde. Là-haut, quelque part dans les nuées, un vieil homme à barbe blanche décidait peut-être de la même façon de questions de vie ou de mort, en lançant des pièces et en distribuant crises cardiaques et déraillements de trains dans un haussement d'épaules.

« Je voudrais parler à M. Strang, annonça-t-il à la personne qui décrocha. Dites-lui juste que c'est au sujet d'un contrat récent. »

Il y eut un long silence, et Keller pêcha une autre pièce au cas où il ait besoin d'en rajouter. Puis Strang arriva au bout du fil. Même sans l'avoir jamais entendue avant, Keller eut l'impression de reconnaître sa voix. C'était une voix sonore, une voix de chanteur d'opéra, encore que pas exactement musicale.

« Je ne vous connais pas, annonça Strang sans préambule, et je ne parle pas affaires au téléphone avec des gens que je ne connais pas. »

Gros, songea Keller. Le type avait une voix de gros.

« Très avisé, lui dit Keller. Bon, nous avons à parler affaires et je conviens que ça ne se fait pas au téléphone. Nous devrions nous rencontrer, mais personne ne doit nous voir ensemble, ni même savoir que nous avons rendez-vous. » Il écouta un moment. « C'est vous le client, dit-il. J'espérais que vous pourriez suggérer un lieu et une heure. » Il écouta encore. « Bien, dit-il. J'y serai.

— Mais ça ne paraît pas régulier, dit Strang avec un hennissement dans la voix que n'aurait jamais émis la gorge de Pavarotti. Je n'en vois pas l'utilité. Vraiment pas.

— Vous la verrez, lui dit Keller. Je vous promets que vous la verrez. »

Il coupa la communication, puis ouvrit la main et observa la pièce. Il réfléchit un moment — au vieux de White Plains, et au vieux là-haut dans le ciel. Celui à la longue barbe blanche, celui qui jouait la destinée de l'univers à pile ou face. Il songea aux changements de direction de sa propre vie, et à la façon dont les gens pouvaient la traverser.

Il soupesa la pièce dans sa paume — elle ne pesait pas bien lourd —, alors il l'expédia en l'air, la rattrapa, et la fit claquer sur le dos de sa main.

Pile.

Il décrocha le téléphone.

« Cette fois, c'est du thé glacé, dit Dot. La dernière fois, je t'avais promis du thé glacé, et tu as eu de la citronnade.

— Une bonne citronnade.

— Ouais, et ça, c'est du bon thé glacé. Fait avec du vrai thé.

— Et de la vraie glace, je parie.

— Tu mets les sachets de thé dans un pichet d'eau froide, dit-elle, tu mets le pichet au soleil, et tu oublies le tout pendant quelques heures. Ensuite, tu mets le pichet au frais.

— Tu ne fais pas bouillir l'eau du tout?

— Non, c'est pas la peine. Des années, j'ai cru qu'il fallait, mais en fait je me trompais. Du coup, j'ai oublié ce que je voulais dire. Du thé glacé. Ah, oui. Cette fois, tu appelles et tu me dis : "J'arrive. Prépare la citronnade." Donc, tu attendais de la citronnade cette fois, et voilà que je te sers du thé glacé. Tu piges, Keller? À chaque fois, tu obtiens le contraire de ce que tu attends.

— Tant qu'il ne s'agit que de thé glacé et de citronnade, dit-il, je crois que je peux m'en accommoder.

— Ma foi, tu as toujours été prompt à t'adapter aux nouvelles réalités, dit-elle. C'est une de tes forces. » Elle inclina la tête et leva les yeux vers le plafond. « À propos. Tu es monté, tu lui as parlé. Qu'en penses-tu?

— Il avait l'air bien.

— Comme avant?

— Pas exactement. Mais il a écouté ce que j'avais à dire et il m'a dit que j'avais bien fait. Je crois qu'il me couvrait. À mon avis, il n'avait pas la moindre idée de l'endroit où j'étais allé, et il me couvrait.

— C'est un truc qu'il fait beaucoup, ces temps-ci.

— Ça a vraiment goût de thé, tu sais? Et tu ne fais même pas bouillir l'eau?

— Non, sauf si tu es pressé. Keller ? »

Il leva les yeux de son verre de thé. Elle était assise sur la rampe de la véranda, jambes croisées, une claquette lui pendouillant à l'orteil.

Elle dit : « Pourquoi les deux ? Tu en zigouillais un, l'autre nous réglait le solde. Là, il en reste pas un pour signer un chèque.

— Il accepte les chèques ?

— Façon de parler. Ce que je veux dire, c'est qu'il reste personne pour payer le solde. Et c'est pas simplement histoire de faire le deuxième gratis. Ça t'a coûté de l'argent de le faire.

— Je sais.

— Alors explique-moi, veux-tu ? »

Il prit son temps pour y repenser. Et finalement, il dit : « Ça me plaisait pas.

— Quoi ?

— Ce truc de devoir choisir. Y avait aucun moyen de choisir, et jouer à pile ou face n'y changeait rien. C'était encore choisir, choisir d'accepter le choix de la pièce, si tu arrives à me suivre.

— La piste est faible, dit-elle, mais je m'accroche comme un limier.

— Je me suis dit qu'ils avaient droit l'un et l'autre au même traitement, dit-il. Alors j'ai joué deux fois. Je suis tombé sur face la première, sur pile la deuxième, et j'ai pris rendez-vous avec les deux.

— Rendez-vous.

— Ils s'y entendaient aussi bien l'un que l'autre pour organiser des rencontres secrètes. Strang m'a expliqué comment pénétrer dans sa propriété par l'arrière. Il y avait une clôture électrique, mais on pouvait la franchir à un endroit.

— Ainsi, il a donné au renard la clé du poulailler.

— Pas un poulailler, un abri de jardin.

— Où deux hommes entrèrent, en ce matin fatidique, et dont un seul ressortit, dit Dot. Puis tu as couru à ton rendez-vous avec Moncrieff.

— Oui, à l'Omni, en ville. Il devait y déjeuner au restaurant, qu'il m'a d'ailleurs recommandé. Le restaurant ne dispose pas de toilettes indépendantes, il faut aller dans le hall de l'hôtel. Nous nous sommes donc retrouvés là sans nous être jamais trouvés dans le même lieu public ensemble.

— Futé.

— C'étaient deux types futés. En tout cas, ça a marché comme sur des roulettes, comme pour Strang. Je les ai... bref, tu n'as pas envie d'entendre ce genre de détails.

— Pas vraiment, non. »

Il se tut quelques instants, sirotant son thé glacé, écoutant le carillon éolien tinter dans le vent. Le silence régnait depuis un moment quand il dit : « J'étais en rogne, Dot.

— Je me posais la question.

— Tu sais, je suis bien mieux sans ce chien.

— Nelson.

— C'était un bon chien, et je l'aimais vraiment, mais c'est que des emmerdes. Les faire manger, les promener.

— C'est sûr.

— Je l'aimais bien, elle aussi. Mais je suis un type qui a toujours vécu seul. Vivre seul, ça je sais faire.

— Question d'habitude.

— Exact. Mais malgré ça, Dot, je vais marcher dans la rue, je vais regarder les vitrines, et tout d'un coup, mes yeux vont être attirés par une paire de boucles d'oreilles. J'aurai presque franchi la porte pour les lui acheter quand je me souviendrai que c'est plus la peine.

— Toutes les boucles d'oreilles que t'as pu acheter à cette fille.

— Elle aimait en avoir, dit-il, et j'aimais en acheter, alors ça collait. » Il prit son inspiration. « Peu importe, la rogne a commencé à me prendre, et elle m'a pas lâché.

— En rogne après elle.

— Non, elle a bien fait. J'ai aucune raison d'être en rogne après elle. » Il désigna le plafond. « J'étais en rogne après lui.

— Parce qu'il t'a expédié à Cincinnati pour commencer. »

Il secoua la tête. « Non, pas lui, là-haut. L'autorité supérieure, le vieux sur son nuage, qui joue tout à pile ou face.

— Ah, *Celui-là.*

— Bien sûr, dit-il, au moment de le faire, j'étais plus en rogne. J'étais comme je suis toujours. Je fais ce pour quoi je suis venu, point.

— Tu es un professionnel.

— Sans doute.

— Bon rapport qualité-prix.

— Si tu le dis.

— Réductions spéciales d'été, dit-elle. Deux meurtres pour le prix d'un. »

Keller écouta le carillon éolien, puis le silence. Tôt ou tard, il lui faudrait rentrer chez lui et trouver une solution pour la gamelle du chien. Tôt ou tard, Dot et lui devraient trouver une solution pour le vieux. Mais pour l'heure, il n'avait qu'une envie : rester où il était, à siroter son thé glacé.

Traduit par Nadine Gassie.

Occupez-vous de vos oignons, madame la détective

MARY HIGGINS CLARK

« Alvirah, il faut que vous m'aidiez.

— Volontiers, Mike, si je le peux », répondit prudemment Alvirah. Elle était assise sur la terrasse de son appartement de Central Park South, en compagnie du commissaire Michael Fitzpatrick, chef du poste du 7e district de Queens. Elle connaissait Mike depuis une trentaine d'années, depuis l'époque où, à l'âge de dix ans, il criait : « Halte ! Qui va là ? » chaque fois qu'elle franchissait la porte de leur immeuble, dans Jackson Heights, où ils habitaient tous les deux. « Mike est né pour être flic », avait-elle toujours dit, et les faits lui avaient donné raison. Un jour ou l'autre, il serait nommé préfet de police, elle en était convaincue.

Elle lui jeta un regard approbateur. L'adolescent un peu rondouillard était devenu bel homme. Certains d'entre nous ne perdent jamais leurs kilos superflus, songea-t-elle avec un soupir, se rappelant aussitôt que Willy l'aimait telle qu'elle était.

C'était un agréable après-midi de septembre. Dans quelques minutes, dès l'instant où le soleil déclinerait, il ferait trop frais pour s'attarder dehors, mais en arrivant Mike s'était extasié sur la vue et avait manifesté le désir de s'installer sur la terrasse pour bavarder.

Il semblait perdu dans la contemplation du parc. Il

était assis raide comme un piquet sur un des confortables fauteuils en osier comme s'il craignait de se laisser aller à l'habituelle décontraction d'un familier du couple. Pas un faux pli ne marquait sa tenue d'uniforme ; son visage étroit et intelligent, dominé par des yeux marron au regard pénétrant, trahissaient un trouble sincère.

Alvirah comprit que Mike se trouvait aujourd'hui chez elle dans son rôle de commissaire de police. Et elle n'était pas certaine de pouvoir l'aider. Jouer les espionnes ne l'enchantait guère.

Mike se tourna vers elle. « Cette vue est véritablement unique, dit-il. Le soir de la remise des diplômes, après le bal de fin d'année, j'ai emmené Fran faire le tour du parc en calèche et je l'ai demandée en mariage. J'avais fait sa connaissance, vous vous en souvenez, lorsque sa grand-mère était venue s'installer dans notre immeuble. »

Alvirah hocha la tête. « 2250, 81e Rue, Jackson Heights. Je me félicite d'avoir conservé notre appartement là-bas, Mike. Au moins aurons-nous un toit si jamais l'État de New York cesse de payer les annuités de la loterie et que les banques font faillite. » Elle secoua la tête d'un air incrédule. Elle avait toujours l'impression de vivre un rêve. Quelques années plus tôt, elle était femme de ménage et Willy plombier. Et un soir, alors qu'elle prenait un bain de pieds après une dure journée à nettoyer la maison de Mme O'Keefe, le billet acheté par Willy avait décroché le gros lot, quarante millions de dollars.

« Vous êtes restée en contact avec vos voisins de l'époque. Je vous ai aperçue à l'enterrement de Trinky Callahan, le mois dernier.

— C'est navrant de voir un être mourir dans la fleur de l'âge », dit Alvirah. Elle devina alors le motif de la visite de Mike.

« C'est également navrant que le meurtrier puisse rester impuni », dit-il sévèrement.

Alvirah haussa les sourcils. « Trinky a trébuché sur les marches de marbre. Elles sont usées et terriblement glissantes, comme vous le savez.

— Allons, Alvirah, fit Mike. Vous ne croyez tout de même pas ça. Un couple de locataires récemment installés avait entendu Sean menacer Trinky de la tuer si elle continuait un soir de plus à traîner dans les bars. Un quart d'heure plus tard, elle était morte.

— Mike, vous savez comme moi que quantité de gens profèrent ce genre de menaces au cours d'une dispute, dit Alvirah, cherchant à minimiser les choses.

— Non, dit Mike. Je n'en sais rien. Il n'existe aucune preuve, mais nous sommes convaincus que Sean l'a poussée dans l'escalier assez violemment pour qu'elle se fracasse le crâne. Je crois qu'il existe une sorte de conspiration du silence dans l'immeuble afin de les protéger lui et sa mère, et je pense également qu'en tant que citoyenne respectueuse de la loi vous devez persuader vos vieilles copines de dire ce qu'elles savent. »

La baie vitrée coulissante qui les séparait de la salle de séjour s'ouvrit. « Dites donc, vous deux, vous ne pourriez pas venir me faire la conversation à l'intérieur ? »

Alvirah sourit à Willy. Sujet au vertige, il ne s'aventurait jamais sur la terrasse. Mais il savait que Mike Fitzpatrick cherchait à obtenir l'aide d'Alvirah dans l'affaire de Trinky Callahan, et il voulait apporter son soutien à sa femme. Avec ses cheveux gris argenté et ses yeux bleus, dans son beau cardigan bleu marine, il était magnifique — le portrait de Tip O'Neill [1] —, songea Alvirah avec tendresse.

1. Parlementaire américain célèbre et doté, entre autres, d'une abondante chevelure *(N.d.T.)*.

« Il commence à faire frisquet », admit-elle. Elle se leva et lissa les plis de son pantalon de jersey vert bouteille. Un ensemble qu'elle avait acheté avec son amie la baronne Min von Schreiber. Lors d'une récente visite à New York, celle-ci avait entraîné Alvirah dans une tournée des couturiers de la Septième Avenue. Laissée à elle-même, prétendait Min, Alvirah achetait instinctivement des tenues extravagantes où l'orange rivalisait avec le violet.

« Avec vos cheveux roux, ces teintes sont une offense au simple bon goût, ma très chère », soupirait Min.

Mue par un réflexe, Alvirah brancha le micro dissimulé dans sa broche en forme de soleil. Cette dernière lui avait été offerte par son rédacteur en chef lorsqu'elle avait commencé sa collaboration avec le *New York Globe.* Et elle s'était révélée d'une grande utilité, lui permettant de résoudre plusieurs affaires criminelles. Bien sûr, Alvirah n'enregistrait jamais personne sans raison, mais le mot « meurtre » était un détonateur psychologique.

Dans la salle de séjour, Mike mit rapidement Willy au courant de la situation. « Je connais Sean Callahan depuis l'enfance. Bon sang, Willy, je l'ai toujours considéré comme mon frère cadet. Il n'aurait jamais dû épouser Trinky, mais ce n'était pas une raison pour la tuer.

— S'il l'a réellement tuée », fit Alvirah.

Mike ne sourcilla pas et continua : « Beaucoup de jeunes se sont installés à Jackson Heights depuis que vous en êtes partis. Ces temps-ci, je tente de découvrir qui inonde le quartier de drogue. Et par-dessus le marché, j'ai sur les bras un cinglé qui harcèle les femmes dans la rue à la nuit tombée. Il en a terrifié six l'année dernière, et l'on peut craindre qu'il en vienne à des agressions plus sérieuses. Les gens doivent savoir qu'un crime non élucidé est un danger pour toute la communauté.

— D'après l'autopsie, il paraît que Trinky avait bu trois ou quatre verres de vin, insista Alvirah. Mike, je crois que vous feriez mieux de vous intéresser à votre dealer et à votre obsédé sexuel plutôt que de poursuivre un chic type comme Sean Callahan. Supposez qu'il se soit trouvé dans l'escalier quand elle est tombée et qu'il ait eu peur d'être accusé de l'avoir délibérément poussée ? »

Fitzpatrick répondit vivement. « Admettons, Alvirah. Apparemment, vous avez des doutes sur ce qui s'est passé en haut de cet escalier.

— Je me souviens du mariage de Sean et Trinky, quelque temps avant notre installation ici, dit Willy. Elle portait une robe de mariée pratiquement transparente. J'ai cru que le nouveau curé de St. Joan allait la forcer à se mettre une couverture sur le dos, et Brigid Callahan avait l'air hors d'elle. Sean a été stupide de s'installer dans le même immeuble que sa mère. » Il se tut un instant, puis regarda Alvirah. « Mon chou, admets que si Sean a poussé Trinky volontairement, il ne peut rester impuni. »

Alvirah hocha la tête. « Naturellement. En revanche, si je peux prouver d'une manière ou d'une autre qu'il s'agit d'un accident, Sean Callahan ne sera pas toute sa vie l'objet de soupçons.

— J'en conclus donc que vous acceptez de m'aider, n'est-ce pas ? » demanda Mike. Il se leva, coiffa sa casquette, retrouvant son maintien de policier.

Alvirah hocha la tête. « Je pense qu'il est temps de faire venir les peintres », dit-elle à Willy.

Les deux hommes la regardèrent d'un air stupéfait.

« Le décorateur choisi par Min m'incite à faire quelques aménagements. Autant commencer tout de suite.

— Quel rapport avec Sean Callahan ? demanda Mike.

— Plus que vous ne croyez. Pendant que l'on redécore les lieux, nous nous installerons à Jackson Heights, dans notre vieil appartement. J'aurai ainsi largement l'occasion de m'entretenir avec mes vieilles amies et d'apprendre ce qui s'est réellement passé le soir du soi-disant crime. »

Après le départ de Mike, Willy se tourna vers Alvirah : « Mon chou, il faut que je te parle. Ces derniers temps ont été agréablement calmes et je ne vais certes pas m'en plaindre. Je n'ai pas été kidnappé, personne n'a tenté de te balancer du haut de la terrasse ou de t'asphyxier. Mais depuis notre retour de voyage, tu ne tiens plus en place. Interroger tes anciennes copines ne devrait comporter aucun risque, pourtant je ne puis m'empêcher d'être inquiet.

— Oh, Willy, dit Alvirah en souriant, cette fois-ci je vais suivre à la lettre la méthode d'Hercule Poirot. Il déchiffrait les énigmes grâce à ses facultés de déduction, faisant fonctionner ce qu'il appelait ses petites cellules grises. C'est ainsi que je compte m'y prendre, promis. »

Une semaine plus tard, derrière une fenêtre du côté opposé de la rue, deux yeux scrutateurs surveillaient l'arrivée d'Alvirah et de Willy dans leur ancien appartement. Les occupants les plus célèbres du quartier, grommela le guetteur d'un ton sarcastique. Qui peut croire sérieusement qu'ils reviennent habiter ce trou à rats pour l'unique raison qu'ils font redécorer leur appartement de Central Park South, alors que leurs moyens leur permettraient de séjourner dans un hôtel de luxe ? L'explication est simple : Mike Fitzpatrick leur a demandé un coup de main. Voyant Alvirah lever les yeux et inspecter l'immeuble, l'observateur se recula précipitamment et tira les rideaux. Avec un sourire menaçant il se rappela qu'une seconde avant de mourir, Trinky elle aussi avait levé les yeux.

« Ne vous amusez pas à fourrer votre nez partout, Alvirah, sinon vous risqueriez de ne plus profiter de vos gains au loto. » Bien que murmurée, la phrase résonna dans la pièce.

Willy ferma la voiture et prit les valises. D'un même pas, Alvirah et lui se dirigèrent vers l'immeuble. La porte s'ouvrit brusquement et un gosse maigrichon d'une douzaine d'années, le cheveu noir et le sourire espiègle, les prit en photo.

« Les millionnaires retournent aux sources, lança-t-il avec emphase. Je m'appelle Alfie Sanchez, expliqua-t-il. Reporter photographe du journal de l'école.

— Un “paparazzi” en culottes courtes, grommela Willy à l'adresse d'Alvirah.

— Il est mignon, dit Alvirah.

— Encore quelques photos, je vous en prie, insista Alfie. Et ensuite j'aimerais recueillir vos impressions sur le fait de quitter les splendeurs de Central Park pour les rues moins paisibles de Jackson Heights. »

« Ce gosse est un petit finaud, fit remarquer Willy un peu plus tard alors qu'ils défaisaient leurs valises.

— Malin comme un singe, renchérit Alvirah. Je lui ai prédit un avenir de grand reporter. Et j'aimerais jeter un coup d'œil sur son album de photos à l'occasion. »

Il leur fallut peu de temps pour s'installer dans le trois-pièces qu'ils avaient habité voilà presque quarante ans. « Tout semble si petit, tu ne trouves pas ? dit Alvirah, d'un air songeur. Pourtant, lorsque nous avons emménagé dans cet appartement il y a quarante ans, je me souviens qu'il m'a paru aussi grand qu'un palais.

— Heureusement que tu n'as pas emporté ta garde-robe au complet, fit observer Willy. Je ne vois pas où tu l'aurais rangée. À cette époque, nous n'avions pas besoin de penderie.

— J'ai pensé qu'il valait mieux ne pas me montrer trop bien habillée si je ne voulais pas embarrasser nos voisins, aussi ai-je choisi de mettre les quelques effets que j'avais laissés ici, expliqua Alvirah. Que penses-tu de ma tenue ? »

Elle avait troqué son tailleur de jersey pour un pantalon en tissu synthétique vert et un T-shirt portant l'inscription NEW YORK IS BOOK COUNTRY.

« C'est sûrement confortable, convint Willy, mais je ne suis pas certain de la réaction de Min von Schreiber si elle te voyait ainsi attifée. En attendant, je vais me changer moi aussi. »

Quelques minutes plus tard, lorsqu'il entra dans le séjour vêtu de son vieux pantalon kaki et d'un sweat-shirt à la gloire des Giants, il trouva Alvirah tenant entre ses bras un des coussins du canapé de velours. Elle fronçait les sourcils, l'air concentré.

« Willy, dit-elle, quelqu'un est venu s'installer ici. La dernière fois que je suis entrée dans cet appartement, c'était en juillet, avant notre départ pour l'Italie. Le soir de notre retour, nous avons appris ce qui était arrivé à Trinky. Nous sommes allés directement au funérarium et le lendemain nous avons assisté au service religieux.

— C'est exact, dit Willy. Nous ne sommes même pas montés dans l'appartement. Et d'après toi, entre juillet et aujourd'hui, quelqu'un aurait occupé les lieux ?

— J'en mettrais ma main au feu. » Alvirah indiqua du doigt un pouf qui avait connu des jours meilleurs. « Le repose-pied était toujours placé devant ton fauteuil, et aujourd'hui le voilà repoussé contre le mur. » Elle enfonça son poing dans le coussin. « Quant à ce coussin, je l'ai trouvé sur le canapé. Or il appartient normalement au fauteuil à oreillettes. » Elle désigna la table basse. « Regarde ces cercles. On a posé des verres sans mettre de napperon. »

Willy n'eut pas le temps de répondre ; la sonnerie de la porte retentit.

« Les nouvelles vont vite », grommela-t-il en se dirigeant vers la porte, Alvirah sur ses talons. Il fit mine de humer l'air. « Ça sent bon. »

Dans le couloir se dressait la silhouette imposante de Brigid Callahan, portant avec précaution une assiette de muffins. « Tout frais sortis du four, annonça-t-elle. Bienvenue à vous deux. »

Tout en prenant le thé, elle les entretint nerveusement de sa belle-fille, Trinky. « Alvirah, Willy, je n'aime pas parler des morts, mais vous la connaissiez. Si cette fille disait partir en direction de l'est, vous pouviez être certains qu'elle se dirigeait vers l'ouest. Elle se donnait des airs, passait son temps à s'admirer dans la glace. Toujours en train de rejeter sa crinière en arrière.

— C'est vrai qu'elle avait cette habitude », reconnut Alvirah. Discrètement, elle porta la main à sa broche soleil et brancha le microphone.

Sa réponse encouragea Brigid à continuer. « Une calamité qu'elle ait jeté son dévolu sur mon Sean, un beau garçon, travailleur, qui aurait pu avoir toutes les filles qu'il voulait. »

Mâchant rageusement le dernier morceau de son muffin, Brigid continua à déblatérer contre la défunte Trinky. « Elle lui a bel et bien mis le grappin dessus, et comme je vous l'ai toujours dit, Alvirah, je parie qu'elle a prétendu attendre un enfant, et mon bêta de fils s'est cru obligé de l'épouser. Qu'est-il alors arrivé ? En deux ans de mariage personne n'a entendu parler de la naissance d'un enfant. Cette fille n'a jamais préparé un seul repas correct pour mon pauvre fils. Leur appartement était une vraie porcherie. Elle était incapable de travailler plus d'un mois d'affilée. Incapable d'arriver à l'heure à son boulot. Elle s'est mise à fréquenter les bars le soir avec ses copines pendant que son mari se tuait à la tâche pour monter un cabinet juridique. Des copines, mon œil... Des habituées qui draguaient les hommes, plutôt. Et pour couronner le tout, j'apprends qu'elle avait une histoire avec un type, que Dieu ait son âme et qu'elle repose en paix. »

Brigid et moi, nous avons le même âge, mais les années ont compté double pour elle, pensa Alvirah. Elle n'a pas eu la vie facile.

Veuve, Brigid était venue s'installer dans l'immeuble avec Sean alors âgé de trois ans. Tout au long des années, ils l'avaient vue élever son fils avec amour et fermeté. Serveuse dans un restaurant, elle s'était sacrifiée pour l'envoyer à la Xavier Military Academy, au Manhattan College et à la St. John's Law School.

« Comment va Sean ? » demanda Alvirah.

Le courroux qui s'était emparé de Brigid au souvenir des frasques de sa belle-fille se dissipa. « Il est calme. Le chagrin, je suppose. Lorsque j'essaie de lui parler, il ne répond que par oui ou par non. C'est tout ce que j'en tire. Je lui ai demandé de me confier une clé de son appartement afin d'aller y faire le ménage, mais il a refusé. Et maintenant, Mike Fitzpatrick envoie ses flics, soi-disant pour lui parler. Mais de quoi peuvent-ils lui parler, je vous le demande ! »

Voilà donc la véritable raison des muffins, pensa Alvirah. Brigid vient aux nouvelles. Elle est inquiète. « Brigid, vous prendrez bien un peu plus de thé, dit-elle.

— À peine une demi-tasse, merci. Dites-moi, quelle impression cela vous fait-il de retrouver cet endroit après Central Park South ? Je dois avouer qu'en vous voyant tous les deux pénétrer dans l'immeuble avec vos valises, j'ai cru m'évanouir. Mais Mme Marco m'a dit que vous redécoriez votre nouvel appartement. »

Le réseau, pensa Alvirah. Mike Fitzpatrick a raison. S'il y a quelque chose à découvrir sur la mort de Trinky, c'est bien dans cet immeuble que je l'apprendrai.

« Je dois sortir un moment, Angie.

— À quelle heure comptes-tu rentrer, Vinny ?

— Quand ça me chantera.

— N'oublie pas...

— Je sais, je sais. N'oublie pas de changer la serrure de la porte d'entrée. »

La porte claqua derrière lui et Angie Oaker reposa le sandwich au jambon et au fromage qu'elle s'apprêtait à déguster. Elle se sentait incapable d'avaler une bouchée. Elle se frotta le front et ferma les yeux ; une migraine tenace la faisait constamment souffrir, ces temps derniers. Elle avait eu l'intention de rendre visite à Alvirah et à Willy pour leur souhaiter la bienvenue, mais elle préféra attendre que son mal de tête se fût dissipé.

Angie Oaker et son mari, feu Herman Oaker, avaient été les gardiens du 2250, 81e Rue durant vingt-cinq ans. Bricoleur de génie, Herman s'était toujours débrouillé pour que le chauffage fonctionne dans tout l'immeuble et que l'eau chaude arrive à tous les étages. Chaque matin, il lavait le sol de marbre du hall d'entrée encore élégant malgré les dégradations du temps. Il entretenait également avec amour les deux escaliers symétriques qui conduisaient aux appartements donnant sur la mezzanine. C'était du haut de celui de gauche que Trinky avait fait une chute mortelle.

Le propriétaire de l'immeuble continuait à employer Angie, mais la tâche était trop lourde pour une personne seule et aucun des employés engagés pour la seconder au cours de l'année précédente n'avait fait l'affaire. C'est alors que sa cousine Rosa avait téléphoné de Californie et, apprenant qu'Angie ne s'en sortait pas, avait proposé que son fils, Vinny, vienne l'aider. Il était momentanément sans travail, voulait vivre à New York et était capable de « réparer n'importe quoi ».

Au début, Vinny lui avait paru répondre à toutes ses attentes. Angie avait le souvenir d'un adorable petit garçon. Pourtant elle n'avait pas mis longtemps à comprendre que le Vinny qui était parti pour la Californie dix-sept ans plus tôt à l'âge de huit ans n'était pas devenu la personne qu'elle espérait.

Il était toujours beau, certes, avec ses cheveux noirs et ses yeux bleus, mais son air constamment maussade aurait exaspéré un saint. Il traînait dehors jusqu'au petit jour et, durant les rares soirées qu'il passait à la maison, il mettait la stéréo à fond, jusqu'à faire trembler les murs de l'appartement. Il était clair aussi qu'il n'avait pas les talents de réparateur que vantait sa mère, ni le moindre désir de les acquérir.

Ce matin, la serrure de la porte intérieure du vestibule de l'entrée s'était coincée à nouveau. Vinny l'avait soi-disant déjà remplacée. Mme Monahan, du 4B, se plaignait que la fenêtre à guillotine de sa chambre ne fonctionnât toujours pas, et la semaine passée Vinny avait laissé un seau d'eau savonneuse en haut d'un des deux escaliers. C'était un miracle que personne n'ait buté dedans. Dieu sait pourtant que l'immeuble était encore sous le choc de la mort de Trinky Callahan.

Angie était toujours perdue dans ses pensées quand le téléphone sonna. Un mécontent de plus, pensa-t-elle. Mais c'était Alvirah Meehan. Ses paroles chaleureuses amenèrent un sourire involontaire sur les lèvres d'Angie.

Alvirah et Willy souhaitaient passer lui dire bonjour. Soudain réconfortée, Angie leur répondit : « Dans un quart d'heure. Avec plaisir. » En raccrochant, elle songea qu'Alvirah était une des seules locataires à téléphoner avant de frapper à sa porte. Brusquement, son sandwich lui parut appétissant. Et une tasse de thé ne me fera pas de mal non plus, se dit-elle.

Il me semble que je bois du thé depuis le début de la matinée, marmonna Willy en son for intérieur tout en s'efforçant d'ignorer l'exceptionnel inconfort de la chaise en fer forgé sur laquelle il était assis dans la cuisine d'Angie Oaker. Elle avait fièrement expliqué qu'elle avait acheté l'ensemble, une table et quatre chaises, dans un vide-grenier quelque temps après la mort de Herman. Il s'agissait de meubles de jardin, bien sûr, mais ils donnaient une atmosphère joyeuse à sa cuisine.

« J'ai l'impression de prendre mes repas dans un jardin, disait-elle d'un air ravi, et c'est aussi pour cette raison que j'ai tapissé les murs de papier à fleurs. »

Alvirah s'était montrée on ne peut plus admirative, décrétant qu'après un deuil il était excellent de changer le décor de sa maison, que c'était une façon d'apaiser son chagrin.

Mais à présent, il était manifeste aux yeux de Willy qu'Alvirah cherchait à dévier la conversation sur leur propre appartement.

« Chaque fois que je reviens ici, je me rappelle tous les bons moments que nous y avons passés Willy et moi, disait-elle. Je me reproche parfois d'avoir conservé cet appartement que nous utilisons si peu, aussi ai-je été ravie que vous me demandiez par deux fois l'année dernière si quelqu'un pouvait y loger pendant quelques jours.

— Mme Casey, pendant le temps où les peintres refaisaient sa cuisine, et Mme Rivera, quand une conduite d'eau a explosé dans sa salle de bains, dit Angie. C'était vraiment gentil de votre part d'accepter de les loger.

— Personne n'y a habité récemment ? » demanda Alvirah.

Angie eut l'air choqué. « Oh, Alvirah, vous ne pensez quand même pas que j'aurais mis quelqu'un dans votre appartement sans vous demander l'autorisation !

— Bien sûr que non. Mais j'espère seulement qu'en cas de besoin et si vous aviez été dans l'impossibilité de nous joindre, vous n'auriez pas hésité à le prêter.

— Jamais de la vie, répondit Angie d'un ton catégorique. Pas sans votre permission. »

Alors qu'ils s'apprêtaient à la quitter, la sonnerie de l'interphone retentit avec insistance.

Angie se hâta d'aller répondre.

Une voix si perçante qu'Alvirah et Willy l'entendirent depuis leur place cria : « La serrure est encore cassée. Combien de temps cela va-t-il durer, Angie ? Cette fois, je vous promets que je vais appeler le propriétaire et lui dire que cet immeuble devient un vrai taudis.

— Laissez-moi m'en occuper », proposa Willy, et il se dirigea rapidement vers l'escalier.

Angie était au bord des larmes. « C'est Stasia Sweeney. Je ne peux pas la blâmer de vouloir se plaindre au propriétaire. Sa clé est restée coincée dans la serrure la semaine dernière. J'aurais dû m'occuper de la faire réparer.

— Angie, maintenant que Herman n'est plus là, vous avez besoin de quelqu'un pour vous seconder, dit Alvirah d'un ton ferme.

— Je suis censée avoir quelqu'un, gémit Angie. Ma cousine Rosa m'a envoyé son fils Vinny de Los Angeles. Mais il ne sait même pas ce que signifie le mot travailler. Si ça continue, il va me faire perdre ma place. Je ferais mieux d'aller m'excuser auprès de Stasia. »

Stasia Sweeney, dont la voix puissante démentait les quatre-vingt-deux ans, se trouvait déjà dans le hall d'entrée en compagnie de Willy et d'un charmant jeune homme qui poussait un caddie tout en portant un gros sac d'épicerie. Alvirah comprit que Willy avait entrepris de calmer les esprits. Il complimentait Stasia sur sa belle mine, racontait qu'il était ravi de revenir habiter là pendant quelques jours, le temps de s'assurer que tout fonctionnait bien dans l'immeuble. « Angie a été submergée par la tâche, conclut-il, quand elle a perdu Herman. Vous aussi, Stasia, vous savez ce que c'est de se retrouver seule. »

La colère quitta les yeux bleus de Stasia derrière les verres épais de ses lunettes. « Il n'y a jamais eu meilleur homme que mon Martin sur cette terre », dit-elle. Consciente de la présence d'Angela, elle ajouta : « Désolée de m'être mise en rogne, Angie.

— Vous voyez, je vous l'avais dit, tante Stasia, claironna une voix joyeuse. À présent, si vous n'y voyez pas d'inconvénient, nous pourrions peut-être distribuer tous ces paquets avant que je n'aie le bras cassé.

— Alvirah, Willy, vous ne connaissez pas mon neveu, Albert Rice », dit Stasia.

Suivirent les présentations, puis la vieille dame, flanquée d'Albert, des sacs et du caddie, se dirigea vers les escaliers menant à la mezzanine.

« Il a l'air d'un bon garçon, dit Alvirah à Willy d'un ton approbateur. Il ressemble à Stasia. Elle avait les cheveux noirs comme lui, te souviens-tu ? C'est gentil de sa part de venir l'aider. Ce n'est pas facile d'être veuve et sans enfant. As-tu remarqué qu'il sentait l'after-shave English Leather. Celui que tu utilisais autrefois ? »

Willy observait Albert Rice en train de hisser le caddie dans l'escalier. « Pourquoi toutes ces provisions ? On dirait qu'ils s'apprêtent à recevoir la reine d'Angleterre.

— Albert a demandé à Stasia de faire une liste des besoins de ses vieilles amies », répondit Angie. Il paraît qu'il déteste les voir chargées comme des baudets avec leurs sacs à provisions, aussi fait-il des courses groupées pour tout ce petit monde. Stasia n'achèterait pas de telles quantités pour elle seule. Il est de notoriété publique qu'elle n'a toujours pas dépensé l'argent qu'elle a reçu pour sa première communion. »

La porte d'entrée de l'immeuble s'ouvrit. Angie regarda d'un air furieux la silhouette qui s'avançait d'un pas mou. « Vinny, Mme Sweeney s'est retrouvée à la porte pour la énième fois. »

Le haussement d'épaules de l'arrivant exaspéra Willy.

« Angie, ordonna-t-il sèchement, dites-moi tout ce qui a besoin d'être réparé. Je vais m'en charger, et toi, Vinny, tu me donneras un coup de main. »

À trois heures, Sean Callahan referma la porte de son modeste cabinet juridique et parcourut en voiture les huit kilomètres qui séparaient Forest Hill du cimetière de Calvary. Là, il se gara et parcourut les allées silencieuses jusqu'à une petite pierre tombale où l'on avait récemment gravé le nom de KATHERINE CALLAHAN. Le chagrin le submergea. Il s'agenouilla et enfouit son visage dans ses mains. « Pardon, Trinky, murmura-t-il. C'était un accident. Je jure que c'était un accident. » Il fondit en larmes tandis que sa voix s'élevait, soudain plus audible. « Je jure que c'était un accident, Trinky. Pardon, pardon. »

Comment Callahan aurait-il pu soupçonner qu'un microphone venait d'enregistrer ses paroles ?

Willy consacra tout l'après-midi à sa tâche de prédilection : réparer. Depuis qu'Alvirah et lui avaient gagné à la loterie, ses talents de plombier étaient exclusivement réservés à sa sœur aînée, sœur Cordelia, qui s'occupait des pauvres et des malades dans son quartier du West Side de Manhattan. Cordelia faisait constamment appel à lui pour remettre en route le chauffage, déboucher les toilettes, réparer les fuites et les robinets qui gouttaient, bref résoudre tous les problèmes domestiques qui accablaient ses ouailles.

Néanmoins, le plaisir qu'il éprouvait à venir en aide à Angie fut gâché par la totale incompétence de Vinny, le fils de sa cousine. À quatre heures, lorsqu'il retrouva Alvirah dans leur appartement, Willy était carrément hors de lui.

« Tu parles d'une aide ! grommela-t-il en rangeant sa boîte à outils dans le placard à balais. Ce garçon ne mérite pas de recevoir un seul sou d'Angie. C'est une honte. Je parie qu'il n'avait jamais vu un tournevis de sa vie avant de venir ici. Crois-moi, mon chou, non seulement il n'est bon à rien, mais en plus il ne m'inspire pas confiance.

— Voilà pourquoi je pense que c'est lui qui est venu ici, dit Alvirah en ouvrant le réfrigérateur pour y prendre une bière qu'elle déposa sur la table devant Willy. Tu sais qu'Angie garde les clés de tous les appartements accrochées à une planchette dans sa cuisine. Il a facilement pu faire faire un double de la nôtre. Il sait que nous ne sommes pratiquement jamais là. Je me demande ce qu'il fabriquait chez nous, et s'il y rencontrait quelqu'un, qui c'était. Willy, il faut que je fasse marcher mes petites cellules grises. »

Elle leva son menton volontaire. « En interrogeant Angie, je saurai où habitait Vinny en Californie. Peut-être découvrirons-nous quelque chose dans son passé qui pourrait nous mettre sur une piste. Réfléchis : pourquoi la cousine d'Angie l'aurait-elle expédié à Rosa, sinon pour s'en débarrasser ?

— Je viens de voir le neveu de Stasia dans le hall, dit Willy. Un jeune homme très bien élevé. Il m'a remercié d'avoir réparé la porte de l'entrée.

— On m'a beaucoup parlé de lui, dit Alvirah. Il est bagagiste à l'aéroport Kennedy et il vient souvent s'occuper de Stasia depuis le printemps dernier. Elle a quatre-vingt-deux ans et n'est plus très solide sur ses jambes. C'est très gentil de la part de ce jeune homme, mais naturellement, certaines de mes vieilles copines aimeraient savoir ce qu'il a fait durant les années précédentes.

— Toujours les mêmes », marmonna Willy.

« Récapitulons toute l'histoire, Sean, dit doucement Mike. En quoi la mort de Trinky a-t-elle été accidentelle ? »

La cravate de Sean Callahan était dénouée, le col de sa chemise déboutonné. Des cernes sombres bordaient ses yeux. Il se tenait le front comme s'il cherchait à apaiser une douleur lancinante. Une image lui vint soudain à l'esprit à propos de Fitzpatrick, le souvenir d'un des « grands » de l'immeuble qui lui apprenait à jouer au stickball. Mais le Mike assis en face de lui dans le commissariat était un flic. Il connaît sûrement le nombre de fois où je suis allé au cimetière, songea Sean.

« Sean, je veux t'aider, dit Mike, cherchant à le rassurer. Je te le répète, tu as le droit de demander un avocat ou de ne rien dire. Sinon, nous pouvons discuter. Il s'agit peut-être d'un accident. Peut-être n'as-tu pas eu l'intention de pousser Trinky, mais ce sera au jury d'en décider.

— Je ne voulais pas qu'elle sorte ce soir-là », murmura Sean, plus pour lui-même que pour son interlocuteur.

Mike Fitzpatrick plissa les yeux. Il se pencha en avant, prit un ton encourageant : « Tu avais raison. Cette boîte est devenue le rendez-vous de tous les dragueurs du coin et Trinky se vantait d'avoir un petit ami généreux. Tu étais au courant, hein ?

— Non, répondit Sean d'une voix blanche. Je savais seulement que dans le courant de l'année six jeunes femmes du quartier avaient été agressées par un cinglé. J'étais inquiet de la savoir dehors. Je savais que je n'aurais jamais dû m'amouracher d'elle, mais je tenais toujours à elle et je craignais qu'il ne lui arrive quelque chose. Elle avait déjà trop bu ce soir-là.

— Tu t'es donc disputé avec elle, tu l'a suivie hors de l'appartement, et arrivé en haut de l'escalier tu as perdu ton contrôle. »

Sean Callahan ferma les yeux.

La porte de la salle d'interrogatoire s'ouvrit. Mike Fitzpatrick leva les yeux, l'air contrarié. Le sergent de service se tenait devant lui.

« Commandant, pouvez-vous venir un instant ? On vous demande au téléphone. C'est important. »

Le signe de tête du sergent à l'adresse de Sean fut presque imperceptible.

Le cœur serré, Alvirah décrocha le téléphone dans l'appartement de Stasia Sweeney. Appeler Mike Fitzpatrick à ce moment précis lui était particulièrement pénible, mais elle n'avait pas le choix. Angela venait de l'appeler, lui demandant de descendre immédiatement chez Stasia, ajoutant que c'était important.

Important ! pensa Alvirah avec consternation à la vue de Stasia allongée sur le divan, la tête calée sur les oreillers, occupée à raconter aux infirmiers ce qui lui était arrivé.

« Je crois que je me suis trop inquiétée à la pensée de ne plus pouvoir rentrer chez moi. J'étais en train de confectionner du pain irlandais quand j'ai commencé à ressentir des douleurs dans la poitrine. À mon âge, qui sait ce qui peut arriver ? J'ai récité un acte de contrition pendant que j'appelais les pompiers. Puis je me suis allongée et je me suis dit que je risquais d'avoir rendez-vous avec le Seigneur avec un péché sur la conscience. Je regarde souvent des feuilletons policiers à la télévision et je sais ce que signifie l'expression : être complice par assistance. »

Alvirah n'avait pas envie de réentendre la suite du récit mais elle ne put faire autrement. À son avis, il était clair que les douleurs thoraciques de Stasia étaient bel et bien passées. Elle avait un teint rose, ses yeux pétillaient, son attitude respirait la bonne conscience. Alvirah constata que le microphone de sa broche était resté branché, et bien qu'elle eût déjà entendu toute l'histoire, elle ne le coupa pas.

« Jusqu'à aujourd'hui seul mon petit-neveu Albert savait que j'étais sur la mezzanine et que j'ai vu Sean s'agenouiller près de Trinky au pied de l'escalier et lui cogner la tête par terre quand elle a tenté de se relever, disait Stasia. Trinky a cessé de remuer. J'ignore pourquoi, mais j'ai deviné qu'elle était morte. Je suis rentrée rapidement à l'intérieur et je suppose que je suis restée en état de choc pendant un moment, car je ne me souviens de rien ensuite, sinon d'avoir entendu un brouhaha au-dehors. Je me sentais encore étourdie, mais je suis descendue dans le hall. La police était déjà là et Sean se tenait debout près du corps de Trinky et il pleurait. Brigid Callahan s'était évanouie, et ils essayaient de la ranimer, la pauvre. »

Mike Fitzpatrick avait raison, songea Alvirah. Les vieilles amies se soutenaient mutuellement. Sean avait tué Trinky et il ne lui avait pas suffi de la pousser en bas des escaliers, il l'avait achevée quand il s'était rendu compte qu'elle vivait encore. Un geste qui faisait de lui un tueur de sang-froid.

Les infirmiers s'apprêtèrent à partir. « Votre cœur et votre pouls ont retrouvé leur rythme normal, madame Sweeney, la rassura gentiment le plus âgé.

— Passez-moi mes lunettes, ordonna Stasia. Vous me les avez enlevées et sans elles je suis perdue.

— Bien sûr, attendez une minute, je vais vous les nettoyer. Les verres sont complètement brouillés.

— C'est à cause du bicarbonate, expliqua Stasia. Ça m'arrive à chaque fois que je fais du pain irlandais. »

La sonnerie de la porte d'entrée annonça l'arrivée du commissaire Michael Fitzpatrick accompagné de deux civils dont Alvirah ne douta pas un instant qu'il s'agissait d'inspecteurs. Pour la troisième fois elle entendit le témoignage accablant de Stasia Sweeney.

Quand Fitzpatrick quitta l'appartement, Alvirah et Willy, suivis d'une Angela tremblante d'inquiétude, lui emboîtèrent le pas jusque dans le vestibule de l'entrée. « Mike, est-ce que vous avez l'intention d'arrêter Sean ? demanda carrément Alvirah.

— C'est déjà fait, répondit Mike. Alvirah, je regrette de vous avoir entraînée dans tout ça. Il ne subsiste plus aucun doute sur sa culpabilité. Non seulement il l'a poussée, mais il l'a achevée. Ne vous apitoyez plus sur lui. Il n'en vaut pas la peine. »

Avant qu'Alvirah n'eût le temps de répondre, un hurlement de colère s'éleva derrière eux.

« VINNY ! »

Angie pointait un doigt rageur vers l'extrémité du

couloir, désignant une silhouette qui s'enfuyait. « Je le cherche depuis qu'il a quitté l'appartement. Il est aveugle et sourd, ma parole ! Il n'a donc pas vu l'ambulance devant la porte ? Vous ne croyez pas qu'il aurait pu demander ce qui se passait, proposer de se rendre utile ? Utile ? Ha, ha ! Tu parles ! Voilà qu'il a disparu à nouveau !

— Peut-être ne vous a-t-il pas entendue, suggéra Mike Fitzpatrick. N'est-ce pas le fils de votre cousine, celui qui travaille pour vous, Angie ?

— Qui est supposé travailler pour moi.

— Je ne crois pas l'avoir jamais rencontré. » Mike se tourna vers Alvirah et Willy. « Il faut que je rentre.

— Et moi il faut que je mette la main sur ce maudit Vinny », déclara Angie.

Des pas résonnèrent dans l'escalier et Alfie Sanchez apparut, son appareil photo à la main, au moment où les infirmiers quittaient l'appartement de Stasia Sweeney. La vue du brancard vide le consterna. « Vous ne l'emmenez pas à l'hôpital ?

— Navrés, Alfie, lui répondirent-ils. Pas de gros titres pour cette fois.

— Tant pis. » Alfie eut un haussement d'épaules résigné. « J'ai aussi loupé les flics qui arrêtaient un conducteur ivre hier. Il leur a flanqué un coup de poing. Cela aurait fait une photo formidable. » Il adressa un sourire entendu à Alvirah. « Vous n'avez pas oublié que vous devez jeter un coup d'œil à mon album, hein ?

— Je n'ai pas oublié. »

De retour au commissariat, Mike Fitzpatrick se rendit directement dans la pièce où était retenu Sean Callahan. Il lui récita à nouveau l'énoncé de ses droits et ajouta : « Sean, tu ferais mieux d'appeler ton avocat. Stasia Sweeney t'a vu cogner la tête de Trinky contre le sol. »

Callahan le regarda d'un air ébahi. « Vous êtes fou, Mike ?

— Non, je ne suis pas fou. Tu as droit à un seul coup de fil. Qui est ton avocat ?

— Laissez tomber. Il faut que je parle à ma mère. Oh, mon Dieu, gémit-il. Je ne sais pas quoi faire. »

Cette nuit-là, Alvirah ne sombra pas dans les bras de Morphée sitôt couchée. Des rêves incertains la maintinrent éveillée. Finalement, à trois heures du matin, elle se leva de son lit et alla sur la pointe des pieds dans le séjour, prenant avec elle un carnet à reliure spirale et sa broche soleil. Quelque chose dans ce qui s'était dit cet après-midi avait titillé son subconscient, un détail qu'elle devait absolument vérifier.

Elle s'installa sur le canapé de velours gris qui quarante ans plus tôt avait coûté cent cinquante dollars, cala son dos contre un oreiller. Avec un sourire pensif, elle se rappela le temps où, lorsqu'ils étaient fauchés, Willy et elles glissaient la main sous les coussins dans l'espoir d'y trouver quelques pièces de monnaie qui seraient tombées de leur poche.

Amusée à ce souvenir, elle refit le même geste et sentit au bout de son index quelque chose de rond et de résistant. Prenant garde de ne pas l'enfoncer davantage, elle le saisit précautionneusement entre le pouce et l'index. C'était un étroit jonc d'or, dont le poids et l'éclat prouvaient qu'il ne s'agissait pas d'un simple colifichet. C'est un bijou de valeur, constata Alvirah. Comment a-t-il atterri là ?

Un nom lui vint à l'esprit. Vinny ! Il avait accès à la

clé de l'appartement. Était-il venu ici, et si oui, avec qui ? Une inconnue n'aurait pas échappé à la surveillance des commères de l'immeuble. Mais avec quel argent avait-il pu acheter un bracelet de ce prix ?

Elle avait sa petite idée sur l'identité de l'éventuelle copine de Vinny. Vinny était beau gosse et dépourvu de volonté, Trinky était une allumeuse-née. Supposons que...

Alvirah réfléchit, actionnant ses chères petites cellules grises. Quel genre de vie Vinny avait-il mené en Californie ? Il avait peut-être eu des ennuis, s'était trouvé mêlé à des histoires de drogue, qui sait ? Le rédacteur du *Globe* avait des contacts dans tout le pays. Il pourrait mener une petite enquête.

Sa décision prise, Alvirah sortit la cassette de sa broche, l'introduisit dans le magnétophone portable et la rembobina.

Le soleil se levait lorsqu'elle s'arrêta enfin de prendre des notes. Elle se laissa aller en arrière contre les coussins du canapé, ferma les yeux, et continua à se concentrer.

À huit heures, quand Willy ne trouva pas Alvirah couchée à côté de lui à son réveil, il se précipita dans le séjour et la vit assise à la même place, l'air las mais satisfait. « Nous allons avoir du pain sur la planche, déclara-t-elle d'un ton décidé. Heureusement qu'on est samedi. Primo, il faut téléphoner à Alfie Sanchez et lui demander de venir nous montrer son album. Peut-être possède-t-il une photo de Vinny que nous pourrions confier à Charley au *Globe*. Je sais que sa mère vit à Hollywood Ouest et j'ai déjà pris quelques informations là-bas. Ils m'ont communiqué son numéro de téléphone, Charley n'aura donc aucun mal à trouver son adresse. Pourras-tu lui apporter la photo ? »

Willy frotta ses yeux encore lourds de sommeil. « Entendu. Et ensuite ?

— Ensuite, j'irai bavarder un moment avec Brigid Callahan. Elle était très agitée quand elle est venue me rendre visite hier. Maintenant que Sean a été incarcéré et qu'il risque d'être accusé du meurtre de Trinky, ses nerfs vont craquer. Il faut que je la persuade de me confier ce qu'elle sait. Je suis sûre qu'elle cache quelque chose.

— C'est possible, mon chou. Et qu'est-ce que tu as d'autre dans ta manche ?

— Il y a quelque chose qui ne me paraît pas clair. Mais je préfère y réfléchir seule pour l'instant. »

Quand Alfie Sanchez sonna à la porte des Meehan, un gros album sous le bras, il n'aurait pu deviner que la personne qui lui avait demandé aimablement où il allait avait une raison particulière de lui poser cette question.

Alvirah accueillit Alfie chaleureusement et le conduisit dans la cuisine, où tout était déjà prêt pour faire des crêpes aux myrtilles. Willy sortit de la chambre habillé de sa tenue dite « Manhattan » — veste de lin bleu, col roulé blanc, pantalon marine.

Alvirah huma l'air. « English Leather. Voilà un parfum qui évoque de vieux souvenirs. »

Willy haussa les épaules. « Je le portais au bal du K et C où nous nous sommes rencontrés. Comment va, Alfie ?

— Super-bien, répondit joyeusement Alfie. J'ai pris une photo formidable de Mme Callahan à son retour du commissariat de police hier soir. Elle a l'air d'avoir cent ans. Je l'ai intitulée “La mère de l'accusé”. »

Alvirah alluma le gaz sous la poêle. « Alfie, toi qui as toujours l'œil aux aguets, dit-elle d'un ton volontairement détaché, aurais-tu pris par hasard une photo de Vinny, le neveu d'Angela ?

— Vinny Nodder ? Bien sûr. » Alfie but une gorgée de son jus d'orange. « Drôlement réussie. Je vais vous la montrer. » Il saisit son classeur. « La voilà. »

Alvirah et Willy échangèrent un regard par-dessus la tête penchée d'Alfie. La photo avait été prise depuis la mezzanine et représentait Vinny, un balai à la main, contemplant avidement la mince silhouette qui descendait l'escalier en spirale.

« N'est-ce pas Trinky Callahan qu'on aperçoit dans l'escalier ? demanda Alvirah.

— Si, c'est elle, dit Alfie. Mais j'ai surtout essayé de saisir l'expression de Vinny sur la photo, son air ob... zut, je ne trouve plus le mot.

— Obsédé ? suggéra Alvirah.

— C'est ça. Son air obsédé. »

Alvirah fronça les sourcils. Elle aurait dû introduire une cassette neuve dans sa broche soleil. Elle ne devait pas manquer un seul mot de ce qui se disait. Alfie était une mine d'informations.

Après le petit déjeuner, Willy retourna à Manhattan et Alvirah invita Alfie à s'asseoir près d'elle sur le canapé pendant qu'elle examinait le contenu de son album. « Je vais tout vous montrer et vous expliquer », promit-il.

À vrai dire, il avait accompli un travail remarquable. Il était visiblement exceptionnellement doué pour le reportage. Voitures accidentées, incendies, vitrines brisées — il semblait faire profit de tout. Et il se rappelait précisément les circonstances qui entouraient chacune de ses prises de vue.

Quarante minutes plus tard, Alvirah décida d'aborder franchement la question qui la préoccupait. « Alfie, dit-elle, as-tu pris des photos après qu'ils ont découvert le corps de Trinky dans le hall ? Je suppose que ça devait être extraordinaire à photographier avec tous ces policiers rassemblés sur place.

— Oh, bien entendu, dit Alfie. Je les ai classées un peu plus loin. »

Il feuilleta l'album jusqu'à la page où s'étalait une photo baptisée « Le soir de la chute ». Vraisemblablement prise depuis la mezzanine, elle était sombre et contrastée. Recouvert d'un drap, le corps de Trinky reposait au pied de l'escalier de marbre. Le hall grouillait de policiers. « Pauvre Sean, soupira Alvirah. Il était sans doute sorti pour respirer un peu d'air. » Puis ses yeux s'agrandirent. « Oh, mon Dieu ! s'exclama-t-elle. Alfie, il faut que tu me prêtes cette photo. »

En redescendant l'escalier pour rentrer chez lui, Alfie répondit sans se faire prier aux questions que lui posa la personne qui l'avait croisé à l'aller. Oui, Mme Meehan lui avait emprunté une photo. C'était celle qu'il avait prise à l'arrivée de la police après la mort de Trinky.

Il faut empêcher cette fouineuse d'aller plus loin, décida secrètement son interlocuteur, il n'y a plus de temps à perdre.

Brigid Callahan avait passé la nuit à arpenter l'appartement, incapable de se décider. La veille, quand on lui avait enfin permis de rendre visite à Sean et qu'elle avait vu son expression lasse et son teint livide, ses cheveux sombres retombant mollement sur son front, ses yeux bleus au regard vague et abattu, une pensée l'avait frappée, lui serrant le cœur : à vingt-neuf ans, Sean était le portrait de son père peu de temps avant que le cancer ne l'emporte exactement au même âge. La ressemblance lui parut encore plus saisissante lorsqu'elle comprit que depuis la mort de Trinky, Sean n'avait eu qu'une idée en tête : essayer de la protéger, elle, sa mère.

À présent, elle se rongeait les sangs. Sean lui avait fait promettre de cacher une partie de la vérité à Mike Fitzpatrick. Peut-être n'aurait-elle pas dû lui obéir.

Hier, après avoir vu Sean, elle avait eu l'intention d'aller dans son appartement, mais la présence d'Alfie Sanchez qui rôdait dans les couloirs à l'observer l'en avait empêchée. Ce soir cependant, elle espéra qu'il avait décampé et sortit de chez elle, résolue à mettre son projet à exécution. Dans le hall, elle tomba sur Alvirah. Elle expliqua vaguement que Sean avait besoin d'effets personnels.

« Je vous accompagne, Brigid, dit résolument Alvirah. Il faut absolument que je vous parle. »

L'appartement de Sean et de Trinky, l'un des plus modestes de l'immeuble, comprenait un petit séjour, une chambre exiguë et une kitchenette. « Sean a tout nettoyé, fit remarquer Brigid tristement. C'est un garçon naturellement ordonné. »

Alvirah examinait l'intérieur de la penderie. « Il ne reste aucun vêtement de Trinky. Est-ce qu'il les a tous donnés ?

— Sans doute. Il détestait le genre de fripes qu'elle se mettait sur le dos. Oh, Alvirah. » Brigid s'assit sur le lit et se mit à pleurer. « Tout ce que je dis semble l'accabler davantage. Mais il n'a pas pu accomplir le geste dont l'accuse Stasia. Mon Sean était incapable de faire du mal à une mouche. »

Alvirah mit en marche son microphone. « Brigid, dit-elle fermement, tout ce vous me direz ne sortira pas d'ici. Mais je vous demande d'être franche avec moi. Vous savez quelque chose concernant ce qui s'est passé cette nuit-là, et à moins que vous ne me disiez la vérité, je ne pourrai rien pour vous. »

Brigid jeta à son amie un regard suppliant.

« Moi aussi j'aime beaucoup Sean, dit doucement Alvirah, et si nous sommes revenus ici c'est parce que je désire aider à le disculper. Les apparences lui sont défavorables, mais je veux quand même essayer. »

Brigid hocha la tête. La voix brisée par l'émotion, elle dit : « Je sortais faire des courses ce soir-là quand j'ai croisé Trinky sur le palier. Elle était toute pomponnée, Alvirah, et sa tenue faisait honte.

— Vous le lui avez dit ?

— Oui. Et j'ai ajouté qu'elle ferait mieux de rester à la maison et de se comporter en bonne épouse pour mon fils ou de déguerpir. » Brigid avala péniblement sa salive. « Alvirah, le sol était mouillé. Vinny venait de passer la serpillière. Trinky m'a répondu d'aller au diable et elle a commencé à descendre la première marche. Son pied a glissé, à cause de ces fichus talons aiguilles, et j'ai voulu la retenir par le bras. Elle a hurlé : "Ne me poussez pas !" Puis elle a fait cette horrible chute et s'est écroulée au pied de l'escalier. J'ai cru un instant qu'elle était morte, mais elle a vaguement bougé. »

Alvirah devina la suite. « Et vous êtes partie en courant chercher Sean.

— Oui. Il était dans la cuisine. Je ne pouvais même pas parler, au début. Ensuite je lui ai dit que Trinky avait eu un accident et qu'elle était gravement blessée. J'étais dans tous mes états. Il s'est précipité hors de l'appartement. Et quand il est revenu, il m'a dit qu'elle était morte et que je devais me taire parce qu'on pourrait croire que je l'avais poussée. » Brigid éclata en sanglots. « Et voilà que Stasia Sweeney affirme qu'elle a vu Sean cogner la tête de Trinky sur le sol et la tuer. Sean n'a rien fait de pareil, gémit-elle. Même fou furieux, il n'aurait pas pu faire ça. »

Alvirah lui tapota la main. « Je vous crois, dit-elle doucement. Le problème est de le prouver. » Elle sortit de sa poche le bracelet qu'elle avait découvert sous les coussins du divan. « Avez-vous déjà vu ce bijou ?

— Il appartenait à Trinky. Elle disait que c'était un cadeau d'une de ses amies pour son anniversaire en mai dernier. Où l'avez-vous trouvé ?

— C'est sans importance pour l'instant, mais une chose est certaine, il vaut de l'argent et aucune amie ne l'a offert à Trinky pour son anniversaire. » Alvirah se leva. « J'ai l'intention d'avoir une petite conversation avec Stasia Sweeney.

— Alvirah, il y a autre chose, dit Brigid d'une voix hésitante. Regardez. » Elle fit mine de chercher quelque chose sous le lit et en sortit un sac-poubelle. « Il y a vingt-cinq mille dollars là-dedans, murmura-t-elle. Sean a découvert ce sac après la mort de Trinky et il ne savait pas quoi en faire. Dieu seul sait d'où elle le tenait. Il m'a ordonné de le cacher. Il a ajouté que si la police obtenait un mandat de perquisition et tombait sur tout cet argent, Mike Fitzpatrick en conclurait que Trinky le trompait avec un autre homme et que cela consituerait un motif suffisant pour qu'il l'ait tuée. Pouvez-vous le garder chez vous ?

— Le ciel nous protège ! » soupira Alvirah en entendant une série de coups secs frappés à la porte.

Brigid se précipita dans l'entrée. « Qui est là ?

— Police. Nous avons un mandat pour perquisitionner ce domicile. »

Oh, mon Dieu, pensa Alvirah. Instinctivement elle saisit le sac et le fourra sous son bras. Au moment où Brigid tournait la poignée, Alvirah lança d'une voix qui aurait pu s'entendre depuis le hall de l'immeuble : « Brigid, je ne veux pas vous ennuyer plus longtemps. Je serai à la laverie si jamais vous avez besoin de moi. »

Je suis complice par assistance, se dit-elle trois minutes plus tard en cherchant dans son appartement un endroit où cacher le sac. En désespoir de cause, elle suivit l'exemple de Brigid et le fourra sous le lit.

Puis elle mit en marche le magnétophone et écouta la totalité des enregistrements depuis leur arrivée à Jackson Heights jusqu'au moment où elle s'était trouvée dans l'appartement de Stasia Sweeney. Il lui fallut repasser trois fois cette partie de la bande pour se rendre compte de ce qui lui avait échappé. « Ah ! ah ! » s'exclama-t-elle d'un ton triomphant.

Stasia Sweeney préparait une deuxième fournée de pain irlandais quand Alvirah lui rendit visite. « Je ne suis pas la meilleure des boulangères », soupira-t-elle en essuyant ses mains collantes et pleines de farine sur son tablier tout en ajustant ses lunettes.

Alvirah alla droit au but. « Stasia, dit-elle, humant l'odeur appétissante du pain cuit au four, vous avez excité ma curiosité hier soir. Vous avez dit qu'il arrivait toujours un malheur quand vous prépariez du pain irlandais. Qu'entendiez-vous par là ? »

Stasia haussa les épaules. « Oh, c'est seulement qu'hier soir j'ai ressenti ces douleurs dans la poitrine, et la fois précédente Trinky Callahan a été assassinée. C'est un malheur, vous en conviendrez.

— Bien sûr. Mais il y a une chose que je ne comprends pas. Pourquoi êtes-vous sortie de chez vous ce soir-là alors que vous étiez en train de préparer votre pain. Avez-vous entendu Trinky tomber du haut de l'escalier ?

— On n'aurait pas pu l'entendre à travers une porte fermée. Non, j'ai ouvert ma porte car il faisait trop chaud dans l'appartement ; en voyant un seau près de l'escalier j'ai voulu dire à Vinny que ce n'était pas une heure pour fiche de l'eau partout et c'est à ce moment-là que j'ai vu Sean cogner la tête de Trinky par terre.

— Stasia, regardez cette photo », dit Alvirah en posant résolument l'épreuve sur la table de la cuisine.

Stasia se pencha. Ses lunettes glissèrent sur son nez et elle chercha à les ajuster avec ses doigts blancs de farine. Elle écarquilla les yeux, frotta impatiemment les verres, les barbouillant encore davantage. « Alvirah, je n'ai franchement pas envie de regarder. La simple pensée du corps de cette fille me donne la nausée.

— Qui se trouve dans l'embrasure de la porte ? insista Alvirah.

— Sean Callahan, qui voulez-vous que ce soit d'autre ?

— Ce n'est pas Sean, dit Alvirah d'un ton triomphant. C'est le neveu d'Angie, Vinny. Regardez ! Sean se tient là, dans le coin, avec Brigid. Il vous tourne le dos. Vous comprenez, Stasia ? Vinny a la même taille et la même corpulence que Sean, et il est brun comme lui. Ils portent tous les deux un jean et un T-shirt et l'éclairage est faible. Je parie qu'avec vos doigts pleins de pâte vous avez sali vos lunettes, et que vous avez vu ce que vous désiriez voir. Êtes-vous certaine d'avoir véritablement distingué le visage de Sean ce soir-là ?

— J'ai cru le reconnaître. » Stasia examina la photo et parut hésiter. « Alvirah, prétendez-vous que je me serais trompée en identifiant Sean ? J'aimerais croire que vous avez raison. Mais pourquoi ce bon à rien de Vinny en aurait-il voulu à Trinky ?

— C'est la question que je compte résoudre », répliqua Alvirah, satisfaite de voir Stasia admettre qu'elle avait pu se tromper.

De retour chez elle, Alvirah sentit se dissiper son optimisme tout neuf. Elle n'avait pas le moindre début de preuve ; uniquement des hypothèses, et elle n'ignorait pas ce qu'en ferait Mike Fitzpatrick. En outre, pensa-t-elle, il est certes probable que Vinny et Trinky se sont retrouvés ici, mais où diable aurait-il trouvé l'argent pour acheter ce bracelet et d'où aurait-il sorti vingt-cinq mille dollars ?

À moins qu'elle n'ait instinctivement vu juste et que Vinny ne soit pas le fainéant qu'il feignait être. Tout prenait un sens s'il dealait de la drogue et traînait avec Trinky. Peut-être avait-elle fini par en savoir trop et devenir un danger pour lui. Mike Fitzpatrick avait dit qu'ils s'apprêtaient à mettre la main sur un trafiquant de drogue dans le quartier. Brigid et Stasia avaient dit que le seau et la serpillière se trouvaient près de l'escalier. Par conséquent, Vinny devait être dans les parages ce soir-là.

Je parie tout ce qu'on voudra que Vinny a eu des ennuis en Californie. Elle avait hâte de voir Willy revenir et de l'entendre raconter ce qu'il avait appris.

Comme à l'accoutumée, elle décida de calmer son

impatience en faisant le ménage à fond. Elle passa l'aspirateur, épousseta les meubles, lava le sol, préoccupée par une seule pensée : si Vinny avait un casier vierge, elle n'avait plus qu'à repartir de zéro. Elle ne détenait aucune preuve.

Soudain les effets de sa longue nuit blanche se firent sentir. Un bain chaud la détendrait, décida-t-elle. Lorsque Willy sera de retour, je me sentirai moins flagada.

La baignoire se remplit rapidement et Alvirah se demanda s'il restait des sels de bain dans l'armoire à pharmacie. Dès qu'elle l'ouvrit, une odeur familière s'en échappa qui amena un sourire sur ses lèvres. Puis elle fronça les sourcils, saisit le flacon d'English Leather et l'examina. Il n'était pas là il y a deux ans, se dit-elle. Il est presque neuf. Elle dévissa le bouchon, renifla, et brusquement tout lui parut clair, plus clair que la supposée culpabilité de ce bon à rien de Vinny.

Bien sûr ! À quoi pensais-je ? À quoi bon faire travailler mes petites cellules grises ! Le neveu de Stasia ! Si complaisant, offrant si volontiers de faire les courses dans le voisinage. Cheveux noirs, yeux bleus, élancé, tout comme Sean et Vinny. Il était parfumé à l'English Leather la première fois qu'elle l'avait rencontré. Et il avait tout fait pour que Stasia ne révèle pas ce qu'elle croyait avoir vu le soir du meurtre.

Que savait-on de lui ? Elle demanderait à Mike Fitzpatrick de se renseigner à son sujet. Mais en premier lieu, elle ferait mieux de fermer les robinets avant que l'appartement ne soit inondé. Le flacon d'after-shave à la main, elle se retourna. Ses yeux s'agrandirent.

Une silhouette s'encadrait dans l'embrasure de la porte, une silhouette de haute taille, mince, des cheveux bruns, des yeux bleus au regard froid.

« Je me demandais combien de temps vous mettriez

à faire le lien entre moi et cet after-shave, madame Meehan, dit Albert Rice d'un ton moqueur. C'est celui qu'a utilisé votre mari ce matin. Trinky aimait cette odeur. Une fille extrêmement attirante mais sans cervelle. Elle parlait trop. Un vrai danger pour moi. Et assez stupide pour avoir pris le fric que j'avais planqué ici et prétendre n'être au courant de rien. »

Il s'avançait vers elle. Alvirah recula instinctivement, mais elle buta contre la baignoire derrière elle. Il n'y avait nulle part où se réfugier. Elle ouvrit la bouche, s'apprêtant à crier, mais Albert ne lui en laissa pas le temps. La saisissant par le cou, il plaqua ses mains sur sa bouche.

« Les gens tombent souvent dans cet immeuble, chuchota-t-il. Vous êtes tombée dans votre baignoire, vous avez perdu connaissance et vous vous êtes noyée. Peut-être avez-vous eu un étourdissement. Vous n'auriez pas dû quitter Central Park. Vous fouinez partout et à cause de vous je vais avoir un mal de chien à persuader tante Stasia que c'est bien Sean qu'elle a vu en train de cogner la tête de Trinky sur le sol. »

Il sait depuis le début que je n'ai jamais cru Sean coupable, pensa Alvirah. Mais comment est-il arrivé jusqu'ici ? Bien sûr ! Il a une clé. Il a dû faire des courses pour Angie et la dérober dans sa cuisine. J'ai beau me creuser la cervelle, j'ai bien peur qu'il ne soit trop tard pour moi.

« Adieu, Alvirah », murmura Albert.

Elle ne put résister à la violente poussée qui la fit basculer en arrière. Elle sentit qu'elle tombait dans la baignoire. Sa tête heurta le robinet et une douleur fulgurante lui traversa le front et la nuque. Elle agita désespérément les bras, tenta de repousser les mains dures comme l'acier qui la maintenaient sous l'eau. Des gargouillements jaillirent de sa gorge tandis que l'eau entrait par ses narines. D'accord, elle allait peut-être mourir, mais lui ne s'en tirerait pas comme ça.

Alvirah parvint à soulever ses deux pieds et à en frapper la cloison. Boum, boum, BOUM ! Mon Dieu, faites que quelqu'un m'entende, implora-t-elle. Elle cogna le mur une dernière fois, plus faiblement, avant de sombrer dans le noir.

Willy bondit hors du taxi au moment où Mike Fitzpatrick sortait d'une voiture de police. « C'est justement vous que je venais voir, dit-il.

— Plus tard, Willy, répondit sèchement Mike. Stasia Sweeney m'attend.

— J'ai découvert quelque chose concernant Vinny, insista Willy. Ce garçon est louche.

— Et d'après Stasia, c'est peut-être aussi un meurtrier », répliqua Mike, tandis qu'accompagné de son adjoint il franchissait le perron de l'immeuble.

Alfie Sanchez était dans le hall, son appareil photo dans une main, un agrandissement dans l'autre. Il avait entendu les paroles de Mike.

« Du nouveau dans l'affaire ?

— Décampe, Alfie », lui cria Mike.

Le garçon eut l'air vexé. « Commissaire, je fais un job d'enquêteur et de photographe sans vous demander un sou. Je dois voir Mme Meehan. J'ai découvert un truc intéressant dans tout ce micmac autour de la mort de Trinky Callahan.

— De quoi parles-tu ? » demanda Mike,

Alfie brandit la photo qu'il avait à la main. « J'ai montré mon album à Mme Meehan ce matin. Elle a eu l'air très intéressée par une des photos que j'avais prises peu de temps après la découverte du corps de Trinky Callahan. »

Pour une raison inconnue, Willy eut brusquement la certitude qu'Alvirah était en danger.

« J'ai trouvé ce que Mme Meehan avait remarqué lorsqu'elle a examiné ma photo. Elle s'est rendu compte que Mme Sweeney avait sans doute confondu le mari de Trinky, Sean, avec Vinny, le gardien de l'immeuble. Mais ce n'est plus ça qui est important. » Alfie désigna l'épreuve agrandie qu'il tenait à la main. « Cette photo-là n'était pas dans mon album. Je l'ai prise après que le corps a été enlevé et, sur le moment, je n'y ai pas attaché d'importance particulière. Si vous l'examinez de près, vous constaterez que je me suis trompé dans la légende. Le type qui se tient près d'Angie dans le hall n'est pas Vinny, c'est le neveu de Mme Sweeney, Albert Rice.

— Je ne comprends rien à tes élucubrations, dit Willy, mais si Alvirah a trouvé quelque chose, il est possible qu'elle ait des ennuis. » Il monta précipitament l'escalier et aperçut Vinny qui traînait dans le couloir menant à la mezzanine. « Mike, cria-t-il, vous feriez mieux de coincer ce type. Un mandat le concernant a été lancé à Los Angeles. Il a plusieurs agressions contre des femmes à son actif. C'est pour cette raison que sa mère l'a expédié à Angie. »

Sur la mezzanine, la porte d'un appartement s'ouvrit brusquement. « Il y a une inondation dans ma salle de bains, hurla Stasia Sweeney. Elle semble provenir de votre appartement, Willy, juste au-dessus du mien. Et quelqu'un cogne contre le mur. Est-ce qu'Alvirah s'amuse à faire de la gymnastique ou cet immeuble est-il devenu un asile de fous ?

— Alvirah, gémit Willy. Alvirah. »

Vinny se recroquevilla contre le mur en voyant l'adjoint de Mike s'élancer dans sa direction. « Je sais ce que vous croyez, protesta-t-il, mais je n'ai pas touché à un cheveu de Trinky. Elle traînait avec Albert. Je les ai souvent vus ensemble. Il vient de sortir de chez vous, Willy, il a filé par l'escalier de secours. »

Mike Fitzpatrick saisit Willy par le bras. « Allons-y. Vite. »

L'eau débordait dans le couloir. Ils s'élancèrent à travers l'appartement et se précipitèrent dans la salle de bains. Le parfum de la lotion English Leather flottait dans l'air.

Alvirah gisait inanimée dans la baignoire. Willy tomba à genoux, la souleva dans ses bras. « Chérie...

— Laissez-moi faire, ordonna Mike. Je suis sûr qu'il n'est pas trop tard. »

La première sensation d'Alvirah fut le contact rugueux contre sa joue du tapis que Willy et elle avaient acheté deux cents dollars quarante-deux ans auparavant. Ensuite lui vint la pensée qu'elle était entrée dans la baignoire tout habillée.

Enfin, elle comprit la situation. Cet Albert, une belle ordure, pensa-t-elle, tandis qu'elle entendait Willy implorer : « Réveille-toi, mon chou. Il nous reste encore dix-sept annuités de loto à toucher. Tu ne veux tout de même pas que je les dépense avec une autre femme ! »

Sûrement pas, pensa Alvirah, en aspirant une profonde bouffée d'air.

« Elle revient à elle, annonça Mike. Willy, vous devriez regagner Central Park South tous les deux. »

« En tout cas, nous avons fait du bon travail pendant notre séjour », déclara Alvirah d'un ton joyeux le lendemain matin en pliant soigneusement le pantalon et le sweater lavés et repassés qui avaient failli lui servir de costume mortuaire. « En vingt-quatre heures, nous avons prouvé que Sean était innocent, découvert que Vinny était l'auteur d'agressions sexuelles et démasqué Albert Rice, trafiquant de drogue et meurtrier de son état. Pas mal, non ?

— Pas mal, en effet, acquiesça Willy. Mais dis-moi, mon chou, pour l'amour de moi, si tu mettais tes petites cellules grises au repos pendant une moment. »

La sonnette de la porte retentit. « Quoi d'autre maintenant ? » grogna Willy en allant ouvrir.

Dans le couloir se tenaient une Brigid Callahan rayonnante au bras de son fils, Sean, une Angie Oaker radoucie et Stasia Sweeney, l'air abattu. Les accompagnaient Alfie Sanchez et Mike Fitzpatrick.

« On m'a commandé une photo, annonça Alfie.

— Nous voulons faire circuler un prospectus illustré d'une photo de groupe, expliqua Mike. Afin de démontrer que l'entraide dans un quartier peut améliorer la sécurité des rues et des habitations.

— Alvirah, comment vous remercier ? dit Brigid.

— Alvirah... » Sean Callahan prit ses mains entre les deux siennes. « Grâce à vous tout s'est arrangé. »

Alvirah l'embrassa. « Vous avez traversé des moments pénibles, Sean, votre mère et vous. Suivez mon conseil. Consacrez-vous uniquement à votre cabinet juridique pendant quelque temps. » Elle jeta un regard à Brigid. « Votre mère ne sera peut-être pas de mon avis. Mais quittez cet immeuble. Vous avez besoin de vivre seul.

— Pour ma part, je dirais qu'une mère ne devrait pas envoyer son détraqué de fils chez sa cousine afin qu'il s'en prenne à des victimes innocentes, déclara Angie Oaker, les larmes aux yeux.

— Quant à moi, qu'il s'agisse d'un parent ou non,

je me fiche du sort de celui qui vend de la drogue et assassine une jeune femme pour la faire taire », dit Stasia Sweeney d'un ton catégorique, bien que son émoi n'échappât pas à l'œil attentif d'Alvirah.

Le photographe en titre Alfie Sanchez avait lui aussi remarqué le désarroi d'Angie et de Stasia. « Et moi, je propose que les jeunes du quartier fassent les courses des personnes âgées et participent à l'entretien de l'immeuble, annonça-t-il. Mais, pour l'instant, commissaire, j'ai du boulot. Alignez-vous tous devant la fenêtre et souriez ! »

Traduit par Anne Damour.

S'il vous plaît, un peu d'argent ou un ticket-restaurant

STANLEY COHEN

Il en avait souvent vu dans les parages. Mais c'était la première fois qu'il en voyait en couple. En règle générale, c'était l'un ou l'autre, homme seul ou femme seule, debout sur le refuge en béton au feu du centre commercial Sears, avec une pancarte écrite en grosses lettres, au marqueur ou au crayon, sur un bout de carton ondulé :

S'IL VOUS PLAÎT,
UN PEU D'ARGENT
OU UN TICKET-RESTAURANT

Quelquefois, la pancarte disait :

ACCEPTE TOUT TRAVAIL POUR MANGER

Quand les voitures s'arrêtaient au rouge, il arrivait que des conducteurs baissent leur vitre pour leur tendre une pièce, parfois un billet. Bien que les mendiants en général mettent Sam mal à l'aise, il lui arrivait aussi, s'il se trouvait juste devant eux et commettait l'erreur de croiser leur regard, de mettre la main à la poche et de leur tendre un billet par la fenêtre.

Mais cette fois ils étaient deux, un couple blanc,

homme et femme, plantés au feu en face du centre commercial de Milford Post. Dans l'éclat du soleil de midi en novembre, ils avaient l'air plus jeunes, plus propres et mieux habillés que ceux de l'espèce courante, pitoyable et douteuse. Il estima qu'ils avaient dans les trente-cinq ans, soit une bonne vingtaine d'années de moins que lui.

L'homme était assis par terre, sur le béton du refuge qui séparait la rue en deux, jambes croisées devant lui, la pancarte caractéristique entre les mains. Sa barbe et sa moustache fournies étaient courtes et soignées, ses cheveux noirs et bouclés, et ses yeux enfoncés dans leurs orbites distillaient un regard intense. La femme debout derrière lui n'était pas laide — mince, les cheveux châtains et courts. Ils étaient vêtus à l'identique, presque avec élégance, d'un pantalon et d'un blouson en jean et d'une chemise à carreaux. Un grand sac en plastique, contenant vraisemblablement leurs maigres biens, reposait par terre à côté d'eux.

Sam attendait que le feu passe au vert en les examinant. Ils regardèrent dans sa direction, lui renvoyèrent un regard appuyé, et le picotement de la culpabilité se réveilla. À l'évidence, il était un « riche » au volant de sa grosse Mercedes, et eux étaient des « pauvres ». Il se trouvait dans la mauvaise file pour leur tendre quelque chose par la fenêtre, mais leur apparence si inhabituelle l'intriguait incontestablement. Une idée farfelue lui vint.

Dès l'instant où il eut baissé sa vitre, il sut que c'était une lubie imbécile et une grossière erreur, mais la curiosité le titillait, et comme il avait dans l'idée d'aller manger un morceau quelque part de toute façon, il se marmonna à lui-même : « Bah, pourquoi pas ? » et alla de l'avant, ce qu'il n'aurait jamais fait si sa femme Martha avait été là. Elle éprouvait généralement de la compassion pour les sans-domicile-fixe, mais évitait tout contact direct avec eux. Il agita la main et, avec un sourire amical, leur cria : « Ça vous dit d'aller manger un morceau ? » L'homme bondit sur ses pieds.

Sam désigna du doigt le Burger King au coin de la rue, en face du centre commercial, et cria : « On se retrouve là-bas. »

Il se rangea dans le parking du Burger King et mit pied à terre en les regardant se hâter dans sa direction. « Je pensais justement aller déjeuner, leur dit-il lorsqu'ils le rejoignirent. Je peux vous inviter, ce sera ma façon de vous aider. » C'est alors qu'il flaira un soupçon d'odeur. Rien de fort, mais perceptible. Des corps pas lavés. De SDF. Il était prévenu pourtant, mais déjà, il était trop tard pour faire machine arrière.

« Vous êtes un type bien, dit l'homme en le détaillant des pieds à la tête, sans sourire, avant de se tourner vers la Mercedes rutilante de Sam. On peut peut-être vous donner un coup de main en échange. On est toujours prêts à bosser un peu pour gagner notre repas.

— C'est gentil d'y penser, mais ce n'est pas nécessaire. Oubliez ça. Je suis content de le faire. Allons, entrons. » Puis il ajouta : « Au fait, puisque nous allons déjeuner ensemble, je m'appelle Sam. Et vous ?

— Bonjour, Sam. Moi, c'est Vince. Et elle, Loreen.

— Bonjour, Vince. Et Loreen. »

Sam eut le sentiment immédiat que ce type ne lui inspirait ni confiance ni sympathie. Il dégageait quelque chose d'intense, de menaçant. Quant à elle, il ne savait trop que penser. Mis à part le fait qu'elle était plutôt mignonne. Elle remplissait joliment son jean. Mais il regrettait déjà ce qu'il avait engagé. C'était vraiment le truc stupide à faire. Une demi-heure à tirer, et à l'avenir, il y réfléchirait à deux fois.

À l'intérieur, Sam désigna les panneaux lumineux et indiqua : « Servez-vous. Choisissez ce que vous voulez. Leurs sandwiches sont bons et leurs frites sont les meilleures du coin.

— On dirait que vous êtes un habitué, Sam, lança Vince avec un petit sourire narquois.

— Ben, j'aime bien y venir à l'occasion. Quand je suis vraiment pressé. »

Sam les observa tous les deux étudier le menu et passer commande. Ils commandèrent chacun deux doubles Whopper, une grande frites, un grand Coca et une part de tarte. Deux doubles Whopper ? Ça faisait bien une livre de bœuf, ça ! Et de la tarte ? Voilà qui devrait leur tenir au corps jusqu'au prochain repas, quels que soient le lieu et l'heure où ils le prendraient. Sam commanda quant à lui un sandwich au poulet et un Coca sans sucre, et ils allèrent s'asseoir à une table. Il les regarda attaquer leur nourriture. Oui, c'était clair, ils étaient affamés.

« Sam Champion ! »

Surpris, Sam leva les yeux et s'efforça de ne pas trahir son embarras. C'était son ami, Harley Spence. « Comment va, Harley ?

— Sam, bon Dieu, qu'est-ce que tu fabriques à manger ici ? »

Sam, hésitant : « J'y viens de temps à autre, quand je suis pressé. Et *toi,* Harley ? Qu'est-ce que tu fais là ?

— Idem. Tu me présentes tes amis ?

— Vince et Loreen... Mon ami, Harley.

— J'ai l'impression de vous avoir déjà vus ? » fit Harley. Puis son regard se posa sur le grand sac en plastique, revint sur le couple, et une rougeur de compréhension lui traversa le visage. Il dirigea son regard vers la rue, puis revint à Sam avec un large sourire. « Sam, tu es incroyable. Tu le sais, ça ?... Je te laisse avec tes *amis*. On se verra au club. » Il s'éloigna et prit la file pour commander.

« Votre nom est Champion ? demanda Vince.

— Juste le nom. Je n'ai jamais été champion en rien.

— J'ai vu ce nom sur quelque chose, quelque part, mais je ne me souviens plus..., dit Loreen. Si, attendez. Scierie Champion ?

— ... Oui... »

Elle sourit et roula les yeux en signe d'admiration. « Je me souviens, j'ai vu ce grand panneau en face du péage.

— Je n'y vais plus beaucoup, maintenant. J'ai plus ou moins pris ma retraite.

— Vous habitez dans le coin ? demanda Vince.

— Dans le coin, mais pas tout près.

— Vous êtes marié ? Vous vivez seul ?

— Ma femme est en Floride en ce moment. Nous avons un pied-à-terre là-bas, je dois l'y rejoindre bientôt. » Leurs questions commençaient à l'ennuyer. « Mais, attendez une minute. Et vous ? Vous n'avez pas l'air de sans-abri ordinaires. Que vous est-il arrivé ?

— On a été licenciés tous les deux, et on a dû quitter notre appart.

— Où ça ?

— À Boston. On travaillait tous les deux dans une fabrique de chaussures.

— Et vous ne pouviez *rien* trouver là-bas ?

— Rien, répliqua Vince avec un soupçon de véhémence.

— Alors, et maintenant ?

— On va descendre dans le Sud si on trouve rien rapidement, dit Loreen.

— Vous avez de la famille là-bas ? Des amis ?

— On n'a personne nulle part, dit Vince.

— Pas d'amis à Boston, ou dans la région ?

— Personne qui ait les moyens de nous aider.

— Comment êtes-vous arrivés jusqu'ici ?

— En stop », dit Vince. Puis : « Sam, je parie que vous pourriez nous trouver quelque chose, hein ? À votre scierie ? Ou chez vous ? Hein, chez vous ? On est des bosseurs. À nous deux, on peut faire pratiquement n'importe quoi. Et le faire bien.

— Désolé, mais je ne crois pas. Ce n'est plus moi qui dirige la scierie à présent. Et chez moi, il n'y a rien à faire.

— Rien à faire chez vous ? Allons, Sam. Il doit bien y avoir un petit quelque chose pour Loreen et moi. »

Il ressentait une pression dont il se serait passé. « Écoutez. Il n'y a rien à faire. D'accord ? » Il prononça ces mots sur un ton définitif, dans l'intention de faire passer le message, de mettre un terme à la discussion. « Je suis content de vous inviter à déjeuner. Ça me fait plaisir de le faire. Mais quand nous sortirons d'ici, ce sera pour ne jamais nous revoir. J'espère que c'est bien entendu. » Il dévisagea Vince, qui avait pris un air mauvais.

« C'était super-gentil à vous de nous payer à manger, dit Loreen, et elle lui sourit.

— Je vous l'ai dit, ça me fait plaisir de le faire. » Elle était vraiment mignonne quand elle souriait, mais il avait le sentiment que ce sourire cachait quelque chose de faux. Il en avait assez de ces deux-là. Il était temps de leur fausser définitivement compagnie, et d'oublier ce stupide et lamentable épisode. Il se leva. « Écoutez. J'ai fini de manger, et j'ai des choses à faire. Je file, mais vous pouvez rester ici aussi longtemps que vous le voudrez. Reposez-vous, utilisez les toilettes, faites-vous resservir un Coca si vous voulez. Vous voyez la promo, là ? Deuxième boisson gratuite ! Et bonne chance à vous deux.

— Merci encore, Sam », dit Loreen.

Sam partit en ville au volant de sa Mercedes et fit un saut chez son courtier. Il discuta un moment de son portefeuille d'actions, et s'attarda pour regarder la vidéo des transactions à la corbeille. Voilà comment il passait ses journées, maintenant qu'il s'était retiré des affaires. Certains allaient aux courses. D'autres à la pêche. D'autres encore jouaient au golf. Lui aimait suivre les transactions boursières, pendant que ses fils dirigeaient la scierie — et s'en acquittaient plutôt bien depuis quelques années. C'était justement dans ce but qu'il les avait envoyés à l'université.

Quand il en eut assez, il rentra chez lui, s'arrêta à la boîte à lettres, remonta la longue allée circulaire bordée d'arbres majestueux et de parterres luxuriants, jusqu'à l'imposante demeure invisible de la route. Il freina devant la porte du garage pour trois voitures...

Et c'est là qu'il les vit.

Loreen était assise sur les marches devant la porte d'accès à la maison par la buanderie, et Vince ratissait des feuilles. La première réaction de Sam fut de faire demi-tour pour rejoindre la route et appeler la police avec son téléphone de voiture, mais Loreen souriait déjà en agitant la main et elle se leva pour venir à sa rencontre. Pendant ce temps, Vince s'activait consciencieusement, tâchant d'entamer l'épais tapis de feuilles qui recouvrait la vaste pelouse vallonnée. Non que Sam eût besoin de son aide : son service d'entretien paysager viendrait bientôt avec une équipe de jardiniers pour débarrasser les feuilles à l'aide de souffleuses et d'engins divers, exactement comme les autres années.

Sans rentrer la voiture au garage, il coupa le moteur.

« Salut, Sam », lança Loreen en arrivant à sa hauteur avec un sourire avenant. Vince approcha à son tour, le râteau à la main.

« Mais à quoi jouez-vous là, tous les deux ?

— On est venus voir si on pouvait faire un petit quelque chose pour vous remercier de votre gentillesse à midi, dit Vince.

— Comment êtes-vous arrivés ici ?

— À pied.

— À pied ? Mais ça doit bien faire six ou sept kilomètres.

— C'était facile, dit Loreen. On a l'habitude de marcher. »

Il tenta de se les représenter, marchant sur le bas-côté avec leur gros sac en plastique dans ce coin chic. Une vision plutôt peu commune. « Comment avez-vous su que j'habitais ici ?

— Vous êtes dans l'annuaire, dit Vince. On n'a eu qu'à demander notre chemin. C'est un joli lopin, que vous avez là, Sam.

— Merci.

— Ça doit être vraiment classe, à l'intérieur. »

Sam maîtrisa une vague montante de colère et de dépit. Il pouvait dire merci à son ami Harley d'avoir laissé échapper son nom de famille... Mais qu'est-ce qui leur avait pris, sans blague, de débarquer chez lui ? Enfin, bon, il sentit qu'il valait mieux la jouer cool et copain plutôt que de s'énerver avec eux. Il était seul en leur compagnie et personne ne savait qu'ils étaient là. Il se prit à visualiser toutes sortes de gros titres sanglants. « Écoutez. Je vous ai déjà dit que vous n'aviez pas à vous sentir redevables pour le déjeuner. Vous attendez quoi, là ?

— Sam, pensez-vous... » Elle hésita. « Sam, pensez-vous qu'on pourrait entrer se laver un peu ? On ne vous dérangera pas. »

Seigneur Jésus ! Et quoi d'autre ? « Vous voulez quoi, au juste ?

— Est-ce qu'on pourrait... prendre une douche ?

— On vous en serait vraiment reconnaissants, Sam », ajouta Vince.

Sam réprima une formidable bouffée d'impatience. Il n'avait absolument pas envie de les laisser entrer chez lui, mais il comprenait aussi leur besoin... « Il y a une chambre au-dessus du garage avec salle de bains attenante. Il y a aussi des serviettes et du savon. Descendez juste vos serviettes à la buanderie quand vous aurez fini.

— Vous êtes un type bien, Sam, dit Vince, avec l'air d'avoir remporté un trophée. Loreen va y aller la première, moi je vais continuer à ramasser les feuilles.

— Inutile. J'ai une entreprise qui s'en charge.

— Laissez-moi m'en occuper, Sam. Vous ferez des économies.

— Il y a beaucoup de terrain. Vous n'arriverez pas à grand-chose à la main. Et puis, la nuit va bientôt tomber.

— J'y arriverai. »

Sam haussa les épaules. « Si vous y tenez. Peu importe ce que vous ferez, mais il vous faudra une bâche pour emporter les feuilles jusqu'en bas dans le bois. J'en ai une au garage. » Sam passa la main à l'intérieur de sa voiture et commanda l'ouverture automatique du garage. L'une des portes se souleva. Une autre voiture, une Chrysler décapotable, était rangée à l'intérieur. Sam tendit le doigt. « Vous voyez la bâche ? Là-bas, juste derrière la voiture de ma femme. »

Il regarda Vince entrer, contourner la décapotable et

se diriger, en prenant son temps pour évaluer du regard la voiture et tout le contenu du garage, vers l'endroit où était disposé tout un assortiment d'outils et d'objets divers. Ayant ramassé la bâche, il repartit vers la pelouse.

« Par où puis-je passer ? » demanda Loreen.

Sam pointa le doigt. « Vous prenez cette porte et vous montez l'escalier. » Il la regarda se diriger vers la porte et commencer à gravir les marches. Oui, ce jean lui moulait joliment les fesses... Mais bon sang, qui étaient ce type et cette nana ? Il remonta dans sa Mercedes et la rentra au garage.

À l'intérieur, il passa un moment dans son bureau à examiner son courrier. La plupart des lettres rejoignirent directement la corbeille, mais il y avait quelques chèques de dividendes qu'il endossa et mit de côté pour les apporter à son courtier. Cela fait, il s'installa dans un fauteuil plus confortable pour lire *Newsweek* qui venait aussi d'arriver. Il entendit une porte s'ouvrir, des bruits de pas se rapprocher, et il ne fut aucunement surpris lorsqu'elle entra dans la pièce, l'air propre et récuré, sentant le frais.

Elle promena un regard très impressionné autour d'elle. « Je voulais vous remercier encore, Sam, pour tout.

— Ça va. » Il y avait quelque chose de condescendant dans son attitude qui lui déplaisait. Que mijotaient-ils encore ? « Où est Vince ? demanda-t-il. Nous devons parler de votre retour en ville. Je vais vous ramener.

— C'est de ça que je voulais vous parler. Il fait trop sombre pour que Vince continue avec les feuilles, alors il prend sa douche, et... Sam, cette chambre à côté de la salle de bains, elle a un grand lit. Comme il fait noir, qu'on n'a pas grand-chose à faire et aucun endroit où aller à la nuit tombée, est-ce que vous pensez qu'on pourrait rester là, ce soir, pour dormir ? Je retirerai les draps demain matin, je les laverai, et je referai le lit, et je vous ferai un peu de ménage dans la maison. Pendant ce temps, Vince pourra continuer avec les feuilles, et...

— Holà, Loreen. Je voulais juste vous payer à manger, et vous, vous vous installez chez moi. À quoi ça rime, tout ça ?

— Sam, vous ne pouvez pas imaginer à quel point on apprécie de pouvoir se laver... et savez-vous depuis quand on n'a pas dormi dans un vrai lit ? Même pour une nuit ? Et cette chambre, là, qui ne sert à rien. Vous ne pensez pas, Sam... ? »

Comment diable s'était-il débrouillé pour les laisser entrer chez lui ? Mais ils étaient là. Loreen se montrait très, très gentille, mais Vince ne lui inspirait pas une once de sympathie ni de confiance. Il songea à appeler la police. Il connaissait le commissaire de police de la ville, il le connaissait même très bien, mais le commissaire ne serait plus à son bureau à cette heure-ci, et s'il composait le numéro du commissariat et demandait de l'aide, une voiture de police s'amènerait avec un jeune flic inconnu à bord. Et que lui dirait-il ?

Et s'il n'appelait pas le commissariat, que faire ? Les ramener au carrefour de la poste et les laisser là dans le noir ?

Les laisser rester, c'était non seulement les avoir chez lui pour la nuit mais les avoir à manger. Le dîner, puis le petit déjeuner. En dehors du petit déjeuner, Sam prenait la plupart de ses repas en ville lorsque Martha était en Floride. Il dînait au club ou dans l'un de ces restaurants qu'il affectionnait mais dont Martha ne faisait pas grand cas. Quand Martha était à la maison, ils avaient une employée, Roberta, qui venait régulièrement, et les deux femmes cuisinaient et s'occupaient du ménage. Martha partie en Floride, Roberta venait une fois par semaine pour le ménage, le vendredi. Et on n'était que lundi.

Quoi faire pour dîner ? Il ne tenait pas à sortir chercher quelque chose en les laissant seuls chez lui... Des pizzas. Il en avait déjà commandé, quand ses petits-fils étaient là... « Entendu, Loreen, vous pouvez dormir là cette nuit. Je vous ramènerai en ville demain. Je vais commander des pizzas pour dîner.

— Nous n'oublierons jamais votre gentillesse.

— C'est bon. Content de rendre service. » Il n'aimait pas tout ce baratin creux et bidon. Encore douze heures à tirer, et il leur ferait débarrasser le plancher, bon sang, c'était tout ce qu'il voulait.

« Je vais prévenir Vince. »

Il commanda deux pizzas et partit à la cuisine installer trois couverts sur la table dans le coin-repas : assiettes en carton, couteaux et fourchettes, pile de serviettes en papier, et verres hauts, qu'il remplit de glaçons. Il posa une bouteille de deux litres de Coca non entamée sur la table.

Les pizzas arrivèrent et ils prirent place autour de la table.

« C'est une chouette maison que vous avez là, Sam, dit Vince.

— Merci.

— Hmm, vous auriez pas une bière ? demanda Vince.

— Vous n'aimez pas le Coca ?

— J'adore le Coca, mais je boirais bien une bière ou deux avec la pizza.

— Ben, désolé, il faudra vous contenter de Coca. On est à court de bière.

— C'est faux. J'en ai vu, là, dans le frigo.

— Quand avez-vous regardé dans le frigo ?

— Tout à l'heure. Je cherchais de l'eau fraîche. »

La situation était-elle en train de déraper un peu, là ? Il espéra que non. D'ailleurs, lui aussi aimait bien boire de la bière en mangeant une pizza. Il dévisagea Loreen avec un sourire forcé. « Il est comment quand il a bu ? Gentil, bagarreur, ou franchement mauvais ? » Il s'efforçait d'avoir l'air dégagé, de plaisanter un peu, mais il allait à la pêche aux renseignements. Il n'aimait pas l'idée de donner de l'alcool à ce type.

« Il est gentil, dit-elle, presque trop hâtivement. En fait, il ne boit jamais pour être saoul... Et, je vais vous dire une chose, moi aussi j'aime bien la bière avec la pizza. »

Sam ouvrit le frigo et sortit trois boîtes de Heineken.

« De la bonne », approuva Vince avec un hochement de tête. Il se leva pour vider ses glaçons dans l'évier, et fit de même avec les deux autres verres. Il se rassit et versa avec un plaisir évident la bière d'importation de luxe dans son verre. Il avala plusieurs gorgées, grogna de plaisir, et s'essuya la bouche d'un revers de manche.

Sam observa ses invités engloutir les pizzas et siffler la bière. Vince se leva sans un mot et prit deux autres bières dans le frigo, pour Loreen et lui. Voilà qui mit non seulement Sam en rogne, mais l'inquiéta. Vince paraissait plus brusque au fur et à mesure qu'il buvait, mais sans que cela fût trop flagrant ou alarmant. Rien qui laissât présager un réel danger. Sam observa Vince se lever finalement pour prendre la dernière boîte du pack de six dans le frigo.

« Ça vous dirait, un peu de crème glacée ? » demanda Sam. Voilà qui épongerait peut-être un peu l'alcool.

« Et comment ! dit Vince.

— Loreen, il y a une boîte de deux litres au congélateur, les coupes sont juste là-haut et les cuillères dans ce tiroir. » Il désigna chaque emplacement du doigt.

Loreen leur servit de généreuses portions, laissa la boîte sur la table, et Sam commença à trouver amusant de voir la quantité de nourriture que ces deux-là pouvaient ingurgiter. Lui-même n'avait mangé que deux parts de pizza, et il ne restait rien des deux pizzas géantes. En les regardant s'attaquer à la crème glacée, il se demanda si la boîte y résisterait.

Quand ils furent rassasiés, Loreen rapporta le reste de glace au congélateur, débarrassa la table, mit le tout dans l'évier et commença à faire la vaisselle. Sam lui montra comment mettre les couverts dans le lave-vaisselle après les avoir rincés et débarrassés des restes de nourriture.

« Qu'est-ce que vous allez faire, maintenant ? » demanda Vince à Sam.

Curieuse question. « Pas grand-chose. Regarder un peu la télé, et puis aller me coucher. À demain matin.

— Hé, Sam, une minute ! Ça vous gênerait qu'on la regarde avec vous ? »

Que répondre ? Non, vous ne pouvez pas regarder la télévision avec moi ! Retournez dans votre chambre et contemplez les murs, et réjouissez-vous d'avoir un endroit où crécher ce soir ?... Et la barbe ! Encore huit, dix heures et il en serait débarrassé... « Si ça vous dit de regarder le football. Je regarde le football le lundi soir.

— C'est parfait. Loreen et moi, on adore le football. »

Promenant leur regard autour d'eux, n'en perdant pas une miette, ils suivirent Sam jusqu'à la salle de télé où plusieurs fauteuils confortables et cossus faisaient face à un écran géant. Sam prit son habituel fauteuil de repos inclinable en cuir et Vince se montra fasciné par le profond fauteuil tapissier pivotant qu'il avait choisi.

Loreen s'étendit à moitié sur un canapé. Oui, c'était une jolie femme. Taille fine. Et brusquement, la présence de ses seins généreux sous la chemise ample lui sauta aux yeux. La silhouette de Martha avait capitulé depuis des années face à l'invasion de la cellulite. Des années-lumière, semblait-il. Son intérêt limité pour les choses du sexe avait disparu de même. Et elle lâchait à l'occasion des commentaires sur ce qu'elle appelait « la fascination de Sam pour les seins et les culs ».

« Sam, vous avez des toilettes pas loin ? demanda Vince.

— Celles que vous avez utilisées ne vont pas ?

— Je me disais que vous en aviez de plus proches. »

Sam le regarda. *Tu ne peux pas aller pisser dans celles que je t'ai attribuées ? Trop loin pour toi ? Cinquante, soixante pas à tout casser ? Mais je t'en prie, fais comme chez toi, mon cher ami...* Plus que quelques heures... « Derrière cette porte, à droite. Un peu plus loin, sur la gauche. Vous verrez. » Il voulait tenter d'être relativement aimable et avenant le temps qu'il avait encore à les supporter, mais ce n'était pas facile. Vince lui déplaisait.

Le bruit de Vince vidangeant sa bière leur parvint. Il n'avait pas pris la peine de fermer la porte. Le grossier personnage ! Bon sang, il n'aurait pas pu fermer cette porte, non ? Loreen tentait de donner l'impression qu'elle n'avait pas entendu.

« Vous avez d'autres toilettes ? » demanda Loreen.

Elle ne pouvait pas attendre que Vince revienne

pour utiliser les mêmes que lui ? Non, naturellement. Elle voulait reluquer un peu plus la maison. « Mmm, Loreen, vous prenez cette porte, et à gauche. Toutes les chambres ont leur propre cabinet de toilette. »

Elle sortit et Sam suivit son trajet en écoutant le bruit de ses pas. Elle s'arrêta pour inspecter chaque chambre avant de... monter l'escalier ? Jusqu'à sa propre chambre ? Elle se payait une petite visite non accompagnée de toute la maison. Sam songea un court instant aux bijoux de Martha puis se souvint que Martha les enfermait toujours dans le coffre-fort mural avant de partir pour Palm Beach.

Ils regardèrent sans beaucoup d'intérêt ni grande conversation ce que la chaîne ABC proposait avant l'heure du match, lequel opposait l'équipe d'Amérique, les Cowboys, à un adversaire de moindre envergure. Lorsque la présentation du match arriva, Vince demanda à Sam s'il y avait encore de la bière.

« On a bu assez de bière, Vince.

— Une bonne bière fraîche accompagne rudement bien un match de football, Sam. Si vous en avez encore un peu, par là. »

Sam regarda Loreen qui lui sourit en hochant la tête pour l'assurer que tout irait bien. D'ailleurs, il aimait ça, lui aussi, siroter une bière pendant un match, et puisque Vince avait l'air de bien se tenir... Encore quelques heures. Plus que quelques heures. Peut-être le sommeil de Vince n'en serait-il que meilleur ? « Je crois qu'il y en a dans un frigo au sous-sol. Je vais aller voir.

— Ne bougez pas, Sam. J'y vais. Dites-moi juste où. » Il était déjà debout.

« La porte du sous-sol est dans la cuisine, et le frigo est juste en bas de l'escalier. Vous le verrez. »

Vince partit et revint avec un autre pack de six Heineken. « Vous pourriez soutenir un siège, hein, Sam ? Ce frigo est bourré à craquer. » Il tendit une boîte à Sam, une autre à Loreen et fit sauter la capsule d'une troisième pour lui-même. Il avala plusieurs longues gorgées et lâcha le même grognement de plaisir qu'avant. Ils se remirent à regarder le match.

Vers le milieu de la troisième période, l'affrontement étant devenu par trop inégal et ennuyeux, Sam suggéra qu'ils en restent là. Il voulait aller se coucher. Ils acceptèrent à contrecœur. Sam avait bu une bière, Loreen une, et Vince trois. Il emporta la dernière avec lui. Sam monta dans sa chambre à l'étage... Plus que quelques heures...

Le sommeil léger de Sam fut perturbé par une dépression dans le matelas, comme si quelqu'un venait juste de s'asseoir au bord du lit, dans son dos. Il se figea dans l'obscurité, son cœur s'accéléra. Il avait verrouillé la porte de la chambre, mais le verrou n'était qu'une simple targette facile à ouvrir de l'extérieur à l'aide d'un petit tournevis ou même d'une épingle à cheveux. C'était Martha qui l'avait réclamé pour empêcher ses petits-enfants de la déranger pendant sa sieste.

Allait-il sentir une lame sur sa gorge ? L'intrus, quel qu'il soit, se trouvait entre lui et la table de chevet sous laquelle était suspendu un étui contenant un petit revolver de poche. Devait-il tenter de repousser vivement l'intrus pour s'emparer du revolver... ?

« Sam ? » Un murmure hésitant.

C'était Loreen.

Il prit une forte inspiration, roula sur le dos et se redressa en s'appuyant sur ses coudes. « Que diable venez-vous faire ici ?

— Juste une petite visite, Sam. Pour vous remercier de votre gentillesse envers nous, vous voyez. » Sa voix était différente. Basse et enrouée, rien à voir avec le ton badin et condescendant qu'il avait entendu toute la journée.

« Vous avez perdu la tête ? Levez-vous de mon lit, bon sang !

— Allons, Sam. Ne me dis pas que t'es pas content de me voir. J'ai bien vu comment tu m'as regardée toute la journée. Et puis, tu me plais bien, Sam. T'es un type sympa. » Elle posa ses mains sur son torse et se mit à le caresser, poitrine, épaules, bras... « Eh, Sam, il est en soie, ce pyjama ? Hein, c'est de la soie ? »

Il repoussa ses mains. « Allez-vous sortir d'ici ? »

Elle reposa ses mains sur lui. « Pure soie. Pff, quelle classe ! » Elle fit descendre ses mains vers son ventre.

Il les lui prit à nouveau pour les écarter. « Vous allez sortir d'ici, bon Dieu ? Et votre mari ? S'il se réveille et voit que vous n'êtes pas là ? Je crois que vous feriez mieux de retourner auprès de lui. »

Elle reposa une troisième fois ses mains sur Sam et entreprit de le masser avec sensualité. « Pour commencer, c'est pas mon mari. Secundo, je lui appartiens pas. Et tertio, il se réveillera pas. Il est dans le coaltar. Toute cette bière qu'il s'est envoyée... Dis-moi, Sam, c'est quand la dernière fois que tu t'en es payé une bonne tranche ? Un super bon coup, j'veux dire. Allez. Ne mens pas. J'ai vu la photo de ta femme, en bas.

— Martha est une femme charmante.

— J'en suis persuadée, Sam. Et c'est une bombe sexuelle aussi. Vrai ? »

Aucune repartie mordante ne lui vint. « Écoutez, c'est très gentil à vous de vouloir me remercier de cette façon, mais vous allez sortir d'ici, maintenant, et retourner d'où vous venez. Allez.

— Parce que tu ne plaisantes pas, c'est ça ?

— Parfaitement. Vous n'avez rien à faire ici. »

Elle glissa ses mains dans son pyjama et se pencha pour lui mordiller le lobe de l'oreille. « Allons, Sam, chuchota-t-elle. Je vois bien que tu le penses pas. Et t'inquiète pas. J'ai même le préservatif pour que t'aies à te soucier de rien. T'aurais eu à te soucier de rien, de toute façon, parce que je sais faire attention à moi. Allons, détends-toi, Sam, et profite de l'instant présent. Qu'est-ce que t'as à perdre ? Vince saura rien, et ta femme est pas là... Mon Dieu. De la soie. De la pure soie... Viens, laisse-moi t'aider à enlever ça... Là, comme ça... Attention à ne pas arracher les boutons. » Son haleine dans son oreille l'affectait malgré lui tandis qu'elle s'attaquait au cordon de son pantalon.

« Mm-mm, Sam. Le nœud est trop serré.

— T'en fais pas pour ça. » Il l'ôta d'un coup sec sans défaire le cordon. « Et toi, qu'est-ce que tu as dessus ? demanda-t-il.

— Rien qu'un T-shirt, et dans deux secondes, je l'aurai plus. »

Il retint son souffle et sentit son pouls s'accélérer tandis qu'il écoutait dans le noir le chuchotement du coton qui glissait sur sa peau.

« Allez, Sam. Pousse-toi un peu... Oui, comme ça, mon chou. »

Elle avait les pieds un peu gelés, mais le reste du corps...

Il huma le café en arrivant au rez-de-chaussée. Il entra dans la cuisine et ils étaient là. Sam regarda Vince pour voir ce qu'il lisait sur ses traits, mais il ne put être catégorique.

Loreen, de nouveau tout sucre et tout miel, lui dit :

« J'ai trouvé des œufs et du fromage, alors je fais des œufs brouillés au fromage. Ça vous va ? »

Il mangeait rarement des œufs. En règle générale, c'était jus d'orange et porridge instantané, avec parfois du café soluble. « Ne m'en faites pas trop. » Il se servit un verre de jus d'orange. Elle avait mis la table et il vit des tartines dépasser du grille-pain.

Il s'assit et réussit à avaler quelques bouchées d'œufs brouillés au fromage, mais sa cuisine ne l'impressionna guère. Et c'était un gentil euphémisme. Il prit un peu de café et du pain grillé... Plus qu'un petit moment... « Bon, maintenant qu'on a déjeuné, où voulez-vous que je vous dépose en ville, ce matin ? Juste là où je vous ai trouvés ?

— C'est à autre chose qu'on avait pensé, Sam, dit Vince doucement.

— Ce qui signifie ?

— Que nous allons rester quelque temps ici, je crois.

— Vous allez quoi ?

— Je crois qu'on va rester ici.

— Pas question, Vince. Vous entendez ce que je vous dis ? Maintenant, écoutez-moi. Je vous ai fourni trois repas, un lit pour une nuit, de quoi boire, de quoi vous divertir, ça suffit. Je vous ramène là-bas et vous poursuivez votre chemin. Je vous ai dit hier après déjeuner que je n'avais pas l'intention de vous revoir. Et vous vous êtes pointés ici. À quoi jouez-vous, Vince ?

— Écoutez, Sam, vous allez être *emballé* par notre idée. On va rester pour vous donner un coup de main. Vous faciliter la vie, quoi. On travaillera, dehors et dedans, et, à nous deux, on assurera pratiquement tout. La cuisine, le ménage, l'entretien du parc. Vous serez comme un coq en pâte.

— N'y comptez pas, Vince. Allez, filez préparer vos affaires et je serai comme un coq en pâte quand je vous aurai ramenés en ville, à l'endroit qui vous plaira, et qu'on n'en parle plus. » Son ton était ferme, mais il maîtrisait sa voix ; il ne tenait pas à se retrouver en situation dangereuse, et tout ça commençait à le déstabiliser un peu.

« Et si j'en touchais un mot à Martha, Sam ? »

Quoi ? « Qu'est-ce que vous racontez ?

— J'ai déjà eu une petite conversation avec elle ce matin. Mais je ne lui ai pas tout raconté. Comme vos activités *nocturnes*, par exemple. Ni d'où j'appelais. Pas encore, en tout cas. »

Sam avait le vertige. Comme s'il avait reçu un coup de botte au plexus. « Vous avez appelé Martha ? Où avez-vous eu le numéro ?

— Sur votre petit aide-mémoire, à la cuisine. Et pour être sûr de pas le perdre, je l'ai noté sur mon ventre au feutre indélébile. Mais ne vous inquiétez pas pour ça, Sam. Je suis sûr qu'on va trouver un terrain d'entente, et je n'aurai peut-être pas à la rappeler. »

Il regarda Loreen, elle souriait. Un sourire de victoire... Alors, c'était comme ça. Voilà qui méritait réflexion, mais pas de décision précipitée, du moins pour le moment. Il se leva et quitta la pièce, les poings serrés.

Il ne pouvait pas quitter la maison. Même pour aller acheter des provisions. Il ne voulait pas les laisser seuls chez lui. Et il était encore moins question de leur donner une voiture et de l'argent pour qu'ils aillent faire les courses. Il commanderait tout chez Tiffany's, le petit supermarché surnommé ainsi pour la qualité de ses produits et ses prix imbattables. Tiffany's livrait à domicile.

Comme il était loin d'être enthousiasmé par les talents culinaires de Loreen, il commanda des choses simples, plats cuisinés pour le midi, steaks et côtelettes qu'il ferait griller, et pommes de terre, qu'elle devait quand même pouvoir réussir. Et des desserts. Tartes et crèmes glacées. Et une caisse de bières.

Il regarda la Bourse sur le câble, parla à son courtier par téléphone, lut le *Times* et paressa dans son fauteuil, à regarder d'autres trucs à la télé. Les journées traînaient en longueur. Il était prisonnier dans sa propre maison. Il ne voulait pas mêler les flics à ça, quand bien même il connaissait le commissaire. La plupart des événements qui requéraient l'intervention de la police finissaient par paraître dans le journal local, et bien souvent même dans le *Register* de New Haven. Il n'y tenait pas... Et le fait demeurait qu'un coup de fil à Palm Beach était toujours facile à passer.

Le beau temps dura, ce qui permettait à Vince de sortir et de disparaître, non sans emporter quelques bières avec lui. Loreen se prélassait, ne fichant pas grand-chose, disparaissant le plus souvent dans une chambre équipée de la télé. Elle adorait visiblement faire tourner la machine à laver. Laver des serviettes avait l'air de l'emplir d'une fierté de maîtresse de maison... Il devait décider quoi faire d'eux... Et vite !

« Sam, votre courrier.

— Vince, faites votre boulot et laissez-moi prendre mon courrier. Vu ?

— Je pensais vous rendre service et vous épargner le trajet jusqu'à la boîte à lettres.

— Ne me rendez pas ce service. Il se trouve que j'*aime* marcher jusqu'à la boîte à lettres. »

Il ne voulait pas que Vince soit vu de la route. Et s'il savait reconnaître les enveloppes à fenêtre contenant les chèques? « Vous voulez me rendre service, Vince? Finissez-en avec les feuilles, un point c'est tout.

— Je m'en occupe. Ce sera fait.

— Ça a intérêt à l'être. » Il avait envie d'appeler son entreprise d'entretien de parcs et jardins pour qu'ils viennent s'en occuper, mais que lui resterait-il pour garder Vince actif?

« Vince, j'ai un autre travail pour vous. Vous savez fendre du bois avec un coin et une cognée?

— Sûr, je peux faire ça. Je vous l'ai dit, je peux tout faire.

— Il y a un gros chêne en bas, à la limite de la pelouse de derrière. Il a été tronçonné en bûches qu'il faut fendre en bois de chauffage. Vous allez pouvoir vous en tirer? Le coin et la cognée sont au garage.

— Je vais m'en occuper.

— Vous êtes loin d'en avoir fini avec les feuilles.

— Tout sera fait. Vous en faites pas. »

Toujours cette assurance insolente, et le bonhomme n'en fichait pas une rame.

« Sam, Loreen et moi, on va déménager de cette petite piaule au-dessus du garage dans une des chambres de la maison.

— Vous croyez?

— Ouais. Le lit est trop petit pour nous deux. On était habitués à un lit de 160 quand on avait notre maison. Celui-là n'est pas très confortable non plus. Et puis, à dormir comme ça au-dessus du garage, on se sent un peu exclus. C'est pas ce que vous voulez, hein ? Y a une chambre sur le couloir avec un lit de 160 et la télé. *Et* une super salle de bains. Et personne n'y dort. On va s'y installer aujourd'hui.

— Vous croyez ? » Il fallait qu'il trouve une solution ! Il fallait qu'il les vire d'ici !

« Ne fais pas trop comme chez toi », marmonna-t-il dans le dos de Vince.

« C'est *quoi*, cette viande, Sam ? demanda Loreen.

— Du veau. Des côtes de veau premières.

— Elles doivent bien faire cinq centimètres d'épaisseur. J'ai jamais vu des côtelettes comme ça. Et vous les avez rudement bien grillées.

— Et vos pommes de terre au four étaient réussies, Loreen. »

Vince se leva de table pour aller se chercher une autre Heineken.

« Vous vous en sortez, dehors, Vince ? Il reste encore des feuilles... Il y a un problème ?

— Tout va bien.

— Et le bois ?

— Je tiens pas à choper une hernie, Sam. Je me partage entre les feuilles et le bois. Tout sera fait, chaque chose en son temps. »

Ce n'était pas en ramassant les feuilles qu'il attraperait une hernie... Mais qu'est-ce qu'il foutait donc dehors, à part boire de la bière ? Sam serra si fort les poings sous la table qu'il en eut des crampes dans les mains. Il *devait* se débarrasser d'eux !

« Sam, j'ai pensé à une chose. On est ici depuis quelques jours déjà, à travailler dur, il me semble qu'on devrait être payés pour notre peine. Un être humain a besoin d'un peu d'argent dans la poche, sans ça il se sent pas vraiment un être humain. Vous voyez ce que je veux dire. Hein ? »

Voilà maintenant qu'ils veulent être payés pour accepter le gîte et le couvert. Et puis quoi encore ? « Intéressant, Vince. Dites-moi ce que vous aviez en tête.

— J'avais pensé deux cents dollars chacun par semaine, pour commencer. Ça devrait aller. Plus tard, quand on sera un peu plus familiarisés avec le travail, on pourra peut-être renégocier à la hausse. Correct, non ? »

Diabolique, oui. Il devait les virer ! Il sortit son porte-monnaie et en tira quatre billets de cent dollars. Il leur en tendit deux à chacun. « Voilà qui devrait vous faire la semaine.

— À propos, Sam, dit Vince en fourrant les deux billets dans sa poche de poitrine, quand comptez-vous rejoindre Martha dans le Sud ?

— Je sais pas encore. Pourquoi ? » Que manigançait-il maintenant ?

« Parce que voilà ce que nous allons faire : occuper la maison pendant votre absence et la surveiller tout au long de l'hiver. Ainsi, vous n'aurez aucun souci à vous faire. Je suis sûr que ça vous plaît, et je sais que Martha sera d'accord. On pourra même faire tourner l'autre voiture de temps en temps. C'est pas bon, vous savez, de laisser une voiture au garage sans jamais la faire tourner. Surtout en hiver. Vous pourrez nous envoyer l'argent par la poste. »

Voilà maintenant qu'ils projetaient de passer l'hiver chez lui, à jouer les propriétaires et à se balader en décapotable de luxe, avec quatre cents dollars par semaine pour boire et pour bouffer. Ils en profiteraient même pour s'installer dans la chambre principale, à tous les coups. « Je ne pense pas que ce sera nécessaire, Vince. Cela fait des années que nous quittons notre maison l'hiver sans le moindre problème.

— Je crois que vous avez intérêt à profiter de ma proposition, Sam. Je devrais peut-être appeler Martha pour en parler avec elle.

— Je ne veux plus que vous appeliez ma femme. C'est compris, Vince ? Plus jamais.

— Dans ce cas, vous feriez bien de réfléchir sérieusement à ma proposition, Sam. »

Il avait sérieusement réfléchi à la situation. Et il devait trouver une solution. Rapidement ! « Je vais le faire, Vince. Je vais y réfléchir. »

Ils n'avaient pas téléphoné à Martha en déclinant leur identité. Du moins, pas encore. Sam appelait sa femme le soir, un jour sur deux, et elle ne lui avait pas parlé d'eux. Mais il était sûr qu'ils avaient composé le numéro, pour vérifier, et ils faisaient planer la menace au-dessus de sa tête. Sam ne tenait pas à ce qu'ils la mettent à exécution.

Il était couché, incapable de trouver le sommeil, sondant les ténèbres de ses yeux grands ouverts, le visage brûlant, incendié par un sentiment d'impuissance absolue. Comment faire pour se débarrasser de ses pensionnaires... ses employés de maison ?

Ses pensées ricochèrent vers le passé et sa période au Viêt-nam. Il se souvint de la première fois où il avait eu la certitude d'être le seul et unique responsable d'une tuerie. Ça lui avait fait une sensation bizarre. Puis un peu moins bizarre la fois suivante, et toutes les autres ensuite. Du Viêt-nam, il avait ramené une conception radicalement modifiée des armes à feu et de leur rayon d'action.

Après la guerre, il avait épousé Martha, intégré la scierie familiale, et adopté comme passe-temps la chasse. Pratiquement, tuer un cerf devait être un jeu d'enfant. Ah, quelle jubilation lorsqu'il avait abattu cet orignal ! Et depuis, chaque année, en route pour la Floride, il adorait s'arrêter dans le Tennessee pour tirer des canards avec quelques vieux copains d'armée. Quel super-pied ! Juste ça, viser, presser la détente et les regarder tournoyer jusqu'à terre...

Il se redressa dans son lit, alluma la télé et passa une heure ou deux à zapper de chaîne en chaîne, d'une chose à une autre, jusqu'à ce que son cerveau finisse par refroidir un peu. Puis il se recoucha et parvint à dormir.

Il *fallait* qu'il fasse un saut en ville. Son courtier avait des documents importants à lui faire signer, sans délai, en présence du notaire. Il avala son jus de fruit quotidien, son café, son pain grillé et les laissa tous les deux occupés à bâfrer des œufs au bacon peu ragoûtants. Il prit la route de New Haven, et quelque dix minutes après être parti, s'aperçut que, dans sa hâte, il avait oublié des chèques de dividendes et des papiers qu'il avait l'intention d'emporter. Il fit demi-tour. Il n'était pas inquiet pour les chèques ; il était sûr que si Vince mettait la main dessus, il aurait le bon sens de constater qu'ils étaient déjà endossés pour être déposés chez son courtier.

À son arrivée à la maison, il n'aperçut Loreen nulle part au rez-de-chaussée. Habituellement, elle s'occupait à la lessive ou vaquait sans but, avec l'air de se prendre pour la maîtresse des lieux. De « jouer à la propriétaire ». Il passa dans le vestibule et les entendit. Ils étaient à l'étage, dans la chambre principale, et ils riaient et parlaient fort parce qu'ils se croyaient seuls dans la maison.

Il monta silencieusement l'escalier moquetté et pénétra dans la chambre, où il les prit totalement au dépourvu. Vince était vautré sur le couvre-lit en satin préféré de Martha, ses godillots crasseux sur le lit, la bière qu'il avait au poing posée à côté de lui. Loreen fouillait dans les tiroirs.

« Sam ! » bafouilla Loreen. Elle regarda Vince, qui se redressa promptement et reposa ses pieds par terre à côté du lit.

« Vous cherchez quelque chose de précis ?

— Oh, mon Dieu, Sam, je suis tellement confuse, mais vous savez que je n'oserais jamais rien déranger. Je ne fais que regarder. Tout est si beau.

— J'ai une proposition à vous faire. Je vous donne mille dollars à chacun pour ficher le camp d'ici et ne jamais revenir. » Il observa Loreen se tourner vers Vince pour guetter sa réaction.

« Oh, merci pour votre offre, Sam, commença Vince, encore sous le choc de son apparition inopinée, mais je crois qu'on préfère rester. J'aime bien cette idée de passer l'hiver ici et de veiller sur la maison pour vous et Martha.

— Je vais être plus généreux. Je monte mon offre à deux mille chacun.

— Je crois qu'on va s'en tenir à deux cents par semaine en échange d'un petit coup de main, Sam.

— Mon dernier mot. Trois mille chacun. Vous y réfléchissez. Cela fait beaucoup d'argent à vous partager.

— C'est une bonne proposition, Sam, mais je continue à dire que nous préférons rester ici pour vous donner un coup de main, en échange de nos petits deux cents dollars par semaine. » Sur quoi, Vince lui décocha un clin d'œil.

« Vous passez à côté d'une très bonne affaire, Vince, j'espère que vous le savez. »

Vince haussa les épaules et se dispensa de commenter ou d'effacer le demi-sourire sur ses lèvres.

« Bon, je dois encore faire l'aller-retour jusqu'à New Haven. À plus tard. Et, tenez, Loreen, si vous trouvez quelque chose qui vous fait vraiment envie, ici en haut, touchez-m'en un mot, je verrai si je peux vous le donner. » Il sourit en voyant la surprise provoquée par cette sortie.

Sam fila en ville. Il était temps de passer à l'action avant qu'*eux* ne passent à l'action. Les avoir au tournant avant qu'eux ne l'aient au tournant. Il était prêt à partir en Floride, et la saison de chasse avait commencé dans le Tennessee. Et il n'était pas disposé à les laisser s'installer dans sa maison pour l'hiver, ni à les payer pour qu'ils continuent à s'y prélasser.

Sam revint affamé de son expédition en ville. À la cuisine, il se confectionna un bon sandwich, chose dont Loreen était incapable, il s'en était rendu compte. Maintenant qu'il y pensait, ni lui ni elle n'était capable de grand-chose, et la morale du travail ne semblait les effleurer ni l'un ni l'autre. Lui qui s'était cassé le cul à bosser des années pour faire tourner la scierie !

Guère étonnant qu'ils aient été virés d'une usine de Boston. À supposer que leur histoire soit vraie. S'ils travaillaient pour lui, il les virerait dans la seconde... En revanche, ils avaient bien monté leur petite arnaque pour le baiser. Ça, ils l'avaient fait avec brio. Qui avait jamais entendu parler de SDF refusant un don de six mille dollars ?

Son sandwich et sa bière avalés, il décida d'aller faire le tour de la propriété pour voir ce que faisait Vince. Il sortit sous le soleil étincelant. Jusque-là, octobre et novembre avaient été parfaits, avec de spectaculaires couleurs d'automne. Sam se demandait souvent pourquoi Martha filait si tôt en Floride. Elle manquait la plus belle période de l'année. Et elle lui manquait.

Les feuilles avaient besoin d'être ramassées. Vince y avait à peine touché. Si elles n'étaient pas retirées avant les premières neiges, la pelouse serait foutue. Il descendit vers l'arrière de la propriété, et en approchant des tronçons de chêne à fendre, il prit la pleine mesure de la morale du travail qui était celle de Vince. Ce dernier dormait au soleil, la tête appuyée sur une bûche, les bras croisés sur la poitrine. La cognée reposait près de lui, le manche appuyé à la même bûche. Trois boîtes de bière vides gisaient alentour.

Soudain, le pouls de Sam s'accéléra. C'était le moment. Un plan complet surgit dans sa tête. C'était ça, la solution !

Il regarda dans toutes les directions. On ne pouvait l'apercevoir de nulle part. Même pas de la maison. Et personne n'était au courant de leur présence. *C'était ça, la solution !* Il marcha droit sur Vince et Vince n'eut même pas un mouvement de paupières. Il se pencha pour ramasser la cognée, sans chercher à être discret, et Vince ne broncha toujours pas. Il la soupesa. Elle était lourde, mais il pouvait la manipuler. Son cœur cognait. *C'était ça, la solution !* En était-il capable ?

Il contourna Vince et se plaça derrière lui, les jambes écartées. Il était sur la plaque du batteur... Ou au premier tee... Il renversa la cognée en arrière et alors, de toutes ses forces, la projeta en avant. Il sentit l'os craquer sous la masse noire et bouclée des cheveux de Vince. Ce fut une expérience comparable à la sensation de frapper une citrouille. Les membres de Vince se convulsèrent violemment sous le choc, puis tressaillirent plusieurs fois avant de retomber dans l'immobilité. Ses yeux et sa bouche s'ouvrirent...

Propre et nette, l'exécution. Sans carnage. À peine un peu de sang dans la bouche de Vince. Maintenant qu'il était lancé, il voulait agir vite. Avec l'esprit clair. Ne rien laisser au hasard. Il fouilla dans la poche de poitrine de Vince et reprit ses deux cents dollars. Vince n'en aurait plus besoin. Il tira un pan de sa propre chemise et essuya la cognée, fer et manche, ainsi que le coin. Il ramassa les boîtes de bière. Il en avait un grand sac à ramener au supermarché et à jeter dans les conteneurs de recyclage.

À Loreen, maintenant. Il pensa à son pistolet de tir calibre 22. Avec tous les films qu'il avait vus à la télé, tous les romans policiers qu'il avait lus où il était question de règlements de comptes propres et nets, ça semblait être le truc parfait. Il passa par le garage, déposa la cognée et le coin, sortit les boîtes de bière de ses poches et les laissa choir dans le grand sac-poubelle pour la récup.

Il descendit les marches du fond qui conduisaient à l'atelier au sous-sol où il gardait son arsenal de chasse. Il sortit le pistolet, abaissa le chargeur, inséra quelques balles et repoussa le chargeur à sa place. Remarquant le petit nécessaire de première urgence parmi son attirail de chasse, il choisit le plus grand pansement qu'il y trouva et le mit dans sa poche.

Loreen était à la buanderie, occupée à sortir une brassée de serviettes du sèche-linge, et lorsqu'il marcha dans sa direction, le bras droit derrière le dos, elle le dévisagea avec curiosité, comme si elle n'arrivait pas à interpréter l'expression de son visage.

« Sam ? »

Il marcha droit sur elle. La main tremblante, il lui colla brusquement le pistolet sous le menton et appuya coup sur coup sur la détente. Elle s'écroula. Il l'examina. Beau travail. Les balles n'étaient pas ressorties. Il fouilla dans sa poche pour retrouver le pansement, parvint à le déballer et à ôter la bande protectrice, et l'étira sur le trou d'entrée. Il ne voulait de sang nulle part. Il passa la main dans la poche de son jean et récupéra ses deux cents dollars à *elle*.

Il alla au garage, récupéra des numéros épais du *Times* dans le panier du papier à recycler et en tapissa le coffre de sa Mercedes. Puis retour à Loreen.

Le téléphone !

Ennuyé, il partit répondre à la cuisine. « Allô ? » Il apercevait Loreen de là où il se tenait.

« Comment va mon ami Sam, le bienfaiteur des opprimés ? »

C'était Harley Spence. Sam avala plusieurs grandes goulées d'air. « Ça va, Harley. Qu'est-ce que j'peux faire pour toi ?

— Tu as l'air tout essoufflé. J'appelle à un mauvais moment ? »

Il avala une autre grande goulée d'air. « Non, ça va. Qu'est-ce qui t'amène ?

— On te voit pas beaucoup, ces temps-ci. Qu'est-ce tu fabriques ?

— Rien de spécial. Je suis les cours de la Bourse. Je prépare mon départ dans le Sud.

— Qu'est-ce que t'as fait de tes deux paumés après leur avoir rempli l'estomac ?

— Je leur ai dit ciao.

— T'es un phénomène, Sam. Tu sais ça ? Écoute, on t'a pas beaucoup vu, dernièrement, et comme je sais que tu es seul, que Martha est à Palm Beach, je t'appelais pour t'inviter à dîner avec Laetitia et moi, ce soir au club. Qu'est-ce que t'en dis ? »

Voilà qui tombait à point nommé. Et un bon repas ne serait pas de refus, pour changer. « Avec grand plaisir, Harley. Quelle heure ?

— Pour l'apéritif, dix-neuf heures ?

— Entendu, on se retrouve là-bas. »

Il retourna à Loreen, la traîna jusqu'au garage, hissa son torse dans le coffre de la Mercedes, puis ses jambes, et referma le coffre. Il recula la voiture pour la sortir du garage et traversa le terrain jusqu'au bois en contrebas, plein de gratitude envers l'étendue de sa propriété. Comment aurait-il expliqué à un passant qu'il se promenait en Mercedes dans son jardin ? Il rejoignit Vince et se bagarra avec son corps inerte. Il avait à présent une cargaison de minables maîtres chanteurs morts. Il tira un morceau de papier journal d'en dessous, le roula en boule, et le fourra dans la bouche de Vince. Pas de taches de sang dans le coffre, s'il vous plaît.

Il reprit le volant jusqu'au garage, rentra dans la maison et s'assit pour rédiger une liste. Il avait un paquet de choses à faire dans l'après-midi s'il voulait être en route pour le Sud le soir même : préparer une valise, passer à la poste pour faire son changement d'adresse, amener toutes les boîtes de bière au supermarché et les fourrer dans le conteneur, appeler le service d'entretien pour le ramassage des feuilles, vider le frigo de toutes les denrées périssables, faire tourner le lave-vaisselle, couper l'eau des robinets extérieurs, régler les thermostats sur les positions hiver, écumer la maison pour récupérer toutes *leurs* affaires et les jeter quelque part dans un conteneur de l'Armée du Salut, laver les draps qu'ils avaient utilisés et refaire la chambre, avertir la société de télésurveillance qu'il partait et le commissariat de police pour qu'ils viennent jeter un coup d'œil de temps en temps, et quoi d'autre... ? Appeler ses amis dans le Tennessee pour prendre des nouvelles de la chasse aux canards...

À son arrivée au club, il déclina le service de garage. Ça ne lui disait rien de leur confier ses clés de voiture. Mais comme il connaissait bien les gars, il leur laissa néanmoins quelques dollars de pourboire.

Ce fut exactement ce qu'il lui fallait, comme soirée. Quelques bons verres de scotch accompagnés d'amuse-gueule, puis dîner parfait avec steaks et vin rouge excellents. Son premier bon repas depuis un moment. Sa décontraction l'émerveillait, vu le contenu de sa malle et les jacasseries de Harley qui racontait à Laetitia comment il avait invité deux SDF à déjeuner.

Il quitta le club à vingt-deux heures passées, roula jusqu'au Wilbur Cross Parkway, prit vers le sud en direction de l'I-287 et franchit le Tappan Zee Bridge. La circulation sur le pont était fluide à cette heure, comme il le présageait. Parvenu au milieu de la structure métallique, il ralentit presque au pas, baissa la vitre et lança son pistolet de tir dans le courant du vaste fleuve Hudson. Ils pouvaient toujours le chercher, là.

Passé le pont, il poursuivit sa route jusqu'à la sortie de Palisades Parkway, la route du Sud. Il se dirigeait vers un lieu idéal qu'il avait en tête, un belvédère en surplomb sur le fleuve, à l'écart de la route, à l'abri des regards. Il était près de minuit lorsqu'il exécuta un demi-tour et s'arrêta sur le terre-plein sans éclairage.

Il en était encore à décider dans quel sens orienter sa voiture quand un véhicule de patrouille de la police des autoroutes surgit dans un grondement de moteur, comme de nulle part.

Le policier mit pied à terre et s'avança, lampe braquée sur la voiture, et dans la figure de Sam.

Sam baissa sa vitre.

« Que faites-vous ici à cette heure-ci ? demanda le flic. Ces zones ne sont pas destinées à un usage nocturne.

— Hum, monsieur l'agent, je m'endormais un peu au volant... Je me suis dit qu'il était plus prudent que je m'arrête pour me reposer. Et comme je n'aimais pas trop l'idée de m'arrêter juste au bord de l'autoroute... »

Le policier balaya la banquette arrière avec sa lampe-torche. « C'est un fusil là, derrière, dans cet étui en cuir ?

— Oui, monsieur l'agent. Un fusil de chasse. Je descends dans le Tennessee chasser le canard avec des amis.

— Puis-je voir votre permis de conduire et votre carte grise ? Et descendez du véhicule, je vous prie. »

Sam retira ses papiers de la boîte à gants et descendit de voiture. Il commençait à être pris d'un léger tremblement.

Le policier les examina. « Champion. Champion. Ça me dit quelque chose... Ce ne serait pas le nom de cette grande scierie, par hasard ? J'ai habité par là.

— Ce sont mes fils qui la font tourner aujourd'hui. »

Le ton du policier changea. « Le monde est petit. J'ai acheté pas mal de bois chez vous, à l'époque.

Monsieur Champion, si j'étais vous, je ne m'attarderais pas trop longtemps dans les parages, à cette heure. »

Sam réussit à sourire. « Pour tout vous dire, je crois que je suis assez réveillé à présent pour aller jusqu'au péage du Jersey et me reposer sur l'une des aires prévues à cet effet.

— Bonne idée, monsieur Champion. » Puis avec un gloussement : « Vous n'avez rien dans votre coffre, par hasard, que vous préféreriez me cacher... Hein ? »

Sam se sentit défaillir. « Quelques bagages et d'autres affaires.

— Eh bien, bonne chasse aux canards, monsieur Champion. » L'homme repartit vers sa voiture de patrouille, quitta le terre-plein dans un ronflement de moteur et fila sur l'autoroute.

Tremblant, Sam remonta dans sa voiture. *Oserait-il encore décharger ici... ? Oserait-il... ? Il ne voyait aucun autre endroit !*

Il démarra et manœuvra pour placer sa voiture parallèlement aux gros rochers du bord de la falaise. Il coupa le moteur. Et là, son sang afflua vraiment à ses tempes. Il demeura assis plusieurs minutes. Et si quelqu'un d'autre se pointait... ? Non, pas à cette heure. Et le flic était parti. Il n'allait pas revenir tout de suite. Sam déclencha l'ouverture de la malle.

Tremblant comme une feuille, il parvint à extirper le corps de Loreen du coffre et à le laisser choir par terre. Il le traîna jusqu'au bord de la falaise et le poussa par-dessus bord, en chute libre dans les ténèbres. À en juger d'après le bruit, le cadavre tomba longtemps avant de heurter quelque chose. Avec un peu de chance, il disparaîtrait dans les broussailles et personne ne le remarquerait ; dommage que les arbres soient en train de se dépouiller de leurs feuilles. Il retourna chercher Vince, avec lequel il eut plus de mal car il était plus lourd, et l'expédia rejoindre Loreen.

Il quitta le terre-plein et roula jusqu'au péage du New Jersey. Là, il s'arrêta sur la première aire de repos, retira les journaux de son coffre et les jeta dans une poubelle. Puis il entra dans le relais autoroutier et prit un café. Il ferait nettoyer et passer sa voiture à l'aspirateur à son arrivée en Floride.

Il reprit l'autoroute et roula encore un moment. Apercevant un panneau de motel, il prit la sortie, et une chambre pour la nuit.

Ce fut l'une des meilleures saisons de chasse au canard. De là, cap sur Palm Beach et leur appartement en copropriété au Biltmore, où Martha entraîna sans délai un Sam renâclant et regimbant dans le tourbillon coutumier de sa vie mondaine. Elle semblait connaître tout le monde, exactement comme chez eux dans le Connecticut.

Vince et Loreen avaient pour ainsi dire complètement disparu de ses pensées lorsque, quelques jours avant Noël, un policier local en civil, escortant un inspecteur du New Jersey, vint frapper à sa porte.

« Monsieur Champion, nous enquêtons sur deux homicides dont les victimes sont un homme et une femme découverts... »

Sam eut du mal à écouter. Il n'avait absolument aucune envie d'entendre ça. Il espéra que son visage n'en trahissait rien. Et qu'on ne verrait pas qu'il tremblait.

« ... et nous avons souhaité vous voir car l'homme avait dans sa poche une enveloppe contenant un chèque à votre nom d'un montant assez considérable. Un chèque de dividendes, je crois. Nous avons pris contact avec le commissaire de police de votre ville, qui nous a indiqué où vous trouver ici. »

Réfléchis ! Ne perds pas les pédales ! « Vous savez, répondit Sam, les deux personnes que vous décrivez ressemblent à un couple de SDF avec qui j'ai sympathisé et à qui j'ai payé à déjeuner au Burger King de Milford » — *Harley m'y a vu* — « il y a déjà quelque temps de ça. Ensuite, ils ont débarqué chez moi, ils cherchaient du travail, et c'est là qu'il a dû prendre le chèque dans ma boîte à lettres. Maintenant que vous m'en parlez, c'est vrai que je me suis demandé pourquoi je n'avais pas reçu ce chèque.

« Comme il se faisait tard, ce jour-là, je les ai gardés pour manger une pizza » — *ils ont peut-être gardé la trace de ma commande de pizza chez Domino* — « et les ai laissés passer la nuit dans notre chambre de bonne. Ils sont repartis le lendemain. Et dire que j'ai fait tout ça alors qu'il m'avait fauché un chèque dans la boîte à lettres. Ça alors ! »

L'inspecteur du New Jersey parut impressionné par le fait que Sam se soit montré si généreux envers deux vagabonds, mais, du coin de l'œil, il surprit Martha qui soulevait un sourcil et secouait la tête en entendant ça. Elle avait peine à croire, apparemment, que son mari ait fait une chose pareille. L'inspecteur posa d'autres questions, mais d'une manière qui ne semblait pas insinuer qu'il pouvait considérer Sam comme un suspect, et les deux flics finirent par prendre congé.

Sam se sentait un peu patraque. Vince et Loreen étaient encore loin d'être sortis de sa vie. *Si cette affaire arrivait aux oreilles du patrouilleur de la police des autoroutes, comme cela ne manquerait pas de se produire, il pourrait se remémorer la présence de Sam sur ce terre-plein, en pleine nuit !* Avait-il oublié d'autres détails ? À son arrivée en Floride, il n'avait pas trouvé une goutte de sang ni la moindre trace dans la malle. Mais... ces quantités excessives de nourriture et de bière qu'il avait commandées chez Tiffany's les jours qui avaient précédé la scène du belvédère ? En contradiction avec ses habitudes d'acheteur passées. Et sa disparition totale du club, et de chez son courtier, durant la même période... *Et, oh Dieu du ciel ! Vince avait-il réellement inscrit le numéro de téléphone de Palm Beach sur son ventre ? Et était-il encore lisible quand ils l'avaient retrouvé... ?* Peut-être Vince bluffait-il. Les flics n'en auraient-ils pas parlé ? Ne l'avaient-ils pas vu ?... Ou bien les flics jouaient-ils au chat et à la souris ?... — Il risquait de ne pas dormir très bien pendant quelque temps...

S'il devenait un suspect, et que tous ces détails venaient à se savoir, plus quelques autres auxquels il n'avait pas encore pensé, pourrait-il s'en tirer ? Peut-être. Avec un très bon avocat. Ou plusieurs avocats. Tout ça n'était qu'un concours de circonstances et de coïncidences. Oui, peut-être s'en sortirait-il. Mais non sans y gagner beaucoup de notoriété, et y perdre beaucoup d'argent, deux choses qu'il préférait éviter...

Tout ça parce qu'il avait payé deux hamburgers à deux paumés.

Traduit par Nadine Gassie.

Le cri

DOROTHY SALISBURY DAVIS

Sally l'avait traité de fifils à sa maman quand il avait voulu, à onze heures, quitter la soirée. Ça l'avait blessé et mis en colère, mais ce qui l'énervait le plus, c'était de ne pas être parti sur-le-champ. Il était resté, comme si ça pouvait modifier les sentiments de Sally à son égard. Elle avait alors porté son attention sur des types qu'il n'avait jamais vus et, selon lui, elle non plus. Elle lui avait dit qu'elle trouverait bien une voiture pour la ramener. Et lui, voilà qu'il s'était pour de bon mis en retard. Il gravit à fond la caisse la piste du ravin, faisant jaillir sous ses pneus cailloux et graviers et coupant à travers les fourrés. Minuit, ce n'était pas vraiment tard pour cette bande, même si le lendemain était un jour de classe et si les flics qui les avaient interceptés à l'aller leur avaient confisqué leur bière. Il avait une mère ancien style qui ne voulait pas admettre qu'elle élevait seule son fils. Il lui arrivait même de dire aux gens que son mari était en voyage d'affaires. Mais parfois, quand David et elle étaient seuls, elle l'appelait l'homme de la maison et ne lui cachait pas à quel point elle dépendait de lui.

Il se faisait toujours du souci pour elle, quand il rentrait plus tard que prévu. Ça aussi, ça le mettait en rogne. Mais ce qui le minait vraiment, c'était de savoir qu'elle s'inquiétait pour lui, si bien qu'il se sentait pieds et poings liés. Il continua à appuyer sur le champignon puis quitta l'autoroute pour prendre la Old County Road, un raccourci à double sens.

Il songea à Sally et au gars qui était en train d'essayer de la tripoter lorsqu'il était parti. C'était un minable. David l'avait trouvé odieux. Sally semblait attirée par les bons à rien. Elle avait un tempérament de feu et des seins semblables à des cornets de glace. À nouveau, il appuya à fond sur l'accélérateur. Cette route n'était guère fréquentée, hormis par les gens du coin.

Pas d'autre voiture en vue. Il sortit donc le sachet orange de la poche de sa chemise et baissa la vitre en songeant : et un de plus pour la route... C'était sa façon de se moquer de lui-même. Il n'avait pas encore eu l'occasion de se servir d'un de ces fichus machins ni même de faire comprendre à Sally ou à n'importe quelle autre nana qu'il en avait un dans sa poche. Il le jeta par la fenêtre et craignit aussitôt que le vent ne le renvoie à l'intérieur. Il se retourna pour s'assurer que ce n'était pas le cas. Une fraction de seconde plus tard, il reporta son regard sur la route. Une voiture était arrêtée, tous feux éteints, entre la chaussée et la bande d'arrêt d'urgence. David fit une embardée au-delà de la ligne blanche puis redressa, laissant le volant se remettre en place. La Chevy rétablit sa position et c'est alors qu'il vit la femme surgir devant la voiture arrêtée. Puis il la vit hurler, mais n'entendit pas son cri. Son visage et sa bouche grande ouverte semblèrent foncer sur lui. Il fit une nouvelle embardée, s'efforçant en accélérant de maîtriser son véhicule. La femme se jeta contre sa voiture à elle et lorsque Dave la dépassa, elle était prise en sandwich entre les deux véhicules. Dave reprit le contrôle de la situation, les mains crispées sur le volant. Il était malade de peur, mais il ne l'avait pas heurtée. De ça, au moins, il était sûr. Il aurait entendu quelque chose, un choc ou un bruit quelconque, si ça avait été le cas. Aucun doute là-dessus. Il poursuivit sa route.

« Davie, c'est toi ? Tu viens juste de rentrer ?

— J'ai traîné un peu en bas. »

C'était un mensonge. Les mots avaient peine à sortir de sa gorge sèche et nouée.

« Tu aurais dû finir tes révisions avant de sortir.

— Tu as raison. Bonne nuit, maman, ajouta-t-il, s'arrêtant devant la porte de la chambre de sa mère.

— J'ai besoin d'un bisou », dit-elle. Puis, lorsqu'il eut effleuré son front d'un baiser, elle ajouta : « Voilà. Maintenant je vais pouvoir dormir tranquille. »

Il referma presque entièrement la porte. Le chat se glissa hors de la pièce et le suivit dans le couloir. Dans la salle de bains, il se faufila entre ses jambes puis se frotta contre lui lorsqu'il s'assit sur le bord de son lit pour ôter ses baskets. À peine en eut-il retiré une que le chat se jeta dessus pour y enfouir sa tête.

« Allie, ça pue ! » Il renifla le dessous de son bras. « Et moi aussi ! » ajouta-t-il.

Il se réveilla avant d'avoir fini de réciter le pater noster. L'avion était en train de s'abattre en vrille et il s'en serait fallu d'une seconde pour qu'il s'écrase. Il resta étendu, soudain tout à fait réveillé. Il revoyait son rêve et se demandait pourquoi il n'avait pas eu peur. Il s'était senti calme, et indifférent au sort des autres passagers, qui eux aussi allaient mourir.

« Pardonne-nous nos offenses... » Il se remémora tout à coup le visage qui, la veille, l'avait hanté tandis qu'il s'efforçait en vain de trouver le sommeil, et qu'à ses oreilles résonnait un cri silencieux. Il lui suffirait à présent de fixer le mur pour voir ce visage s'y projeter. Et s'il fermait les yeux, il le verrait encore. Il s'arracha de son lit. Chaque os de son corps le faisait souffrir, le moindre de ses muscles était tendu.

Sa mère, en bas, l'appela pour s'assurer qu'il était bien réveillé. Elle l'avait déjà fait un peu plus tôt, mais il s'était rendormi, replongeant dans son rêve. Pardessus la rampe, il lui rétorqua d'une voix forte qu'il serait en bas dans dix minutes. Pendant qu'il prenait sa douche, il se dit qu'il lui fallait retourner là où cela s'était produit. Mais à quoi bon, à présent ? Impossible qu'il l'ait blessée. Elle avait dû avoir peur, et peut-être même s'était-elle évanouie. Mais comment jurer qu'il ne lui avait fait aucun mal ? Vu la vitesse à laquelle il roulait, elle aurait pu être happée par le véhicule. Cependant, il s'en serait rendu compte, il l'aurait senti. Et si ç'avait été le cas, est-ce qu'il ne se serait pas arrêté ? De toutes les manières, il ne l'avait pas fait. Et c'est pour cela qu'il lui fallait y retourner.

David ressemblait à sa mère. C'était un garçon mince, aux cheveux roux et aux yeux très bleus. Il craignait, à cause de ses traits fins et délicats, de passer pour un enfant de chœur. Il avait pris l'habitude de faire retomber les coins de sa bouche. « Ça te donne l'air d'un vrai dur », lui avait un jour dit sa mère. C'était précisément l'effet recherché. En revanche, s'il y avait une chose qu'il ne souhaitait pas à présent, c'était que sa mère le regarde d'assez près pour remarquer ses yeux rougis par le manque de sommeil.

« J'ai fait un cauchemar épouvantable juste avant de me réveiller », dit-il à la fois pour justifier son état et pour faire digression.

Elle s'installa en face de lui, la main sous le menton, et le regarda verser du lait dans ses corn-flakes d'un geste mal assuré. Elle ne semblait pas constater quoi que ce soit d'anormal par rapport aux autres matins. Elle était prête pour sa journée de travail, et on devait passer la chercher en voiture d'une minute à l'autre.

« Tu veux qu'on le décortique ? demanda-t-elle.

— J'étais dans un avion sur le point de s'écraser. Il y avait des tas de gens qui hurlaient, mais moi je n'avais pas peur. »

Les cris, il venait de les inventer. Il ne se souvenait pas d'avoir entendu crier.

« Et tu ne te souviens pas d'autre chose ? De détails précis ? » insista-t-elle.

Elle aimait interpréter les rêves de son fils. Elle le faisait depuis qu'il était tout gosse et, lui aussi, ce petit jeu l'amusait assez.

Mais il regrettait d'avoir fait allusion à celui-ci.

« Je me suis réveillé juste avant qu'il s'écrase.

— Si tu n'avais pas peur, alors c'était quoi, ton sentiment, à ce moment-là ? »

Il haussa les épaules.

« Mes pensées étaient plutôt d'ordre spirituel. Je me récitais le pater noster. » Il écarta sa chaise. « Maman, il faut que j'y aille. Le professeur Joseph commence toujours par interroger les derniers arrivés. On l'appelle Joe le Sournois.

— Ton père te manque. Voilà ce que signifie ton rêve.

— Ouais. »

Il se leva et posa à terre, pour le chat, l'assiette de corn-flakes à laquelle il avait à peine touché.

« Pourquoi est-ce que tu ne lui écris pas pour le lui dire, Davie ? »

Il haussa à nouveau les épaules.

« Je sais que tu pourrais lui raconter des choses que tu ne me racontes pas à moi, poursuivit sa mère.

— OK, maman, je le ferai. » Il avait hâte d'échapper à son regard. Il n'eut même pas la force de lui donner l'habituel petit bisou sur la joue.

« Tu es sûr que tu peux conduire ?

— Oui, pourquoi ? »

Il parcourait chaque matin les trente kilomètres le séparant de St. Mary's College, ramassant sur la route deux de ses camarades de classe.

« Tu es nerveux. Tu étudies trop. Tu ne devrais pas travailler si tard dans la nuit. C'est important de dormir, Davie. Tu n'as pas fini de grandir.

— Oui, maman, oui ! »

Si seulement on pouvait tout de suite passer la chercher ! Il voulait appeler ses deux passagers pour leur dire qu'il leur faudrait aujourd'hui se rendre à la fac par leurs propres moyens. Ça l'obligerait à retourner là-bas.

Sa mère le rappela : « J'ai laissé du rôti dans la terrine, au cas où tu voudrais inviter quelqu'un à dîner. »

Lorsqu'il vit la voiture en plein jour, les éraflures sur l'aile et sur la portière le choquèrent. Ça avait dû se produire pendant qu'il descendait à la plage, ou bien au retour. À l'aller, toute son attention était absorbée par la main de Sally qui remontait le long de sa jambe. Puis les hommes du shérif avaient arrêté les trois voitures et confisqué la bière. Les flics les avaient fait sortir des véhicules et avaient demandé à chacun d'entre eux s'il était en possession de joints ou de drogue quelconque. Ils n'avaient fouillé personne. Sally avait plus tard fait remarquer que si l'agent avait osé toucher un seul de ses cheveux, son père lui aurait fait rendre son insigne avant le lendemain. Quant aux autres garçons présents ce soir-là, ils étudiaient aussi à

St. Mary's College, établissement qui venait de devenir mixte, mais ils étaient déjà en troisième ou quatrième année. Un des agents avait braqué sa lampe-torche sur le visage de David et demandé à voir son permis de conduire. Il avait du mal à croire que David était étudiant. Sally avait gloussé. Elle n'avait rien dit alors, mais plus tard... fifils à sa maman. Il passa une peau de chamois sur les éraflures et régla la radio sur une chaîne locale. On n'y parlait que d'un seul accident : une triple collision sur l'autoroute. David était prêt à parier que là, personne ne s'était débiné.

La chaussée était encore luisante du givre de la nuit lorsqu'il s'engagea dans County Road. Des traces de pneus entrecroisées s'évanouirent sous la caresse des premiers rayons de soleil. David avait une sacrée envie de rebrousser chemin. Il s'obligea à continuer, à aller au-delà d'un panneau de signalisation, puis d'un autre... Il parvint au passage souterrain, sous la voie ferrée. C'est alors qu'il craqua. Il fit demi-tour et reprit la route de l'université.

Il était trop tard pour qu'il assiste à son premier cours. À la bibliothèque, il demanda à l'employé s'il pouvait consulter le *County Sentinel,* qui n'était pas encore en rayon. Le bibliothécaire lui demanda s'il pensait avoir gagné. À la loterie.

« Qui sait ? » répliqua David.

Il éplucha le journal colonne par colonne. À la rubrique faits divers, on lisait que les hommes du shérif n'avaient procédé à aucune arrestation, et constaté ni délit important ni accident. David se sentait déçu. Ça peut sembler fou, mais c'était ainsi. Il rendit le journal et s'apprêtait à aller suivre son second cours, quand un détail le frappa : l'accident sur l'autoroute n'était pas non plus signalé dans le journal. Il était trop tôt pour ça. Mais la radio, en revanche, en avait parlé.

Fallait-il en conclure que rien de grave ne s'était produit sur County Road ? Et pourtant quelque chose s'était passé. Et s'il ne découvrait jamais quoi ? Il pensait ne jamais pouvoir oublier cet incident.

Et si cette femme s'était trouvée là où elle n'aurait pas dû être, dans une auto volée par exemple ? Et si, par miracle, elle n'avait pas été blessée ? Et si quelqu'un d'autre était avec elle dans le véhicule, quelqu'un avec qui elle n'était pas censée être, quelqu'un qui s'était empressé de la remettre dans la voiture ? Peut-être était-elle blessée ? Ou bien morte ? Elle avait pu se cogner la tête contre sa propre voiture, par exemple. Auquel cas, il était normal que David n'ait rien entendu. Ce dernier point ne suffisait donc pas à prouver que rien ne s'était passé. Toute la matinée, les diverses hypothèses le travaillèrent. Une de ces explications devait être la bonne. Ou bien aucune ? Son imagination refusait de le laisser en paix. Pourquoi, vu qu'il était un menteur tellement doué, ne parvenait-il pas à se raconter à lui-même des bobards ? Il regretta de pas tenir le registre de tous ses mensonges. Un prêtre lui avait dit un jour, au sujet de la confession : « Ne te contente pas de piocher un numéro au hasard, comme si tu jouais à la loterie. » Et c'était exactement ce qu'il faisait.

Mentir, c'était sa grande faiblesse quand il était gosse. Ça l'étonnait toujours que les gens, sa mère par exemple, ne doutent pas de la véracité de ses propos. Ou bien peut-être faisaient-ils eux aussi semblant ? Semblant de le croire. Au cours de sa première entrevue avec le conseiller pédagogique de St. Mary's, la conversation avait porté sur ce qui poussait les gens — y compris les menteurs professionnels comme les espions — à mentir. Et sur la manière dont des mensonges répétés finissaient par affecter la personnalité d'un homme. Quant aux femmes, elles mentaient pour s'amuser, avait dit le conseiller avant de préciser que c'était une blague. David n'en était pas si sûr. Mais il finit par prendre en option le cours de morale chrétienne que lui avait recommandé le conseiller. Sa mère s'en montra satisfaite. On lui avait dit que le père Moran saurait être « un bon soutien ». Un bon soutien pour un étudiant dont le père était absent, avait supposé David, quoique personne ne l'ait formulé ainsi devant lui.

Il se cherchait de bonnes excuses pour louper le cours de morale de cet après-midi-là. Il craignait que quelque chose ne lui échappe, qu'il serait incapable d'expliquer. Les étudiants qui suivaient ce cours étaient de vrais chiens de chasse entraînés à flairer l'hérésie. Certains d'entre eux avaient été renvoyés du séminaire, et voyaient dans le cours un stage de réinsertion. Le père Moran leur accordait une attention particulière. L'Église avait besoin de davantage de bonnes sœurs et de prêtres pour faire face aux défections. Le père Moran était l'un des quelques religieux de la faculté et n'aurait probablement pas fait long feu à St. Mary's s'il n'y avait eu pénurie de personnel.

David, au cours de la matinée, ne cessa d'aller à sa voiture, pour y capter les nouvelles locales. Il avait la nausée et, surprenant son reflet dans le rétroviseur, se trouva pâle comme une pomme de terre bouillie. Et, derrière son propre visage, il vit un homme qui se rapprochait et qui semblait passer en revue les plaques d'immatriculation des voitures garées sur le parking. David eut le pressentiment que c'était lui que l'homme recherchait. Il éteignit la radio.

L'inconnu était vêtu d'un pardessus démodé, trop grand pour lui, et d'un chapeau mou qui lui faisait une toute petite tête, et donnait à ses traits un air crispé et mauvais. Il courba l'échine pour regarder David, et jeter par la même occasion un coup d'œil à l'intérieur de la voiture. Il rejeta son chapeau en arrière et fit signe à David de baisser la vitre. Celui-ci s'exécuta à contrecœur.

L'homme était incapable de sourire. La tentative qu'il fit évoquait un tic nerveux.

« Tu es David Crowley, non ? Je m'appelle Dennis McGraw. » Il tendit à David sa carte professionnelle.

DENNIS HENRY MCGRAW

AVOCAT GÉNÉRAL

« Je suis un des associés d'Addy Muller, le shérif adjoint. Muller faisait partie du comité d'accueil que tes copains et toi avez croisé en descendant à la plage. On aurait pu vous embarquer, tu sais. C'est une plage publique. Tu permets que je monte dans la voiture ? Il fait froid dehors.

— J'ai un cours dans vingt minutes, monsieur McGraw. »

Mais l'homme était déjà en train de contourner le véhicule. Il remarqua les éraflures et pinça les lèvres pour bien montrer qu'il les avait vues. Il s'installa sur le siège, à côté de David. Son manteau flottait autour de lui.

« Il paraît qu'il va pleuvoir. On dirait plutôt qu'il va neiger. Drôle de période pour faire la fête sur la plage. Vous répétez pour Halloween, j'imagine. Et au mois d'octobre, on est rarement dérangé sur une plage publique, pas vrai ? Détends-toi, David, ajouta-t-il avec un nouveau rictus. Tu ne rateras pas le début de ton cours. Addy s'est souvenu que tu habitais à Oak Forest et il s'est dit que, par conséquent, tu étais peut-être rentré par County Road, hier soir... »

Une fois de plus, David jugea plus prudent de mentir. Il secoua la tête.

« Alors tu as pris l'autoroute ? demanda McGraw.

— Oui, c'est ça, répondit David.

— Eh bien, Addy pensait aussi qu'il y avait peu de chances que ce soit le cas. Quant à moi, je ne vois pas pourquoi qui que ce soit emprunterait County Road à moins que l'autoroute ne soit bloquée... ou que la personne en question n'ait eu un mauvais coup en tête. Il était quelle heure à peu près quand tu es arrivé chez toi ? »

David sentit la panique l'envahir. Il n'aurait pas dû mentir. Il se ressaisit et dit : « Ça ne vous regarde pas, monsieur, et si vous ne sortez pas sur-le-champ de cette voiture, je préviens le service de sécurité. »

McGraw tendit les bras. « Qu'est-ce que j'ai donc dit ?

— Je veux savoir pourquoi vous me posez toutes ces questions.

— Tu ne me laisses pas le loisir de te le dire. »

David aurait préféré être sourd plutôt que d'entendre la seule chose qu'il souhaitait savoir.

« Mais je ne vois pas trop l'intérêt vu que tu n'es pas rentré par County Road. Si je t'ai interrogé, poursuivit McGraw, c'est pour une simple raison : l'autoroute a été bloquée pendant deux heures par un accident, peu après minuit. Personne n'a donc pu partir dans ta direction. »

David allait dire qu'il avait dû passer juste avant, mais il se ravisa. Il pouvait encore se tirer d'affaire, à condition de ne pas s'enliser davantage.

« Est-ce que je peux voir vos papiers, monsieur McGraw ? N'importe qui peut se procurer une carte professionnelle comme celle que vous m'avez montrée.

— T'es un mec futé. Je suis comme Abraham Lincoln, David. J'ai un bureau, mais c'est avant tout à mon chapeau qu'on m'identifie. Tu n'as qu'à appeler le bureau du shérif et demander à parler à Addy Muller. Il te dira qui je suis. »

David respira un grand coup. « Je ne veux pas être mêlé à quoi que ce soit. Je veux dire, vous êtes un avocat et en général ça rime avec tracas.

— Ça, David, je ne peux pas le nier. Dès qu'un de mes clients est dans la mouise, c'est moi qu'il appelle en premier.

— Je suis rentré par County Road, mais je ne sais pas quelle heure il était. J'étais censé être chez moi à minuit.

— Et tu étais seul, non ?

— Je ne connaissais pas grand monde à la soirée. C'est ma petite copine qui m'avait invité.

— Tu ne l'as pas raccompagnée chez elle ?

— Elle s'est fait ramener par d'autres types. Je ne sais pas ce que vous me voulez, mais à présent il faut que je parte, et j'aimerais bien fermer la voiture.

— Tu n'as pas cinq petites minutes ?

— Non, monsieur. Je ne vous connais pas et je ne vois pas pourquoi je devrais vous parler.

— Alors je vais te dire ce que tu devrais faire, David. À la première occasion, tu devrais te présenter au bureau du shérif. Tu sais où c'est. Demande à parler à l'agent Muller. Il enquête sur un incident qui a eu lieu la nuit dernière, sur County Road. Il cherche des témoins. »

À présent, c'était certain : *quelque chose* s'était passé. Il avait fui quelque chose de bien réel.

« Très bien, je le ferai », marmonna David d'une voix tremblante. Puis, réalisant que rien n'avait été dit : « Des témoins de quoi ?

— Si tu n'es pas au courant, mieux vaut que tu te renseignes auprès de l'agent Muller. »

McGraw tendit la main comme s'il s'attendait à ce que David la lui serre. Il la retira sans laisser au jeune homme le temps de se décider à faire un geste.

« À moins que vous ne souhaitiez que je vous représente? Je jouis d'une bonne réputation auprès des autorités du comté. Ça ne peut pas nuire, de bénéficier des conseils d'un avocat, David. En revanche, c'est toujours une erreur de faire cavalier seul. Tu m'as dit que tu avais emprunté l'autoroute pour rentrer chez toi. Pourquoi m'avoir raconté ce petit mensonge? Addy voudra le savoir. »

David mit le contact. Que fallait-il qu'il fasse? Il n'y avait qu'un seul vigile pour tout le campus. Mais il lui fallait se débarrasser de ce type. C'était un escroc, un de ces vautours qui poussent les accidentés à réclamer des indemnités. Mais il savait quelque chose.

« Sans rancune », dit McGraw. Il ouvrit la portière et sortit de la voiture. Son manteau resta coincé au siège et il lui fallut tirer dessus pour le dégager. David avait envie de rire. Et de pleurer. McGraw gesticulait, rajustant son vêtement trop grand. David démarra et s'éloigna en toute hâte. Le bruit des pneus lui rappela de mauvais souvenirs. Il ne regarda pas en arrière.

Toute la classe poussa des cris d'indignation quand il déclara que Judas, à son avis, n'était pas aussi méchant que le prétendaient les chrétiens. Peut-être avait-il trahi parce qu'il trouvait que Jésus n'était pas l'homme qui convenait aux juifs.

« Qu'il pardonnait trop facilement aux gens, vous savez, comme à cette femme qui avait commis le péché d'adultère.

— L'argent, l'argent, l'argent! »

C'est en scandant ces mots que les étudiants du fond de la classe interrompirent la tirade de David.

« Mais il n'en voulait pas, de cet argent. Il suffit de voir ce qu'il en a fait ! »

David ne comprenait pas ce qui le poussait à une telle véhémence. Il ne savait pas non plus à quel moment il s'était levé. Le père Moran était assis au bord de son bureau et se tenait, bras croisés, tel un gros bouddha. Il aimait que les garçons s'échauffent un peu. Il pensait toujours à eux comme à « ses garçons », peu habitué qu'il était encore à la présence de filles dans sa classe.

« Je ne crois pas que Jésus ait été cool avec lui, reprit David. Il savait que Judas filait un mauvais coton. C'est lui qui avait commandé à ses disciples de prier, afin de ne pas succomber à la tentation. Et Judas n'a-t-il pas succombé à la tentation ? Ce que je veux dire, c'est que Jésus était au courant. Il savait ce qui allait arriver à Judas. Voyez ce qu'il a dit à saint Pierre : “Avant que le coq ne chante, tu m'auras renié trois fois.” Et c'est ce qu'a fait Pierre. Avant de se mettre à pleurer. Idem pour Judas. Il sortit et versa des larmes amères. »

David s'emmêlait les pinceaux. En fait, c'était Pierre qui était sorti et qui avait pleuré amèrement.

Le père Moran l'interrompit. « Eh bien, Crowley. On peut dire que tu es drôlement remonté. Prends garde à ce que le diable ne s'empare pas de toi. Il est sans cesse à la recherche d'un bon avocat. »

Le prêtre fit basculer son poids d'une fesse sur l'autre. « Dis-moi, continua-t-il. C'est quoi, à tes yeux, le plus grand péché de Judas ? D'avoir trahi son Seigneur ou d'avoir désespéré d'être jamais pardonné ?

— C'est le désespoir, le plus grand péché. »

David ne faisait là qu'ânonner son catéchisme.

« Et pourquoi ?

— Je ne sais pas, mon père. »

Il refusait d'être interrogé comme un gamin de dix ans. Toute son assurance était soudain réduite en poussière.

Le prêtre fit signe à l'un des étudiants désireux de répondre. Au fond de la classe, tous les doigts étaient levés.

Une autre idée était venue à l'esprit de David.

« Mais le désespoir, c'est un péché commis contre soi-même, non ? C'est se faire son propre juge. Il me semble qu'il est plus grave de trahir quelqu'un. De faire du mal à une autre personne.

— Mitchell, vous pouvez répondre », dit le prêtre à l'un des étudiants, balayant la remarque de David d'un simple « Merci, Crowley ».

David tenta d'être attentif à la réponse de Mitchell, définissant le désespoir comme un péché contre l'espoir, et condamnant Judas pour avoir renoncé à l'espoir. Ça n'en finissait pas. David aurait pu résumer le propos en une seule phrase. Mais quelqu'un l'avait déjà fait, songea-t-il, et c'était précisément pour ça que ça lui était venu à l'esprit : « Que ceux qui s'apprêtent à entrer en ma demeure abandonnent tout espoir. » Cette demeure, c'était l'enfer.

Le cours, à ce qu'il semblait, ne reprendrait que lorsque chacun aurait exprimé ce qui, à ses yeux, rendait Judas ignoble — le baiser, les deniers d'argent... Quelqu'un dit qu'il était jaloux de Jean, le disciple favori de Jésus.

« J'ai compris ! Il était homo ! » s'exclama l'une des filles, avant de mettre la main devant sa bouche et de glousser. Par un effet de contagion, tous autour d'elle éclatèrent de rire. David fit mine de trouver la chose amusante, mais ce n'était pas le cas. Il lui semblait qu'il avait failli mettre le doigt sur quelque chose d'important, mais qu'on l'en avait empêché avant qu'il n'y parvienne. Il avait eu sur le bout de la langue une question, qui aurait déconcerté jusqu'au père Moran. À présent, il ne s'en souvenait même plus.

Entre ce cours et le dernier, il recopia les notes prises par un de ses camarades pendant le cours de littérature française du xxe siècle qu'il avait loupé ce matin. Mais il ne pouvait cesser de penser à Dennis McGraw et à l'« incident » — c'était le mot que le détective avait employé — sur lequel le shérif adjoint était en train d'enquêter. On n'aurait pas idée d'appeler incident quelque chose de grave, non ? Et s'il découvrait le lendemain que la personne qui avait crié était indemne, que ce cri c'était du pipeau ? Serait-il alors coupable de quoi que ce soit ? Qu'est-ce qui faisait d'un homme un coupable ? Le hasard ? Le fait de se faire attraper ? Mais s'il suivait des cours de morale, n'était-ce pas pour apprendre en quoi le fait d'être ou de ne pas être arrêté était extérieur au débat moral ? Or n'était-ce pas précisément cela qu'il redoutait ? Le sort de cette femme, il s'en souciait comme d'une guigne. Il ne s'inquiétait que pour une seule personne : lui-même.

Il s'efforça de concentrer son attention sur le poème de Valéry, dans lequel il était censé repérer les traces d'une influence symboliste. Mais il ne parvenait à rien, bien qu'il fût bon en français. David avait l'impression qu'un nœud de serpents se tordait dans son estomac. Cette horrible journée de cours allait s'achever, mais il en redoutait néanmoins la fin. Il n'avait pas envie de rentrer chez lui. Il avait besoin de se confier à quelqu'un. Pendant un tout petit moment, il se demanda s'il n'avait pas eu tort de faire le malin avec Dennis McGraw. McGraw désirait lui parler. McGraw savait quelque chose. Et pas lui.

En rentrant, il pensa à son père et à ce que sa mère avait dit ce matin à son sujet : que David pourrait lui dire des choses qu'il ne lui dirait pas à elle. Il était quasiment certain qu'elle voulait parler du sexe. Mais si son père était là, oserait-il lui avouer ce qu'il avait fait, et la manière dont il avait poursuivi sa route après avoir peut-être blessé quelqu'un ? Il voyait son père se diriger aussitôt vers la voiture avec un laconique « Monte, David » ; ordonner à sa mère de rentrer dans la maison, le conduire droit au bureau du shérif et là, lancer : « Mon fils a une déclaration à faire. » Malgré tout, David avait moins de mal à s'imaginer racontant l'accident à son père qu'à sa mère. Mais l'idéal, pour lui, ce serait de ne rien avoir à révéler à qui que ce soit et de se réveiller pour découvrir que tout cela n'avait été qu'un mauvais rêve.

Il fit deux fois le tour du pâté de maisons avant de s'engager dans l'allée, histoire de s'assurer qu'il n'était attendu ni par McGraw ni par un des agents du shérif. Il ne vit personne, et lorsqu'il se rangea devant la porte du garage, la voisine était en train de sortir de chez elle. Elle le salua d'un geste de la main, s'engouffra dans sa voiture et démarra. Rien d'anormal. Dans la maison aussi, tout était comme à l'ordinaire. David en ressentit une espèce de malaise, comme si la familiarité même du décor était un piège. Il n'y avait pas de messages pour lui sur le répondeur. Même le chat ne faisait pas attention à lui. Il chercha Dennis McGraw dans les pages jaunes. Il avait pensé qu'il n'y serait peut-être pas, eh bien si, il y était. Et l'adresse était celle du siège du comté. Il y avait au moins un élément tangible dans toute cette affaire. Dennis McGraw, avocat général. J'ai un ennemi, songea David. Pour la première fois de ma vie j'ai un ennemi, un vrai. C'était absurde. Tout ce que voulait McGraw c'était lui soutirer un peu de pognon. *À moins que vous ne souhaitiez que je vous représente...* Mais David n'avait rien avoué, sauf qu'il était rentré par County Road. Si McGraw l'avait cherché, c'est parce que l'agent Muller lui avait mis la puce à l'oreille. Et d'ailleurs, les numéros d'immatriculation n'étaient-ils pas censés être à la seule disposition de la police ? Tout le monde savait qu'au bureau du shérif la corruption régnait. Les agents n'auraient pas dû se contenter de confisquer les bières, la veille au soir. Ils auraient dû les virer du parc ou les embarquer pour avoir amené de l'alcool. Il se demanda si McGraw s'était mis en rapport avec un autre des participants de la soirée. Qui que soit le type qui avait raccompagné Sally chez elle, il avait bien fallu qu'il prenne lui aussi l'autoroute ou bien County Road. Il n'y avait pas songé, jusque-là. Ils avaient dû, eux aussi, passer par là. Si c'était le cas, ça s'était produit après que David fut rentré chez lui.

Il appela Sally à contrecœur. Il était tremblant et s'il y avait une personne dont il redoutait encore plus que pour sa mère qu'elle apprenne la vérité, c'était Sally. Il ne cessa de reporter à plus tard son coup de téléphone. Puis, comme s'approchait le moment où sa mère allait rentrer, il sortit pour appeler de la cabine la plus proche.

« Je voulais m'assurer que tu étais bien rentrée hier soir, dit-il.

— Tu l'aurais su si ça n'avait pas été le cas. C'était vraiment pas cool de ta part, David, de partir et de m'abandonner au milieu de cette bande de loups.

— Je ne t'ai pas abandonnée ! C'est toi qui as dit que... je ne sais plus quoi. Ça n'a pas d'importance. Qu'est-ce qui s'est passé ?

— Le pire, c'est ce qui a failli se passer quand on est rentrés. Il a fallu couper par County Road. L'autoroute était bloquée...

— Je sais, dit David. Qu'est-ce qui t'est arrivé à *toi,* je veux dire ?

— Les mecs étaient en train de faire les cons. Ce sont de vrais obsédés sexuels. Et tout d'un coup on a failli percuter une voiture garée à moitié sur la route. Tous phares éteints, et pas un chat. Comme si la voiture était HS et qu'on l'avait juste laissée là. »

David se représentait nettement la scène.

« Et vous vous êtes arrêtés ?

— Pourquoi est-ce qu'on l'aurait fait ? On ne l'a pas percutée, ou quoi que ce soit. Ce qui est sûr, c'est que ça a refroidi les ardeurs de Micky. Quand on est arrivés à Oak Forest, il m'a déposée devant chez moi et a redémarré aussi sec. »

Si la voiture était encore là plus tard, qu'est-ce que ça pouvait bien vouloir dire ? Qu'était-il donc arrivé à la femme ?

« Si moi je ne l'ai pas vue, ça veut dire que tu es rentrée bien plus tard que moi », dit David.

C'était comme si ses paroles de déni se formaient d'elles-mêmes.

« Pas tellement. J'ai dû insister pour qu'on ne tarde pas. Je suis désolée de t'avoir parlé comme je l'ai fait, David. Tu ne devrais pas être si sensible. Il arrive aussi aux filles de s'énerver, tu sais. Mais toi, tu n'es pas lourd comme tous ces autres types, et c'est une chose que j'admire. Il y a des tas de choses que j'admire en toi.

— Merci, murmura-t-il.

— Qu'est-ce qu'il faut que je fasse pour me faire pardonner ? Que je te prie de m'accorder un autre rendez-vous ? C'est déjà moi qui t'ai invité hier, tu te souviens ?

— Je promets de t'appeler bientôt, Sally.
— Je reprends les cours lundi. »
Elle était en congé de fin de trimestre.
« Je t'appellerai, répéta-t-il.
— OK, David. Merci d'avoir appelé. »

Il y eut un déclic. Il venait de la blesser, mais il n'y pouvait rien. Après avoir raccroché, il resta planté dans la cabine, à essayer de trouver les mots pour raconter à Sally ce qui s'était passé. C'était chose aisée, jusqu'au moment où il lui fallait dire : « Je ne me suis pas arrêté. » Eux non plus, ils ne s'étaient pas arrêtés, mais ils n'avaient pas vu la femme en train de crier.

Un homme qui attendait que le téléphone soit libre poussa la porte. « Vous allez toujours dans les cabines quand vous avez envie de soliloquer? »

Après avoir dîné de bonne heure, dans la cuisine, David s'attaqua à ses devoirs de fac. Il se surprit en rédigeant ce qui lui sembla un excellent commentaire du poème de Valéry. Ça lui fit du bien, comme si son travail était une espèce d'acte de contrition. Il l'amena à sa mère, qui était en train d'écrire des lettres. Au cours du dîner, il avait à peine ouvert la bouche et, discrète, elle avait respecté son silence. Il essayait de compenser.

Elle écouta attentivement. Puis, de but en blanc, lui demanda : « Ça te dirait de passer un an en France si on trouve le moyen de t'y envoyer? »

David n'en croyait pas ses oreilles. C'était comme si elle venait de lui dire qu'elle n'avait plus besoin de lui. Il avait toujours pensé qu'il était lié à elle pour la vie, et voilà que soudain c'est elle qui voulait se libérer de lui. Peut-être avait-elle rencontré un homme dont il ignorait tout, un type qui bossait à la banque... Il sentait son univers menacé de toutes parts.

« Eh bien ? s'enquit-elle.

— Oui, ce serait chouette. Mais c'est destiné en général aux troisième année, et moi je suis juste un petit nouveau.

— Juste un petit nouveau, répéta-t-elle. Tu te déprécies, David. Tu ne devrais pas. Cette dissertation est très bonne.

— C'est trop court pour être une dissertation.

— Quoi qu'il en soit, est-ce que tu veux bien me lire le poème en question ? »

Il allait chercher le livre lorsque le téléphone sonna. Sa mère lui cria de laisser le répondeur enregistrer le message. Il fit celui qui n'avait rien entendu. Toute la soirée, sauf lorsqu'il s'était plongé dans l'étude du poème, il avait redouté un mauvais moment à passer. Ce qui ne l'empêcha pas d'avoir un haut-le-cœur quand il reconnut la voix de McGraw.

« David, j'espère que je ne te dérange pas au beau milieu du dîner. Il faut qu'on se fixe un rendez-vous, toi et moi. Ce soir, ça serait pratique pour moi, ou bien demain matin aussi tôt que possible.

— Non, dit David. Je ne peux pas.

— Alors débrouille-toi pour te libérer. Tu n'as pas vraiment le choix, mon garçon. Tu ne peux pas parler ? Tu n'es pas seul ?

— Ma mère est à la maison, marmonna David.

— Bon, de toute façon, tôt ou tard il faudra que tu la mettes au courant. Ou peut-être bien que non. Ce n'est pas mon problème. Rencontrons-nous quelque part dans la matinée. Mon bureau ferait bien l'affaire, mais on est en pleins travaux. Vraiment impraticable. Et je ne souhaite pas que nous nous retrouvions à nouveau dans ta voiture. On n'est quand même pas des truands en train de monter un coup. »

« David ? appela sa mère, depuis le bureau.

— J'arrive tout de suite, maman. Passez ici demain matin, ajouta-t-il, s'adressant à McGraw. Mais pas avant huit heures et demie. »

C'était au tour de sa mère de conduire. Elle quitterait la maison à huit heures.

McGraw répéta l'heure et s'assura que l'adresse qu'il avait était la bonne.

En revenant, livre en main, vers sa mère qui l'attendait, David expliqua : « J'ai éraflé la carrosserie de la voiture en allant à la plage, hier soir. Il y a un gars qui va la repeindre pour moi.

— Confie ça à un professionnel, David. Je t'aiderai à régler la note.

— Super.

— Non, dit-elle. Tout n'est pas super. Tu ne veux pas qu'on remette à un autre jour la lecture du poème ? »

McGraw arriva peu après que l'horloge de l'entrée eut sonné la demie. David introduisit l'avocat dans la cuisine. McGraw portait le même pardessus que la veille. Il le retira et le posa sur le dossier d'une chaise, ainsi que son chapeau.

« Heureusement que j'appelle les gens chez eux, non ? Il reste du café ? »

David lui en versa une demi-tasse, qu'il fit réchauffer au micro-ondes. McGraw semblait faire l'inventaire de la cuisine, comme s'il avait l'intention de vendre son contenu aux enchères.

Il prit son café sans lait.

« Pourquoi est-ce qu'on ne commencerait pas par ta version des faits, David ? Qu'est-ce qui s'est vraiment passé quand tu rentrais chez toi ?

— Je refuse de vous dire quoi que ce soit.

— Dans ce cas, écoute ça : un fermier résidant au numéro 17 de County Road a entendu une femme crier devant chez lui, hier, un peu après minuit. Ça l'a tiré d'un profond sommeil. Il a jeté un coup d'œil alentour, a cru distinguer une voiture ayant calé sur la route et a décidé d'appeler le bureau du shérif. L'appel a été enregistré à minuit vingt. Mais à cause de l'accident sur l'autoroute, les hommes n'en ont pas pris connaissance avant l'aube. J'y suis allé moi-même, en compagnie d'Addy Muller, et pour tout dire c'est moi qui conduisais. Il tenait pas sur ses pieds, vu qu'il doublait son service. Le fermier était dégoûté que les hommes du shérif tardent tellement. J'aime mieux te dire tout de suite, David... »

David ne pipait mot. McGraw, dans un glouglou sonore, avala une gorgée de café.

« Addy s'est souvenu de vous avoir vus sur la plage et s'est dit qu'à cette heure-là il se pouvait fort bien que tu sois en train de rentrer chez toi. Il s'est rappelé que tu habitais à Oak Forest. Il m'a demandé de passer te voir pendant que lui faisait la tournée des hôpitaux. Ton nom et le nom de ton école, il les avait à l'esprit. Selon lui, tu es trop jeune pour traîner avec cette bande. Tu n'as pas voulu me parler, David. Tu n'as pas non plus fait preuve d'un grand respect pour la vérité. Autrement dit, tu avais la frousse. Je comprends pourquoi.

« Il se trouve que cette femme rentrait chez elle après une journée de boulot. Elle était lessivée, en retard et avait envie de se soulager. Vu qu'il n'y avait pas de voiture en vue, elle s'est garée au bord de la route, a éteint les phares et s'est dirigée vers l'avant de la voiture. Tu peux me raconter ce qui s'est passé ensuite ? »

David resta silencieux.

« David, il y a eu un témoin. Tu conduisais très vite et tu as surgi de nulle part, au moment où elle contournait sa voiture, depuis l'avant. Tu aurais pu en faire du hachis Parmentier, et tu ne t'es même pas arrêté.

— Je ne l'ai pas heurtée. Je le sais.

— Comment tu peux en être si sûr ?

— Je le sais, un point c'est tout.

— Alors, d'après toi, qu'est-ce qui lui est arrivé ? »

David secoua la tête.

« Ça t'était bien égal, pourvu que tu puisses fiche le camp.

— Non, ça ne m'était pas égal. Mais j'étais sûr de ne pas l'avoir heurtée.

— Tu en *étais* sûr ? »

McGraw attendit en respirant fort, puis émit une espèce de reniflement.

« Qu'est-ce qui lui est arrivé, monsieur ? demanda David, la gorge nouée.

— Je ne suis pas docteur.

— Est-ce qu'elle va bien ?

— Je n'irais pas jusque-là. Oh non. Mais *elle* est vivante. »

David remarqua l'accent mis sur le « elle ».

« Vous avez parlé d'un témoin ? Y avait-il d'autres passagers dans la voiture ? »

McGraw lui décocha sa triste grimace en guise de sourire.

« Non, David, le témoin, c'est *toi.* »

Il se demanda comment c'était possible avant de réaliser qu'il venait en effet de tout avouer à McGraw. Il s'était laissé prendre au piège. Non, il s'était lui-même piégé. Et il ne se souciait que de lui-même. Pas de la femme. Elle n'avait aucune réalité à ses yeux. Elle n'était qu'un cri, un visage qu'il aurait pu faire apparaître sur l'écran de son ordinateur.

« Je veux la voir », dit-il. Ce qu'il voulait, c'était prendre conscience du fait qu'elle existait pour de bon.

« Tu aurais pu la voir là-bas. À présent, c'est à elle de décider si elle veut te voir ou pas.

— Qu'est-ce que je suis censé faire, monsieur ?

— Exactement ce que je t'ai conseillé de faire hier : aller au bureau du shérif ce matin même et faire ta déclaration à l'agent Muller.

— Et si je ne le fais pas ?

— Ils viendront te chercher, David. Ça, je peux te le jurer. Et je t'assure que la femme t'accusera sous serment et qu'on pourra lancer le mandat d'arrêt. »

Et l'arrestation serait mentionnée dans la rubrique des faits divers du *County Sentinel*. Mais la femme était vivante : pourquoi n'arrivait-il pas à s'exclamer « Dieu merci », en toute sincérité ? Il ne tarda pas à se reprocher les paroles qu'il prononça ensuite : « Et si je vous demandais de me représenter ?

— Il est trop tard à présent, dit McGraw sur un ton de regret.

— Vous la représentez elle, c'est ça ?

— Quel malin tu fais, David. Mais me croirais-tu si je te disais que je ne souhaite vous représenter ni l'un ni l'autre devant un tribunal ? Tu n'auras pas de mal à reconnaître que tu dois bien quelque chose à cette malheureuse femme, après la petite discussion que nous venons d'avoir.

— Est-ce que ça ne serait pas un genre de chantage ?

— Quel vilain mot. Non, David. Je te propose de conclure honorablement une affaire qui pourrait devenir méchante. Il y aurait de quoi fiche en l'air ta vie et ta carrière, figure-toi, quand les gens apprendront que tu t'es débiné comme ça. Et puis il y a un truc que je ne t'ai pas encore dit : cette femme était enceinte,

David. Elle a fait une fausse couche à la suite de l'accident. »

David encaissa la nouvelle comme un coup à l'estomac. Il eut du mal à reprendre son souffle.

« Je crois qu'on peut appeler ça un accident, reprit McGraw. Mais de son point de vue c'est un meurtre.

— Je suis désolé pour elle, dit enfin David, non parce que McGraw avait prononcé le mot meurtre, mais parce qu'il était sensible à la perte subie par la femme.

— Le chagrin, ça ne coûte rien, David. Réfléchis à tout ça et nous en reparlerons une fois que tu seras passé voir l'agent Muller. C'est une pauvre femme, qui travaille dur. Une compensation financière ne devrait pas mettre ta famille sur la paille. »

David regarda McGraw s'éloigner dans l'allée, son pardessus battant l'air comme la cape de Batman tandis qu'il l'enfilait à grand-peine. Il s'en enveloppa en se glissant au volant d'une voiture sur laquelle on pouvait lire BUREAU DU SHÉRIF.

Cette femme était un être humain, pensait David. Il éprouvait à présent de la peine pour elle, et non pour lui-même. Ce serait, se dit-il, la parole de McGraw contre la sienne, quelle que soit l'issue de cette affaire. Non qu'il songeât au mensonge qu'il allait pouvoir inventer pour se dépêtrer de ses aveux, mais il lui fallait un peu de temps pour décider de la marche à suivre. Il ne croyait pas que McGraw se déciderait à agir avant qu'il ne se soit rendu à la police et n'ait signé un papier précisant qu'il avait quitté les lieux où quelqu'un avait peut-être été blessé à cause de sa vitesse excessive. Il essayait de prendre conscience de la situation telle qu'elle se présentait à présent. D'une certaine manière, il avait vraiment blessé la femme et il aurait voulu revenir en arrière et la secourir. Il était désormais trop tard pour cela mais s'il pouvait la retrouver, alors il la prierait de l'écouter, et lui demanderait pardon. « Meurtre », c'était là le mot qu'avait employé McGraw. C'était pour l'intimider. Bizarrement, ça n'avait pas marché, mais McGraw, en revanche, lui fichait quand même la trouille.

David sentait qu'il avait besoin d'aide. Peut-être était-ce d'un avocat qu'il avait besoin, mais il ne le pensait pas. Il lui aurait plutôt fallu un détective privé, quoiqu'il eût l'impression qu'on n'en rencontrait que dans les feuilletons télé. Si seulement son père... Mais il n'était pas là. De toute façon, lui aussi conseillerait de prendre un avocat, et bien que sa mère lui ait suggéré de parler à son père, David doutait que ce dernier soit capable de l'écouter.

Il se rendit à l'université et alla trouver le père Moran dans son bureau. Le prêtre lui serra la main, ce qui constituait un préambule inhabituel à un entretien avec un élève. Il savait reconnaître un jeune homme en détresse. Il demanda à David de déplacer sa chaise de manière qu'il n'ait pas la lumière dans les yeux.

« Après tout le raffut d'hier, dit le prêtre, je me suis posé une de ces questions qui commencent par “et si ?”. Je me suis dit : et si, après s'être caché toute la nuit, Judas était apparu au pied de la croix et avait dit : “Seigneur, accorde-moi ton pardon.” »

David sourit. Il ne trouva rien à répliquer ; il avait pourtant tant de choses à dire...

« Qu'est-ce que je peux faire pour toi, Crowley ?

— J'ai commis une mauvaise action, mon père. »

David raconta son histoire, sans omettre l'épisode du préservatif jeté au vent.

Le prêtre haussa les sourcils. « Équipement classique », grommela-t-il.

Il ne fit pas d'autre commentaire jusqu'à ce que

David ait achevé son récit. Il dit alors, après quelques secondes de réflexion : « Et quand tu l'auras retrouvée ?

— Je ne sais pas, dit David. Je veux juste qu'elle sache que je suis désolé de ce qui lui est arrivé.

— Même un avocat honnête te déconseillerait l'auto-accusation.

— Ça m'est égal ! ne put s'empêcher de crier David.

— Par la grâce de Dieu, je ne suis pas avocat, dit le prêtre avant de sortir un annuaire du dernier tiroir de son bureau. Commençons par l'hôpital le plus proche de l'endroit où ce malheur est arrivé. »

Une demi-heure plus tard, David avait le nom et l'adresse d'Alice Moss. Alors qu'elle perdait son sang en faisant sa fausse couche, elle était parvenue à retourner à l'hôpital St. Vincent, où elle faisait partie de l'équipe de surveillance.

« Si vous ne m'avez pas entendue crier, dit la femme après un temps de réflexion, comment auriez-vous pu distinguer autre chose ?

— Je crois que je n'ai rien voulu entendre », dit David.

Mme Moss gratta, avec l'ongle de son pouce, un peu d'œuf qui était resté collé sur la table. Ils étaient dans la cafétéria du personnel de l'hôpital, peu fréquentée en milieu d'après-midi. Elle ne ressemblait en rien au visage derrière le cri. Sa chevelure poivre et sel était ramenée en une queue-de-cheval, et elle avait les yeux cernés. Elle était confuse et apathique, mais sa question était pertinente. Elle se tortilla inconfortablement sur sa chaise en métal.

« Ça ne me plaît pas, que vous veniez me voir comme ça, dit-elle. J'aurais préféré ne jamais vous connaître.

— Je suis désolé.

— Vous l'avez déjà dit et je vous crois. Mais je pense que vous vous désolez pour une chose qui, je le crains, ne me fait pas le même effet. Cet avocat m'a mis un tel méli-mélo dans la tête, à me dire ce que je devrais ressentir, alors que mes sentiments sont tout autres. »

Elle parut concentrer son attention sur l'inscription ST. MARY'S COLLEGE que portait le pull de David.

« David, monsieur Crowley...

— Appelez-moi David.

— Ce que je vais vous dire ne me fait pas plaisir, et je devrais peut-être le garder pour moi. » Elle respira un grand coup et le regarda droit dans les yeux. « Ce bébé, je n'en voulais pas, reprit-elle. Mais je suis pratiquante et je me sentais obligée d'aller jusqu'au bout. Pour sûr, j'aurais pu être moi-même tuée la nuit dernière, je le sais...

— Je le sais aussi, dit David.

— Dans ce cas, ça aurait peut-être été un meurtre. Mais pour ce qui est du reste, je ne peux vraiment pas appeler ça un meurtre. En retournant travailler ce midi, voilà ce que je me suis dit : est-ce que j'ai pas eu un sacré bol, des deux côtés ? »

Juste avant son cours de morale chrétienne suivant, David raconta au père Moran sa rencontre dans la cafétéria de l'hôpital.

« Elle t'a pardonné ?

— Je le crois.

— Tu as de la chance, mon garçon », dit le prêtre.

Devant la porte de la salle de cours, il ajouta : « J'ai encore un conseil à te donner, Crowley. Il se résume à un seul mot... »

Il attendit.

« Oui, mon père ?

— L'abstinence. »

Traduit par Dorothée Zumstein.

Excursion amazonienne

MICKEY FRIEDMAN

Tropical Hotel : extérieur de Manaus, Brésil.

Charles Buckland Devore cajolait une *caipirinha* au bar Igapó lorsque la femme entra, s'assit sur un tabouret et prit son visage entre ses mains. De son tabouret non loin de là, Buck l'entendit murmurer : « Oh, mon Dieu. »

Jusque-là, la journée avait traîné en longueur. Suant et aveuglé de soleil après un déjeuner languissant au bord de la piscine à vagues, Buck était allé se doucher et se réfugier à l'abri de la chaleur. Dans cette paisible retraite à l'étage, il goûtait le mélange d'alcool de canne et de jus de citron vert qui était la boisson du cru. Façon point désagréable d'occuper un après-midi de février quand tout le nord-est des États-Unis était figé sous des masses d'air arctiques.

Dehors, juste au bout des jardins bien léchés, le rio Negro, affluent d'une largeur tout bonnement inconcevable de l'Amazone, miroitait tel du métal en fusion. Non loin de là, il rencontrait le rio Solimões, second affluent principal, pour former le puissant fleuve Amazone. Étendu sur sa chaise longue, Buck avait lu dans une brochure prise à la réception le récit de « la rencontre des eaux ». S'il restait ici encore quelques jours, peut-être même irait-il se rendre compte sur place en bateau. Ses instructions étaient de ne pas quitter l'hôtel jusqu'au contact, mais personne ne semblait pressé de le contacter.

Pour l'heure, il avait pour distraction une demoiselle en détresse fraîchement arrivée. Toujours prostrée, elle portait un tailleur aux allures d'uniforme composé d'une jupe marine et d'un chemisier blanc. Sur sa poitrine menue était épinglé un badge en plastique — Buck se pencha en plissant les yeux — portant l'inscription : WENDY.

Wendy ôta ses mains de son visage suffisamment longtemps pour commander une eau minérale gazeuse. Son uniforme, sa profusion de taches de rousseur et ses cheveux châtains coupés court évoquaient une infirmière ou une bonne d'enfants. Buck n'avait rien contre l'un ou l'autre emploi, et les demoiselles en détresse étaient l'une de ses spécialités. Il attendit qu'elle sirotât son eau minérale en ne reniflant plus que légèrement pour lui glisser : « Dure journée ? »

Les yeux de la jeune personne se posèrent pour la première fois sur lui. Il donnait l'image, il en avait parfaitement conscience, d'un personnage sorti d'un roman de Graham Greene, le tourment spirituel en moins. Son costume de lin blanc artistement chiffonné accusait son hâle et s'harmonisait avec sa chevelure gris acier. Sa chemise bleue sans col répondait au bleu de son regard. Et pour parfaire l'image du chic tropical, un panama à large bord reposait sur le bar. Buck avait la soixantaine largement dépassée et ne paraissait pas une année de moins, mais cela ne faisait rien. Dans certains cas, cela s'était même révélé un avantage.

Lui ayant coulé un long regard mouillé, Wendy déclara : « Croyez-vous au coup de foudre ? »

Bigre, Wendy ! Mais sans lui laisser le temps de

concocter une réponse toute de modestie, Wendy enchaîna sur le ton du désespoir : « C'est ce qu'ils prétendent. Vous y croyez, vous ? Tout ça parce qu'ils se sont trouvés côte à côte dans la salle d'embarquement à Miami. Ils ont pris deux places voisines dans l'avion. Et maintenant, ils ne veulent même plus m'adresser la *parole.* »

Ce scénario élémentaire n'était pas étranger à Buck. Tandis que Wendy lampait le reste de son eau minérale, il improvisa. « Je n'ai qu'un conseil à vous donner, le pardon. Ce sont des choses qui arrivent, Wendy. C'est le lot de... »

Wendy fit claquer son verre sur le bar, et dit : « Je me fiche de Mme Bartram. Elle n'aura pas son remboursement. Qu'elle fasse un procès. Mais lui, je n'arrive pas à croire qu'il m'ait fait ça. Ça me dépasse ! Il sait à quel point j'ai besoin de lui. » Ses yeux se cerclèrent à nouveau de rouge.

Buck fit signe au barman de lui apporter une autre eau minérale. Il connaissait le moment où ses attentions étaient requises. Franchissant les quelques tabourets qui le séparaient de la demoiselle, il lui présenta un mouchoir repassé d'une blancheur virginale. « Wendy, reprit-il, je sais que c'est un moment difficile pour vous, mais ça s'arrangera. »

Wendy déplia le carré de tissu et se moucha. « Non, ça ne s'arrangera pas, affirma-t-elle. Nous levons l'ancre demain. Même un projectile nucléaire ne les délogerait pas de cette chambre, à présent. »

Plus près, Buck pouvait lire à présent en petites lettres sur le badge de Wendy : CROISIÈRES LES PLÉIADES. Il s'exclama : « Wendy, ne me dites pas que votre petit ami vous a laissé tomber pour une autre femme à la veille d'une croisière ? Le scélérat ! »

Wendy eut un haut-le-corps et l'air estomaqué.

« Mon *petit ami* ! se récria-t-elle. Ce n'est pas mon petit ami. Mon Dieu, il a cinquante-cinq ans ! »

Elle trompeta une nouvelle fois dans le mouchoir et le restitua à Buck. Tandis qu'il s'efforçait de lui faire réintégrer sa poche avec maintes précautions, ce dernier songea qu'il en avait peut-être assez fait pour la petite Miss Wendy.

Elle, de son côté, l'examinait attentivement. « Dites-moi, monsieur..., commença-t-elle.

— Devore. Buck Devore.

— Monsieur Devore, savez-vous danser ? »

Buck l'avait à présent jaugée et il savait que ça n'était pas une invitation à passer la soirée à la discothèque de l'hôtel. « Naturellement, je sais danser.

— Je veux dire, mieux que les quelques pas sautillants dont se contentent la plupart des hommes ? »

À qui croyait-elle avoir affaire ? Buck patiemment expliqua : « Wendy, ma chère, je sais danser le fox-trot, la valse, le cha-cha-cha, la samba, le tango. Le rock'n'roll à l'occasion...

— Avez-vous une queue-de-pie ?

— Je possède un smoking noir *et* une queue-de-pie blanche dont je ne me sépare jamais. » Plutôt partir sans sa brosse à dents. On ne savait jamais où l'on pouvait être invité.

Wendy inspira profondément. « Êtes-vous marié ?

— Divorcé. » C'était une exagération. Il n'aurait su dire si Cyndee avait déjà pris un avocat.

L'espoir s'était fait jour sur le visage banal et parsemé de taches de rousseur de Wendy. « Monsieur Devore, dit-elle, cela vous plairait-il de partir en croisière sur l'Amazone et de remonter la côte jusqu'à Rio ? Gratuitement ? »

Buck ne lui avait pas encore pardonné son *Mon Dieu, il a cinquante-cinq ans !*

« Je regrette, Wendy. Je suis ici pour affaires.

— Oh, monsieur Devore ! Êtes-vous sûr ? Ne pouvez-vous au moins y réfléchir ? »

Alors, sans reprendre haleine, Wendy s'expliqua. Elle était la directrice de l'animation de l'*Andromède,* un luxueux paquebot de croisière régulièrement basé à Manaus. L'*Andromède* partait pour une croisière le lendemain. Il fallait à Wendy un danseur de salon, et il le lui fallait de suite.

« Un danseur de salon ? » Buck avait eu une carrière bigarrée, mais c'était la première fois qu'on lui demandait d'être danseur de salon.

« Nous avons toujours au moins deux messieurs en supplément pour danser avec les dames sans partenaire. Il faut être d'un tempérament agréable, d'un certain âge, non marié, cela va sans dire, et bon danseur... »

Buck souleva les sourcils. À coup sûr, il remplissait au moins deux ou trois de ces conditions.

« ... et la contrepartie pour danser avec les dames seules et les divertir, c'est une croisière gratuite. »

L'un des danseurs de salon de Wendy et l'une de ses passagères s'étaient épris l'un de l'autre à l'aéroport de Miami. Leur idylle avait fleuri au cours du vol pour Manaus, et au lieu de monter à bord de l'*Andromède,* les deux tourtereaux s'étaient enfermés dans une chambre du Tropical Hotel, aux fins de mieux explorer les ressources de leur relation en privé.

La malheureuse Wendy se retrouvait dans un terrible pétrin. Qui allait danser avec toutes ces dames ? « Monsieur Devore, je vous en supplie...

— J'aimerais beaucoup. Vraiment. Mais... »

Buck Devore en entraîneur de salon. Autant demander au renard de garder le poulailler. Mais pourquoi irait-il s'exténuer à danser la samba avec des veuves joyeuses alors qu'il pouvait rester là à se prélasser, se dorer au bord de la piscine, dévorer des grillades en plein air tous les soirs, bref, à profiter de sa vie d'espion ? Il prit la carte sur laquelle Wendy avait griffonné des instructions précises pour la joindre, la salua, et commanda une autre *caipirinha*.

L'Igapó était redevenu calme. Des ventilateurs en laiton tournoyaient au plafond. À l'extrémité du bar, un téléphone émit une stridulation discrète, et le barman traversa à grands pas pour aller répondre.

Même s'il en pinçait pour ce titre, Buck n'était pas exactement un espion. Un courrier, plutôt. Le boulot le plus lucratif et le plus confortable qu'il ait connu depuis longtemps. C'était comme si le destin l'avait hélé de la sorte : « Hé, Buck ! Cyndee te rend dingue ? La météo te mine ? Écoute un peu ma proposition ! »

Tout ce que Buck aurait à faire était de remettre une enveloppe. Quelqu'un le contacterait pour lui fixer le rendez-vous. Cela faisait trois jours qu'il attendait. En ce qui le concernait, il n'y avait pas urgence.

Pour désireux qu'eût été Buck d'accepter ce boulot, il n'en avait pas pour autant omis les précautions. « Pas de drogue, mon vieux, avait-il dit à Duncan Crowley. Je n'ai pas envie de passer le restant de ma vie dans une geôle brésilienne. »

Ils en étaient au brandy et au cigare, après dîner, dans la bibliothèque du club de Duncan. Duncan était l'une des multiples relations de Buck. Buck n'arrivait même pas à se rappeler où ils s'étaient rencontrés. En homme qui vivait selon son bon plaisir, touchant un peu à ci, un peu à ça, il avait besoin de multiples relations.

« Pour l'amour du ciel, Buck, avait protesté Duncan en faisant tourner le liquide dans son verre. Ai-je une mine de trafiquant de drogue ? »

La réponse était non, naturellement. Duncan avait la mine rubiconde d'un trop gros homme d'affaires.

Buck avait envie de filer, il lui tardait de rentrer chez lui faire sa valise, cependant il avait dit : « Je veux être sûr que je n'aurai pas d'ennuis, Duncan. »

Duncan avait remué dans son fauteuil en cuir, le visage embrasé par le brandy et le feu de cheminée qui brûlait dans l'âtre. « Je vais me contenter de trois mots, avait-il dit. *Fours à micro-ondes.* Cela te paraît-il suffisamment civilisé ? Plutôt insignifiant pour toi et moi, Buck, mais une usine, là-bas, a avancé beaucoup d'argent pour entrer dans la compétition. »

Des fours à micro-ondes ? Même pas quelque chose d'aussi excitant qu'une puce électronique... Mais, bah. Si les fours à micro-ondes pouvaient l'expédier hors de portée de Cyndee, il en serait ravi.

Duncan avait entonné son couplet : « L'économie brésilienne est en plein essor. Manaus est une zone de libre-échange, la plupart des produits fabriqués là-bas sont destinés à l'Amérique du Sud ou aux Caraïbes. Une ville de première importance en pleine forêt amazonienne... » Buck cessa de l'écouter et se plongea dans la contemplation du feu en pensant à Cyndee.

L'exquise Cyndee Doolittle Devore, cheveux blond vénitien et galbe parfait, avait été une erreur de placement. Aucune de ses trois épouses précédentes n'avait déchaîné un tel enfer lorsque l'inévitable s'était produit, et que Buck était resté fidèle à lui-même... Buck avait été aveuglé par la beauté de Cyndee (elle avait été première dauphine de la reine des meneuses pour l'équipe des Cowboys de Dallas) et par le fait que son père était le PDG fabuleusement riche du conglomérat Metropolitan Industries.

Mais papa Doolittle, dévoreur de dollars aux sourcils broussailleux et à la mine sévère, son cadet de quelques années, ne pouvait pas le sentir. Il avait été trop heureux de payer les détectives qui avaient confirmé les soupçons de sa fille chérie. Il l'avait gâtée-pourrie, sa Cyndee. Buck frissonna. Coups de téléphone hystériques à toute heure du jour et de la nuit. Communiqués délivrés par toute une brochette d'avocats. Mais le pire n'était pas là... Buck avait reçu un beau matin par la poste une poupée vaudoue truffée d'épingles dans la région de l'aine.

On eût consenti pour moins à convoyer jusqu'au Brésil une pleine enveloppe de plans de micro-ondes...

Dans le bar Igapó, le barman se détourna du téléphone pour regarder Buck.

« Vous êtes M. Devore ? C'est pour vous. »

Le contact.

Les derniers vestiges d'un coucher de soleil spectaculaire pâlissaient au-dessus du rio Negro lorsque Buck, conformément aux instructions, descendit vers l'embarcadère de l'hôtel d'où démarraient les excursions, abrité par un toit de palmes. Un tourbillon de vent chaud souffla lorsqu'il s'arrêta un instant sur l'esplanade. Loin, très loin, une fine ligne noire à l'horizon indiquait l'autre rive du fleuve. Buck tira sur les bords de son panama. Il était nerveux, encore qu'il se demandât bien pourquoi. Des fours à micro-ondes, vous parlez !

Il avait l'enveloppe sur lui, une banale enveloppe 18 × 24 en papier kraft fermée par de l'adhésif extra-fort. Il n'avait pas cherché à en voir le contenu. Ça ne l'intéressait pas. Ses instructions étaient de se rendre sur l'embarcadère et de la remettre à la personne qu'il y trouverait. Il entama la descente des marches conduisant à la berge. Personne dans les parages, mais n'apercevait-il pas quelqu'un, là-bas, installé sur un fauteuil dans la pénombre de l'embarcadère ? Buck esquissa un signe hésitant de la main et l'individu se leva, silhouette noire sur fond d'eau scintillante.

Il faisait vraiment sombre sous le toit de palmes. L'eau clapotait contre les pneus en caoutchouc fixés aux montants de l'embarcadère. Buck humait l'odeur du fleuve, entendait vrombir des insectes. Il ne distinguait pas le visage de l'homme debout à quelques pas à peine. S'éclaircissant la voix, il lança : « Hey. » Devant l'absence de réponse, il tendit l'enveloppe. Au même instant, le vent reprit, une chaude bourrasque souleva son panama de son crâne et l'emporta pardessus les eaux du rio Negro.

Le foutu chapeau n'était même pas payé ! Buck se jeta sur le côté pour le rattraper tandis que le couvre-chef voletait hors de sa portée. C'est à peine s'il entendit le tranquille *poc !* dans son dos.

Lorsque le chapeau se posa, flottant à l'envers tel un petit bateau en papier, Buck entendit un gargouillement étouffé. Il s'avisa que son compagnon s'était affaissé, le plus paisiblement du monde, et glissait pardessus bord au bout de l'embarcadère.

En même temps que la gerbe d'eau qu'il provoqua — une gerbe modeste —, Buck entendit le bruit d'une galopade. À cet instant — il ignorait à quel moment cela s'était produit —, Buck s'était déjà jeté à plat ventre sur les planches humides de l'embarcadère. Tournant la tête de côté, il aperçut une massive silhouette qui cavalait le long de la bande de sable rocheuse entre le mur de l'esplanade et la berge du fleuve. Il ne put distinguer le moindre détail de la physionomie de l'individu en dehors du fait que l'homme — c'était un homme, Buck en était sûr — avait une tignasse en bataille de cheveux blonds très clairs.

Buck était en transe. Il étreignait toujours l'enveloppe contenant les renseignements sur les micro-ondes. On avait tiré. *Tiré*. Et l'autre gars...

Buck remua pour jeter un œil en direction du rio Negro. Aucun signe de vie de l'autre. Pas une bulle, pas un battement frénétique, pas un grognement. Juste l'étendue placide de l'immense fleuve et, dérivant toujours plus loin, son panama tout neuf.

Le tueur blond platine avait disparu, lui aussi. Avec une infinie lenteur, Buck se souleva du plancher de l'embarcadère et s'épousseta. Il n'avait pas soupçonné que ces gens prendraient cette affaire de micro-ondes tellement au sérieux. On avait descendu un type. Buck devait... il fallait...

Il devait appeler la police brésilienne. Leur expliquer qu'au moment où lui, Charles Buckland Devore, s'apprêtait à remettre des secrets industriels à un contact inconnu, un tueur aux cheveux blond platine avait abattu ledit contact. Il imaginait une pièce remplie de Carabinieri rougeauds et moqueurs, le doigt sur le holster. À moins que les Carabinieri, ce ne soit en Italie. Bref...

Buck quitta l'embarcadère au pas de course, grimpa les marches en toute hâte et traversa l'obscurité le séparant de l'hôtel au petit trot, sans cesser de tripoter dans sa poche la carte professionnelle que lui avait remise au bar Igapó la chère, la très chère Wendy. Le téléphone coincé entre l'oreille et l'épaule, il fourra dans sa valise smoking, queue-de-pie, enveloppe des micro-ondes, rasoir électrique, tout en écoutant : la sonnerie retentit sept ou huit fois avant que, Dieu soit loué, quelqu'un répondît, mais ça n'était pas Wendy. Wendy était partie escorter jusqu'à la passerelle un groupe de passagers en partance pour un spectacle de folklore brésilien. Buck pouvait-il rappeler dans, disons, une demi-heure ?

Non. Non. Buck devait parler à Wendy. Tout de suite. Buck ne pouvait pas attendre une minute, ne parlons pas d'une demi-heure. Il espérait que cette personne comprenait qu'il ne pouvait pas attendre. *Il devait parler à Wendy !*

Peu de temps après, Wendy arriva au bout du fil. Buck s'employa à ne pas bafouiller. Il s'exhorta à imaginer comment Cary Grant s'en tirerait. Il dit : « Wendy ? Wendy, c'est Buck. Buck Devore, votre nouveau danseur de salon. »

Le lendemain, alors que l'*Andromède* se préparait à appareiller, Buck, du haut du pont de l'imposant paquebot blanc, survolait du regard le port de Manaus. Il se sentait à peu près redevenu lui-même. Il avait réussi à effectuer une sortie discrète de l'hôtel, sans nouvel incident fâcheux. Il avait même trouvé — et il prenait cela pour un excellent présage — un nouveau panama pour un prix tout à fait correct dans une boutique proche. Ses conditions d'hébergement, un cabine sur le pont des Poissons dans les entrailles du paquebot, rivalisaient difficilement avec le luxe du Tropical Hotel, mais il s'en accommoderait.

Buck se sentait coupable pour le gars des micro-ondes qui s'était fait buter. Il avait beau croire au capitalisme, il ne pouvait souscrire à une compétition aussi féroce. Néanmoins, pour être tout à fait honnête, c'était leur bataille, pas la sienne.

La sirène du bateau retentit, et le haut-parleur se mit à diffuser *Santiano*. Tout autour de Buck, alignés au bastingage, se pressaient ses compagnons de croisière amazonienne, bardés d'appareils photo, luisants de crème solaire. L'air vibrait de leurs bavardages exaltés. Adiós, Manaus. L'*Andromède* commença à s'éloigner majestueusement du quai et de la pagaille de pirogues et de plus petits bateaux, laissant derrière lui le parking avec ses échoppes de souvenirs, et la foule aux cheveux noirs qui grouillait en contrebas sur le quai bétonné.

Alors qu'il examinait la grouillante foule aux cheveux noirs, Buck s'avisa qu'il n'y avait pas que des cheveux noirs. Pour être précis, il y avait là en bas un type à la stature inhabituellement haute, et d'une blondeur tout aussi inhabituelle. Ses cheveux ébouriffés renvoyaient un éclat fulgurant. Et le blond aux cheveux de feu avait l'air de regarder dans la direction de Buck.

Buck se tourna vers sa voisine de droite, une rousse en bermuda qui tenait une paire de jumelles braquée devant ses yeux, et l'interpella : « Excusez-moi. Puis-je vous les emprunter une seconde ?

— Mais certainement », ronronna la dame en lui tendant ses jumelles. Par une sorte d'automatisme, Buck nota la teinture impeccable des cheveux, l'éclat vert des prunelles, la silhouette très correcte pour son âge. Il porta les jumelles à ses yeux et fit la mise au point. Le visage du blond surgit en gros plan devant lui, déformé par une expression de haine. Et Buck aurait juré qu'il le regardait droit dans les yeux.

Ça ne pouvait qu'être le tueur de la veille. Comment avait-il retrouvé sa trace ? Le barman avait dû surprendre sa conversation avec Wendy. Le blond avait-il parlé au barman ?

Une lame glacée s'enfonça dans le plexus de Buck. Le type devait salement la vouloir, cette enveloppe. Pour la centième fois, Buck se maudit de ne pas avoir laissé cette saloperie sur l'embarcadère. Au moins, il quittait Manaus. Et quand Manaus serait loin derrière, l'armoire à glace à l'air patibulaire le serait aussi. Buck se promit de ne pas poser un pied hors du navire jusqu'à leur arrivée à Rio.

« La mise au point est-elle bonne ? »

C'était la deuxième fois qu'elle posait la question, s'aperçut Buck. Il avait oublié la propriétaire des jumelles, debout près de lui. Il les abaissa avec des mains tremblantes. « Parfaite. Merci, dit-il en les lui rendant.

— Je m'appelle Rita Randall. » Elle souriait de toutes ses dents. L'une de ses mains arborait une bague de valeur — aigue-marine entourée de diamants, supputa Buck — et son autre poignet s'ornait d'un large bracelet en diamants. Buck la vit jeter un bref coup d'œil à son propre annulaire dépourvu d'alliance.

Une autre fois, Rita. Ayant fait ses excuses, il se fraya un chemin parmi les passagers excités, et s'éloigna du bastingage et du blond au visage menaçant.

Boca da Valeria.

La promesse que Buck s'était faite de ne pas mettre pied à terre tint à peu près aussi longtemps que la plupart de ses autres promesses. Le lendemain matin, Wendy l'informa que l'on comptait sur lui pour mener les passagers à terre, à Boca da Valeria. Il devrait aider les uns et les autres à embarquer dans les annexes et à en débarquer, offrir un bras secourable à quiconque éprouvait des difficultés à marcher et veiller à ce que l'on n'oublie personne dans « l'authentique village caboclo » une fois la récréation terminée.

Il s'avérait de plus en plus que Wendy était un véritable bourreau de travail. Sans l'ombre d'un doute, Buck la gagnerait à la sueur de son front, sa croisière « gratuite ». À la soirée « Bon voyage » de la veille, Wendy lui avait notifié d'un ton tranchant de ne pas consacrer son attention exclusive aux femmes les plus jeunes et les plus alertes, et elle avait été très mécontente de le trouver assis devant une machine à sous du casino pendant qu'il reprenait haleine entre deux séances exténuantes sur la piste de danse.

Buck avait mal aux pieds, un orteil meurtri par un talon aiguille, bras et jambes comme des serpillières et une seule envie : s'étendre sur un transat en sirotant du thé glacé et en contemplant le défilement des eaux bourbeuses et brunes de l'Amazone et le fouillis tropical de ses berges. Il n'était pas d'humeur à aller à la rencontre de l'« authentique culture amazonienne ».

« Les annexes sont à l'eau, Buck, l'informa Wendy. Vous devriez descendre rejoindre les autres. »

Buck rejoignit donc les troupes en attente d'être chargées dans les embarcations orange et blanc et convoyées jusqu'au rivage pour y expérimenter, quelques heures durant, les délices de la vie autochtone. Son apparition déclencha quelques coups de coude accompagnés d'un léger brouhaha parmi les dames, réaction à laquelle il était habitué. Il avait déjà reçu une boîte de bonbons d'une adorable vieille qui avait mis à profit leur interminable rumba pour lui décrire en long, en large et en travers la dernière maladie de son époux, cinq ans auparavant.

Une voix lui glissa : « Tout ceci n'est-il pas exaltant, monsieur Devore ? »

C'était Rita Randall, la rousse aux jumelles. Elle était d'une élégance parfaite, en visière pare-soleil et lunettes de soleil blanches, les cheveux ramenés en arrière en une petite queue-de-cheval frisottée. Avait-il dansé avec elle la nuit dernière ? C'était fort possible, sur l'un des « morceaux à la demande de ces dames ».

« J'en conviens, chère madame Randall », répondit-il avec toute la chaleur dont il fut capable. Elle portait encore le large bracelet en diamants, mais pas de bague. Ils continuèrent à bavarder et embarquèrent dans la même annexe. L'espace était exigu. Durant le cours trajet sur l'eau jusqu'au village, la jambe galbée et bronzée de Rita Randall se pressa fermement contre la sienne. Il sentait sa chaleur à travers l'étoffe de son pantalon de coutil blanc.

Boca da Valeria, formation de huttes à toit de palmes dressées sur un morceau de terre rouge et pelée coincée entre la jungle et le fleuve, n'avait pas ce qui s'appelle échappé au fléau de la civilisation. De petits enfants parés de plumes, le visage peint, étreignaient des liasses de dollars soutirés aux touristes reporters. Le tarif était le même pour immortaliser les paresseux mélancoliques attachés à des pieux le long du sentier menant au village. Il y avait des sarbacanes et des perroquets en bois peint à vendre sous des abris à toit de palmes. Rongeant son frein au milieu du bruissement du commerce, Buck épiait avec nostalgie l'*Andromède* qui flottait, serein et hors d'atteinte, au-delà d'une étendue de joncs.

La touffeur augmenta au fur et à mesure que l'après-midi progressait. Quelqu'un ouvrit un stand de vente de citronnade près de l'embarcadère. Des pirogues glissaient dans les chenaux étroits. Buck s'en allait quérir un verre de citronnade lorsqu'on le héla : « Monsieur Devore ! Suivez-nous ! Ils disent qu'il y a un autre village derrière la colline ! »

Docilement, Buck emboîta le pas à l'infatigable Rita Randall et à un groupe qui remontait un étroit sentier d'argile rouge s'enfonçant dans la jungle. Des poulets à crête rouge s'égaillaient à leur approche. Des lianes s'accrochaient à ses jambes de pantalon. Le soleil était bouillant et les moustiques féroces. Buck se laissa distancer par le groupe bavard. Son entrain pour les excursions tropicales n'était plus ce qu'il avait été. Repoussant le bord de son chapeau, il s'épongea le front. Au diable l'autre village. Il allait retourner à l'embarcadère, avaler sa citronnade, et attendre que les annexes lèvent l'ancre.

Il pivota sur ses talons. Là, debout sur le sentier, à une courte distance derrière lui se tenait un homme de très haute stature doté d'une tignasse de la couleur des blés.

Galvanisé, Buck obéit à sa première et unique impulsion : courir. Il se rua dans la direction du second village, mais le cinglé dangereux des micro-ondes allait sûrement le rattraper par là. Aussi bifurqua-t-il pour s'enfoncer dans la jungle, écartant des branches souples à grands moulinets de bras, trébuchant sur des souches pourries, dérangeant oiseaux, insectes et autres créatures innommables.

Il entendait le blond charger derrière lui. L'air était suffocant. Les mocassins de Buck glissaient sur de la boue, ou une substance de même consistance. Une branche épineuse lui fouetta le bras et un mince filet de sang apparut. Un bruissement sonore s'éleva des fourrés luxuriants devant lui. Buck s'arrêta net. C'était insensé. Il y avait des serpents dans la forêt dense. Des serpents, et Dieu sait quoi encore. Il ne pouvait foncer tête baissée dans l'enfer vert en espérant mettre en déroute non seulement ce grand tueur blond mais encore boas constricteurs et consorts. Il devait tenter autre chose.

Le blond émergea des arbres à la vue de Buck. Il avait des feuilles dans les cheveux, une écorchure sur la pommette. C'était un individu de type Scandinave aux os saillants et au regard bleu acier. Sa main pâle tenait un pistolet, lequel était pointé sur Buck.

Buck leva les mains en l'air. Il regrettait amèrement

maintenant l'égarement qui l'avait conduit à détaler dans le sous-bois. « Je n'ai pas de revolver », déclara-t-il. À quoi le Suédois répondit d'un clignement d'yeux imbécile. Ne parlait-il pas l'anglais ? Buck ne connaissait aucune langue Scandinave. Tout en tâchant de remonter discrètement vers le sentier, Buck déblatéra : « Je n'ai pas l'enveloppe non plus. Je l'ai laissée sur le bateau. Si j'avais su que vous seriez là, je l'aurais apportée avec moi. »

Toujours pas de réponse. Björn Borg fit un pas en avant, comme pour mieux viser la région du cœur affolé de Buck.

Buck fit une nouvelle tentative. « Je n'en veux pas, croyez-moi, et je serai heureux de vous la remettre, dit-il. Je vous la donnerai. *Comprendo ?* Écoutez, si vous avez un bout de papier, donnez-moi juste votre adresse. Je vous l'enverrai tout de suite, d'accord ? C'est juré. Dites-moi seulement... »

Ça ne marcherait pas. La sueur dégoulinait dans les yeux de Buck. Il regarda le pistolet, le gros doigt épais posé sur la détente.

« Monsieur Devore ? Monsieur Devore, où êtes-vous passé ? Les annexes sont prêtes à partir, monsieur Devore ! »

La voix était toute proche. Si Buck s'en sortait, et si ses finances le lui permettaient, il offrirait un autre bracelet en diamants à cette femme bénie. Il vit les yeux du tueur s'assombrir de confusion. Alors il beugla : « Je suis ici, chère madame Randall ! » Avant que Niels Holgersson puisse décider de jouer son va-tout, Buck se rua en direction du sentier où Rita Randall tendait le cou pour tenter de l'apercevoir.

« Seigneur Jésus, vous vous étiez volatilisé ! » gazouilla-t-elle. Puis notant au vol son apparence : « Que vous est-il arrivé, pour l'amour du ciel ?

— J'ai voulu jouer les explorateurs solitaires », répondit Buck tandis qu'ils galopaient vers le village. Il apercevait les passagers massés sur l'embarcadère, attendant leur tour de monter dans les embarcations.

Rita Randall partit d'un rire musical. « Quel aventurier vous faites, monsieur Devore.

— Appelez-moi Buck », répondit Buck.

Alter do Chão.

Buck emporta l'enveloppe avec lui à Alter do Chão le lendemain. Il savait qu'il reverrait le Scandinave. Gustav Gustafsson ne le lâcherait pas tant qu'il n'aurait pas récupéré les plans des micro-ondes. S'il avait suivi l'*Andromède* jusqu'à Boca da Valeria — par pirogue, canoë, bateau à moteur, les possibilités étaient infinies —, il pouvait le suivre jusqu'à Alter do Chão. Bigre, il pouvait le suivre jusqu'à Rio. Buck devait y mettre un terme.

Son traumatisme de Boca da Valeria était encore tout frais. Dès son retour à bord, sa présence — en smoking et chaussures de danse — avait été requise au cocktail de bienvenue du capitaine. Il avait dansé jusqu'à épuisement, rejoint sa cabine au moment du spectacle de variétés pour s'asperger d'eau glacée avant de retourner renouveler sa performance sur la piste de danse qu'il n'avait plus quittée jusqu'aux ultimes notes de *Good Night, Irene* égrenées par l'orchestre. Il avait décliné plusieurs invitations à partager le buffet de minuit, dont une émanait de Rita Randall, en robe du soir lamée gris argent, une émeraude de plusieurs carats nichée en pendentif au creux des seins. Lorsqu'il avait invoqué la fatigue, Rita avait eu un sourire indulgent et ses lèvres frôlant son oreille, elle s'était penchée pour lui glisser : « Je vous verrai demain, Buck. »

Rita l'intriguait, mais Buck ne pouvait se concentrer sur elle. D'abord se débarrasser des plans et du grand Suédois ou Finlandais, peu importait... Alors, et alors seulement, pourrait-il voir pour Rita.

À Alter do Chão était annoncée une *Festa na praia,* et l'atmosphère de fête y régnait déjà. Un orchestre de jazz — trombone, batterie, cornet, saxophone — jouait sur le débarcadère à l'arrivée des annexes, et les passagers de l'*Andromède,* en maillot de bain, s'éparpillèrent promptement sur la plage de sable blanc. Les palmes ondulaient, les eaux de l'Amazone miroitaient, les vendeurs de T-shirts étaient en alerte rouge. En d'autres circonstances, Buck aurait adoré, mais là il arpentait lugubrement le solarium. Dans le sac fourre-tout jeté sur son épaule se trouvaient un boxer-short, une serviette et, le plus important, l'enveloppe en papier kraft. Son regard allait et venait le long de la plage. Pas de Björn. Pas de Björn non plus parmi les vendeurs de souvenirs sur la petite place ombragée du village. Il remonta la ruelle jusqu'au Centre pour la sauvegarde des arts indigènes. Le grand Hans ne s'y trouvait pas. Décontenancé, Buck rejoignit la plage pour nager et pique-niquer en compagnie de Rita et de ses amis.

Faire trempette dans les eaux tièdes de l'Amazone ne parvint même pas à le ragaillardir. Ruisselant, il se plongea dans la contemplation morose du fleuve. « Vous n'êtes pas heureux, Buck, observa doucement Rita. Que faudrait-il pour vous rendre heureux ? »

Buck soupira. Il promena son regard sur le paysage, comme s'il cherchait le secret du bonheur dans le sable, l'eau, les arbres luxuriants, les vendeurs de T-shirts. Il répondit : « Rita, c'est quelque chose que je ne peux pas... »

Bigre, le Suédois. L'enfant de salaud était là-bas, à demi planqué à la lisière d'un bosquet de cocotiers. Buck bondit sur ses pieds, attrapa son sac en toile et se précipita en direction du grand blond en aspergeant de sable la pauvre Rita, dont il avait oublié l'existence.

Le grand gaillard le regarda approcher. Buck vit qu'il avait badigeonné de mercurochrome son estafilade à la joue. Buck tira l'enveloppe de son sac et l'agita. « Je vous l'ai apportée ! cria-t-il. Prenez-la ! Prenez-la et fichez-moi la paix ! » Il se tenait debout devant le grand blond, essoufflé, les cheveux en bataille. Il brandissait l'enveloppe, qui vibrait comme sous l'effet d'un vent vif.

Le blond se saisit de l'enveloppe. Il foudroya Buck du regard, laissa choir l'objet dans le sable et se pencha au-dessus. Buck vit ses mâchoires massives et mal rasées se contracter rapidement et un énorme jet de salive atterrir sur l'enveloppe. Puis, s'avançant vers Buck, il lui planta un index dans la poitrine. Son haleine fétide lui brûla le visage. D'une voix gutturale, il déclara : « Gaffe à toi. Je te tuerai. » Et, d'un bond, il disparut entre les arbres.

Les genoux de Buck le lâchèrent et il se retrouva accroupi sur le sable près de l'enveloppe souillée. *Je te tuerai* ? À quoi tout cela rimait-il, nom de Dieu ? Pourquoi ce Carl Larsson n'avait-il pas pris ses plans de micro-ondes ?

Le kraft de l'enveloppe buvait le crachat. Buck la saisit par un coin et, évitant l'endroit mouillé, la retourna, la déchira et en tira les documents qu'elle contenait.

Ce n'était pas des plans mais une brochure d'instructions en couleurs intitulée *Comment utiliser votre nouveau four à micro-ondes MetroChef.* À croupetons dans le sable, Buck la feuilleta. Boutons de commande. Comment réussir son pop-corn. Insérer le plateau tournant. Il ne voyait pas le moindre secret industriel là-dedans. Cet opuscule était sans nul doute remis gracieusement à quiconque se portait acquéreur d'un four à micro-ondes MetroChef. Un code se trouvait-il dissimulé quelque part ? Il parcourut une nouvelle fois la brochure, mais il doutait qu'il y eût un code. Il doutait qu'il y eût quelque secret industriel que ce soit concernant les fours à micro-ondes. Il entendait encore les paroles gutturales d'Otto Machinsson : *Je te tuerai.*

Buck retourna la brochure et en examina le dos. Le four à micro-ondes MetroChef était fabriqué par MetroCuisine, Inc., à Akron, Ohio. MetroCuisine avait des usines dans le monde entier, dont la liste figurait en petites lettres. L'une d'entre elles était MetroCuisine da Amazonia SA, à Manaus, Brésil. Et devinez quoi ? Une minuscule inscription tout en bas de la couverture donnait la clé de l'énigme : « Division de Metropolitan Industries, Inc. »

Bigre. Papa Doolittle, le géniteur outragé de Cyndee, était le PDG de Metropolitan Industries. Dans un éclair aussi brutal que douloureux, Buck comprit que tout ça n'avait rien à voir avec les micro-ondes. Il était juste question d'éliminer Buck Devore pour complaire à Cyndee, la petite fille à son papa.

Le souvenir de l'endroit où il avait rencontré Duncan Crowley, celui qui l'avait attiré dans ce traquenard abracadabrant, commença à revenir à Buck. Il avait rencontré Duncan lors d'un cocktail chez papa Doolittle...

La tête de Buck se mit à tourner. Ça n'aurait pas été pire si le ciel lui était tombé sur la tête ! Il comprenait soudain que c'était lui, à l'évidence, la victime désignée sur l'embarcadère du Tropical Hotel. Il s'était dégagé de la trajectoire au dernier moment pour rattraper son panama, et Olaf avait abattu son propre complice par erreur. Ce qu'il était nul, cet Olaf. Buck en était presque offensé. Après avoir dépensé tant d'argent pour entraîner Buck sous les Tropiques, papa aurait pu engager un tueur un peu plus compétent. Sauf que l'aventure n'était pas encore terminée. Ce qui lui manquait en finesse, Gustafsson le compensait largement en ténacité. Buck devrait veiller à ce que cette ténacité ne finisse par payer.

Gaffe à toi. Je te tuerai. Plongé dans ses pensées, Buck retourna auprès de Rita Randall qui attendait sur le sable. Repoussant ses tentatives de conversation, il s'efforça de se concentrer. Où le Danois frapperait-il? La *festa na praia* prendrait bientôt fin et l'*Andromède* voguerait vers Santarém, sa dernière escale amazonienne, à quelques heures de route. Après Santarém, ce serait l'embouchure de l'Amazone et la côte atlantique jusqu'à Rio.

Peut-être le grand blond se posterait-il à Santarém. Si tel était son choix, tant pis pour lui. Wendy avait informé Buck le matin même qu'il n'aurait pas besoin de quitter le paquebot à Santarém. Le port y était suffisamment profond pour permettre à l'*Andromède* d'accoster à quai, et aux passagers de descendre à pied et de remonter à bord à volonté. Voilà qui était parfait. Buck pourrait rester planqué sur l'*Andromède,* et demain, adieu l'Amazone et son poursuivant.

Buck se détendit, pas longtemps. La formule lui trottait dans la tête : « descendre à pied et remonter à bord à volonté ».

Ericsson, Buck en eut la certitude, trouverait le moyen de monter à bord. Il viendrait le pourchasser sur l'*Andromède* où, se croyant en sécurité, Buck aurait relâché sa vigilance. Il émit un grognement et sentit Rita lui tapoter le dos d'un geste réconfortant. Cet enfant de salaud ne lâcherait pas le morceau tant qu'il ne pourrait pas annoncer à papa Doolittle que Charles Buckland Devore était mort. Buck s'abandonna au désespoir tandis que Rita continuait de lui tapoter le dos.

Peut-être était-ce le rythme apaisant du tapotement, peut-être était-ce une coïncidence, mais au bout de quelques minutes, il vint à Buck une idée. Il la laissa mûrir un moment, l'admira sous chacun de ses angles. Lorsqu'elle eut pris sa forme définitive, il se tourna vers Rita et dit : « Rita, il y a une chose dont je voudrais vous parler. J'espère que vous m'écouterez jusqu'au bout, sans porter aucun jugement jusqu'à ce que j'aie terminé. Le ferez-vous ? »

Rita s'illumina comme si Noël et son anniversaire tombaient subitement le même jour. « Bien sûr ! Vous pouvez tout me dire ! »

Buck raconta toute l'histoire à Rita. Pas l'histoire de Cyndee et de papa Doolittle, ni comment il s'était bêtement laissé attirer en Amazonie pour y être exécuté. Il lui raconta qu'il était une sorte de James Bond, un agent ultra-secret œuvrant pour le compte du gouvernement. Il lui raconta que sa couverture avait été éventée par une cohorte d'imbéciles, et qu'à présent sa vie était en danger parce qu'un diabolique super-espion scandinave l'avait pris pour cible.

Rita l'écouta avec une attention extasiée. À la fin, elle secoua la tête, ébahie. « J'ignorais que nos relations avec la Scandinavie s'étaient à ce point détériorées. »

Buck opina du bonnet, la mine sombre. « Il y a une foule de choses dont je ne peux parler. J'en ai déjà trop dit.

— Que puis-je faire pour vous aider, Buck ? Surtout, dites-moi si je peux vous aider. »

Buck pensait qu'en effet, elle le pouvait. Il lui expliqua son plan.

À bord de l'Andromède.

Tandis que le navire mettait le cap sur Santarém, Buck Devore arriva deuxième au concours de limbo. Il enseigna la macarena à un groupe de bambocheurs, dansa le cha-cha-cha sur *Tea for Two,* la valse sur *Tennessee Waltz,* le tango sur *Adiós Muchachos* et repoussa trois propositions indécentes, dont nulle n'émanait de Rita Randall.

Il ne vit d'ailleurs pratiquement pas Rita jusqu'au buffet de minuit sur le pont de la Polaire, où ils se trouvèrent l'un à côté de l'autre dans la file. Rita était ravissante en pantalon de toréador en soie blanche. Buck s'autorisa un bref coup d'œil dans le décolleté plongeant de son chemisier de soie rouge, et ce qu'il vit lui plut. Ils défilèrent lentement devant les ramequins de diplomates, les montagnes de gâteaux au chocolat, les flans, les clayettes de pâtisseries. Au centre de la longue table trônait une pyramide de fruits frais. Lorsqu'ils l'atteignirent, Rita montra du doigt un gros cantaloup. « Que pensez-vous de celui-ci ?

— Il est parfait. » Buck allongea le bras pour l'extraire de la pile et le laissa choir dans le grand sac en paille de Rita.

Ils prirent le dessert sur le pont. L'*Andromède* avait accosté à Santarém et les lumières de la ville scintillaient dans le soir lourd. Buck ne put avaler que deux cuillerées de diplomate. Et si ses élucubrations étaient totalement erronées ?

Mais eût-il été enclin à ruminer tout ce qu'il avait pu faire d'erroné dans sa vie qu'il n'aurait eu de temps pour rien d'autre. Ce fut donc avec son panache coutumier qu'il lança un clin d'œil à Rita en déclarant : « Je ferais mieux de rejoindre ma cabine.

— Bonne nuit, monsieur Devore », répondit-elle d'un petit air sage.

Dix minutes plus tard, il entendit Rita toquer à la porte de sa cabine. Elle fit irruption, étreignant son sac en paille. Elle avait l'air nerveux. « Vous pensez que ça va marcher ? demanda-t-elle en se mordant la lèvre.

— Absolument. Sans problème. C'est une tactique éprouvée. » En gentleman, il se sentit tenu d'ajouter : « Si vous préférez ne pas en être, Rita... »

Elle lui pressa la main. « Ne soyez pas idiot. J'en suis. »

Quelle femme ! Buck pria sincèrement le ciel que Hans-Magnus ne la descende pas.

En silence, ils défirent l'étroite couchette de Buck et fourrèrent la couverture supplémentaire entre les draps. En silence, ils placèrent le cantaloup sur l'oreiller en ramenant douillettement les couvertures tout autour. Puis ils éteignirent les lumières.

Une faible lueur en provenance du quai filtrait à travers les minces rideaux. Juste ce qu'il fallait. L'effet était d'un réalisme suffisant pour donner à Buck la chair de poule. Il vérifia que la porte de la cabine n'était pas verrouillée — il ne voulait pas donner à l'Islandais plus de fil à retordre que nécessaire — avant de rejoindre Rita dans la salle de bains.

La salle de bains était minuscule, et totalement obscure. Buck laissa galamment la place à Rita sur la lunette fermée des cabinets, pendant qu'il montait la garde contre la cabine de douche. Le cadran lumineux de sa montre lui apprit qu'on allait sur les deux heures. Désormais, il ne restait plus qu'à attendre.

Ils conversaient de façon sporadique, à voix basse.

Rita lui apprit une ou deux choses d'elle. Elle dirigeait sa propre société de logiciels et avait sacrifié l'amour à sa carrière. Récemment, toutefois, des remords lui étaient venus. « J'ai fait fortune, Buck, mais je suis passée à côté de tellement de choses aussi. Je veux cueillir aujourd'hui les roses de la vie.

— Quelle idée merveilleuse », chuchota Buck sur un ton enthousiaste.

À quatre heures du matin, les choses se précisèrent. Ils entendirent le cliquetis que fit la porte de la cabine en s'ouvrant, suivi d'un bruit de pas pesants. Buck sentit, plutôt qu'il n'entendit, Rita se mettre en position. Il devait lui faire confiance, à présent. Il guetta le bruit suivant en grinçant des dents.

Voilà, c'était ça — le *poc!* doux et écœurant.

Pile-poil, Rita entra en scène. Elle tira le bouton de la chasse qui se déclencha bruyamment. Puis elle appela, d'une voix qu'elle parvint vraiment à rendre somnolente : « Buck? Qu'est-ce que j'entends, mon chéri ? »

Buck ne respirait plus. C'était le moment crucial. Ou bien Lars ouvrait la porte de la salle de bains et les canardait tous les deux, ou bien...

Lars aussi joua bien son rôle. Un bruit de pas précipités sur la moquette, le cliquetis de la porte de la cabine. Et un lourd galop d'éléphant décrut dans la coursive. Hans avait déguerpi avant d'avoir pu inspecter le « cadavre ».

Buck prit appui contre la paroi de la salle de bains et dit : « Rita, vous êtes formidable. »

Elle resta pour l'aider à nettoyer les dégâts causés par le cantaloup pulvérisé. Pour ce qui était de la balle logée dans l'épais revêtement mural en toile de jute, ils n'y purent rien, toutefois. Buck trouverait bien une solution. Accrocher un cadre dessus. Un truc de ce genre. Ce serait parfait. Tout serait parfait. Buck Devore était définitivement trépassé.

Le lendemain soir, l'*Andromède* avait quitté l'Amazone et s'enfonçait dans la houle de l'Atlantique en direction du sud. Les lumières du salon reflétaient l'or du crépuscule et l'orchestre jouait *Les Yeux de l'amour*. Buck entraîna Rita vers la piste de danse et plaça sa main dans son dos. Ils se mirent à évoluer au son de la musique. Buck avait hâte d'être à Rio.

Traduit par Nadine Gassie.

Eunice et Wally

JOYCE HARRINGTON

C'est un miracle que je sois toujours en vie. Sans blague. J'aurais jamais pensé vivre aussi longtemps. Mais voilà, c'est Wally qui est parti le premier et je peux pas dire que ça m'ait brisé le cœur. Non, pas vraiment. N'empêche que pour un peu, il me manquerait. C'était un homme sur qui on pouvait compter, voyez-vous. On pouvait compter sur lui, par exemple, pour briser les fenêtres à coups de bouteille, quand il piquait ses crises, à peu près une fois par mois. Y a pas que les femmes pour être indisposées douze fois par an.

Ma grand-tante Augusta — cette jeunesse qui va sur ses cent ans et a hâte de les atteindre pour recevoir sa lettre du Président — disait toujours que je passerais jamais les trente ans, avec la vie que je menais et tout le tralala. C'est vrai, j'avoue que j'étais une gosse plutôt sauvage, et pour tout dire un vrai garçon manqué. Mais je me suis un peu calmée quand j'ai épousé Wally, et si elle compte sur moi pour prévenir le Président de son anniversaire à venir, elle se fourre le doigt dans l'œil. Ce serait beau à voir, non ? Le président des États-Unis recevant une lettre d'une taularde. Et pourquoi pas d'un extraterrestre, pendant qu'on y est ? En tout cas, me voilà, moi, Eunice Eulalia Eustis Waddell, trente-six ans le soir de Noël, et ne dirait-on pas que j'ai encore devant moi une vie pleine, riche et intéressante. Ah, c'te blague!

Vous voulez savoir pourquoi je m'appelle Eunice? Mon père m'a dit, quand je n'étais encore qu'une gosse, que ça se prononçait *you nice,* c'est-à-dire « sois gentille », et que ça voulait dire : « sois gentille ou je te fouetterai le derrière jusqu'à ce qu'il soit rouge, blanc et bleu comme le drapeau américain ».

Et il se gênait pas pour le faire. Sans arrêt. Jusqu'au jour où je suis devenue plus grande que lui et où je l'ai envoyé valser dans l'auge aux cochons. J'imagine que j'étais pas une môme facile. Eulalia, je sais pas d'où ça vient. Personne ne me l'a jamais dit et personne s'appelle comme ça ni d'un côté ni de l'autre de la famille.

Bon, mam'zelle, j'imagine pas que vous voulez que je vous raconte tous les détails dégueu de la famille Eustis. Ah, si? Mmm... je croyais que vous vouliez que je vous parle de moi et de Wally. Ah bon, ça aussi? Bon, ben OK, si vous en êtes si sûre. Je comprends pas pourquoi une gentille fille comme vous, toute chic et soignée avec ce tailleur rose et ce chemisier à falbalas, veut écouter toutes ces saloperies. Ça me botterait un max, d'avoir des boucles d'oreilles comme les vôtres, si seulement je pouvais me débrouiller pour me faire percer les oreilles.

Non, j'ai jamais vu cette émission. Un débat télévisé, vous dites? Du genre *Oprah* et *Geraldo*? J'ai jamais adoré ces trucs-là mais beaucoup de dames, ici, se disputent pour regarder l'un ou l'autre. Et ça leur ferait peut-être plaisir de m'y voir, si le directeur vous donne l'autorisation. J'crois pas qu'il voudra, alors si vous voulez mon avis, vous perdez votre temps avec moi.

Quoi? C'est moi qu'il a choisie entre toutes, dans

ce trou, pour vous parler ? C'est vraiment débile. Pourquoi il ferait une chose pareille ? Les autres, elles sont presque toutes plus belles que moi. Et tout le monde sait qui c'est, ses chouchoutes. Oh ouais. Elles ont droit à des petites faveurs : elles peuvent porter leurs propres vêtements le dimanche, par exemple. Et voir leurs bébés trois ou quatre fois par mois, du moins celles qui ont des gosses. Moi, les miens, je les ai pas vus depuis à peu près six ans. Mais je laisserai jamais ce gros porc me tripoter en échange d'une visite des morveux. C'est pas qu'il ait jamais essayé. Je parie qu'il veut juste me faire méchamment marcher.

Ou bien alors vous l'avez payé ? Combien vous lui avez donné, mam'zelle ? Non, bien sûr, vous pouvez pas me le dire. Très bien. C'est juste bon à savoir. Je pourrais avoir de nouveaux vêtements pour passer à la télé ? Et me faire percer les oreilles ? Et manucurer ? Je le ferai pas sans ça. Pourquoi est-ce que je devrais tout déballer pour que le monde entier se marre ? Je les entends déjà : « À quoi d'autre on pourrait s'attendre de la part de cette affreuse grosse vache ? » C'est comme ça que Wally m'appelait quand il était de bonne humeur. Grosse vache. Et je préfère pas vous dire comment il m'appelait quand il était de mauvais poil.

Ouais, ouais, je vous écoute. Vous dites que ça pourra aider des tas d'autres femmes qui ont tué leur salopard de mari ? La question, c'est : en quoi ça va m'aider, *moi* ? Dites-le-moi, je vous en prie.

La liberté conditionnelle ? Vous voulez rire. Là-bas, dans mon bled, ils étaient des tas à brailler pour qu'on me condamne à mort. Je parie qu'ils ont été sacrément déçus que je m'en tire avec la prison à perpète. Pour sûr, c'étaient presque tous de bons vieux gars, des potes à Wally, des piliers de bar comme lui. Leurs femmes ont bien été obligées de suivre si elles voulaient pas s'en prendre une dans la tronche. Ça, je le sais de source sûre. L'une d'entre elles, peut-être la seule vraie amie que j'aie jamais eue, m'a écrit une lettre à ce sujet. Évidemment, elle a pas pu le dire de but en blanc parce que, ici, le courrier est passé au peigne fin et qu'ils mettent du noir sur tout ce qu'ils veulent pas qu'on lise, mais j'ai quand même compris où elle voulait en venir. J'aimerais bien qu'elle m'écrive plus souvent. V'là un bail que j'ai pas eu de ses nouvelles.

Personne, pas un seul habitant de cette ville, n'est venu raconter à la barre ce que tout le monde savait : que Wally était fameux dans la région pour clamer haut et fort qu'il avait l'art et la manière de remettre sa femme à sa place. Sans blague, à chaque fois qu'il me cassait un os ou qu'il me collait un coquard, ses copains pochtrons avaient droit au récit de ses exploits.

Et tous ces types qui sont venus témoigner ont juré sur la Bible que Wally était un citoyen exemplaire, religieux, bon père de famille et mari modèle, et est-ce que c'était pas une honte et une aberration que son épouse ingrate et diabolique l'ait frappé non pas une mais quatre fois avec une machette qui traînait par hasard dans la maison ? Vous comprenez, ce jour-là, je m'en étais servie pour couper les broussailles qui envahissaient mon potager.

Bon, de toute façon, vu que le juge a estimé que je n'avais pas l'air franchement repentante, ils risquent pas de me laisser sortir de sitôt. Si je devais passer à la télé, ce serait sûrement pour déclarer au monde entier que je serais heureuse de le refaire. Seulement, cette fois-ci, je me débrouillerais pour pas être chopée. Alors j'crois pas que quelqu'un soit prêt à défendre ma cause, même si je passais à la télé pour raconter comment les choses se sont vraiment passées. Parce qu'au procès, y a pas eu un mot de vrai, bien sûr.

Mais je vais vous dire ce que vous pourriez faire. J'aime bien cultiver des trucs. Du maïs, des haricots verts et des tomates, ce genre de choses. Les fleurs, aussi. Pour mes filles, je faisais pousser des roses trémières. C'est comme ça, quand on a été élevé dans une ferme. J'aimerais bien qu'ils me laissent avoir un jardin, ici. C'est la seule chose qui me manque pour de bon. Vous croyez qu'ils seraient prêts à me donner un petit carré de terre pour un jardin, et quelques graines ? Il faut pas grand-chose. Et, pour sûr, ça améliorerait le quotidien, niveau bouffe.

Bon, tant pis. Je leur ai déjà demandé et ils m'ont répondu que le seul bout de terre disponible, c'était le terrain de base-ball, et qu'ils allaient pas me le refiler.

Comment ça, et mes enfants ? Qu'est-ce que mes enfants viennent faire là-dedans ?

Oh, eh bien... c'est leur grand-mère qui s'en occupe. Du moins c'était le cas aux dernières nouvelles. Bien sûr, elle a élevé Wally et on peut pas appeler ça une réussite, non ? Il était aussi méchant qu'un scorpion. Mais quand il voulait quelque chose, il savait être plus doux que le miel, si vous voyez ce que je veux dire.

Combien j'en ai ? Cinq ou six, je sais plus. J'arrive plus à retenir leurs noms, j'ai même pas une photo d'eux. Un jour, j'ai écrit à leur grand-mère pour qu'elle m'en envoie une, mais elle a jamais répondu. Elle a jamais pu m'encadrer. Elle arrêtait pas de répéter que son fils méritait mieux qu'une bonne à rien comme moi, et que j'étais un vrai boudin, par-dessus le marché. Ça m'a pas mal étonnée qu'elle s'occupe des gosses, après qu'elle avait fait partout courir le bruit que Wally était sûrement pas leur père.

Le fait est qu'ils étaient tous les gosses de Wallace Otis Waddell, et s'il a jamais affirmé le contraire, c'est qu'il a menti. Mais, à ma connaissance, il l'a jamais fait. Non, au contraire, il en était gâteux, il pouvait pas attendre de me voir à nouveau grosse, il voulait déjà que j'en ponde un autre. Toutes des filles, vous comprenez. Voyons, l'aînée, c'est-à-dire Angel Dora, elle doit maintenant avoir dans les dix-neuf ans. C'est avec elle que les pépins ont commencé, vous savez, avec Angel Dora.

Je dis pas que tout était rose avant, mais là je parle de vraies saloperies, de trucs honteux, sournois. Wally avait toujours eu la main leste : pour un oui pour un non il me fichait une dérouillée. Mon père tout craché. Mais ça, j'avais l'habitude. Je renvoyais les coups et une fois je lui ai même fracassé la mâchoire. La plupart du temps on finissait au plumard, à suer par tous les pores, à rigoler et à beugler comme des bêtes.

Mais alors, les petits nénés d'Angel Dora ont commencé à pousser, et v'là qu'elle est devenue une vraie petite femme, et coquette avec ça ! Pas à dire, elle était jolie. Tout le contraire de moi. Des cheveux blonds dorés naturellement bouclés et des yeux bleus avec des cils qui n'en finissaient pas. Toute menue, ah, ça, y a pas à dire, c'était pas une grosse pataude comme sa mère. Raffinée, vous voyez ce que je veux dire ? Délicate. Mais y avait pas une miette de bon sens dans sa jolie petite tête. J'espère qu'aujourd'hui elle est mariée avec un gentil gars et qu'elle est bien établie. Il se pourrait bien que je sois grand-mère, qui sait ? Je lui ai demandé de me rayer de sa mémoire, et j'imagine que c'est ce qu'elle a fait.

Elle parlait toujours de se tirer de ce bled paumé pour partir à New York, à San Francisco ou même à Hollywood, enfin un de ces endroits où elle pourrait s'éclater et voir autre chose que des parcs à caravanes et ce centre commercial pouilleux où on trouvait rien. Moi, je l'en aurais pas empêchée, mais j'imagine que son père aurait eu lui aussi son mot à dire. Ça m'aurait pas gênée de me casser moi aussi, mais je vois vraiment pas comment j'aurais pu.

Il y a un seul truc que je peux dire pour la défense de Wally : il assurait, question fric. On avait toujours largement de quoi bouffer. Et Wally aimait bien manger. Et aussi s'envoyer des canettes de bière. Et son whisky cul sec. Les filles et moi, on n'a jamais manqué de rien.

Il était chauffeur de poids lourd, vous savez. Il possédait son camion à lui. Il faisait pas de grands trajets, il se contentait de bosser dans le coin ou dans les villes voisines, et dépassait jamais la capitale de l'État. Il gagnait pas mal sa vie, du moins tant qu'il restait sobre et qu'il se bagarrait pas avec les gars qui l'employaient. Il aurait peut-être mieux valu qu'il sillonne le pays du nord au sud. Comme ça il aurait pas été si souvent là, il m'aurait pas fait tant de gosses et peut-être bien qu'il aurait laissé Angel Dora tranquille.

Je comprends pas comment ils ont réussi à me cacher ça, au début. Au fond, à lui, je lui en ai pas voulu tant que ça. Et à elle non plus. Je vous ai déjà dit comment qu'elle était mignonne Angel Dora, et que ça lui plaisait de flirter. Je veux dire, avec lui. Je voyais bien qu'un jour il voudrait la prendre au mot. Il était pas plus malin qu'elle.

Ça m'a rappelé comment ça se passait avec mon papa à moi. J'étais pas peu fière, qu'il me préfère à ma mère. Je me sentais jolie, pour changer. À l'époque, je me fichais bien de ce que ma mère pouvait ressentir. Je suppose qu'elle était au courant. Et que c'est pour ça qu'elle a pas voulu que je retourne chez elle la première et la dernière fois que j'ai quitté Wally. C'était avant la naissance d'Angel Dora, j'étais malade comme un chien et Wally m'avait battue comme plâtre parce que je pouvais pas me lever et lui préparer son petit déj.

Angel Dora n'avait pas besoin d'être rassurée, question physique. Elle était toujours à se pomponner devant le miroir et à réclamer des nouveaux habits, des rouges à lèvres et tout le reste. Et chaque fois que je répondais non, Wally disait : « Ah, Eunice, achète-lui donc ce qu'elle veut. Ça va pas nous mettre sur la paille, tant qu'elle demande pas des manteaux de vison et des trucs en diamants. »

Voilà comment ça se passait avec ces deux-là. Il m'a pas fallu réfléchir longtemps pour comprendre ce qui se cachait derrière leurs petites balades en camion. Il disait que ça permettait à Angel Dora de voir du pays, et à lui d'avoir de la compagnie pendant qu'il roulait. Sûr qu'elle en a vu, du pays !

Un jour, je les ai suivis dans mon vieux break. Ils sont pas allés bien loin. Ils se sont arrêtés dans une clairière au milieu des bois, de l'autre côté de la rivière. Vous avez déjà vu les autocollants qui disent : « Si la remorque cahote, pas la peine de faire toc-toc. » Je suppose que non, vu que vous êtes de New York. Toujours est-il que ce camion était tellement secoué qu'on aurait dit qu'il allait exploser. Je suis rentrée à la maison et je me suis mise à préparer le dîner. Des côtes de porc farcies avec des petits pois du potager, si ma mémoire est bonne. Je me souviens de mes larmes tombant sur les petits pois pendant que je les écossais.

À vrai dire, non, c'est pas pour ça que je l'ai tué. Je voyais juste ça comme un genre de contraception. Plus il emmenait Angel Dora en balade, moins il m'embêtait. Je l'ai juste accompagnée à la clinique pour aller chercher ces fameuses pilules. Je lui ai juste dit de pas en parler à son père, sinon il serait capable de les lui prendre et de la fiche pour de bon en cloque. Comme il faisait avec moi.

Oh ! là, là ! ça lui a fichu un coup ! Elle croyait que je savais rien de leur petit manège.

« Maman, tu t'en fiches ? Ça t'est égal ? qu'elle m'a demandé.

— Bien sûr que je m'en fiche pas, que je lui ai répondu. Mais qu'est-ce que je peux y faire ? T'as déjà essayé de l'empêcher de faire quelque chose dont il avait vraiment envie ? »

Alors elle a baissé sa jolie petite tête et elle m'a dit : « Non, jamais. »

J'ai dû la prendre dans mes bras, tellement elle était triste et désolée.

« Au fond, tu détestes pas vraiment ça, non ? que je lui ai demandé. Ça te fait te sentir spéciale ? »

Elle s'est mise à sangloter tellement fort qu'elle a trempé tout le devant de mon tablier.

« Maman, je le ferai plus, qu'elle gémissait. Je serai bonne, je te le jure. »

Alors il m'a fallu la consoler, essuyer toutes ses larmes.

« C'est pas ta faute, mon trésor », que je lui ai dit.

Et pendant tout ce temps je me demandais comment elle ou moi on allait pouvoir l'arrêter. Et même s'il la laissait tranquille, est-ce qu'il allait pas s'y mettre avec June Ellen qui était la plus grande après Angel Dora et peut-être pas aussi jolie, mais pas dégueu non plus.

Aller voir la police ? C'était pas possible. Elton, le frère de Wally, était le seul policier de la ville. Qu'est-ce qu'il aurait fait, à votre avis, si je lui avais raconté une histoire pareille? Il l'aurait répétée à Wally et Wally serait rentré fou de rage, il m'aurait brisé les deux jambes et aurait mis la maison sens dessus dessous. Il aurait aussi sûrement tué Angel Dora parce qu'elle avait parlé, alors qu'en fait elle avait rien dit du tout et que c'était moi qui avais découvert ce qui se passait.

J'en ai parlé à ma mère parce qu'il fallait que je raconte ça à quelqu'un. Mais elle s'est contentée de me regarder comme si je déraillais. Bon, faut dire qu'elle regardait tout le monde comme ça depuis qu'après la mort de papa elle était devenue bizarre. Elle était pas vraiment folle, vous comprenez, juste un peu à côté de la plaque. Elle faisait semblant de lire la Bible en permanence, alors que c'était bien connu, qu'elle savait pas lire. Je suppose qu'elle la connaissait par cœur à force d'écouter le pasteur. Elle est plus là non plus. Elle est morte il y a à peu près un an. Je crois qu'elle a jamais vraiment compris ce qui était arrivé à Wally, et c'est tant mieux. Ça l'aurait pour de bon rendue cinglée de savoir qu'un de ses gosses était en prison pour meurtre. Même si elle m'aimait pas et qu'elle savait même plus qui j'étais.

Est-ce que je crois à l'existence des anges? Bien sûr que non. V'là encore une chose pour laquelle on m'aimait pas trop, là-bas, au pays. Je voulais pas fiche les pieds dans leurs églises ni envoyer mes gosses au catéchisme. Il y en a qui ont commencé à raconter que j'étais une sorcière. Aucun rapport si j'ai appelé ma fille Angel Dora, si c'est à ça que vous pensez. Le prénom vient d'une cousine de Wally. Tous les prénoms des filles sont pris dans la famille de Wally. Il disait que si j'avais des garçons, alors on pourrait prendre les prénoms dans la mienne. Pourquoi est-ce que vous me posez cette question?

Oh, c'est à cause de ce petit pendentif? C'est une des femmes d'ici, elle parle avec les anges et elle fabrique ces trucs avec des emballages de confiserie et des épingles à cheveux. On l'a bouclée pour contrefaçon. Elle imitait la signature de sa mère morte pour encaisser ses chèques de retraite. Elle va bientôt sortir mais je sais pas où elle va aller. Ça me tracasse un peu. Elle met un message à l'intérieur de chacun, un conseil susurré par ses anges. Elle les donne à ses amis les plus chers. À tout le monde, si vous voulez mon avis, mais je suis la seule à le porter autour du cou et à pas me moquer d'elle. Ça lui fait plaisir et moi, ça me coûte rien. Vous voulez savoir ce que dit mon message? « Ne mets pas tes intestins en pétard. » Plutôt angélique, vous trouvez pas?

Maintenant que j'y pense, c'est pas un si mauvais conseil. Faudrait faire une paire avec « Bénis soient les humbles ». Moi, si j'avais été plus humble, plus soumise, et si je m'étais pas mise en pétard comme ça contre Wally, je serais pas là aujourd'hui. Mais ça a jamais été dans mon caractère. J'ai jamais pu maîtriser ma rage. Mais j'entrais pas dans des grosses colères pour des petites choses. Wally, il était vraiment fort pour sortir des énormités qui me faisaient bouillir le sang et sortir la fumée par les oreilles.

Ah, ouais! Pourquoi est-ce que je l'ai pas quitté? C'est une bonne question, mam'zelle, mais je connais pas la réponse. Mon avocat m'a demandé ça et à lui non plus, j'ai pas su quoi répondre. J'imagine que j'aurais pu dire que c'était parce que je l'aimais, sauf que j'en suis pas si sûre. Je crois pas non plus que je le détestais. Même aujourd'hui, je sais pas ce que je ressens pour lui, et pourtant je me suis pas mal posé la question.

Et c'était pas non plus que j'ai quelque chose contre

le divorce. Je vous ai déjà dit que je vais pas à l'église, et je vais pas non plus écouter le pasteur quand il vient ici. J'ai mes idées à moi en ce qui concerne Dieu, la religion et tout le reste, et elles ont rien à voir avec tout ce qu'on vous raconte à l'église. J'aurais pu divorcer. C'est ce que j'aurais dû faire, j'imagine. Je crois que c'est par paresse que je l'ai pas fait.

Une ou deux fois, ça m'est passé par la tête, mais alors je me suis demandé où j'irais et ce que je ferais. J'ai eu un boulot autrefois, avant de me marier avec Wally. Je nettoyais les chambres dans un motel au bord de l'autoroute. J'avais quinze ans en ce temps-là, et Wally passait de temps en temps avec l'une ou l'autre de ses maîtresses. C'est comme ça que je l'ai rencontré. Il aimait blaguer avec moi et me dire que j'étais la seule femme en qui il pouvait avoir confiance. Je pigeais pas alors que ce qu'il voulait dire par là, c'était qu'il pouvait me faire confiance parce que j'étais trop vilaine pour qu'on ait l'idée de me séduire.

Pour en revenir à nos moutons, j'avais pas du tout envie de me remettre à nettoyer les chambres, et j'avais jamais rien fait d'autre. J'avais seize ans quand j'ai épousé Wally, et ça lui disait rien que je garde ce boulot au motel. Il disait qu'il s'occuperait de moi. Ça, pour sûr, il l'a fait !

Ouais, il était plus vieux que moi, d'environ dix ans. Et il était pas moche, même s'il se plaquait les cheveux à la brillantine pour essayer de ressembler à Elvis. Il était toujours à essayer de me rendre jalouse, en me racontant comment il pouvait avoir n'importe quelle femme et que si j'étais pas gentille il se tirerait avec une de ses ex. Des années plus tard j'ai découvert qu'il les payait, les femmes qui venaient avec lui au motel. J'étais une vraie dinde, en ce temps-là.

Ça m'en a bouché un coin, que Wally veuille m'épouser. Je me suis dit qu'il valait mieux accepter, vu que j'avais pas d'autres prétendants. Plus tard j'ai réalisé que c'était la ferme de mon père qui l'intéressait.

Maintenant que j'y pense, c'est après que mon père lui a dit que pour rien au monde il céderait sa ferme à un Waddell, même s'il était marié à sa fille, que Wally a commencé à me battre. Je sais pas pourquoi Wally tenait à la ferme. Peut-être bien que c'était juste parce qu'il avait pas de terre à lui. Il y a des gars pour qui ça compte. Wally aurait jamais su s'occuper d'une ferme. Je suppose qu'il pensait que j'allais me farcir tout le boulot.

Je crois que si j'ai épousé Wally c'est, entre autres, pour échapper au boulot de la ferme. C'était une laiterie que mon père possédait, mais il avait aussi des poulets et des cochons. Tous les matins, avant d'aller bosser au motel, je devais traire toutes ces vaches. On avait beau avoir des machines, c'était pas marrant du tout. Les vaches sont des bestioles plutôt stupides. Encore aujourd'hui, on me fera pas boire du lait. Le seul truc qui me plaisait, c'était mon potager. Là, on peut vraiment voir les choses fleurir, pousser et mûrir. Ça, c'est une satisfaction.

Eh bien, mam'zelle, c'est gentil de votre part. Mais dites-moi, à votre avis, ça ressemble à quoi une meurtrière ? Pas à quelqu'un qui aime faire pousser des légumes et qui sait traire les vaches, j'imagine. En ça vous vous trompez. À part moi, il y a ici cinq ou six femmes tout ce qu'il y a de plus ordinaires qui se sont juste trouvées au mauvais endroit au mauvais moment, et qui ont pas su garder leur calme.

Je peux vous poser une question, mam'zelle ? Vous trouvez que ça sent comment, ici ?

Ah, ouais ? Pas terrible, pour sûr. C'est marrant, je me rends même plus compte. Mais je me souviens de l'effet que ça m'a fait quand je suis arrivée ici. Je croyais que je m'y habituerais jamais. Cette odeur de toilettes, de sueur, de chaussettes sales et de détergent. Tout ce que je sens à présent, c'est ce parfum, je sais pas son nom, que vous portez.

Passion ? Jamais entendu parler, c'est un drôle de nom pour un parfum. J'ai eu de l'eau de toilette au lilas autrefois, mais Wally disait que ça me faisait sentir la petite vieille, alors je l'ai vidée dans les W-C.

Écoutez, je crois que j'ai plus envie de parler de tout ça, et, en plus, le gardien, là, va venir nous dire que le temps est écoulé. Mais avant que vous partiez, je voudrais vous demander une faveur. Est-ce que vous pourriez prendre des nouvelles d'Angel Dora et me dire comment elle va ? C'est pas la peine d'aller la voir ou de lui parler. Essayez juste de savoir où elle habite, si elle est mariée et tout le tralala. Et les autres aussi. J'aimerais bien savoir.

La semaine prochaine ? Je suppose que oui. J'ai pas de rendez-vous pressants. Si ça colle avec le directeur, ça colle avec moi. Laissez-moi le temps de réfléchir à tout ça et de décider si je veux le faire ou pas. Pour sûr que ce serait à se tordre. Là-bas, chez moi, après mon arrestation, ils ont dû se dire qu'ils reverraient plus jamais ma tronche à la télé.

Bon, v'là le gardien. Je crois que c'est maintenant qu'on se quitte.

Ouais, ouais, j'arrive. Passez une bonne journée, mam'zelle. Et c'est sincère. Vous êtes la seule personne à m'avoir traitée comme il faut depuis je sais pas combien de temps. Bon, allez, au revoir.

Devinez quoi, mam'zelle ! J'ai reçu une lettre d'Angel Dora. Enfin, pas vraiment une lettre. Une de ces cartes qu'on envoie aux gens à l'hôpital, avec PROMPT RÉTABLISSEMENT écrit dessus. J'imagine qu'elle a pas pu en trouver une faite exprès pour les prisonniers, avec une légende du style SORS VITE DE LÀ. Hallmark devrait exploiter le filon.

En tout cas, elle me dit que vous lui avez rendu visite et que vous allez m'en parler. Et aussi qu'elle essaie de faire comme je lui ai dit et de plus jamais penser à moi, mais que c'est dur. Et puis qu'elle espère que je vais bien et qu'elle passera peut-être me voir un jour. Excusez, mam'zelle, mais pourquoi vous portez des lunettes noires ? Vous trouvez qu'il fait pas assez sombre ici ?

Oh ! là, là ! C'est un sacré coquard que vous avez là. Qu'est-ce qui vous est arrivé ? Non, ne me dites pas. C'est pas mes oignons. Mais si c'est votre type, j'espère que vous lui avez rendu la pareille.

Quoi, c'est Angel Dora qui a fait ça ? Comment est-ce que vous l'avez poussée à faire un truc pareil ?

Eh bien, mam'zelle, c'était pas très malin, si je peux me permettre. Ça me dérange pas de passer à la télé et de vider mon sac. Après tout, dans tous les journaux et sur toutes les chaînes on a raconté mon histoire, au moment des faits. J'ai rien à cacher. Mais j'aurais jamais cru que vous iricz lui demander de vous raconter sa version à elle. Autant faire passer toute la ville à la télé, histoire que ça se termine en baston générale.

Vous vous êtes battues, toutes les deux ? Elle est plus petite que vous, à moins qu'elle n'ait grandi, et elle est loin d'être aussi baraquée que moi.

Une poêle à frire ? Oh ! là, là ! Ça, j'ai pas de mal à me l'imaginer. Elle balançait toujours des trucs quand elle piquait une crise. La poêle, elle était pleine ou vide ?

Eh bien, vous avez eu du pot. Au moins, vos jolis habits ont pas été tachés. Sans compter qu'elle aurait pu être chaude. Je parie que c'était mon vieux poêlon en fonte. Je me rappelle l'avoir jeté une ou deux fois à la figure de Wally. Faut croire qu'Angel Dora a retenu la leçon. Je l'ai bien éduquée, vous trouvez pas ?

Bon, les coquards ça finit par disparaître, après il en reste plus l'ombre d'une trace.

Mais il faut que je vous dise, mam'zelle. J'ai jamais voulu que vous alliez discuter avec Angel Dora. Je vous l'ai pas dit ? Tout ce que je voulais savoir c'est comment elle allait et si elle était mariée.

Elle l'est pas, ah ouais ? Et elle a pas de gosses, j'imagine ? Bah, elle est encore jeune. L'année prochaine, qui sait ?

Elle fait quoi ? Dieu du ciel ! J'ai du mal à le croire. Ma jolie petite Angel Dora qui pouvait pas blairer l'école étudie à l'université pour devenir professeur ? Si c'est pas le bouquet !

Ben oui, pour sûr que je suis fière d'elle. Qu'est-ce que vous croyez ! Je me demande pourquoi elle m'en parle pas dans sa lettre. Maintenant que j'y pense, c'est vrai que pour une fois y a pas une faute d'orthographe, et l'écriture est toute belle et soignée. Ici, j'ai pas mal lu et étudié, il y a tellement de choses que je connaissais pas. Je regrette de ne pas avoir appris plus de trucs quand j'étais jeune.

Je comprends à présent pourquoi elle vous a lancé cette poêle à frire à la figure. Vous avez eu de la chance de vous en sortir vivante. Elle essaie de s'en tirer et v'là que vous débarquez, prête à tout fiche en l'air.

Tout compte fait, il vaut mieux pas que je passe à la

télé pour raconter ce qui s'est passé pour de vrai. Mais peut-être bien que je l'aurais jamais fait. J'ai passé pas mal de temps à y penser depuis l'autre fois. Vous voyez, je leur en voulais, à Angel Dora et à tous les autres, quand on a causé l'autre jour. C'est pour ça que j'étais prête à tout déballer.

Mais puisqu'elle bosse dur pour s'en tirer, ce serait pas sympa de ma part de remuer toute cette boue, au cas où ses profs regarderaient. Je vais lui écrire une lettre pour lui dire ça.

Mais à vous, je vais vous le dire, ce qui s'est vraiment passé, histoire que vous alliez plus fourrer votre nez dans la vie des gens. Dans ces cas-là, on sait jamais dans quoi on met les pieds. Et on peut avoir de sacrées mauvaises surprises. Vous avez de la chance de vous être juste pris une poêle à frire. Et si jamais vous répétez ça à quelqu'un, je dirai que vous avez tout inventé par dépit, parce que je refusais de jouer le jeu.

Je me souviens comme si c'était hier du jour où ça s'est passé. J'étais allée au centre commercial acheter des culottes pour les jumelles. Billy Sue et Betty Jo. Les leurs étaient de vraies loques. Elles avaient dans les cinq ans à l'époque, c'étaient les plus jeunes, et elles portaient des tas de vêtements qui avaient appartenu aux autres. C'était l'été et j'avais confié toute la troupe à Angel Dora. Je voulais pas les emmener avec moi parce que ça m'aurait pris la moitié de la journée et que j'avais des tas d'autres trucs à faire.

Wally était à son bureau ou ailleurs, parce qu'il avait pas de livraisons à faire ce jour-là. Il avait dit qu'il allait graisser son camion et peut-être aussi changer les pneus. Il s'en occupait vraiment bien, de ce camion. C'était sa joie et son orgueil. Mais je savais qu'il finirait sûrement au Perchoir, à picoler avec ses potes. Je m'attendais pas à ce qu'il soit rentré avant l'heure du dîner.

Quand je suis revenue, au bout d'une heure, j'ai trouvé le camion dans l'allée avec quatre des gosses qui étaient grimpés dessus et qui s'amusaient à appuyer sur le klaxon et à faire semblant de conduire. Mais pas d'Angel Dora en vue.

Je les ai chassés du camion avant que Wally sorte, les voie et pique une crise. Puis je suis rentrée par-derrière, en pensant que j'avais tout juste le temps de préparer le dîner, après avoir passé un savon à Angel Dora, pour avoir laissé les petits jouer avec le camion. Si j'avais su ce qui m'attendait dans la cuisine !

Dès que j'ai vu ce qui s'était passé, j'ai fermé à clé la porte de derrière pour que les petits puissent pas entrer. Puis j'ai appelé Angel Dora en hurlant : « Tu ferais mieux de venir ici, ma fille, et de tout me raconter ! »

Elle s'est glissée hors de la réserve, où je conservais tous les trucs que je récoltais dans mon jardin. Des étagères et des étagères de fruits et de légumes en bocaux. Fallait voir de quoi elle avait l'air !

« Tu me dis tout, ou il faut que je devine ? » je lui ai demandé.

Elle tremblait de la tête aux pieds et pouvait pas sortir un mot. Alors j'ai deviné.

« C'est toi qui as fait ça, non ? »

Elle a pleurniché un peu et puis elle a hoché la tête, qui était un peu moins jolie avec tout ce sang qui lui collait les cheveux et qui recouvrait sa figure et ses habits.

Je l'ai prise dans mes bras et je l'ai serrée contre moi, pour qu'elle arrête de trembler. Et pendant ce temps, j'analysais la situation.

Wally gisait raide mort sur le sol. Il y avait du sang

partout, et lui, il baignait dedans. Il y avait ma machette, que je revoyais pendue à un clou sur la véranda. Elle était à présent sur le sol, à côté de Wally, toute tachée de sang. Tout ce que je voulais savoir, c'est pourquoi elle avait fait ça.

« Viens à la salle de bains, mon trésor. Il faut te nettoyer, tu fais peur à voir », j'ai dit à Angel Dora.

Elle m'a suivie, soumise comme un agneau. J'ai rempli la baignoire, je lui ai retiré ses vêtements et je l'ai lavée comme si elle était un petit bébé. L'eau était bonne, bien chaude, et au bout d'un moment elle a cessé de frissonner. La première chose qu'elle a dite, c'est : « Je suis désolée, maman.

— Je sais, ma chérie. Maintenant, faut pas que tu t'inquiètes. Maman va s'occuper de tout. »

À vrai dire, je voyais vraiment pas comment.

J'entendais les gosses dehors. Ils étaient retournés dans le camion et klaxonnaient comme des fous. Il valait mieux qu'ils y restent jusqu'à ce que j'aie décidé quoi faire.

J'ai aidé Angel Dora à enfiler un pyjama propre, je l'ai mise au lit et je l'ai bordée. Je lui ai dit : « Je t'apporte une tasse de thé. Maintenant faut que tu te reposes. »

Elle m'a pris la main, m'a tirée vers elle et m'a dit lentement, en chuchotant : « Il voulait que je fasse ça avec lui dans ton lit. Je lui ai répondu que je ferais jamais un truc pareil. Ça l'a rendu dingue et il m'a dit que j'avais pas à répondre et que si je faisais pas ce qu'il me demandait il me couperait le nez. Il m'a menacée avec cette machette et à peine il l'a posée, je l'ai saisie et... et... »

Elle a ramené ses couvertures sur sa tête et dessous, je pouvais l'entendre pleurer. Je suis restée là deux minutes à me dire que tout était de ma faute, vu que j'avais rien fait pour l'empêcher de faire des saletés avec Angel Dora.

Alors j'ai brûlé ses habits dans le vieux poêle qui venait de la ferme et que j'avais gardé en souvenir du bon vieux temps et pour réchauffer la cuisine pendant l'hiver. Pour ça il a fallu que je contourne le corps de Wally. Et c'est là que j'ai su ce que j'allais faire.

Quelqu'un allait devoir payer pour ça et ce serait pas Angel Dora. Elle avait fait ce qu'elle devait faire. Après avoir allumé le poêle et réduit les vêtements en cendres, j'ai ramassé la machette et je lui ai collé encore un ou deux coups. Je me suis bien assurée d'avoir le visage et les habits couverts de sang, comme Angel Dora.

Et puis j'ai décroché le téléphone et appelé le commissariat. Quand Elton a répondu, j'ai dit : « Devine quoi ! Ton frère est mort. Tu ferais mieux de ramener ta fraise. »

Voilà, mam'zelle, vous connaissez toute l'histoire. C'est comme ça que Wallace Otis Waddell a fini et c'est pour ça que je vais passer tout le restant de ma vie dans ce trou. Qu'est-ce que vous en pensez, mam'zelle ? Vous me voulez toujours dans votre émission de télé ? Sans Angel Dora et sans que je dise un mot de ce que je viens de vous raconter ? Je savais bien que non.

Et, mon chou, faites gaffe en sortant d'ici. Évitez le directeur. Vous êtes tout à fait son genre.

Traduit par Dorothée Zumstein.

Le visage du troisième millénaire

JUDITH KELMAN

Cosmo Danza attaqua d'un féroce coup de dents son hot dog, long d'une trentaine de centimètres. Quand il mastiquait, ses joues s'enflaient et se creusaient comme celles d'un poisson vorace. Et lorsqu'il avalait, une expression de satisfaction relâchait ses traits porcins. Alors lui échappait un petit gémissement, digne d'une ligne de téléphone rose.

« Mmmm... mmmm ! Faut que je te dise, Len, je sais pas ce que Manny met dans ses hot dogs mais je pourrais jamais tenir toute une journée sans deux ou trois de ces machins-là. »

Lenny Cambio s'efforça de sourire pour dissimuler son dégoût. Il savait exactement de quoi étaient faits les hot dogs : des entrailles, des conservateurs cancérigènes, toutes les petites bestioles traînant dans le coin — plus leurs excréments, et des globules de graisse tout juste bons à boucher les artères. Lenny savait aussi ce qui empoisonnait la vie des hommes : *la peur.*

Sans cette fichue peur, il serait en ce moment même en train de naviguer dans les Caraïbes et de savourer sa réussite. Sans la panique aveugle et stupide, il dorerait au soleil ses traits à la Dustin Hoffman, vautré sur une chaise longue. Il se gaverait d'huîtres et de caviar et se désaltérerait au Dom Pérignon. La belle vie, en somme.

Au lieu de quoi, il était obligé de perdre son temps dans le fast-food de Manny Dibble, dans la banlieue pourrave de Stamford, Connecticut. Il en avait sa claque de ce trou et son éternel mauvais temps, cafardeux en diable. Mais ce qui l'écœurait le plus, c'était le goinfre satisfait assis en face de lui.

Lenny serra les poings. Ce n'est pas comme ça que les choses auraient dû se passer. La Morphosphère de Lenny était destinée à être le jouet du siècle. Elle aurait dû faire plus fort que les Pogs et les Power Rangers, devenir un classique, au même titre que la poupée Barbie.

Mais la destinée lui avait joué un sale tour.

Six mois plus tôt, à Cleveland, une fillette de huit ans nommée Pammy Pashkiss était entrée dans la chambre de son grand frère et lui avait piqué la Morphosphère qu'il s'était offerte avec son argent gagné en livrant des journaux (modèle de luxe Arachnide, 24,95 $ — étui de transport, boîte de rangement et lot d'accessoires en option).

Pammy avait fourré le jouet sous son sweat-shirt Bisounours et s'était glissée hors de la maison. Dans l'allée, elle avait fait rebondir la balle de plastique aux couleurs vives plusieurs minutes sans incident, avant que la sphère ne lui échappe pour aller s'exposer à la pluie diffusée par l'arroseur automatique d'un voisin. Au contact de l'eau, le globe de plastique s'était métamorphosé — comme prévu — en un scorpion d'un réalisme troublant.

C'est cette stupéfiante capacité de transformation qui avait fait de l'invention de Cambio le clou de l'Expo-Jouets 99, à Chicago, l'année précédente. La Morphosphère avait recueilli — du jamais vu — trois médailles d'or : celle de l'innovation, celle de l'intérêt ludique et celle du jouet le plus attrayant. Une énorme campagne de presse s'était ensuivie. Morphman SA, la société de Lenny, croulait sous les commandes. La chaîne *Toys « R » US* s'apprêtait à lui réserver une rubrique à part dans le catalogue de Noël, et les grands magasins Schwartz, une place d'honneur dans leurs vitrines. Enfin, dix minutes devaient lui être consacrées dans le show vedette annuel d'Oprah Winfrey, consacré aux cadeaux à faire aux enfants.

C'est alors que Pammy Pashkiss était entrée en scène.

Confrontée au scorpion, la fillette avait poussé un hurlement digne d'une sirène d'alarme. Malheureusement, ce son fut le dernier à sortir de ses lèvres. Le traumatisme la rendit muette. Ses yeux bleus écarquillés par la terreur et sa bouche en cœur se figèrent en une perpétuelle expression de surprise.

Les médicaments s'avérèrent sans effet, ainsi que diverses thérapies, incluant une visite que rendit à l'enfant son idole, Vladimir Brozshky.

Ce dernier, tout comme d'autres grands noms des échecs, déplora amèrement cette perte tragique. Car Pammy Pashkiss était une joueuse prodige. Elle avait trois ans quand elle s'était plantée devant l'échiquier de son grand frère, et avait refusé de bouger tant qu'on ne lui avait pas appris les rudiments du jeu. À quatre ans, elle gagnait déjà des tournois importants. À cinq ans, elle faisait la couverture du magazine *Checkmate.* On avait salué en elle la plus grande joueuse enfant depuis Ludwig Orloff, le garçon au visage de chien. En plus, elle était mignonne à croquer. On comptait sur Pammy pour relancer la popularité du jeu, bien plus que ne l'avait fait l'opération du nez d'Orloff.

Mais, après sa rencontre avec le scorpion, la fillette se transforma en une recluse silencieuse et boudeuse. Elle se mit à passer ses journées scotchée à la chaîne de téléachat. Des spécialistes des névroses traumatiques déclarèrent que Pammy risquait de ne jamais revenir à son état normal, et encore moins à son génie d'autrefois.

L'incident déchaîna les passions du groupe de défense de consommateurs, l'AMCJD (l'Association des mères contre les jouets dangereux). Elles organisèrent des rassemblements et des grèves de la faim, et se mirent à exercer des pressions sur le Congrès.

Peu après, la Commission nationale de défense des consommateurs ouvrit une enquête sur la Morphosphère. Des spécialistes du développement des enfants saturèrent les ondes de mises en garde à son sujet. Les pédiatres exigèrent que le jouet soit retiré de la vente dans tout le pays.

Les commandes cessèrent. Morphman croula sous les plaintes, les demandes de remboursement et les menaces de poursuites. Ce fut à Lenny de payer les pots cassés, pour ne pas mentionner les deux millions trois cent quarante-sept mille huit cent soixante-deux dollars dus à la société Cyberplastics, fournisseur du matériau brut.

Cosmo Danza essuya d'une main velue la moutarde, au-dessus de sa lèvre supérieure.

« Hé, Manny ! appela-t-il. Un autre hot dog Double Dibble. Et toi, Len ? Encore un petit creux ? »

Lenny baissa les yeux vers sa serviette, dans laquelle il avait dissimulé les morceaux de son hot dog. Il ne mangerait une cochonnerie pareille pour rien au monde. En tant qu'homme de science, il connaissait la pertinence de l'adage : on est ce que l'on mange. Cosmo Danza était, de toute évidence, un hot dog.

Lenny tapota ses abdominaux. « Non merci, Cosmo, plus rien pour moi. Je surveille ma ligne. »

Danza poussa un soupir. « Moi je me contente de me regarder grossir. J'ai pas le temps de souffler ces jours-ci, alors pour ce qui est de la gym ! Il m'a fallu suer et me mettre au régime pendant un an pour perdre mes quinze kilos de lard en trop. Et voilà qu'ils me tombent à nouveau dessus. Tu ne t'imagines pas la pression que ça représente, de bosser dans de pareilles conditions. Chienne de vie !

— Il te reste combien de missions ?

— Plus qu'une seule après celle-ci, Dieu merci. Au début de l'année, j'en avais quatorze, et toutes des urgences de première. Je ne comprendrai jamais pourquoi tant de sociétés ont traîné la patte jusqu'au dernier moment. Ça fait des années que les spécialistes évoquent le danger du bug de l'an 2000.

— Peut-être bien, Cosmo, que tous ces chefs d'entreprise sont comme moi des crétins finis dès qu'il s'agit d'informatique. Cette histoire de bug de l'an 2000, tu me l'as expliquée des tas de fois, et j'avoue que je n'ai pas encore bien pigé.

— Tu es pourtant loin d'être un crétin, Lenny. Tu dois faire un blocage.

— Un crétin fini, que je te dis. Dis, je ne voudrais pas t'embêter avec ça, mais tu voudrais bien m'expliquer encore une fois ? »

Bamsie Sue Dibble, la blonde fille du propriétaire, apporta la commande de Cosmo. Elle portait une jupe de la taille d'un sparadrap et un débardeur fuchsia. Le hot dog était noyé dans l'ombre de ses énormes seins.

« Voilà pour vous, monsieur Danza, minauda-t-elle. Un hot dog Double Dibble. Les frites sont offertes par la maison. »

Les yeux de Lenny sortaient de leurs orbites tandis qu'il la regardait regagner le grill en se dandinant. Sans cette satanée peur, il aurait en ce moment même à ses côtés un canon comme Bamsie Sue en train de naviguer à ses côtés. Quelle merveilleuse femme à tout faire elle saurait être, sur un voilier. Il lui donnerait de quoi occuper ses mains, pour sûr !

Lenny s'empara de l'assiette de Cosmo. « Laisse-moi te l'assaisonner, Cosmo.

— Super, Len. Personne ne fait ça mieux que toi. » Au coin des sauces, Lenny aspergea l'énorme hot dog de moutarde, de ketchup, de mayonnaise, de choucroute, de sel, de poivre et de sauce allégée. N'importe quoi ferait l'affaire, pourvu que ça masque le goût. Danza était aussi difficile qu'une poubelle.

Cosmo engouffra la moitié du hot dog. « Tu voulais que je t'explique encore une fois cette histoire de bug de l'an 2000 ? demanda-t-il à Lenny.

— Je t'en serais reconnaissant, Cosmo. Ça devrait tout de même bien finir par me rentrer dans le crâne.

— Pas de problème, mon pote. Voilà de quoi il s'agit. »

Lenny se composa une expression de profonde imbécillité. En réalité, il savait absolument tout ce qu'il y avait à savoir au sujet du bug de l'an 2000. Il avait planché sur le problème et sur ses glorieuses conséquences pendant des mois. Ce pépin informatique serait sa planche de salut.

Cosmo passa la langue sur la moutarde qui coulait sur son menton porcin.

« Ce qui se passe, c'est qu'à l'époque où les ordinateurs ont été conçus, dans les années cinquante, les dates étaient exprimées en deux chiffres, pour gagner de la place. 1950, par exemple, ça donnait 5-0. À cause de ça, les vieux systèmes informatiques ne sont pas équipés pour le passage à l'an 2000. Quand la date passera de 99 à 00, les ordinateurs croiront qu'on a remonté le temps. Ils se mettront à délirer sec. Et ce sera la panique. »

Danza rota, et des relents d'ail flottèrent autour de lui.

« Tu me suis jusque-là, Lenny ?

— C'est assez compliqué.

— Non, pas vraiment. Ce qui se passe, c'est que les nouveaux programmes informatiques ont été greffés sur les anciens, ceux qu'on appelle les programmes originaux. »

Danza sortit son Bic et griffonna un schéma sur sa serviette en papier tachée de graisse. Un vieux programme, désigné par un *x*, était niché au cœur d'un enchevêtrement d'applications récentes. Séparer les anciens codes des nouveaux équivaudrait à tenter d'extraire une seule molécule de hot dog de l'éléphantesque masse adipeuse qu'était devenu Danza.

En montrant le schéma, Cosmo précisa : « De minuscules fragments de centaines de milliers de codes contenus dans les fichiers d'une société peuvent à eux seuls semer la zizanie. Il faut tous les repérer et les modifier.

— Tu opères une sorte de manipulation génétique, en somme ?

— Tu veux parler de ces histoires d'ADN ?

— Ouais, c'est ça. »

Cosmo engouffra une poignée de frites ramollies. « C'est un peu pareil, à part que c'est différent. Avec l'ADN, quand les codes sont bousillés, ça provoque telle ou telle maladie. Alors qu'avec le bug de l'an 2000, tout semble au poil jusqu'à ce que sonnent les douze coups de minuit le 31 décembre. À ce moment-là, toutes les sociétés qui auront traîné les pieds seront coincées. Elles n'auront plus accès ni aux factures ni aux salaires, enfin à tout ce qui était basé sur les anciens codes. Ça pourrait alors prendre des mois de remettre de l'ordre dans ce foutoir. En attendant, pour peu qu'une affaire ait du plomb dans l'aile, elle pourra tirer parti de la situation. »

Lenny fronça les sourcils. « Comment est-ce que tu t'y prends pour empêcher ça ? Ne me dis pas que tu dois te farcir chaque ligne de code ?

— Bon Dieu, non. Ça prendrait des années. Ce que je fais, c'est que je me sers d'outils conçus pour repérer les données sensibles. C'est un sacré boulot, de tout analyser, mais une fois que j'ai élaboré et appliqué mon système de vérification, le problème est résolu. »

Il jeta un coup d'œil à sa montre et fronça les sourcils. « À ce propos, je ferais mieux de retourner à Cyberplastics en vitesse. Plus qu'un jour ou deux et je serai prêt à purger leur système informatique de tous ses sales parasites.

— Et après, qu'est-ce qui se passe ? Ils vont faire la fête ? T'offrir un somptueux dîner ?

— Ouais, tu parles... Je suis l'homme invisible, mon pote. Je faxe un rapport au boss, pour l'informer que le boulot a été fait, j'envoie ma note et on n'en parle plus.

— Ta note est juteuse, j'espère ? »

Cosmo renifla : « Figure-toi qu'ils ne me paient pas plus de dix mille huit cent trente-huit dollars et soixante-sept cents, frais matériels inclus. Les miens s'élèvent à un dollar et demi par heure. Mais c'est tout ce que j'ai pu tirer de ces grippe-sous. La vérité, c'est qu'ils se soucient de moi comme d'une guigne. Tout ce qui leur importe, c'est que le boulot soit fait, conclut-il en tapotant son étui d'ordinateur.

— La solution est là-dedans ?

— Sur ça tu peux parier tes bijoux de famille, mon pote. J'ai toujours cette petite merveille à portée de main. Je dors même avec, ce qui te donne au passage une idée de ma vie sentimentale. »

Avant de partir, Lenny laissa deux dollars sur la table, à l'attention de Bamsie Sue.

« On se voit demain ? »

Cosmo se leva, et une pluie de miettes tomba de ses vêtements.

« Bien sûr. Le jour où je ne viendrai pas consommer ma dose quotidienne de hot dog, tu pourras en conclure que je suis mort. »

Un sourire narquois s'était dessiné sur le visage de Lenny, tandis qu'il suivait Danza vers la sortie. Mort, songeait-il. Précisément.

Dix-sept minutes plus tard, Lenny vira brusquement pour se ranger sur sa place de parking, devant l'entrée de sa société, la Morphman SA. Du temps de sa splendeur, le parking était bondé. Trois équipes se relayaient sept jours sur sept afin d'être en mesure de satisfaire la demande. Lenny avait doté les lieux de salles de sport, de toilettes ultra-modernes et d'une cafétéria proposant des repas équilibrés, afin d'obtenir de ses ouvriers-abeilles une rentabilité maximale.

Désormais, on ne voyait plus que quelques véhicules tristement disséminés sur le parking. La mort prématurée de la Morphosphère avait contraint Lenny à réduire son personnel au strict minimum.

Et son équipement de même. Lenny sentait son cœur se serrer lorsqu'il considérait l'état des lieux. La société semblait laissée à l'abandon. Des amas de neige grisâtre recouvraient par endroits une pelouse clairsemée. Le bâtiment était maculé de taches de rouille. La plupart des fenêtres étaient dans le noir.

Devant les bureaux de la direction, la secrétaire de Lenny, penchée au-dessus de son bureau, était en train de se passer les ongles des orteils au vernis marron. Dès que la société avait amorcé sa chute libre, Arliss Marden avait troqué son irréprochable professionnalisme contre une grande gueule et une attitude revêche. Son visage buté était sillonné de rides d'expression. Elle leva vers Lenny des yeux cernés et méprisants.

« J'allais juste vous laisser un petit mot. Dès que mon vernis sera sec, je me tire. Je pourrai bosser une ou deux heures demain matin, mais vous ne me verrez ni mercredi ni jeudi. J'ai des trucs à faire.

— Écoutez, madame Marden. Si je vous paie, ce n'est pas pour que vous soyez si souvent absente. »

Elle fit claquer son chewing-gum. « À vrai dire, vous ne me payez pas du tout.

— Ne vous inquiétez pas pour ça. Votre salaire vous sera bientôt versé, avec les intérêts.

— Ah ouais ? Essayez donc de régler le loyer et d'effacer votre ardoise chez l'épicier avec des "bientôt" ! »

Devant ces marques d'insubordination, Lenny se contenta de hausser les épaules. Rongé par un sentiment d'impuissance, il avait eu du mal, ces derniers temps, à ne pas sombrer dans la déprime. Mais aujourd'hui, il se sentait revivre, et retrouvait son insouciance et son assurance d'autrefois. Ses problèmes étaient sur le point d'être résolus.

À présent, les gélules devaient être en train de glisser dans l'œsophage de Cosmo Danza. Le sort du goinfre était scellé par les inexorables lois de la pesanteur et du péristaltisme.

« Très bien, madame Marden, dit Lenny. Accordez-vous le temps qu'il faudra. Partez tôt et souvent. Vous avez ma bénédiction et celle de l'Oncle Sam.

— Qu'est-ce qui vous prend, nom d'un chien ?

— Votre attention est si touchante ! À vrai dire, tout va bien. Je vais être occupé pour un petit moment. Vous voulez bien prendre mes appels ? »

Lenny se hâta de gagner son bureau et ferma la porte à clé derrière lui. Il se baissa et composa la combinaison de son coffre-fort. Puis il en sortit sa dernière invention qu'il transporta délicatement jusqu'à son bureau. Il balaya une montagne de demandes de remboursement et posa devant lui le prototype.

Dès que cette invention encore secrète serait lancée, il pourrait se payer autant de yachts, de champagne et de minettes qu'il voudrait. Les affaires de Lenny, et celles de la société, seraient à nouveau florissantes. Il embarquerait avec lui dans cette nouvelle aventure les quelques employés qui lui étaient restés fidèles. Quant aux mégères impertinentes comme Arliss Marden, elles pourraient méditer sur les conséquences de la perfidie en allant pointer au chômage.

Lenny régla l'alarme de sa montre pour qu'elle sonne dix minutes plus tard. Tout en examinant son reflet dans un miroir à trois faces, il plaqua sur son front, juste au-dessus de la naissance des cheveux, un filet de plastique transparent. Puis il se coiffa de manière à dégager suffisamment de mèches pour dissimuler le plastique. Après avoir appliqué une autre bande sur son cou, il alluma la lampe à ultraviolets.

Le filet resserra ses mailles, tirant sur ses traits et tendant sa peau. En l'espace de quelques secondes, son visage d'homme mûr avait rajeuni de vingt ans. Plus de chairs flasques, de poches ou de ridules. On lui avait souvent fait remarquer qu'il était le sosie de Dustin Hoffman. Il pouvait désormais passer pour son fils.

Lenny avait appelé sa miraculeuse invention « Volte-face ». Ce lifting révolutionnaire qui ne nécessitait pas d'intervention chirurgicale allait faire un malheur.

Le signal de l'interphone se fit entendre.

« Un appel pour vous, lança la voix pointue d'Arliss.

— Je vous avais demandé de vous en charger, madame Marden.

— Chargez-vous-en vous-même. Mes ongles sont secs. »

Arliss coupa avant même qu'il ait eu le temps de lui demander qui était en ligne.

« Len Cambio à l'appareil.

— C'est Jack Baxter, Cambio. Et il est quatre heures. Où est ce règlement qui devrait déjà nous être parvenu depuis deux heures ?

— Il doit être arrivé, Jack. Vous avez vérifié les reçus d'aujourd'hui ?

— Seulement vingt ou trente fois. »

Le chef comptable de Cyberplastics avait une voix grinçante comme de mauvais freins. Lenny s'efforça de conserver un ton ferme et assuré.

« C'est impossible. J'ai donné ordre à mon banquier de virer les fonds ce matin au plus tôt. Je me suis entretenu avec lui personnellement, de manière qu'il ne puisse pas y avoir de malentendu. »

L'audace du mensonge fit rougir Lenny. Le filet se resserrait toujours, bridant ses yeux et les tirant, comme des guillemets.

« C'est toute cette affaire qui n'est qu'un énorme malentendu, geignit Baxter. Et c'est moi qui vais payer les pots cassés. Je me suis mouillé pour vous. Vous m'aviez promis de régler votre passif aujourd'hui.

— Laissez-moi contacter ma banque et arranger tout ça, Jack. Je vous rappelle tout de suite.

— Je vous en supplie. Je suis au trente-sixième dessous ! »

Lenny passa les cinq minutes suivantes à examiner

dans le miroir son épiderme tendu. Tandis que sa tension baissait, ses yeux reprenaient peu à peu leur forme et leur position habituelles. La pâleur s'atténua alors que le sang recommençait à circuler sous son front. Son sourire involontaire s'effaça.

Le filet réagissait un tout petit peu trop à la chaleur. Il lui faudrait modifier la formule, en ajoutant un agent neutralisant, par exemple. Ce n'était pas grand-chose.

Le standard de Cyberplastics le mit en communication avec le service comptable. Jack Baxter décrocha à la première sonnerie.

« Alors, Cambio ? Dites-moi que vous avez retrouvé les fonds !

— J'ai bien peur que nous ne nous trouvions face à un mystère, dit Lenny. Mon homme jure qu'il a effectué le transfert. Il est en train d'essayer de découvrir ce qui s'est passé. Il devrait pouvoir nous le dire d'ici quelques jours. Une semaine au plus.

— Mais je ne peux pas attendre une semaine ! s'exclama Baxter. Si la direction repère ce trou dans les comptes, je suis bon pour la porte !

— Je vous appelle dès que j'en saurai plus, Jack. Restez confiant.

— Vous ne pouvez pas me faire ça, Cambio ! Noël sera déjà assez dur comme ça, cette année, pour mes quatre gosses, maintenant qu'il ne reste plus de leur mère que des notes d'hôpital. Si je me fais virer, tout ce qu'ils recevront du père Noël, c'est des reconnaissances de dette.

— Ne vous inquiétez pas, Jack. Je m'occupe de cette affaire.

— Vous m'aviez promis, Cambio. Vous aviez juré. »

En raccrochant, Lenny grimaçait. Baxter était gonflé de lui rebattre les oreilles avec sa femme morte, ses gosses, ses notes d'hôpital et sa carrière qui battait de l'aile.

Qu'est-ce que c'était que tout ça, comparé aux problèmes de Lenny ? Il croulait sous les arriérés et les enquêtes du gouvernement. De respectables censeurs prétendaient lui apprendre à diriger sa société. Tout le travail que lui avait coûté la Morphosphère s'était avéré vain. Sa brillante invention était passée à la trappe à cause d'une sale petite pleurnicheuse.

En vérité, Pammy Pashkiss n'avait eu que ce qu'elle méritait. Après tout, elle était entrée sans permission dans la chambre de son frère et elle lui avait volé son jouet. Au lieu de mener une campagne contre lui, on aurait dû féliciter Lenny d'avoir donné une bonne leçon à cette petite peste !

Eh bien, au diable Pammy Pashkiss ! Au diable Jack Baxter et ses braillards de gosses ! Qu'ils aillent tous au diable !

Les joues de Lenny s'enflammèrent. La peau se tendit affreusement sur son visage. Il ressentait de vives douleurs au crâne, sous la bande de plastique. Elles se firent si aiguës que Lenny redouta de perdre la raison.

En désespoir de cause, il prit un verre d'eau glacée à la fontaine, et se le renversa sur la tête. Il poussa un soupir de soulagement lorsque le plastique relâcha son étreinte frénétique.

L'alarme sonna, marquant la fin de son expérimentation quotidienne. Lenny retira le filet et le remit dans le coffre. Peut-être lui fallait-il mettre moins de PF386 et davantage de XR244 pour que le produit réagisse moins à la chaleur. Une petite modification de rien du tout.

Lenny passa avec décontraction devant la réception.

« Je serai sur le terrain pendant le reste de la journée, madame Marden. »

Arliss souffla sur ses ongles. « Qu'est-ce que ça peut bien me fiche ! »

Lenny ignora le sarcasme. Il avait établi son emploi du temps de l'après-midi avec tout le soin nécessaire. Il serait vu dans des lieux publics très fréquentés par des hordes de témoins irréprochables. Quoi qu'il fût quasiment certain de ne jamais avoir besoin d'un alibi, un surcroît de prudence ne pouvait pas faire de mal.

À présent, les pilules pénétraient dans l'estomac distendu de Danza, et tourbillonnaient parmi les hot dogs et les frites à moitié digérés.

Lenny se rendit à l'hôpital St. Joseph, où il visita le pavillon des enfants malades. Il s'était arrangé pour y fourguer les rebuts des ateliers de la société. Il s'agissait de jouets trop fragiles ou trop dangereux pour être commercialisés. Lenny s'était dit qu'il pouvait tout aussi bien s'en servir pour avoir droit à des déductions d'impôts. Et puis, à supposer qu'un des gosses se blesse avec, il pourrait être soigné sur place.

Il s'arrêta ensuite au lycée Westhill, où il devait faire une intervention dans le cadre de la Journée des métiers d'avenir. Il trouva ses propres remarques piquantes et irrésistibles. En guise de conclusion, il déclara : « Vous voulez connaître le secret du succès dans les affaires ? Le conseil que je vais vous donner, c'est celui que reçoit mon sosie Dustin Hoffman dans *Le Lauréat* : l'avenir, c'est le plastique. »

Les sucs gastriques de Danza étaient en train de ronger lentement la paroi de plastique des gélules.

À la caserne de pompiers de Turn of River, Lenny s'entretint avec le chef et promit de faire une donation importante. Il répéta ce noble geste au centre de réinsertion d'Easter Seals, au siège de l'Association des handicapés mentaux, au centre psychopédagogique de Lower Fairfield, à l'Association d'aide aux victimes de viol, dans plusieurs maisons de retraite, et à la paroisse de Notre-Dame-du-Perpétuel-Chagrin.

Lenny croyait à la charité, surtout à celle qui commence chez soi. Un peu d'altruisme offrait le contrepoids idéal au scandale Pashkiss. Il forcerait la main à ses employés pour qu'ils compensent les donations en reversant une partie de leurs salaires au fonds collectif de soutien de la société.

À sept heures pile, Lenny se gara devant son lotissement, dans la partie de la ville appelée Springdale. Il sortit un gâteau du placard à linge où il entassait les cadeaux inutiles, et alla sonner chez les voisins d'à côté.

« Joyeux Noël, madame Ginolfi, lança-t-il à la matrone mal fagotée qui se tenait sur le seuil.

— Comme c'est gentil de votre part, monsieur Cambio, gloussa-t-elle. Je suis vraiment gênée de ne pas avoir de cadeau pour vous. D'habitude, je fais des gâteaux — qui ressemblent à celui-ci comme deux gouttes d'eau, à vrai dire — mais, ces derniers temps, mon arthrite ne me laisse pas de répit.

— Quelle importance, madame Ginolfi ! On ne pourrait rêver plus beau cadeau que d'avoir une charmante voisine comme vous.

— Comme c'est aimable. Écoutez, j'étais sur le point d'apporter à Vito son café et son dessert. Ça vous dirait de vous joindre à nous ?

— Je voudrais tant pouvoir le faire. Hélas, j'ai des montagnes de dossiers à étudier avant les vacances. »

Il désigna sa fenêtre allumée, nettement visible depuis l'antre des Ginolfi.

« Je risque d'être dans mon bureau toute la nuit. Si par hasard vous ou votre mari ne dormez pas, n'hésitez pas à venir me rendre une petite visite. Ça me fera une pause des plus agréables. »

Les pilules mettraient au moins huit heures à se dissoudre. L'opération pouvait être retardée de deux heures au maximum si la victime consommait des nourritures grasses — et en particulier des produits laitiers — en grande quantité.

Mme Ginolfi sourit. « C'est vraiment faire preuve de convivialité, monsieur Cambio. Surtout, ne le prenez pas mal, mais Vito et moi on avait l'impression que vous n'étiez pas spécialement du genre amical.

— Oh, c'est seulement que j'ai peur de déranger.

— Mais au contraire ! C'est un plaisir. Joyeux Noël. Et merci pour le gâteau. »

Fidèle à sa parole, Lenny passa la nuit à travailler. Il fit des croquis du système digestif de Cosmo Danza, grêlant son estomac de gélules en train de se dissoudre. Des petites vagues figuraient la dose mortelle d'insuline s'échappant des gélules et se répandant dans le sang de l'homme. Au matin, ce gros lard ne serait plus qu'un souvenir. Et sa mort paraîtrait des plus naturelles.

L'aube se leva sur un jour frais et un ciel dégagé. Lenny adressa à Mme Ginolfi un signe de la main en se dirigeant vers son auto d'un pas léger. Il voulait que le monde entier partage sa joie. Ha ! ha ! ha !

Dissimulant son euphorie, Lenny se plia à sa routine quotidienne : il courut et fit ses exercices d'assouplissement dans la salle de gym de la société ; lut, dans son bureau, *Le Quotidien de l'industrie plastique* ; passa son courrier en revue et dicta des réponses à Arliss Marden qui l'écoutait d'une oreille distraite en faisant claquer son chewing-gum.

« Vous avez bien tout noté, madame Marden ?

— Ouais.

— Vous pourriez relire, je vous prie ?

— Ouais, je pourrais.

— Vous *voudriez* bien le faire ?

— À quoi bon ? Vous écrivez toujours les mêmes

trucs barbants. À force, je les connais par cœur. Cher monsieur Machinchose... et patati et patata... Notre société, Morphman SA... et patati et patata... Maintenant, si vous voulez bien disparaître de ma vue, c'est l'heure des *Feux de l'amour.* »

Lenny consulta sa montre. « En effet. »

Sur la route du fast-food, Lenny se plut à imaginer Cosmo Danza se décomposant sur son lit. Le gros lard vivait seul, dans une petite maison, près de la gare. Il n'avait ni famille ni femme de ménage. Et aucune vie sociale. Son meilleur ami et son seul confident, c'était un ordinateur portable. Le corps ne serait probablement pas découvert avant que la puanteur des gaz s'exhalant des organes en putréfaction n'infecte le voisinage

Parfait.

Bamsie Sue accueillit Lenny sur le seuil.

« Une table pour deux, comme d'habitude, monsieur Cambio ?

— M. Danza n'est pas encore là ? Il arrive toujours le premier.

— Je ne l'ai pas vu. »

Lenny haussa les épaules.

« Il se peut qu'il soit surchargé de travail, avec cette histoire de bug de l'an 2000. Plus qu'une semaine pour que ce siècle s'achève. C'est difficile à croire.

— J'suis vraiment, comment dire, tout excitée ! lui confia Bamsie Sue.

— Il n'y a pas à dire, ma chère, vous avez l'art de bien exprimer les choses. »

Un quart d'heure plus tard, Bamsie Sue revint en se dandinant. « Vous devriez peut-être commander, monsieur Cambio. Vous devez mourir de faim.

— Je crois que c'est préférable, en effet. »

Pendant l'heure qui suivit, Lenny garda les yeux

rivés sur la porte. Son cœur se serrait chaque fois qu'une portière de voiture claquait dans le parking voisin, et battait la chamade lorsque des pas se faisaient entendre à l'extérieur.

L'affluence de midi commençait à diminuer quand une silhouette massive se découpa, derrière la vitre de verre dépoli, à côté de la table de Lenny. La porte s'ouvrit en grinçant, avec une épouvantable lenteur. Lenny avait la gorge nouée.

Au bout de ce qui sembla une éternité, Manny Dibble apparut sur le seuil, vêtu d'un costume rembourré de Père Noël. Lenny poussa un soupir de soulagement. Le propriétaire circula d'une table à l'autre pour souhaiter un bon Noël à ses clients, et distribuer des coupons d'offres spéciales « Nouveau millénaire ».

« Joyeux Noël, Len Cambio, gloussa Manny dans sa barbe. Est-ce que tu as été un bon petit garçon qui a mangé des tas et des tas de hot dogs cette année ?

— Oui, Père Noël.

— Alors dans ce cas voilà un coupon “1 offert pour 1 acheté”. Il est valable pour tout hot dog double ou triple acheté avant le 1er mars. Cette offre ne peut être cumulée avec une autre. »

Lenny afficha un sourire radieux. « Rien ne pourrait me faire plus plaisir, Père Noël. Sincèrement. »

C'est sur un petit nuage qu'il retourna à son bureau. Tout se déroulait exactement comme prévu. Et même mieux. Arliss Marden était rentrée chez elle. Lenny pouvait donc régler les derniers petits détails sans craindre d'être dérangé.

Il rédigea une note à l'attention de Charles Biggars Booth, P-DG de Cyberplastics, pour l'informer que le système informatique de la société était désormais protégé contre le bug de l'an 2000. Lenny s'était si bien entraîné à imiter la signature de Danza qu'elle naissait désormais sous sa plume presque aussi naturellement que la sienne.

Il effectua sur son fax une mise au point permettant de faire disparaître le code d'identification de sa société. Puis il envoya le fax à Cyberplastics, vérifiant deux fois le récépissé.

Il fit ensuite une fausse facture pour des travaux d'un montant de 10 838,67 dollars, et l'adressa à son cher ami de la comptabilité, Jack Baxter.

Lenny se mit à fredonner. Il avait certes de quoi se réjouir. Quand sonnerait le douzième coup de minuit, le 31 décembre, les ordinateurs de Cyberplastics se détraqueraient. La société serait dans l'incapacité de sortir les salaires et les factures. Lorsque Cyberplastics aurait enfin eu le temps de tout remettre en ordre, on s'arracherait déjà « Volte-face » dans les magasins. Les deux millions de dollars de dette de Lenny paraîtraient alors une vétille.

Lenny s'enfonça dans son fauteuil et posa ses pieds sur la table. C'est fait, songea-t-il en souriant. *Finito.*

La fièvre du troisième millénaire s'empara de la nation. La plupart des sociétés fermèrent entre Noël et le Jour de l'An. Il y eut des défilés, des feux d'artifice, des orgies d'une nostalgie écœurante.

Pour célébrer l'événement, Lenny organisa un dîner à la fortune du pot pour les employés de sa société. Le personnel avait été prié d'apporter les boissons, la musique, les guirlandes et les cotillons. Lenny, pour sa part, mettait ses locaux à leur disposition, et leur faisait l'honneur de sa compagnie.

Arliss Marden, tout de noir vêtue, ressemblait à un vieux pruneau.

« Comment ça, monsieur le généreux ? Pas de primes, cette année ? J'imagine que vous vous dites que les salaires mirobolants que vous nous versez devraient nous suffire.

— Vous pouvez compter sur une juste compensation dès que la société aura redressé son bilan, madame Marden, dit Lenny.

— Ah ouais ? Eh bien vous, vous pouvez compter sur ça ! » Joignant le geste à la parole, elle leva deux doigts et tira la langue.

Lenny ne broncha pas. Rien ne pouvait faire éclater sa bulle de sérénité. Le 31 décembre, avec les douze coups de minuit, sonnerait l'heure de sa libération. Et, le 1er janvier de l'an 2000, commencerait pour lui une vie nouvelle, riche d'innombrables opportunités.

Le 2 janvier, de bonne heure, Lenny se gara à sa place habituelle, sur le parking de sa société. À cette heure-là, comme Lenny l'avait escompté, l'endroit était désert. Il avait besoin d'un peu de temps à lui pour fignoler sa nouvelle invention.

Il retira le prototype du coffre et se dirigea vers le laboratoire. Après avoir revêtu le filet d'un agent neutralisant, il l'appliqua sur son crâne. Pendant le temps de pose, il retourna dans son bureau afin d'écouter les messages reçus pendant le long congé de Noël.

Sur les vingt et quelques messages, deux provenaient de sociétés de transport espérant le séduire avec des offres exceptionnelles. Les autres n'étaient que fulminations de Jack Baxter, de Cyberplastics, exhortant Lenny à payer sa dette. Dans plusieurs de ces messages, Baxter faisait appel au supposé sens de l'honneur de Lenny. Dans d'autres, il le menaçait de sanctions pénales, physiques et même posthumes. Il laissait entendre que Lenny était un individu à la moralité douteuse et à l'hérédité trouble.

« Crache-le, ce pognon, sale connard de fils de pute ! » hurlait Baxter dans son dernier appel.

L'exaspération de Lenny était à son comble. Le filet, sur son crâne, resserrait son étreinte comme un boa constricteur. Il se libéra frénétiquement du plastique, s'arrachant au passage plusieurs mèches de cheveux.

Puis il s'efforça de reprendre son souffle et de retrouver son calme. Jack Baxter ne comptait pas. Plus maintenant.

La seule chose qui importait désormais, c'était « Volte-face ». Commercialiser le produit résoudrait pour de bon les problèmes financiers de Lenny. Mais tout d'abord, il fallait achever de mettre au point la formule de base.

Lenny rangea le prototype dans le coffre et prit des notes destinées à cet effet : *Ajouter un alliage ? Augmenter la proportion de XR244 ? Réduire la densité du filet ? Tester l'efficacité d'un nouvel inhibiteur ?*

Certain qu'une de ces solutions serait la bonne, il se rendit à la salle de gym de la société pour s'y livrer à ses exercices quotidiens. Là, sur son vélo d'intérieur, il rêva à son voyage en voilier tant attendu. Il commencerait par prendre deux semaines de congé. Mais au printemps, quand « Volte-face » serait bien lancé, il pourrait prendre un mois ou même plus et voguer vers des destinations exotiques. Les îles Fidji, peut-être, ou bien les îles grecques. Son esprit grouillait de beautés polynésiennes roulées comme Bamsie Sue. Fermant les yeux, il imagina la chaude caresse tiède des vents marins, le champagne coulant à flots et le doux bercement des vagues.

Lenny était si absorbé par son rêve éveillé qu'il demeura sourd aux bruits de pas et de portes. Les injonctions des hommes ne l'atteignirent pas. Puis, soudain, il sentit contre ses côtes la fraîcheur de l'acier.

« Les mains en l'air ! »

Lenny, stupéfait, se retrouva entouré de flics.

« Vous devez faire erreur, bafouilla-t-il.

— Non, c'est toi qui en as fait une, espèce de salopard. Et maintenant, descends de ce vélo de tantouze. »

Lenny quitta péniblement la selle. « Je peux savoir de quoi il s'agit, monsieur l'agent ?

— D'une peine allant de vingt ans à perpète, si tu veux mon avis. Tu as le droit de refuser de parler... »

Lenny suivit ce conseil. Il s'enfonça dans un mutisme semblable à un état de transe. Lorsqu'on l'inculpa, ce soir-là, les mots, les accusations et les circonstances formèrent pour lui un tout inintelligible. Le juge Morfogen, qui avait été contraint de passer d'interminables vacances de Noël en compagnie de son exaspérante épouse, de ses gosses gâtés et de ses despotiques beaux-parents, refusa de le mettre en liberté sous caution.

Lenny fut transféré de la prison municipale à la clinique psychiatrique de l'État, afin d'être soumis à un examen psychiatrique. Au bout d'un mois de tests sans effets, son psychiatre abandonna.

Lenny restait toute la journée assis sur son lit d'hôpital, sans dire un mot. Pendant la journée, il regardait la chaîne de téléachat. Ses nuits étaient hantées par un cauchemar récurrent dans lequel il faisait de la voile aux Caraïbes, quand un banc de hot dogs voraces attaquait son bateau.

Un mois plus tard, cédant aux pressions d'un représentant en produits pharmaceutiques particulièrement insistant, le psychiatre testa sur Lenny un nouveau médicament antipsychotique. Ce dernier reprit alors lentement ses esprits. Au cours des semaines suivantes, Lenny redevint l'homme plein d'énergie qu'il avait été. Il débordait à nouveau d'optimisme. Il se persuada que tout cela n'était qu'un petit malentendu, qui ne tarderait pas à se régler.

Le psychiatre déclara Lenny apte à être jugé. Son affaire devait, quelques jours plus tard, faire l'objet d'une audience préliminaire, mais un épouvantable chaos informatique était la cause de terribles retards. La ville de Stamford avait passé un contrat avec Cosmo Danza afin qu'il protège son système judiciaire contre le bug de l'an 2000. Malheureusement, M. Danza n'avait pas pu mener à bien sa tâche.

Au début du mois de mai, une première audience se tint enfin, dans le cadre du procès intenté à Leonard Cambio par l'État du Connecticut. Vu l'état des finances de Lenny, aucun avocat digne de ce nom ne voulut le défendre. On lui en désigna un d'office, en la personne de Mme Lisbeth Sagamore, une jeune femme qui avait autant de présence qu'un soupir.

Lenny espérait néanmoins être disculpé. Cosmo Danza étant mort, il n'y avait pas de témoins. Les gélules étaient conçues pour se dissoudre sans laisser de traces décelables. Lenny avait acheté l'insuline par petites doses, dans de grandes pharmacies anonymes, situées en dehors de la ville. Il s'était servi de fausses ordonnances et avait réglé en liquide. Le chef d'inculpation serait certainement levé, en raison de l'absence de preuves.

Lenny pénétra dans la salle d'audience d'un pas assuré. Puis il jeta un coup d'œil sur la galerie et ce qu'il vit le suffoqua.

« La cour déclare ouverte la séance n° 39628, beugla l'huissier. *L'État du Connecticut contre Leonard Cambio.* Elle sera présidée par l'honorable John Polcer. »

Polcer, un petit homme ratatiné âgé de quatre-vingts et quelques années, leva les yeux par-dessus ses petites lunettes cerclées de métal.

« Est-ce que le ministère public est prêt ?

— Oui, votre honneur, répondit d'une voix forte le procureur Thomas Colworthy Harrigan.

— Et la défense également ?

— Oui, votre honneur, souffla Mme Sagamore, l'avocate de Lenny.

— Vous pouvez appeler votre premier témoin, monsieur Harrigan. »

Le silence se fit parmi l'assistance, tandis qu'un employé du tribunal poussait un fauteuil roulant dans l'allée centrale. Avec un râle de douleur, l'homme blessé se leva et se hissa jusqu'à la barre des témoins.

« Jurez de dire la vérité, toute la vérité, rien que la vérité...

— Je le jure.

— Veuillez décliner votre identité.

— Cosmo Danza. »

Le procureur Harrigan posa les questions d'usage à son témoin vedette.

« S'il vous plaît, monsieur Danza, pourriez-vous nous dire ce qui s'est passé le 21 décembre ? »

Lenny, accablé, écouta Cosmo raconter comment il avait, ce jour-là, quitté le fast-food de Manny Dibble. En retournant à Cyberplastics, il s'était arrêté au bord de la route, avec l'intention de purger son organisme des doubles hot dogs et des frites qu'il avait engloutis à midi.

« Croyez-moi, je ne suis pas fier de moi, dit Cosmo en secouant la tête.

— Continuez, je vous prie, monsieur Danza », l'encouragea le procureur.

Au moment où Cosmo sortait de sa voiture, un

motard chevauchant une Harley avait dérapé sur une flaque d'huile et lui était rentré dedans.

Par bonheur, un pompier volontaire passait par là. Il avait fait à Cosmo un massage cardiaque, jusqu'à ce qu'arrive l'ambulance qui l'avait transporté en toute hâte à l'hôpital.

On avait pratiqué une intervention d'urgence, afin de démêler les intestins de Cosmo et d'endiguer une hémorragie interne d'origine inconnue. Dans son estomac, le chirurgien avait découvert des dizaines de petites gélules blanches.

« Ils ont alerté le FBI, se lamenta Cosmo. Ces gars m'ont interrogé là, aux urgences. Ils m'ont accusé d'être un intermédiaire travaillant pour les trafiquants de drogue. Cet homme a failli détruire ma santé, mes affaires et ma bonne réputation. »

Cosmo pointa sur Lenny un doigt potelé et accusateur.

« Je croyais que tu étais mon ami, Len Cambio. Je croyais que c'était parce que tu m'aimais bien que tu assaisonnais mes hot dogs.

— Permettez-moi d'attirer votre attention sur le fait que le témoin désigne l'accusé Leonard Cambio », fit remarquer le procureur.

Bamsie Sue Dibble fut ensuite appelée à la barre. Elle affirma avoir vu Lenny sortir de sa poche un flacon de gélules, devant le coin des sauces.

« J'ai vu M. Cambio fourrer ces petits machins blancs dans le hot dog de M. Danza. Je me suis dit qu'il rajoutait des vitamines ou un truc dans ce goût-là, quoiqu'un homme aussi savant que lui devrait savoir que le hot dog est un aliment presque parfait. »

Jack Baxter relata l'échec de la Morphosphère, et évoqua l'énorme somme que Lenny devait à Cyberplastics.

« Cet homme était prêt à tout. N'importe qui aurait pu s'en rendre compte. Et il avait ce regard sournois... »

Une standardiste de Cyberplastics déclara avoir reçu deux fax signés Cosmo Danza que le traceur d'appel de la société avait identifiés comme émanant de la Morphman.

La voisine de Lenny, Mme Ginolfi, vint jurer sous serment que le comportement de Lenny, en cette soirée du 21 décembre, avait été des plus bizarres.

« En plus, dit-elle après s'être raclé triomphalement la gorge, il m'a offert un de mes propres gâteaux ! »

Au cours de la séance, l'avocate désignée d'office de Lenny se contenta de secouer la tête. Tandis que Mme Ginolfi regagnait lourdement sa chaise, Lisbeth Sagamore chuchota à l'oreille de Lenny : « Je crains que cette histoire de gâteau n'enfonce le clou. »

Mais Lenny refusait de s'avouer vaincu. Il possédait une arme secrète. Après avoir émergé de sa léthargie, il avait fermement repris ses affaires en main. Par téléphone, il avait chargé Arliss Marden de retirer du coffre le prototype de « Volte-face » et de le remettre au chimiste en chef des laboratoires de la société. Grâce à une série d'appels, Lenny avait pu indiquer au chimiste les modifications à effectuer afin de réduire à un degré acceptable la sensibilité du filet à la chaleur. Les derniers tests auraient lieu à la fin de la semaine. Et on pourrait enfin passer au stade de la production.

Au moment où son affaire passerait en jugement, Lenny pourrait s'offrir les meilleurs avocats du pays. Les hommes riches et célèbres ne languissaient pas en prison. Ils signaient des contrats avec des éditeurs, accordaient des autographes et se reposaient des fatigues de la célébrité en faisant de luxueuses croisières.

Le procureur Harrigan se leva.

« L'accusation appelle Arliss Marden. »

Lenny ricana. Cette vieille rouspéteuse ne pouvait pas avoir grand-chose de compromettant à révéler.

Lenny attendait l'arrivée de la vieille sorcière aux ongles marron, mais c'est une inconnue qu'il vit s'avancer jusqu'à la barre des témoins. Elle avait de grands yeux, la peau lisse et un petit nez en trompette.

« Veuillez déclinez votre identité, je vous prie.

— Arliss Marden.

— Quoi ? » fit Lenny en ricanant.

Le procureur continua :

« Est-il exact que vous ayez été employée pendant cinq ans par M. Leonard Cambio en tant que secrétaire ?

— Oui. »

Lenny se leva d'un bond.

« Qu'est-ce que c'est que cette histoire de dingue ? Cette personne n'est pas Arliss Marden.

— Silence ! s'exclama le juge en faisant retomber son marteau.

— Allons, votre honneur, c'est grotesque. Arliss Marden a soixante-deux ans. Son visage ressemble à celui d'un pékinois. Cette femme-là n'a pas plus de trente ans.

— Silence, j'ai dit ! hurla le juge Polcer. Madame Sagamore, contrôlez votre client ou je me verrai forcé de le faire expulser de la salle d'audience. »

Le juge regarda le témoin en fronçant les sourcils.

« La cour a bien entendu, madame Marden ? Vous avez soixante-deux ans ?

— Bientôt soixante-trois, babilla Arliss. Est-ce que je peux m'expliquer, votre honneur ?

— Je vous en prie.

— J'ai quitté la société Morphman il y a quelques

mois, afin de fonder ma propre société Fontaine de Jouvence. Nous y avons mis au point une technique de lifting sans intervention chirurgicale qui va révolutionner l'industrie cosmétique. »

Elle releva ses cheveux pour révéler l'absence de cicatrices derrière les oreilles.

« Comme vous pouvez le constater, continua-t-elle, il n'y a eu aucun geste chirurgical. Grâce à une simple application quotidienne de "Fontaine de Jouvence" pendant cinq minutes, mon visage ridé a rajeuni de trente bonnes années.

— Vous avez soixante-deux ans ? bafouilla le juge. Bientôt soixante-trois ? »

Arliss Marden leva la main droite et posa l'autre sur la Bible. « Dieu m'en est témoin. Et ce produit miraculeux aurait le même effet sur vous, votre honneur. Pour seulement quarante-neuf dollars et quatre-vingt-quinze cents hors taxes, vous pourriez vous aussi jouir d'une éternelle jeunesse.

— Mais comment est-ce possible ? bredouilla le juge. C'est stupéfiant ! »

Arliss agita une main aux ongles vernis. « Oh, n'exagérons rien. C'est une petite trouvaille toute simple. J'ai mis au point "Fontaine de Jouvence" pendant mes loisirs, j'adore traficoter dans ma cave. Ça m'est venu comme ça, une inspiration subite ! »

Son propre mensonge la fit rougir. Mais sa peau demeurait parfaitement lisse.

Lenny fulminait. « C'est moi qui ai eu l'inspiration, pas elle ! Voleuse ! Menteuse ! Vous ne pouvez pas vous approprier mon invention !

— Silence ! cria le juge Polcer d'une voix tremblante. Que les agents fassent sortir l'accusé ! »

Tandis que les uniformes se rapprochaient, Lenny sentit le brouillard fondre à nouveau sur lui. Son esprit se hérissa sous l'effet de la panique. Une chape de peur, aussi volumineuse et lourde qu'une dizaine de hot dogs Dibble, lui pesa sur l'estomac.

Derrière lui, l'assistance s'agitait sous l'effet de l'excitation. « J'en veux, tout de suite ! cria une voix. Je vous en offre cent dollars.

— Mille ! renchérit une autre.

— Deux mille ! » lança-t-on du fond de la salle.

Des flashes crépitèrent. Les reporters se hâtaient d'alerter leurs rédactions du lancement de ce stupéfiant nouveau produit. Bientôt, dans les médias, on ne parlerait que de « Fontaine de Jouvence ».

Lenny se laissa entraîner hors de la salle d'audience. Il était insensible aux passions se déchaînant autour de lui. Tout ce qu'il voulait, c'était s'installer dans un lieu sombre et calme, et regarder la chaîne de téléachat.

Là, au moins, il ne se passait jamais rien d'effrayant.

Traduit par Dorothée Zumstein.

À chaque jour suffit sa peine

WARREN MURPHY

Stephanie Crowder apprit que son frère était mort de la bouche du contremaître qui vint la chercher sur la chaîne de montage de l'usine automobile où elle travaillait dans l'agglomération de Philadelphie. Il lui dit qu'il n'avait pas les détails, mais que le corps avait été découvert près de Pittsburgh et que quelqu'un dans le bureau du chef du personnel la renseignerait.

« D'accord. Maintenant, laissez-moi finir mon roulement, dit Stephanie.

— C'est contraire aux règles de sécurité. Nous ne pouvons pas laisser quelqu'un qui vient de subir un traumatisme retourner à la chaîne, dit le contremaître.

— Je vais bien », dit Stephanie.

Elle était en train d'installer les portières des nouveaux monospaces, elle avait la cadence et la relève allait bientôt arriver. Il y avait un boucan terrible, mais il y avait toujours du boucan sur une chaîne de montage. Stephanie pouvait se fredonner un air. Elle pouvait chanter. Elle pouvait même ressentir le rythme de la chaîne, et la relève allait bientôt arriver, de toute façon.

« C'est vous la parente la plus proche. La seule parente, dit le contremaître.

— Bien sûr. C'est moi qui ai élevé Nate. Je suis sa

sœur, et sa mère. Il est la seule personne que j'aie. Je peux retourner à la chaîne ?

— Vous m'avez entendu ? Votre frère est mort. Il y a des gens qui veulent vous parler là-haut dans le bureau du chef du personnel. »

Stephanie Crowder secoua la tête.

« Vous n'avez pas entendu ?

— Il n'est pas mort, dit Stephanie. Il n'est pas mort. Pourquoi dites-vous ça ? Pourquoi dites-vous des choses pareilles ? Parce que je suis une femme ? »

Elle pleurait, malgré la promesse qu'elle s'était faite, du jour où elle avait commencé sur la chaîne, de ne jamais pleurer devant les hommes. Cela remontait à quinze ans, une époque où les femmes ne travaillaient pas à l'atelier. Stephanie sortait des bureaux propres et blancs, avec leurs tapis moelleux et le bourdonnement délicat des machines à écrire électriques, où le bruit le plus assourdissant était le rire discret des cadres, et où pour une salissure sur un meuble on appelait la femme de ménage.

Elle était descendue dans ce tintamarre infernal, rendue plus forte par les mises en garde de ceux qui racontaient que ce n'était pas un travail de femme. Elle s'était entendu dire qu'elle était trop belle pour travailler au montage. Un clin d'œil lascif accompagnait toujours ce genre de réflexion, et elle demandait : « Diriez-vous la même chose si j'étais blanche ? »

Stephanie Crowder était une belle femme à la peau sombre et au visage volontaire, avec quelque chose d'aristocratique dans les traits. Au début, quasiment tous les hommes de la chaîne lui avaient fait des avances, certains allant jusqu'à insinuer qu'elle pourrait faire fortune en vendant son corps, et mettant même la main à la poche pour le démontrer.

Mais Stephanie Crowder avait apporté la preuve de ses vraies qualités de travailleuse. Elle ne se plaignait jamais et ne laissait jamais tomber un camarade.

Bien sûr, pendant un temps, elle n'aurait prêté un dollar à personne, même si quelqu'un en avait eu besoin pour une transfusion sanguine. On avait découvert plus tard que ce n'était pas de l'avarice. C'était seulement que Stephanie avait besoin du moindre centime pour quelque chose de spécial. Et quand elle en avait vu la fin, il y avait déjà plusieurs années, elle était devenue si facile à rouler que ses camarades de travail avaient dû la protéger.

Elle ne rechignait jamais au boulot. Elle n'allait jamais larmoyer ni à la direction ni au syndicat. Elle était, de l'avis de tous, quelqu'un sur qui on pouvait compter. On ne tarda pas à l'appeler « Steve ».

De son côté, Stephanie Crowder ne voyait pas pourquoi on faisait tant d'histoires. Elle était simplement arrivée sur la chaîne déterminée à leur montrer à tous qu'elle était aussi compétente que n'importe qui. De ce point de vue-là, chacun en convenait, elle avait échoué. Elle était bien meilleure que n'importe qui.

Et la première règle que Stephanie s'était imposée avait été de ne pas pleurer sur la chaîne. Or voilà qu'elle était en train de pleurer.

« Pourquoi dites-vous des choses pareilles ? Pourquoi dites-vous ça ?

— Hé, Steve, j'ai pas inventé cette saloperie.

— Menteur ! hurla-t-elle. Menteur ! »

Deux riveteurs, en voyant Steve Crowder hurler à la figure du contremaître, comprirent que quelque chose clochait, et que ça devait être la faute du contremaître. Steve Crowder n'était pas une chieuse, et à cause de cet abruti, voilà qu'elle était en larmes et dans tous ses états. Quand les riveteurs cessèrent le travail, les autres ouvriers quittèrent la chaîne à leur tour, pensant qu'il s'agissait d'une revendication sérieuse. Et lorsqu'ils virent Steve Crowder hurler et sangloter, ils furent sûrs et certains que la revendication était sérieuse.

La chaîne s'arrêta. Les voitures inachevées restèrent suspendues dans le vide. Les pistolets à rivets reposaient, silencieux. Les postes à souder lâchèrent la dernière salve de leur flamme bleu-jaune avant de s'éteindre, comme si c'était la fin de la journée.

« Non ! criait-elle. Non. Non. Non.

— Son frère est mort, expliqua pitoyablement le contremaître.

— Nate ! Seigneur, non. Pas Nate. Pas mon petit frère. »

Il fallut un moment pour relancer la chaîne. À la différence de l'époque où Steve Crowder était venue y travailler, les femmes y étaient nombreuses, à présent. Il y avait des travaux pour les hommes, alors, et des travaux pour les femmes — exactement comme, des générations plus tôt, il y avait eu des travaux pour les Blancs et des travaux pour les Noirs. L'industrie automobile régissait toute chose en Amérique — du progrès au déclin, et du déclin au renouveau du progrès.

Tout le monde dans cette usine parlait du frère de Stephanie Crowder. Il avait été assassiné à Pittsburgh avec sa femme, et comme il était noir et que sa femme était blanche, certains pensaient que c'était un crime raciste. N'importe comment, il ne méritait pas de mourir, car quand on connaissait Steve Crowder et qu'on savait que c'était elle qui avait élevé son frère, on savait que c'était forcément quelqu'un de bien.

C'est là qu'une des amies proches de Stephanie leur apprit à tous la raison pour laquelle elle était venue travailler à la chaîne, au début. Cette raison, c'était ce même petit frère, Nathaniel.

À l'âge de vingt et un ans, Stephanie était l'une des meilleures secrétaires des bureaux de la direction, la meilleure dactylo disaient certains, même comparée aux anciennes à l'expérience éprouvée. À l'époque, on avait même parlé de l'envoyer à l'université pour la promouvoir cadre, ou à défaut, secrétaire de direction auprès de l'un des vice-présidents.

Et puis un jour, Stephanie Crowder était entrée dans le bureau de son patron pour dire qu'elle voulait travailler à la chaîne. Le patron, le chef du personnel et tout un chacun lui avaient dit que c'était ridicule, qu'un grand avenir lui était promis dans les bureaux.

« J'ai besoin d'argent tout de suite, leur avait-elle répondu.

— On peut vous accorder un prêt.

— Je vais avoir besoin de plus d'argent pendant longtemps. Et je ne veux rien devoir à personne, merci. »

Cet argent, elle en avait besoin pour son jeune frère. Ses parents étaient morts et elle restait seule pour l'élever.

« Voilà pourquoi il fut un temps où elle ne prêtait d'argent à personne ? dit un ouvrier.

— Parfaitement. Elle lui a payé un lycée privé, puis l'université jusqu'à sa spécialisation. Une fois tout ça payé, elle a eu enfin de l'argent pour elle », expliqua son amie.

Stephanie Crowder n'entendit pas ses camarades de travail parler d'elle. Elle avait suivi quelqu'un jusqu'au bureau du chef du personnel.

Ils prétendaient que Nate était mort. Ils se trompaient. Ils devaient se tromper parce que Nate, qui vivait très heureux à Columbus, Ohio, était parti en vacances avec Beatrice et le bébé. Il était ingénieur à présent. Il réussissait très bien. Il savait économiser.

Elle le lui avait appris. Elle lui avait appris toutes les choses dont il aurait besoin, toutes les choses que son père lui aurait apprises s'il avait vécu.

À la mort de son père, Nate avait quatorze ans et il commençait à traîner avec une bande de voyous. Il y avait de la drogue. Des revolvers. Et chaque fois que se produisait un nouveau meurtre ou un incident dû à la drogue, les lycées organisaient des séminaires de sensibilisation pour initier les profs blancs à ce qu'étaient supposées être les valeurs noires.

Bon, les Crowder étaient noirs et ils avaient des valeurs, mais ces valeurs n'étaient ni la drogue ni les armes. Leur valeur essentielle, c'était de bosser dur, et toujours plus dur, dans un monde qui n'était pas particulièrement clément envers les Noirs. C'était d'économiser. C'était de faire sans. C'était de faire avec moins. C'était d'acheter tout d'occasion parce que leur père refusait le trafic des marchandises volées.

« Voler, c'est voler, Stephanie. Même si tu ne sais pas qui a été dépouillé. En achetant le produit du vol, ma fille, c'est toi-même que tu voles. »

Tout ce qu'ils possédaient était investi de fierté car tout avait été acquis honnêtement. Ils ne croyaient pas aux grosses voitures rutilantes. Ils ne mettaient pas tout leur argent sur leur dos.

Leur père et leur mère s'étaient mariés à l'église et ne s'étaient connus physiquement que le soir où le révérend les avait déclarés mari et femme.

Ils avaient un compte d'épargne. Ils avaient deux enfants et, pour eux, l'infidélité n'était pas sujet à galéjades ni à clins d'œil appuyés. En résumé, ils avaient des valeurs noires très traditionnelles, et toute leur vie, ils les avaient respectées.

Peu après leur décès dans un accident de voiture, Nate rentra à la maison en riant d'une « conférence de sensibilisation œcuménique » pour laquelle un cave l'avait payé pour raconter à des Blancs des banlieues que leurs valeurs étaient dépassées. Nate avait toujours des formules percutantes et il savait baratiner. Il avait quatorze ans. De l'argent plein les poches. Il savait rapper. Il apprenait l'argot noir au lycée, il truffait son discours de grossièretés, et ça le faisait marrer.

« Nate, notre grand-mère parlait comme ça parce qu'elle n'avait pas appris à parler mieux. Mais elle voulait que ses enfants apprennent. Il n'y avait pas d'écoles pour nous quand grand-mère était jeune. Mais il y en a pour toi.

— Pète plus haut que ton cul, pétasse », répliqua Nate. La première chose que fit Stephanie fut de flanquer une volée à son frère. La suivante fut de l'inscrire dans un lycée privé hors de Philadelphie. Un lycée strict. Où on n'apprenait pas l'argot noir. Où on n'apprenait de fait aucune matière réputée utile.

« C'est ce que je veux », dit-clle. Elle se moquait du prix. Nate fut inscrit avant même qu'elle se fût avisée que son salaire de secrétaire ne couvrirait pas les frais de scolarité. C'est là qu'elle annonça à la direction qu'elle voulait travailler sur la chaîne de montage. Elle avait besoin d'argent, et elle en avait besoin tout de suite. Elle ne leur expliqua pas pourquoi. Cela ne les regardait pas.

Plus tard, elle le dirait à des amis. Ses valeurs, ses vraies valeurs noires, n'autorisaient personne à être au courant de ses difficultés, à moins qu'il ne s'agisse d'amis. Elle ne voulait aucune faveur non plus, sous prétexte qu'elle était une femme. Ça aussi, c'était une valeur noire.

Tout ce qu'elle voulait, c'était un poste à la chaîne. Elle l'obtint et lorsqu'elle entendit pour la première fois le vacarme de l'atelier de montage, elle crut que sa tête allait exploser de douleur, mais elle se dit : « Stephanie, ne pleure pas. Ne t'avise pas de pleurer ici. »

Aussi pleurait-elle la nuit, quand Nate ne pouvait l'entendre, et elle pleura ainsi deux années durant jusqu'à ce que, par chance, son ouïe commençât à faiblir. Et pendant quinze ans, elle ne pleura pas une seule fois sur la chaîne jusqu'à ce jour où le contremaître descendit lui dire que Nate était mort.

Ce qui était impossible. Nate était un si brillant jeune homme. Nate ne pouvait pas être mort.

Ils s'étaient trompés. Des tas de Blancs se trompaient quand il s'agissait d'identifier des Noirs. Un autre Noir avait peut-être volé le portefeuille de Nate, et avait été assassiné près de Pittsburgh. Nate n'avait pas voulu l'inquiéter ; il s'était acheté un autre portefeuille. Et celui qui l'avait volé, ainsi que quantité de voleurs, s'était fait tuer. Les voleurs, c'était de la racaille. Ils se faisaient tout le temps tuer. Et ceux qui avaient trouvé le corps de ce voleur avaient simplement conclu que cet homme noir était Nate.

C'était ce que Stephanie allait leur dire dans le bureau de la direction.

Ils l'emmenèrent dans un réduit violemment éclairé derrière une vitre dépolie. Deux hommes se trouvaient là. Des inspecteurs de Pittsburgh. Ils lui dirent que Nate et Beatrice avaient été retrouvés étranglés dans un terrain vague à proximité de l'aéroport de Pittsburgh.

« Non, non. Nate est parti skier avec sa famille », répondit Stephanie. Elle ôta sa casquette maculée de graisse et secoua sa chevelure crépue. Elle ne prit pas un siège car elle savait qu'il garderait la trace de son pantalon. « Il a dû perdre son portefeuille, dit-elle.

— Mademoiselle Crowder, nous ne l'avons pas

identifié grâce à ses papiers. Nous l'avons identifié par ses empreintes digitales. M. Crowder avait un emploi dans un secteur technologique sensible et ses empreintes étaient sur fichier. Il en était de même pour son épouse.

— Nate ! » hurla Stéphanie. Elle sentit ses genoux fléchir, elle ne voulait pas salir la chaise avec son pantalon. Ses jambes ne la tenaient plus. Elle prit appui sur le bureau. « Nate. Mon petit frère. Nate.

— Je suis désolé, m'dame », dit l'un des inspecteurs.

Stephanie Crowder pleura dans le bureau du personnel, au milieu de machines à écrire qu'elle avait su utiliser naguère mieux que n'importe qui, dans un lieu très propre où elle n'avait plus l'habitude de travailler. Elle ne sut pas combien de temps elle pleura, mais lorsqu'elle leva enfin les yeux, la différence était là. La douleur était toujours présente, encore perceptible, il faudrait l'endurer encore au long d'innombrables nuits et de matins redoutables quand des choses infimes viendraient lui rappeler ce brillant jeune homme disparu, sa splendide jeune femme, et leur beau bébé qui n'aurait jamais la chance de connaître l'amour de ses parents.

L'heure n'était plus aux larmes. Il y avait une fillette à prendre en charge, une fillette à élever comme il fallait. Catrice était une enfant à la peau noire et elle aurait besoin d'une attention toute particulière car il y avait bien des choses, en ce monde, qui menaçaient les jeunes filles noires. Le temps des larmes reviendrait peut-être plus tard, lorsque Catrice serait grande et forte, aussi forte que son père l'avait été.

« Je veux voir Catrice, maintenant. Où est-elle ?

— Qui ?

— Catrice. Leur bébé. Ils sont partis skier avec leur bébé.

— Y avait-il un bébé ? demanda un inspecteur à son collègue.

— Je n'ai entendu parler d'aucun bébé.

— Où est le bébé ? Où est le bébé ? » Stephanie Crowder s'était remise à hurler. L'horreur véritable ne faisait que commencer.

Si Stephanie Crowder n'imputait pas tous ses ennuis aux Blancs, cela ne signifiait pas pour autant qu'elle leur faisait confiance. Elle savait trop bien que, pour certains Blancs, une vie de Noir n'était pas tout à fait une vie d'être humain. Elle savait trop bien qu'un enfant noir n'avait pas la même importance en ce monde qu'un enfant blanc.

Mais ce qui l'horrifia, lorsqu'elle passa de bureau en bureau à Pittsburgh, puis de maisons d'enfants en services sociaux et en tribunaux pour enfants, ce fut de découvrir que ce monde n'était pas sûr non plus pour les petits enfants blancs.

Lorsqu'elle fournit une description sommaire de la petite Catrice disparue, jointe à une demi-douzaine de clichés que son frère lui avait envoyés, un inspecteur compatissant lui expliqua que la meilleure des choses à faire était d'oublier l'enfant.

« Je n'ai pas l'intention de l'oublier. Savez-vous les dangers qui menacent une petite fille noire en ce monde ? Combien il est facile pour elle de tomber sur des pervers ? Ou dans la drogue ? Personne ne se souciera de savoir si elle sait seulement lire et écrire. Elle est noire et je dois la récupérer.

— Madame, lui dit l'inspecteur, je ne parle pas seulement des enfants noirs. Chaque année, vingt-cinq mille, voire cinquante mille enfants disparaissent qu'on ne retrouve jamais. Autant que ce que nous avons perdu au Viêt-nam. Et la plupart de ces gosses sont blancs. Ayez pitié de vous. Enterrez votre nièce au fond de votre cœur.

— Monsieur, je suis une Crowder. Je ne renonce pas.

— Alors vous vous apprêtez à gâcher votre vie.

— Je ne considère pas que c'est gâcher ma vie que d'essayer de sauver quelqu'un de ma famille. C'est de ne pas le faire qui serait la gâcher. Je vous souhaite le bonjour, monsieur », conclut Stephanie Crowder. Elle sortit du commissariat de police dans l'air lourd de Pittsburgh, insensible au monde et à la circulation. Elle ne savait par où commencer. C'était un immense pays.

Elle prit l'avion pour rentrer chez elle car cette compagnie-là était encore meilleur marché que les bus. L'eau était payante à bord. L'utilisation des toilettes sans doute aussi, se dit Stephanie, aussi s'abstint-elle de boire et de se soulager. Et lorsqu'elle retrouva son appartement sans ascenseur dans un immeuble lugubre de Philadelphie, elle fit la liste de ses atouts et de ses handicaps.

En tête de liste figurait le fait qu'elle ne renoncerait pas. Quelque part vers le milieu, le fait qu'elle était jolie. Un peu plus loin, qu'elle était un peu plus intelligente que la moyenne. Puis elle raya le tout et nota un seul mot : « Crowder. »

C'était un nom d'esclave, emprunté aux Blancs qui avaient possédé ses ancêtres, mais Stephanie n'avait jamais pensé, à aucun moment, que les Blancs qui le portaient faisaient plus honneur à ce nom que les Noirs. En fait, si elle devait se montrer réaliste à ce sujet, elle n'avait jamais rencontré de Crowder blanc face à qui elle n'eût pas le sentiment d'être un peu plus pénétrante, même si évidemment elle ne pouvait pas en être sûre. Son père lui avait dit cela aussi : « Ne juge pas, Stephanie. Pas avant de savoir. »

Elle était une Crowder, et c'était cela son atout. Elle entama la liste de ses handicaps. Premièrement, les difficultés qu'il y aurait à identifier l'enfant, ensuite les dimensions du continent américain, enfin la possibilité que Catrice ne soit déjà plus dans le pays. La liste comportait aussi, entre autres choses, le fait qu'il faudrait beaucoup d'argent pour mener à bien cette mission de sauvetage.

Ce problème fut résolu lorsqu'elle retourna à l'usine demander un congé sans solde. Les ouvriers avaient collecté dix-neuf mille six cent vingt-cinq dollars et quatre-vingt-trois cents pour elle.

« Nous ne savions pas quoi faire d'autre. On voulait tous se rendre utiles. Nous nous sentions tellement impuissants. Alors, prends des vacances, Steve. Fais-toi un peu de bien pour changer.

— Je vais me faire du bien. »

Elle prit son congé sans solde dès le lendemain. Elle s'acheta une garde-robe neuve pour un montant de mille dollars, même si c'était au rabais dans un magasin de dégriffés. Elle choisit des vêtements qui mettaient en valeur sa belle poitrine galbée, la courbe svelte de sa taille, et des chaussures qui magnifiaient des jambes encore éblouissantes.

« Stephanie, se demanda-t-elle, es-tu prête à faire usage de ton corps ? Es-tu réellement prête à le faire ? » Et elle se répondit à elle-même. Absolument. Elle était prête à faire usage de son corps car elle ne disposait pas d'une armée.

Lever un flic dans un bar de Philadelphie n'avait rien de difficile. Mais ce que voulait Stephanie, c'était un inspecteur de la Criminelle. Elle en trouva un, un type qui lui parut un peu trop gentil pour être officier de police. Lui-même n'en revenait pas de sa chance. Dans ses vêtements neufs, avec son maquillage qui mettait en valeur ses traits raffinés, Stephanie faisait se retourner les têtes dans les bars. L'inspecteur fut également surpris de l'intérêt qu'elle porta à son travail. Elle lui dit qu'elle s'appelait Florence.

« Voyons, lui demanda-t-elle, imagine qu'un couple soit assassiné, comment t'y prendrais-tu pour retrouver les assassins ? »

Il s'appelait Big Mo, il avait la cinquantaine, il fumait des cigares épouvantables, et il répondit : « Explique-toi.

— Un couple part en voyage et se fait assassiner, on les retrouve morts. Comment fais-tu pour trouver qui les a tués ?

— Pas en voyage. C'est pas bon, le voyage. On va dire qu'ils ont été retrouvés dans leur salon.

— Je préfère qu'ils voyagent.

— Tu veux apprendre ou tu veux donner des leçons ? »

Stephanie suivit Big Mo dans son appartement crado et l'écouta lui décrire l'examen de la scène du meurtre, la recherche des signes éventuels de vol et, en l'absence de vol, celle des dernières personnes ayant vu les victimes, l'interrogatoire des amis. Surtout l'interrogatoire des amis.

« Pourquoi les amis ?

— Parce que quatre-vingt-quinze pour cent de la totalité des crimes sont commis par des gens qui connaissaient leur victime.

— Donc, s'il y a un crime et qu'on veut retrouver le meurtrier, il faut interroger les amis de la victime.

— Sauf, bien sûr, si la victime voyageait.

— En quoi le fait de voyager y change quelque chose ?

— Il diminue les chances que la victime connaisse son meurtrier, et s'ils ne se connaissent pas, il est peu probable qu'on arrête le tueur.

— Pourquoi ?

— Parce que les seuls crimes ou presque que nous arrivons à résoudre sont des crimes familiaux. Du genre : le fiancé qui tue sa fiancée, tu vois, ou la femme qui tue son mari.

— Et le travail d'enquête, alors ? La recherche des indices ?

— On cherche. Bien entendu, on cherche.

— Vous cherchez quoi ?

— Des indices.

— Merci, j'avais compris. Quel genre d'indices ?

— Qui sont leurs amis. »

Big Mo avait une main sur la cuisse de Stephanie. Elle avait déjà décidé qu'elle le laisserait aller plus loin. Mais elle voulait d'abord en savoir plus.

« Imagine qu'on les ait étranglés ?

— Les meurtres par strangulation sont rares. J'en ai eu un il y a à peu près un an, une femme près de l'aéroport. Je pense que c'est peut-être son mari qui l'a tuée parce qu'il l'avait quittée pour aller vivre seul dans la montagne, ou quelque chose comme ça. Mais on n'a jamais pu le retrouver. Une strangulation, on s'en souvient. On a beaucoup d'armes à feu, mais la plupart, c'est le couteau. Si on voulait éliminer l'arme du crime par excellence dans ce pays, il faudrait supprimer le couteau de cuisine. Hors la loi, le couteau de cuisine », dit Big Mo. Puis il eut une idée qui le fit rire, une idée pour un autocollant de pare-brise : « Si les couteaux de cuisine étaient hors la loi, seuls les hors-la-loi mangeraient.

— Tu as eu une strangulation près de l'aéroport ?

— Ouais.

— Quelle coïncidence ! J'ai entendu parler d'un meurtre identique à Pittsburgh, dit Stephanie.

— Et un autre à Allentown il y a six mois. Mais, bah, on n'est pas venus ici pour parler boulot.

— C'est peut-être une bande organisée qui commet ces crimes », dit Stéphanie. Elle repoussa sa main.

« Noon, c'est des types qui voient que quelqu'un l'a fait, alors ils font la même chose.

— Comment le sais-tu ?

— Parce que c'est toujours comme ça que ça se passe, dit Big Mo. Mais que veux-tu de moi au juste ?

— Je veux savoir qui, comment, quand, où et pourquoi.

— Tu es quoi, journaliste ?

— Je veux savoir, c'est tout. »

Elle n'obtint rien d'autre ce soir-là, et Big Mo n'eut pas de chance non plus. Stephanie se rendit au quartier général de la police le lendemain pour demander des détails sur le meurtre par strangulation de l'aéroport de Philadelphie. On lui répondit que cela ne la regardait pas. Elle était quoi d'abord, journaliste ?

Mais les flics ne savaient pas qu'ils avaient affaire à une Crowder. Si Stephanie Crowder voulait retrouver sa nièce, il lui fallait obtenir des renseignements, or on ne donnait pas de renseignements aux simples citoyens. On leur fourguait des relations publiques.

Elle retourna à Pittsburgh avec la même compagnie aérienne bon marché que la dernière fois. Dans une banlieue, elle dégota un journal en procès pour discrimination envers les minorités. Elle se rendit au siège du journal et, sous le nom de Beverly, posa sa candidature de journaliste débutante en invoquant le fait que par une seule embauche le journal pouvait satisfaire les revendications de deux minorités, les femmes et les Noirs. La personne qui conduisait l'entretien ne lui demanda même pas si elle savait taper à la machine.

Elle savait taper, mais elle ne savait pas écrire. Néanmoins, avec son physique, il se trouva bien une demi-douzaine de journalistes hommes disposés à lui apprendre. Celui dont elle accepta l'aide, cependant, était une espèce de boîte à ordures obèse empestant le gin qui lui dit que sa copie craignait et qu'il ne fallait pas qu'elle se figure apprendre à écrire en une semaine, si jamais elle apprenait. Il lui en voulait d'avoir décroché l'emploi à cause de son sexe et de la couleur de sa peau. Il ne s'en cachait pas.

Mais ce type savait comment rédiger une histoire, et il le lui apprit. La copie de Stephanie lui revint avec plus de corrections à l'encre rouge qu'il n'y avait de signes dactylographiés. Elle sut alors qu'il avait raison. Elle n'apprendrait pas à écrire de sitôt.

« Tu n'as pas besoin d'apprendre à écrire, lui dit-il. Contente-toi juste d'être femme et noire. Ça pourrait te valoir un prix Pulitzer.

— Je ne veux pas de prix Pulitzer.

— Alors, pourquoi qu't'as pris ce putain de boulot ?

— Parce que j'ai des questions à poser et que je n'obtiendrai pas de réponses à moins d'être journaliste.

— Quel genre de questions ?

— C'est personnel, mais j'essaie de sauver la vie de quelqu'un, quelqu'un de proche.

— Tu tapes bien, tu penses bien. Tu poses de bonnes questions. Je peux peut-être te donner un coup de pouce. Mais j'ai besoin de savoir ce que tu cherches.

— Si je te le dis, tu en feras un papier et je ne veux pas encore de papier. Je veux quelqu'un de vivant. Et j'ai besoin d'être journaliste pour ça. »

Le type s'appelait Barney. Il la laissa lui payer quelques bières. Il la laissa ensuite lui payer quelques scotches. Ils mirent au point un système dans lequel elle rassemblerait les faits — elle serait « les jambes », comme il disait — et lui rédigerait l'histoire. Stephanie se révéla être des « jambes » stupéfiantes.

Une semaine plus tard, le cercle des collaborateurs du journal la coopta et Stephanie s'en fut aussitôt trouver le rédacteur en chef avec une proposition.

Lorsqu'il entendit le mot « proposition », le rédacteur déclara : « Quand vous voulez », avec un clin d'œil.

C'était une plaisanterie, naturellement, mais Stephanie Crowder n'était pas venue trouver le rédacteur en chef pour plaisanter.

« Je veux faire un reportage sur les meurtres non élucidés, dit-elle.

— C'est le rayon de la police, ça. Et vous êtes sur les nouvelles locales.

— Je veux parler d'un reportage à l'échelle du pays.

— Pourquoi ferions-nous un reportage à l'échelle du pays ? rétorqua-t-il. On est un canard de rien du tout dans une ville de rien du tout. » Ce n'était ni son imagination, ni son talent, ni ses compétences qui lui avaient valu ses trente ans de boîte dans ce quotidien local. Il était devenu rédacteur en chef par la voie en usage dans la plupart des petits quotidiens, c'est-à-dire désigné dans les rangs des journalistes qui avaient vieilli sans commettre de fautes majeures. Sa mission principale était de garder le journal en terrain sûr. Encore quelques années, et lorsqu'il serait devenu encore plus pusillanime et moins imaginatif, il serait promu au poste de directeur de la rédaction. Et si le temps et les problèmes digestifs n'avaient pas raison de sa longévité, il pourrait rapidement devenir directeur de la publication. Il pourrait ainsi pérorer sur le courage de la presse dans les déjeuners et les dîners.

« Êtes-vous opposé à ce reportage parce que certaines des victimes pourraient être des Noirs ? » demanda Stephanie.

Le rédacteur en chef vit l'accusation de racisme se profiler à l'horizon et menacer de faire obstruction à son inévitable promotion au poste de directeur de la rédaction.

« Combien de temps voulez-vous consacrer à ce reportage ?

— Quelques mois.

— Trop long. Vous savez ce que ça coûte de payer un journaliste en reportage. On ne peut pas se permettre de vous payer à galoper dans tout le pays pour un sujet. C'est irréaliste. Ce n'est pas du racisme. C'est du bon sens. Il se trouve que je suis très sensible aux questions raciales.

— Et si je prenais un congé sans solde ? Vous n'auriez pas à me payer.

— Impossible.

— Pourquoi ?

— Les autres. Le syndicat. Ils n'aimeraient pas. »

Stephanie avait eu le temps de se rendre compte que le syndicat des journalistes n'était pas aussi puissant que celui de l'automobile. Dans ce quotidien, c'était quasiment un club mondain.

« Et si j'obtiens le feu vert du syndicat ?

— Ben... je ne sais pas. »

Mais elle n'eut pas le feu vert du syndicat. Le syndicat vit dans ce congé sans solde un stratagème de la direction pour faire travailler un journaliste à l'œil. Il y vit une menace à l'esprit de l'organisation du travail. Il y vit toutes sortes de dangers, mais le fait est qu'il était composé essentiellement d'autres journalistes qui craignaient que Stephanie ne soit sur un meilleur sujet que les leurs.

L'ami de Stephanie, le pochtron débraillé, avait la réponse. « Barre-toi et fais-le, lui conseilla Barney.

— Ils ne vont pas me virer ?

— Non. Ça les obligerait à agir. Il faudrait que quelqu'un prenne une décision. C'est la première fois qu'un journaliste se lance de lui-même sur une affaire sans être payé. Or s'ils te paient pas, tu ne leur coûtes rien. Et s'ils te virent pas, on peut pas les accuser de racisme.

— Et le syndicat ?

— Ils seront contents de te voir disparaître quelque temps, pour quelque motif que ce soit. Tu leur as déjà collé suffisamment de sueurs froides en proposant des trucs pareils.

— Merci, Barney », dit Stephanie en lui donnant un gros baiser. Mais la puanteur de gin était si forte qu'elle dut reculer aussitôt.

Stephanie Crowder, la descendante des Crowder et de gens dont les noms africains avaient été brûlés des mémoires à coups de fouet et de fusil, était sur le sentier de la guerre.

Elle pouvait désormais demander qui, quoi, quand, où et pourquoi. Et ce qu'elle découvrit immédiatement, c'est que ces questions, pratiquement personne d'autre ne les posait.

Nate et Beatrice avaient été assassinés dans un terrain vague près de l'aéroport de Pittsburgh, avec du fil de fer certainement, peu de temps après l'atterrissage de leur avion de la Westworld. Aucun signe de bébé ou de poussette à proximité des corps. L'argent de Nate avait apparemment été volé dans son portefeuille, mais pas celui de Beatrice. Et une femme, dont la police avait oublié de retenir le nom, avait témoigné qu'elle pensait avoir vu le jeune couple bavarder avec un autre couple, des jeunes Blancs avec des sacs à dos et des vêtements de hippies.

Stephanie se rendit à Allentown et apprit par la police que la femme tuée près de cet aéroport avait été dépouillée de la somme exacte de quarante-huit dollars et soixante-cinq cents. Elle avait été étranglée. On ne lui avait pas pris ses bijoux. Elle voyageait avec son bébé, et le bébé avait disparu.

Désormais journaliste à part entière, munie d'une carte de presse en cours de validité établie sous un nom d'emprunt, Stephanie Crowder se rendit à Philadelphie où elle rencontra des responsables de l'aéroport et de la police qui lui apprirent que la femme assassinée près de cet aéroport environ un an auparavant voyageait avec un bébé, que l'on n'avait pas retrouvé. Elle aussi avait été étranglée. Le meurtrier avait pris sa montre, mais pas son alliance ni son argent.

Un témoin se souvenait d'avoir vu cette femme parler avec deux jeunes gens. « Je me souviens d'eux parce qu'ils ressemblaient à Sonny et Cher dans les rediffusions des années soixante — vous voyez, genre fringues abracabrantes et tout ça. »

Stephanie Crowder prit une chambre de motel, s'allongea sur le lit, et fit appel à toute sa perspicacité et à son esprit logique pour tenter d'élucider ces énigmes.

Premièrement, il ne s'agissait pas de vols à proprement parler. Des voleurs n'auraient pas abandonné autant d'objets de valeur sur les cadavres. Les meurtriers, quels qu'ils soient, avaient juste pris le strict nécessaire pour laisser croire au mobile du vol.

À l'évidence, le seul bien de valeur qui avait été emporté dans tous les cas était un bébé, et Stephanie fut absolument bouleversée à l'idée que la police n'avait jamais pensé à relier ces différents incidents pour en dégager un modèle criminel.

Tous ces meurtres avaient été commis par strangulation et sur des passagers de la Westworld American Air.

Stephanie eut un pressentiment. Elle se rendit dans une agence de voyages et prit toutes les brochures disponibles sur la Westworld American Air, qui se targuait d'être la « compagnie aérienne la moins chère du pays ».

De retour dans sa chambre, elle découvrit que la Westworld avait son siège à Columbus, Ohio, et que son trafic était essentiellement constitué de vols-navettes entre une poignée de villes de l'Est. Parmi elles, outre Pittsburgh, Allentown et Philadelphie, figuraient quatre autres villes. Après d'inlassables coups de téléphone dans chacune de ces quatre villes — « Je suis journaliste, je voudrais savoir... » —, elle découvrit que toutes avaient eu des gens étranglés et des bébés disparus au cours des derniers dix-huit mois.

Elle referma les brochures et s'assit en se frottant les yeux à la petite table de sa chambre miteuse, tâchant de contenir son excitation.

Catrice était en vie. Personne ne commettait des crimes pour enlever des bébés si c'était pour les tuer ensuite. Elle allait la récupérer. Ensuite, elle élèverait Catrice comme elle avait élevé son père avant elle. Il y aurait des choses terribles à surmonter, mais les Crowder en avaient l'habitude. Elle récupérerait l'enfant. Elle irait jusqu'au bout.

Elle prit un vol Westworld pour Columbus, Ohio, et

à seize heures, elle déambulait dans le hall d'entrée du siège de la Westworld. Un groupe de jeunes cadres en sortit et elle les suivit jusqu'à un bar chic des environs, lieu de rendez-vous des célibataires. Elle écouta leur conversation, puis jeta son dévolu sur celui qui occupait le poste le plus élevé, et qui était marié. Le lendemain, elle lui offrit un verre. Il s'appelait Keith. Elle lui dit qu'elle s'appelait Clarissa.

Les hommes aiment toujours parler de leur travail, et Keith ne faisait pas exception à la règle. Et Stephanie Crowder avait toujours été bon public. C'est ainsi que, quelques jours plus tard, Stephanie était en possession de la liste des passagers des sept vols qui s'étaient soldés par un meurtre et un enlèvement de bébé.

Elle expliqua à Keith qu'elle devait s'absenter quelques jours et regagna sa chambre d'hôtel pour étudier les listes de passagers. Elle ne s'attendait pas vraiment à retrouver sept fois le nom du même couple, et en effet, elle ne le trouva pas. Mais elle nota les noms et les adresses de toutes les personnes qui avaient apparemment été enregistrées comme mari et femme. Il y avait en tout quarante et un couples sur les sept vols. Elle commença à pleurer en voyant les noms de Nate et Beatrice sur l'une des listes de passagers, puis essuya rageusement ses larmes.

Le lendemain, elle loua une voiture, acheta une carte de Columbus et entreprit de faire le tour de la ville et des quarante et une adresses.

Sept de ces adresses n'existaient pas.

Elle avait à nouveau besoin d'un flic, et elle en trouva un. Un inspecteur noir, fin comme du papier à cigarettes et d'une rare élégance, qu'elle suivit à sa réunion des Alcooliques Anonymes. Il s'appelait Zach

— elle lui dit qu'elle s'appelait Jasmine — et ses mains étaient agitées d'un tremblement nerveux. Elle lui paya un café et lui expliqua qu'elle était journaliste, qu'elle enquêtait sur un gros coup et que l'affaire serait pour lui si seulement il voulait bien lui donner un petit coup de main.

Il chercha à savoir ce qu'était cette affaire, mais Stephanie n'était pas disposée à la révéler à un alcoolique, même en voie de guérison. Elle devrait le connaître beaucoup plus avant pour décider si oui ou non elle pouvait lui faire confiance. Par ailleurs, elle avait l'intention de tenir sa promesse. S'il s'avérait qu'il y avait une affaire là-dessous, elle en ferait cadeau à Zach, mais seulement plus tard. Elle ne lui dit pas autre chose, et Zach, avec le fatalisme mâtiné d'espoir qui soutient tous les alcooliques convalescents, se contenta de hocher la tête et emporta sa liste de noms au quartier général, pour les soumettre aux ordinateurs des services.

« Aucun de ces sept couples ne figure au fichier », expliqua-t-il. Stephanie était si accablée qu'elle faillit ne pas entendre le : « Mais...

— Mais quoi ?

— Je les ai fait passer à un filtre différent et devine quoi ? » Zach souriait d'une oreille à l'autre. « Deux de ces noms ont déjà servi de noms d'emprunt à un couple de crapules.

— Qui ?

— J'ai sorti leur dossier. Jack et Donna Kean. Vol, cambriolage, prostitution, abus de confiance. Des camés. Diable, ils sont jeunes mais ils n'ont pas perdu leur temps. »

Il montra à Stephanie le long listing d'ordinateur recensant les crimes et délits de Jack et Donna Kean.

En l'examinant, Stephanie demanda : « Pourquoi ne sont-ils pas en prison s'ils sont si crapuleux ? »

Zach récupéra le listing. « J'ai vérifié ça aussi. Ils avaient un bon avocat, un certain Fred Winslow.

— Tu le connais ?

— De réputation seulement. C'est un type richissime qui vit dans la banlieue huppée. Il fait peu de droit criminel.

— Sauf pour ces deux-là, observa Stephanie.

— Exact.

— Étrange, non ?

— Si tu le dis. »

Lorsque Stephanie arriva dans le pittoresque village de l'Ohio où Fred Winslow résidait et pratiquait le droit, elle découvrit à la une du quotidien local qu'il serait honoré le soir même pour « son action véritablement novatrice dans l'aide à l'adoption d'enfants abandonnés par des couples stériles ». Il avait embelli la vie d'un si grand nombre d'entre eux, selon les propres mots du président du dîner de gala.

Pendant que Winslow faisait son petit discours au club local, Stephanie pénétra par effraction dans son bureau, localisa ses fichiers d'adoption et, dans l'un d'eux, découvrit la photo d'une fillette en qui elle reconnut sa nièce, la petite Catrice. Elle découvrit aussi des reçus de dépenses courantes pour des billets d'avion sur la Westworld American Air, en date de chacun des sept jours où des gens avaient été assassinés et des bébés volés.

Catrice, recensée sous le titre « abandonnée, parents inconnus », avait été adoptée par une famille de Tenafly, New Jersey. Ils avaient payé cinquante mille dollars d'honoraires à l'avocat. Stephanie emporta le dossier avec elle et passa toute la nuit au volant de sa voiture de location pour rallier Tenafly, une jolie banlieue chic en face de Manhattan, sur l'autre rive de l'Hudson.

Au matin, elle trouva l'adresse où Catrice avait été emmenée. Elle gara sa voiture à l'angle de la rue et marcha jusqu'à la maison. C'était samedi matin et elle aperçut sa petite nièce installée sur une couverture étalée sur le gazon soigné de devant, sous le regard confit d'amour d'un jeune couple noir. Une pancarte plantée dans la pelouse indiquait :

DR GERALD BATCHELOR ET DR ANNETTE BATCHELOR
MÉDECINS GÉNÉRALISTES

Stephanie Crowder se posta devant la maison et, par-dessus les piquets blancs de la clôture, regarda les deux médecins jouer avec leur fille adoptive qui gazouillait et souriait. Lorsqu'ils levèrent les yeux. Stephanie sourit et dit : « Vous avez une fille magnifique.

— Merci, dit la jeune femme.

— Un cadeau de Dieu, dit Stephanie.

— Nous en sommes conscients. »

Et parce qu'elle savait que sa présence les rendait nerveux, Stephanie Crowder ravala ses larmes, sourit et s'éloigna. Catrice était bien, là, et elle y *serait bien.* Elle n'avait pas besoin de tante Stephanie pour la protéger de la drogue, du crime et de la misère. Pas pour le moment du moins, et elle aurait le temps d'apprendre, quand elle aurait grandi, que le sang des Crowder coulait dans ses veines, et ce que cela signifiait.

Stephanie regagna sa voiture et entama le long trajet de retour jusqu'à Columbus, Ohio.

Le lendemain soir, dans ce que le quotidien local qualifia de « tragique accident qui a bouleversé la communauté », l'avocat Fred Winslow, réputé pour son action en faveur de l'adoption, se tuait au volant de sa Mercedes-Benz qu'un chauffard ivre, apparemment, avait poussé à quitter la route avant de disparaître.

Une semaine plus tard, Zach, l'inspecteur, recevait par la poste un rapport mal écrit sur les activités meurtrières de Jack et Donna Kean, les voleurs de bébés. La note non signée jointe au rapport recommandait qu'en cas d'arrestation consécutive à ces faits, Zach veille bien à téléphoner personnellement à un petit journal local des environs de Pittsburgh afin qu'un journaliste du nom de Barney soit le premier à publier l'affaire.

Le lundi suivant, Stephanie Crowder était de retour sur la chaîne de montage dans l'usine automobile des faubourgs de Philadelphie. Toute la journée, ses camarades de travail défilèrent pour lui demander si elle allait bien, et elle leur fit à tous la même réponse : « Je vais bien, à présent. »

Puis le contremaître lui posa la même question, et de nouveau elle répondit : « Je vais bien. Maintenant, on n'en parle plus. Est-ce qu'on est venus ici pour fabriquer des voitures ou pour faire la conversation ? »

Plus tard le même jour, Stephanie se coupa la main sur un morceau de tôle. À l'infirmerie de l'usine, le médecin referma la plaie avec trois points de suture. Stephanie Crowder refusa l'anesthésie, et ne pleura pas, même pendant qu'on la recousait.

Au médecin qui s'en émerveillait, Stephanie Crowder répondit : « Je suis une Crowder. On ne pleure pas beaucoup dans la famille. On fait simplement ce qu'on a à faire. Si vous voulez bien vous dépêcher, maintenant. Je dois retourner à la chaîne. »

Traduit par Nadine Gassie.

La mort sur un plateau

JUSTIN SCOTT

15 novembre 1910.

M. Dyer m'avait envoyé à Jersey afin d'enquêter sur des machinos qui tournaient un petit film d'aventures avec une caméra Edison brevetée, pour laquelle ils avaient oublié de verser des droits à M. Edison.

Vu que je connaissais bien un certain nombre de ces gars prêts à tout, je n'eus pas de mal à imaginer qu'ils avaient dû réduire encore leur budget en utilisant du matériel détourné. Je téléphonai donc à un type de chez Eastman, histoire qu'on s'accorde sur le montant d'une récompense, au cas où je tomberais sur une partie de leur attirail entre les mauvaises mains.

Je fourrai un automatique dans la poche intérieure de mon pardessus. Un gros tuyau me suffisait habituellement dans mes enquêtes. Mais nous venions d'essuyer un incident, lors de la récente acquisition d'un studio, quand les comédiens avaient rechargé leurs pistolets de cow-boys avec de vraies munitions. M. Edison n'avait pas apprécié que la police fourre son nez dans la pagaille qui avait suivi.

C'était une belle matinée, idéale pour un tournage. Mais un vent frisquet en provenance de l'Hudson River annonçait de sombres et courtes journées d'hiver, et les acteurs se rendant au boulot sur le ferry de Weehawken claquaient des dents, dans leurs costumes trop légers.

Je rencontrai par hasard un comédien que je connaissais, passé à la teinture rouge et coiffé de plumes d'Indien. Il me demanda si je tournais toujours des films pour M. Pathé.

Je n'ai pas honte d'être détective — il faut bien gagner sa vie d'une manière ou d'une autre — mais je ne vis pas l'intérêt de préciser que le jour où il m'avait vu derrière une caméra, j'enquêtais incognito sur une utilisation frauduleuse de matériel breveté. Je répondis donc à l'emplumé que je cherchais du boulot et lui tendis ma flasque pour une gorgée matinale. Il s'en envoya encore deux dans le tram qui nous menait à Fort Lee, et ça le rendit loquace.

« Garde ça pour toi, me souffla-t-il, mais j'ai entendu dire que François Drake faisait des films dans un studio clandestin, caché dans les bois, au-dessus des falaises. »

C'était la compagnie du matériel cinématographique breveté de M. Edison qui délivrait les autorisations, dans le but d'épargner au public les productions de mauvaise qualité et de toucher des droits sur ses inventions. Vu qu'ils offraient de grosses récompenses à ceux qui balançaient les indépendants, je me dis que j'irais faire un tour par là-bas dès que j'en aurais terminé avec les machinos fauchés.

Je les trouvai en train de tourner un film d'une bobine sur une voie de garage de tramway qu'ils voulaient faire passer pour les chemins de fer de l'Union Pacific. Ils se servaient d'une Bianchi, caméra minable donnant des images qui sautent. Mais je ne pus m'empêcher de remarquer que le gars qui filmait tournait trop vite la manivelle pour que la caméra soit chargée. Et cela expliquait pourquoi tous les acteurs coiffés de chapeaux de hors-la-loi mexicains regardaient en direction d'un camion garé non loin de là.

Un peu plus tard, par téléphone, j'avisai M. Dyer que les gars qui cachaient la caméra Edison dans le camion s'étaient arrêtés de filmer quand le véhicule avait pris feu et que quelqu'un leur avait piqué leur stock de pellicule Eastman. Puis je louai une Ford dans une station-service et longeai les falaises de Jersey à la recherche de François Drake.

François Drake — Felix Dubinsky pour ceux qui l'ont connu enfant et se souviennent de sa jeunesse passée à dépouiller les vendeurs de journaux aveugles de Jersey City — était le plus acharné de tous les cinéastes soi-disant indépendants. Il avait commencé par travailler pour M. Edison en tant que chef d'équipe. En d'autres termes, c'est lui qui expliquait aux comédiens, entre les prises, comment ils devaient jouer et quelles positions ils devaient occuper. Mais ça faisait un petit bout de temps qu'il magouillait et faisait ses propres films sans l'aval de la compagnie de M. Edison et en se contrefichant des lois en vertu desquelles les avocats de M. Edison avaient traîné tant d'indépendants devant les tribunaux.

Je n'arrivais pas à le trouver.

Ce n'est pas si facile de dissimuler un studio de cinéma, même dans le New Jersey. Un tel lieu nécessite des décors, des costumes, des bureaux, des laboratoires pour développer les pellicules, des ateliers d'usinage pour que les caméras continuent de fonctionner, des dynamos pour les lumières, des accessoires, des vestiaires et, en règle générale, un troupeau de chevaux. Sans oublier le plateau. Il doit être de la taille d'une grange, avec des murs et un toit transparents pour laisser entrer le moindre rayon de lumière disponible. Le bâtiment est donc tout entier de verre :

murs de verre, toit de verre. Aussi dur à cacher que le Crystal Palace.

N'empêche que je ne le trouvais toujours pas, ce fichu studio ! Quand il fit noir, je commençai à soupçonner le comédien de s'être payé ma tête. Je passai la nuit au Rambo, un hôtel fréquenté par les gens de cinéma et situé à la sortie de Fort Lee, dont vous avez sûrement vu la façade dans des tas de westerns. Je dînai avec une actrice de ma connaissance, que je n'avais pas vue depuis qu'on avait poireauté ensemble dans la file d'embauche des *Barons du blé,* film dans lequel j'avais joué les figurants tout en m'acquittant de ma mission de détective. Je lui racontai que je revenais de Californie, où j'avais tenté ma chance, et elle me suggéra d'essayer de travailler avec François Drake. Elle avait entendu dire qu'il tournait « quelque part » dans l'État de Jersey.

Le gars avec qui je pris le petit déjeuner le lendemain matin confirma ses dires. Je partis sur-le-champ pour mieux explorer les lieux. Il était midi passé lorsque je jetai un coup d'œil sur la longue allée d'une demeure surplombant les falaises. C'est alors que le soleil apparut, entre les nuages, et que ses rayons se réfractèrent, tel un millier de lampes à arc, sur un bâtiment de verre.

Je franchis la grille en moins de temps qu'il n'en faut pour le dire. Mais au bout de l'allée, tout ce que je vis, c'est une grande serre à l'ancienne dont le toit tarabiscoté imitait celui des églises russes. Le genre de serre chaude où les vieux schnocks font pousser leurs orchidées.

Flûte ! songeai-je. Fausse alerte !

Mais deux gladiateurs surgirent depuis l'arrière du bâtiment. L'un, vêtu d'une cotte de mailles, portait une fourche et l'autre une épée. Ils étaient en vive discussion avec un Arabe qui traînait un chameau, et ne remarquèrent ma présence que lorsque je leur demandai : « C'est ici que M. Drake tourne des films ?

— Ouais, mais pas pour longtemps s'il ne nous paie pas, répondit le type au chameau.

— Ça ne m'a pas l'air d'être un bon plan, dis-je. Et moi qui espérais trouver du boulot.

— Si ce fils de pute ne nous a pas payés d'ici une heure, il y aura du boulot à la pelle.

— À moins que quelqu'un ne le descende avant », ajouta le comédien à la cotte de mailles.

Tandis qu'ils semblaient bien partis pour poursuivre sur ce ton-là, je me glissai à l'intérieur de la serre. Elle leur tenait en effet lieu de plateau. À la place des orchidées, il y avait des tas de fragiles décors peints — tous marqués du canard qui était l'emblème de la compagnie de production cinématographique Drake, de manière à éviter qu'un pire escroc que Felix ne puisse se les attribuer, même en changeant les intertitres. Il y avait aussi des lampes à arc suspendues aux chevrons, des rangées de Cooper-Hewitt montées sur roues et l'une des caméras brevetées de M. Edison.

Ils n'étaient pas en train de tourner à ce moment-là, et c'était bien dommage car le spectacle en valait la peine. Quatre personnes — deux hommes et deux femmes — se poursuivaient en gesticulant et en se criant dessus.

Parmi eux, je reconnus François Drake, vêtu d'une chemise blanche et d'une écharpe en soie rouge en guise de cravate ; et Gilda Riley, une rousse au tempérament de feu, qui avait quitté le groupe des comédiens d'Edison lorsque M. Edison avait refusé de la payer davantage que les autres membres de sa compagnie (M. Edison ne croyait pas aux « stars », m'avait dit Dyer, parce qu'à son avis, ce que voulait le public, c'était voir un produit Edison projeté par un véritable projecteur Vitascope Edison, et non une comédienne qui se prenait pour Sarah Bernhardt).

Les hurlements de la rousse me permirent de déduire que le costaud en costume de tweed était le propriétaire des lieux et que la belle blonde aux yeux embués de whisky était son épouse.

En me voyant débouler, Felix devint pâle comme un linge. Avant qu'il ne m'ait aperçu, tout ce cirque avait plutôt l'air de le distraire. Mais là, il grommela : « Bordel de Dieu, c'est Joe McCoy !

— Salut Felix », dis-je.

Ici, pas d'incognito possible. Nous savions depuis longtemps à quoi nous en tenir l'un sur l'autre, et voilà que je le chopais enfin la main dans le sac.

« Mon nom, c'est François, répliqua-t-il aussi sec.

— M. Edison va être rudement mécontent de toi, Felix.

— Vous êtes qui, nom de Dieu ? demanda le gars en tweed. Et d'abord, qu'est-ce que vous fichez là ? C'est une propriété privée.

— Cette caméra Edison aussi. »

Il se mit en position d'attaque. C'était un gars balèze qui avait dû apprendre la boxe au collège, mais quand il fut plus près de moi, il se ravisa. J'avais autrefois bossé dans le commerce du charbon, et ça m'avait donné de bonnes épaules. Il se contenta de se tourner vers Felix.

« Vous connaissez ce gars ?

— C'est Joe McCoy, le privé. Joe, je te présente M. Harpur, propriétaire de ce merveilleux studio et investisseur avisé. Monsieur Harpur, voici Joe McCoy, un des hommes de main de M. Edison.

— Edison ? Le trust ? C'est un de ces bandits du Trust ? »

Je rectifiai cette affirmation : « M. Dyer m'emploie comme enquêteur pour le service du contentieux. »

Harpur ne sembla pas apprécier la distinction. « Edison, ce fichu monopoliste, avec son trust avide et suceur de sang. Eh bien, permettez-moi de vous dire un truc..., fit-il, agitant devant mon visage ses doigts manucurés. Quand Teddy Roosevelt reprendra du service, il réduira en poussière le monopole d'Edison. »

J'ai pour règle de ne jamais discuter politique ou religion avec des inconnus. Mais laissez-moi vous dire entre nous que ce n'est pas ce briseur de trusts, ce casseur de monopoles, ce dur à cuire de Teddy Roosevelt — quoiqu'il ait été par ailleurs à maints égards un grand président des États-Unis — qui a inventé la lampe à incandescence, ni le phonographe, ni le téléscripteur, ni le cinématographe.

« On peut peut-être s'arranger, me dit François.

— Peut-être bien. C'est quoi, ton idée ? »

Les dames ne s'étaient pas tout à fait remises de leurs émotions et M. Harpur avait encore l'air prêt au meurtre. Mais il avait des raisons de redouter que M. Edison n'ordonne l'arrêt du tournage. Il perdrait alors sa mise et, connaissant Felix, je n'avais pas de mal à imaginer qu'il avait dû cracher plus d'argent que prévu.

Felix tendit les bras vers eux comme un tenancier de saloon accueillant les clients le jour de la paie.

« Vous voulez bien m'excuser un instant, le temps que je m'entretienne avec M. McCoy ? »

Il n'attendit pas leurs objections et, glissant son bras sous le mien, m'entraîna vers la sortie.

Une fois dehors, il dit : « Tu sais ménager tes entrées, privé. Tu ferais fureur au music-hall.

— C'est là que tu vas te retrouver quand M. Edison t'aura foutu à la porte parce que tu détournes son matériel.

— Ce n'est pas Edison qui a inventé ces trucs-là.

— Ah ouais ? Alors pourquoi c'est lui qui a les brevets ? »

Felix soupira, comme si le fait que mes études se soient limitées — à cause de ma santé fragile — à deux ans d'école catholique alors que lui avait fréquenté trois ans l'école juive avant qu'on ne le mette à la porte faisait de moi l'idiot du village, et de lui un génie.

« OK, OK, qu'est-ce que tu veux pour aller fourrer ton nez ailleurs ?

— Tu n'as même pas les moyens de payer tes comédiens.

— Je finis ma journée dans deux heures, dit-il, levant un regard anxieux vers le ciel, vu qu'il était en train de perdre la meilleure lumière de la journée. Accorde-moi un sursis, Joe.

— Combien de mètres tu as tournés ?

— Trois cents. »

C'était presque une bobine.

« Ça s'appelle *Arrachée aux griffes de César*. Ça va faire un carton. Je ne vois pas pourquoi je ne partagerais pas les bénéfices avec un vieux copain.

— Ouais. Et ça raconte quoi ?

— Des Romains kidnappent la petite copine du type au chameau. Il la récupère.

— Ça m'a l'air édifiant, Felix.

— Les gens qui paient pour voir mes films, est-ce que tu crois seulement qu'ils savent qui est Jules César ? Ils savent que c'était un Romain, point final. Ils se fichent du reste. »

Même si ses acteurs le lâchaient, comme ils menaçaient de le faire, Felix aurait fourgué ses trois cents mètres de foutaises Golden Drake à trois cents cinémas de quartier avant que le service du contentieux n'ait eu le temps de l'en empêcher. Les petits cinoches achetaient n'importe quel produit pourvu qu'il soit « frais ». Ils se fichaient bien de la qualité des films, du moment qu'ils étaient nouveaux. Mais un autre point me tourmentait, bien plus grave qu'un navet de plus ou de moins.

« Où est-ce que tu t'es procuré la pellicule ?

— Ici et là. Tu sais comment ça se passe.

— Felix, si tu veux ton sursis, tu ferais mieux de jouer franc-jeu.

— OK, OK, je l'ai achetée chez Eastman.

— Tu mens. Ils ont un contrat avec la compagnie d'Edison : ils ne vendent à personne d'autre.

— Je mens pas. Je l'ai achetée, je t'assure.

— Elle vient d'Europe ? »

La pellicule volée revenait, après avoir transité par l'Europe. Les gars comme Felix attendaient le bateau sur le quai.

« Non, je l'ai achetée pour de bon chez Eastman. Il y a un type, là-bas, qui la vend sous le manteau. Fais ta petite enquête, tu verras bien. »

La rumeur m'était parvenue aux oreilles, et c'était un sale coup pour M. Edison.

« Qu'est-ce que tu penses de ça, Joe ? »

M. Dyer dit que quand on joue au poker, je sais rester aussi impassible qu'un bloc de béton. J'attendis. Et, bien entendu, c'est Felix qui rompit le silence, après s'être assuré que personne ne nous écoutait.

« J'ai des projets plus ambitieux que ce film. Tu as en face de toi un homme qui pourra d'ici peu te rendre de très gros services. »

Je demeurai impassible.

« Je pars pour la Californie, reprit-il. Je vais monter une nouvelle compagnie de production de longs métrages. Tu sais ce que c'est, Joe ? Des films longs de trois, quatre, cinq bobines. Les gens seront prêts à payer plus d'un nickel pour les voir. »

Je continuai à l'ignorer.

« Tu pourrais venir avec moi. J'aurais bien besoin d'un gars rusé comme toi pour veiller sur mes affaires.

— D'où comptes-tu sortir le fric pour t'installer en Californie ?

— *Arrachée aux griffes de César.* C'est pour ça qu'il faut que je le finisse. Alors, tu marches ? »

Je secouai la tête. Je ne vois pas qui serait capable de rester assis bien sagement pendant quatre bobines. Felix soupira. Ce type aurait été capable de baratiner le diable en personne.

« Il faut que je finisse cette bobine. Je te donne cinquante dollars pour que tu décampes.

— Disons cent. »

Il marchanda un moment. Nous nous mîmes d'accord sur la somme de cent dollars.

« Je vais chercher l'argent. »

Il courut vers la serre. Je retournai à ma voiture en me disant qu'un navet de plus ou de moins n'allait pas changer la face du monde. Une partie des comédiens s'étaient rassemblés sur la pelouse : les gladiateurs, le chamelier, des sénateurs romains et une demi-douzaine de vestales, la cigarette aux lèvres.

Cent dollars, c'était une grosse somme, quand la plupart des gens du métier pouvaient s'estimer heureux s'ils gagnaient cinq dollars dans la journée. Si ces acteurs attendant la paie flairaient quelque chose, ils se jetteraient sur Felix comme des corbeaux sur la dépouille d'un écureuil. Tout en me demandant pourquoi, s'il avait du liquide pour m'acheter, il ne payait pas ses comédiens et ne finissait pas son tournage avant que le service du contentieux ne lance une action contre lui, je retournai dans la serre, pour que nous puissions conclure en privé notre transaction.

« Felix, tu es où ? »

J'entendis un coup de feu. Un claquement fort et sec, tout à côté. Felix entra par la porte de derrière et se précipita vers moi. Il chancelait comme un ivrogne. Il trébucha sur la lampe à arc et tomba face contre terre, et je vis alors que le dos de sa chemise était aussi rouge que si ses accessoiristes l'avaient arrosé de sang.

Des gens accoururent par toutes les portes de la serre. Harpur, sa blonde épouse, un groupe de comédiens et Gilda Riley, qui poussa un hurlement qui dut parvenir jusqu'aux oreilles de M. Edison, à West Orange, bien qu'il fût sourd comme un pot.

Felix avait laissé tomber une enveloppe. Je mis la main dessus avant que quelqu'un ne l'ait vue, retournai son corps et collai mon oreille contre sa poitrine pour m'assurer qu'il était bien mort. Mais son torse aussi était à présent tout sanguinolent et même si par miracle son cœur battait encore, ça n'aurait pas changé grand-chose.

« Il faut prévenir la police ! » m'exclamai-je.

Je le fis parce que, quand les flics demanderaient : « Qu'est-ce que Joe McCoy faisait ici, seul avec le corps ? », je voulais que quelqu'un réponde : « Joe McCoy a dit : "Il faut prévenir la police !" »

« OK, les gars. Ne touchons pas au corps jusqu'à l'arrivée des flics. »

Ah, ce bon vieux Joe McCoy, quel modèle de civisme ! Il ne ferait pas de mal à une mouche. Je les pressai vers la sortie, guettant l'expression de leur visage tandis qu'ils se rassemblaient en chuchotant sur la pelouse.

Tout en bas, sur le fleuve, un remorqueur s'éloignait en crachant de la vapeur. Je marchai jusqu'au bord de la falaise, d'où l'on apercevait la rive. Il y avait un escalier. Harpur possédait son propre quai.

Les flics arrivèrent, en la personne d'un péquenaud aux cheveux blancs qui avait l'air d'être assez vieux pour s'être fait les dents en combattant les Indiens. Il tourna autour du corps comme si c'était un truc qu'il lui fallait arroser dans son jardin, et posa des questions à Gilda, aux autres acteurs, et à Harpur et son épouse.

Puis il me demanda ce que je faisais là. Je lui expliquai que j'étais employé comme enquêteur par le service du contentieux de M. Edison et je lui dis, de but en blanc, presque tout ce que je savais. Lorsqu'il me gratifia d'un regard assassin, je me souvins du triste sort des Indiens.

« Où avez-vous dit que vous étiez, monsieur McCoy, quand ce monsieur des films a été tué ?

— J'étais ici, dans la serre.

— Seul ?

— Seul. Jusqu'à ce qu'il rentre en chancelant, vu qu'on lui avait déjà tiré dessus. Et qu'il s'effondre, juste à l'endroit où il se trouve à présent.

— Par quelle porte est-il entré ? »

J'indiquai la porte menant à la vieille chaufferie, dont Felix avait fait son atelier.

« Donc, vous l'avez vu mourir ?

— On peut dire ça.

— Qui d'autre l'a vu mourir ?

— N'importe qui a pu assister à la scène depuis l'extérieur. Le bâtiment est en verre. »

Il se retourna et regarda le verre, comme si ce point venait juste de le frapper.

« Ils disent qu'à cause des reflets, on ne peut pas voir l'intérieur. Vous voulez bien me remettre l'arme à feu que vous avez cachée dans la poche de votre pardessus ?

— Ce n'est pas moi qui l'ai tué.

— Aboule ton arme ! »

J'avais de plus en plus l'impression qu'avant de régler leur compte aux Indiens, il avait dû se battre aux côtés des nordistes. D'un seul geste, il avait écarté un pan de son manteau noir et crispé sa main ridée sur la crosse d'un revolver dépassant de son holster.

Je lui remis mon automatique.

Il le souleva, comme pour le soupeser. « Je ne pense pas que vous lui ayez tiré dessus avec ce truc, ou bien vous l'auriez pulvérisé. » Il renifla tout de même le canon. « Mais comment se fait-il, reprit-il, que vous vous baladiez avec une arme ? Ah oui, vous m'avez dit que M. Edison vous employait comme détective.

— Vous pouvez vous en assurer auprès de M. Dyer, du service du contentieux.

— Alors, monsieur le détective, qu'est-ce que vous dites de tout ça ?

— Je crois que quelqu'un ne l'aimait pas.

— Et pourquoi, selon vous ?

— C'était un escroc, un tricheur et un menteur.

— Ouais, mais on ne tue pas un homme parce qu'il est un escroc.

— Je suis d'accord avec vous.

— Ce n'est visiblement pas le cas de tout le monde, monsieur McCoy. Je vous serais reconnaissant de ne pas quitter le New Jersey avant que nous tenions notre homme.

— Ou femme.

— Je vous demande pardon ?

— Ces deux dames avaient l'air de lui en vouloir à mort. »

Le vieux flic regarda le cadavre de Felix, puis leva les yeux vers Gilda Riley et Mme Harpur.

« C'est ce que j'ai cru comprendre, mais je ne connais pas de femme capable d'agir ainsi. »

J'allais répliquer qu'on ne devait pas fréquenter les mêmes, mais avant que j'aie pu le lui faire remarquer, il précisa : « Cet homme a été tué d'une seule balle. Or, si j'en crois mon expérience, lorsqu'une femme est suffisamment en rogne pour tuer, elle tire jusqu'à ce que le chargeur soit vide. »

Je lui demandai s'il s'opposait à ce que j'appelle M. Dyer au laboratoire Edison de West Orange, pour le mettre au courant.

Il se pencha sur la question un peu trop longtemps à mon goût. Je lui fis remarquer qu'il avait mon nom, mon adresse et mon automatique, ainsi que le nom de mon employeur : « M. Thomas Alva Edison lui-même », ce qui était un peu exagéré, vu que je n'avais jamais rencontré le grand homme. Mais je sentais que j'aurais besoin de puissants appuis.

« D'après les gars avec qui j'ai parlé, votre patron a une dent contre les gens de cinéma qui travaillent en dehors de sa compagnie.

— Il lâche ses avocats à leurs trousses et ça ne rigole pas », répondis-je en insistant particulièrement sur le mot « avocats ».

Il parut réfléchir à la question, secoua la tête et je me mis à envisager la perspective d'une nuit en taule.

« J'ignore s'il y a un rapport, mais j'ai vu un remorqueur s'éloigner du quai peu après qu'il a été tué », dis-je alors.

Le vétéran tira une montre de sa poche. « Je veux bien prendre le risque de vous faire confiance, McCoy. Attendez-moi demain matin devant le motel Rambo. Et ne m'obligez pas à venir vous chercher. »

Un camion de la morgue vint chercher le corps en voiture, et le policier en profita pour se retirer. Je pus enfin aller jeter un coup d'œil à la caméra de Felix. Je voulais voir si elle comportait un petit mécanisme de fortune servant à percer des trous et permettant, par conséquent, de tourner avec de la pellicule non perforée. Une fois que je sus à quoi m'en tenir, je quittai les lieux et fonçai vers West Orange.

Les laboratoires Edison abritaient une usine chimique, des salles des machines, des laboratoires et des bureaux dans un bâtiment en brique de trois étages. Le service du contentieux de M. Dyer se trouvait au dernier étage, ainsi que le placard à balais équipé d'un téléphone qui me servait de bureau quand j'étais dans le coin. Son vieux dragon de secrétaire déclara, en voyant ma face de carême : « Je vais le prévenir qu'il y a des ennuis. »

M. Dyer était un type robuste, au regard glacial et au sourire mécanique. Il aimait fumer son cigare et boire son petit whisky : c'était un homme viril. Il écouta mon récit sans m'interrompre, et je ne fis pas allusion aux soupçons du vieux flic. En bon avocat, il passa tout de suite au plus important : « Ou Drake s'était-il procuré la pellicule ?

— Il disait qu'il l'avait achetée sous le manteau à un gars de chez Eastman.

— Et vous l'avez cru ?

— J'ai jeté un coup d'œil sur sa caméra. C'était bien de la pellicule Eastman. Elle a été perforée à l'usine.

— C'est ce que je craignais. Les gars d'Eastman, ce sont des sales traîtres, des fils de... Dites, Joe, vous avez vu tout ce raffut, au sujet du monopole ?

— Je n'en comprends pas la raison », répondis-je, avant d'ajouter la réponse qu'il me payait pour entendre : « Si vous voulez mon avis, sans des hommes comme M. Edison, les rues seraient toujours aussi sombres et dangereuses que des mines de charbon.

— Brave homme ! Venez, il faut que nous allions lui raconter ce qui s'est passé. »

J'étais surpris. Si on laissait de simples détectives s'entretenir avec le boss, ça voulait dire qu'en matière de non-respect des brevets, les choses allaient vraiment très mal. En temps normal, la perspective de faire la connaissance de M. Edison m'aurait réjoui, mais j'avais rendez-vous de bonne heure avec le vieux flic et je redoutais de devenir le suspect numéro un dans le meurtre de Felix Dubinsky. J'espérais donc que l'échange serait bref, afin de mettre la main sur le véritable assassin avant que le policier ne se fasse une fausse idée de la situation.

Je suivis M. Dyer jusqu'en bas. Nous passâmes devant la réserve où deux gars signaient un registre pour retirer une énorme peau d'éléphant ; puis devant la pointeuse où, à en croire M. Dyer, Edison pointait chaque jour, comme tous ses employés ; enfin, nous traversâmes une salle des machines qui n'aurait pas été plus bruyante si on y avait démonté des locomotives.

M. Dyer était dans un tel état d'agitation qu'il me fit entrer dans un ascenseur portant la mention :

« Réservé à l'usage exclusif de M. Edison. »

Depuis la galerie, nous avions vue sur le bureau de M. Edison qui occupait deux niveaux. Avec ses murs tapissés de livres, on aurait dit une bibliothèque. Une statue de marbre représentait un garçonnet nu, juché sur une pile de lampes cassées. Le garçonnet avait des ailes d'ange et brandissait une ampoule électrique.

« Il n'est pas là. Essayons la salle d'enregistrement. »

Il s'agissait d'une pièce insonorisée destinée à l'enregistrement de cylindres de phonographe. M. Dyer poussa la porte et M. Thomas Edison Alva apparut, en personne, ses mâchoires fermement refermées sur le couvercle d'un piano droit comme s'il voulait le dévorer pour son souper.

Un gars martelait le clavier plus énergiquement qu'un pianiste de bordel un samedi soir. M. Edison, comme me l'expliqua M. Dyer, était en train d'essayer d'entendre la musique par les dents. Je remarquai que le piano portait partout des traces de morsures. M. Dyer s'avança, entoura de ses deux mains la tête du grand homme et lui cria à l'oreille : « Je suis désolé, monsieur Edison, nous avons un problème.

— Qu'est-ce que vous dites ? » cria Edison, et je réalisai que ça risquait de durer un bout de temps.

Il fallut un certain moment pour qu'Edison comprenne que Dyer se faisait du souci à propos des indépendants qui achetaient de la pellicule chez Eastman. Je saisis vite pourquoi ce dernier m'avait prié de l'accompagner, et ce n'était pas bon pour moi. Dyer ne se préoccupait que des brevets. Edison, quant à lui, ne paraissait pas très concerné. Il ne cessait de parler d'améliorer les caméras de manière à pouvoir tourner des films en couleurs, et d'en fabriquer des modèles suffisamment petits pour que les gens puissent les utiliser chez eux. Il semblait considérer les films et les petites salles de quartier comme un vestige du passé.

« La qualité des films est de plus en plus médiocre, dit-il, depuis que les juifs et les catholiques ont envahi la profession. »

Je me tournai vers Dyer, qui savait fort bien que j'étais catholique. Il aurait au moins pu dire que les catholiques étaient différents des juifs. Mais, comme toujours, les protestants se serraient les coudes, et il acquiesça d'un signe de tête. Je commençais à redouter d'avoir misé sur le mauvais cheval.

Pire que ça. Dyer ne mentionna même pas le

meurtre de Felix, ce qui signifiait assez clairement qu'il faudrait que je me défende tout seul le lendemain, sans pouvoir compter sur les puissants appuis escomptés. Certes, M. Edison m'avait offert un cigare. Mais quand nous ressortîmes, il faisait nuit noire et M. Dyer dit qu'il avait des choses à faire et que nous reparlerions de tout ça un de ces quatre.

Je remontai dans ma voiture de location et roulai jusqu'aux falaises. La serre était plongée dans l'obscurité. La demeure était partiellement illuminée ; je frappai donc à la porte, et écartai le domestique qui prétendait que M. Harpur n'était pas là. Je les trouvai, lui et sa femme, en train de boire des cocktails dans la bibliothèque. Elle avait les yeux rougis par les pleurs. Lorsqu'il me vit débouler, avec mon pardessus remonté jusqu'aux oreilles et mon chapeau sur les yeux, il eut l'air fou de rage.

« Qu'est-ce que vous voulez, nom de Dieu ?

— Tout d'abord que vous me disiez qui a tué Felix.

— C'est qui, Felix ?

— François. Qui est-ce qui l'a buté ?

— J'en sais foutrement rien. Tout ce qui compte, c'est que ce fils de pute soit mort.

— Comment oses-tu dire une chose pareille ? » gémit Mme Harpur.

Elle éclata en sanglots.

« Oh, pour l'amour de Dieu ! » grommela son mari.

Elle se leva d'un bond et quitta précipitamment la pièce. Les traits tendus, il la suivit des yeux.

« Qu'est-ce que Felix vous avait fait ? » demandai-je.

Harpur avala une gorgée de sa boisson. « Il m'avait dit qu'on ferait des grands films de cinq bobines. Longs, avec une histoire et tout. Il jurait qu'à l'avenir il n'y aurait plus que ça. Il m'avait assuré que je quadruplerais mon investissement. En fait, c'est ma mise que j'ai multipliée par quatre et lui, pendant ce temps, il s'envoyait ma femme. »

La seule chose qui m'étonnait, c'était qu'il s'en étonne.

« C'est pour ça que vous l'avez descendu ?

— Je ne l'ai pas descendu.

— Pourquoi ?

— Parce que j'ai voulu lui casser la gueule, hier, et que ma femme m'a dit qu'elle me quitterait si jamais je le touchais. »

Ça ne me paraissait pas un mauvais deal, mais Harpur était visiblement d'un tout autre avis. Il reprit, après une autre longue gorgée : « Je lui ai promis de ne pas lui faire de mal. Elle a accepté de rester encore un peu. »

Les gens amoureux, songeai-je, se comportent comme dans les films.

« Vous permettez que je lui parle ?

— Je vous en prie. Nous n'avons plus rien à vous cacher. »

Il se servit un autre verre. Je me mis à la recherche de Mme Harpur et croisai le domestique qui me dit qu'elle était sortie. Je n'eus pas de mal à deviner où elle était. Je la trouvai en effet dans la serre, regardant à la lueur d'une bougie la marque sanglante que le corps de Felix avait laissée sur le sol.

« Laissez-moi tranquille.

— C'est vous qui l'avez tué ?

— Bien sûr que non. »

Elle se remit à pleurer. Un peu plus tard, quand le moment me parut opportun, je lui tapotai l'épaule et elle ajouta, en sanglotant : « Quand il me regardait, je me sentais belle. »

Un miroir aurait tout aussi bien pu faire l'affaire, si

vous voulez mon avis. Elle était belle comme le jour, surtout à la lueur de la bougie. Mais allez donc savoir quelle idée les gens se font d'eux-mêmes.

« Alors pourquoi est-ce que vous lui hurliez dessus, cet après-midi ?

— Parce qu'il m'avait menti.

— Pas possible ! » m'exclamai-je.

Et elle me raconta l'incroyable mésaventure : « François » lui avait promis de faire d'elle la star de son long métrage. Je me contentai de compatir en faisant remarquer que depuis que je fréquentais le milieu du cinéma, je n'avais jamais entendu une chose pareille.

« Espèce d'idiot ! hurla-t-elle. Je n'ai pas besoin de votre condescendance. »

Je l'aidai à retrouver son calme. Il s'avéra que Felix s'était surpassé, sur ce coup-là. Il ne lui avait pas seulement fait miroiter une carrière cinématographique pour coucher avec elle, il avait aussi couché avec elle pour qu'elle le recommande à son époux, le riche investisseur.

« Au moment où vous êtes entré, je venais d'apprendre qu'il avait décidé depuis le début de partir en Californie. Et d'emmener cette traînée avec lui.

— Gilda Riley.

— Dites-moi, qu'est-ce qui plaît aux hommes, chez ce genre de femmes ? »

Je me promis de résoudre un jour ce mystère, une fois que j'aurais découvert pourquoi le ciel était bleu, et lui demandai : « C'est Gilda qui vous a dit que Felix partait pour la Californie ?

— Comment le savez-vous ?

— C'est pour ça que vous l'avez tué ?

— Je ne l'ai pas tué, imbécile. Je l'aimais. Et puis, je ne sais pas me servir d'un revolver.

— Et le remorqueur, il sortait d'où?

— Vous êtes au courant? demanda-t-elle, écarquillant les yeux à la lueur de la bougie. Mais comment...

— Je suis au courant, un point c'est tout, répondis-je, à peine moins confus qu'elle, espérant la pousser à me donner des informations. Mais je ne connais pas le nom de toutes les personnes impliquées. Ce remorqueur, d'où il venait?

— Sandy Hook. C'est le nom du pilote du remorqueur qui livrait la pellicule, vous savez comment ça se passe... »

La pellicule qui revenait après avoir transité par l'Europe.

« Ah oui, il amenait la pellicule pour le film de Felix.

— Pas seulement pour celui de Felix. Il y en avait pour tout le monde.

— Pour tout le monde?

— Vous ne saviez...

— Montrez-moi ça.

— Je crois que je ne devrais pas.

— Felix est mort. Qu'est-ce que vous voulez en faire, à présent?

— Je pensais la donner à mon mari. Pour lui permettre de récupérer son argent. »

Des piles de boîtes métalliques remplissaient un abri de jardin du sol au plafond. Felix avait acheté des milliers et des milliers de mètres de pellicule Eastman. Il avait littéralement dévalisé les stocks, utilisant pour ça l'argent que lui avait donné Harpur pour *Arrachée aux griffes de César*.

« Vous pensez qu'il a été descendu par un des passagers du remorqueur? »

Mme Harpur secoua la tête. « Je ne vois pas quel motif ils auraient eu. Ils étaient plus satisfaits de l'argent que Felix ne l'était de la pellicule.

— À qui comptait-il la vendre ?

— Aux indépendants à qui on la refusait chez Eastman.

— Mais Eastman en vend, sous le manteau. »

Mme Harpur baissa la tête. « Oui, c'est devenu un problème. Mais Felix s'était déjà engagé à payer la marchandise et hier, quand le pilote est arrivé, il n'avait plus le choix.

— Le Felix que je connaissais l'aurait refroidi.

— L'homme était armé.

— Alors comme ça, Felix avait investi un max dans un marché qui s'avérait chaque jour moins rentable, en se servant de l'argent de M. Harpur. Une somme beaucoup trop élevée pour que Felix puisse jamais la lui rembourser grâce aux bénéfices du film que votre mari croit avoir produit. »

Mme Harpur hocha tristement la tête. « Tous ses rêves sont tombés à l'eau.

— Et vous, vous l'avez percé à jour quand Gilda vous a dit qu'il l'emmenait en Californie.

— Oui, cette actrice de malheur.

— Vous êtes bien sûre de ne pas l'avoir tué ?

— Pour l'amour de Dieu, monsieur McCoy, est-ce que je vous parlerais comme ça si c'était le cas ?

— Et votre mari ?

— Jarvis savait parfaitement que je l'aurais quitté s'il avait commis une telle folie.

— Et le type du remorqueur a eu son argent. Alors, qui est-ce qui l'a tué ?

— Gilda Riley. »

Je quittai les lieux, convaincu de la bonne foi des époux Harpur. L'histoire du bateau livrant la pellicule dérobée chez Eastman était des plus plausibles. Felix s'était arrangé pour que le pilote du remorqueur l'arrache au navire des kilomètres avant son entrée au port. Il ne restait plus que Gilda, et Mme Harpur m'avait aimablement fait savoir qu'elle séjournait au Rambo.

J'arrivai à l'hôtel vers dix heures. Il y avait du monde au bar, mais Gilda n'y était pas. Le réceptionniste me devait une faveur et, contre trois dollars, il me communiqua le numéro de sa chambre. Pour ce qui est de la clé, il ne s'en laissa pas conter, arguant qu'il s'agissait d'un établissement convenable. Je frappai.

À ma grande surprise, elle me fit entrer sans façons. Ses admirateurs auraient été déçus. Elle portait une chemise de nuit en flanelle à peu près aussi suggestive qu'une voile de bateau. Elle se remit au lit, m'indiqua la chaise devant sa coiffeuse et demanda : « Vous avez un truc à boire ? »

Je lui passai ma flasque. Elle versa le liquide dans un verre, en but une gorgée et frissonna. Puis elle se pelotonna.

« Qu'est-ce qui se passe, monsieur McCoy ? C'est vrai que vous bossez pour Edison ?

— Je mène des enquêtes pour le service du contentieux. En ce moment, j'essaie de découvrir qui a descendu Felix.

— François.

— À l'époque où je l'ai connu, il s'appelait Felix.

— Quel genre d'homme était-il alors ? demanda-t-elle avec avidité.

— Tout aussi malhonnête, mais à plus petite échelle.

— Et il était déjà fascinant ?

— Je vous demande pardon ?

— Le plus fascinant avec lui, c'est qu'on ne savait jamais ce qui allait se passer après.

— Ou ne pas se passer. »

Gilda Riley renversa en arrière sa jolie tête et éclata de rire. « Qu'est-ce qu'il mentait bien ! Il m'avait promis de m'emmener en Californie et pendant ce temps il se tapait Mme Harpur.

— Et c'est pour ça que vous l'avez descendu ?

— Bien sûr que non.

— Qu'est-ce que vous voulez dire, “bien sûr que non” ? Il vous avait menti. Il vous avait fait des promesses et vous avait trompée avec une autre.

— S'il m'avait fallu tuer tous les hommes qui m'ont menti, monsieur McCoy, si c'est votre nom, j'aurais pire réputation que Typhoïde Mary. »

J'avais écouté sa version. Et je la croyais. Et s'il m'était resté un doute, elle me l'aurait ôté en ajoutant : « Écoutez, si j'avais eu un flingue en main et si Felix s'était tenu devant moi au moment où j'ai découvert qu'il se tapait cette salope de la haute, alors j'aurais *peut-être* pu tirer. »

J'avais épuisé ma liste de suspects.

Je bus un ou deux verres avant la fermeture du bar, tendant l'oreille en quête de nouvelles pistes. Mais si tout le monde parlait du crime, en revanche personne ne savait rien. Je me couchai et restai étendu à songer : qui sait, peut-être bien que le gars au chameau... L'avais-je vu à proximité de la serre ? Ou bien l'une des vestales ? À ce compte-là, ça pouvait être n'importe lequel des comédiens lésés.

Le journal du matin révélait à quel point MM. Edison et Dyer avaient le bras long, du moins quand leurs intérêts étaient en jeu. Pas un mot sur le crime, et je remerciai le ciel parce qu'au moins mon nom n'était pas mentionné dans la presse.

Une ombre fine tomba sur la page des bandes dessinées.

Je levai les yeux tandis que le vieux policier s'asseyait en face de moi. La salle à manger s'était vidée, tous les gens de cinéma s'étant hâtés de sortir pour profiter de la lumière. La serveuse lui versa un café.

« Monsieur McCoy. J'ai beau y réfléchir, je ne vois pas qui, à part vous, aurait pu tuer ce type.

— Dans ce cas réfléchissez encore, parce que ce n'est pas moi qui ai fait le coup.

— Oh, moi, je suis à peu près sûr que vous n'y êtes pour rien. Mais une fois que j'aurai raconté ce que j'ai vu au procureur, ce ne sera plus à moi de m'occuper de l'affaire, et je crains que vous n'ayez beaucoup de mal à prouver votre innocence. Je suis certain que vous finirez par y arriver, même si ça risque de prendre pas mal de temps, et il est peu probable que le juge autorise une libération sous caution. »

Je restai bouche bée, à me dire : est-ce que j'entends bien ? Est-ce que ce type me propose d'acheter son silence ?

« Je ne l'ai pas tué. Je vous ai dit la vérité. À un petit détail près.

— Lequel ?

— Felix a laissé tomber ça en mourant. Je l'ai subtilisé. Tenez, c'est à vous.

— Une enveloppe. Et d'après vous, qu'est-ce qu'elle contient ?

— Je n'en ai pas la moindre idée. »

Il jeta un coup d'œil alentour. « Eh bien, je vais l'ouvrir. »

Il tira de sa botte un grand couteau et fendit l'enveloppe comme s'il scalpait un ennemi. Dix billets de dix dollars en tombèrent.

« Crénom de Dieu ! Cent dollars. Je me demande à qui il les destinait.

— Il reste quelque chose à l'intérieur », dis-je, bien que je n'eusse pas la moindre idée de ce que c'était.

Il sortit de l'enveloppe la chose en question, l'exposa à la lumière, la reposa, mit ses lunettes et déchiffra les petits caractères d'imprimerie.

« C'est un billet de train. Pour Los Angeles. »

Il se leva, rengaina son couteau, empocha l'argent et tendit la main vers le billet.

J'ai beau être baraqué, je sais avoir le geste vif. Le prenant de vitesse, j'empochai le billet.

« J'ai besoin de vacances. Faut que je me refasse une santé. »

Le *Phoebe Snow* partait du terminus Erie-Lackawanna à Hoboken. Je changeai une première fois à Buffalo pour prendre le *Twentieth Century,* puis à Chicago pour choper le *Santa Fe.* Quand j'arrivai enfin, j'en avais assez de voir du pays mais j'avais eu quelques jours pour me pencher sur les récents événements. Si bien qu'à mon arrivée, je savais exactement pourquoi j'étais à Los Angeles, et où j'étais censé me rendre.

Il me fallut tout de même une semaine pour le retrouver, sur le plateau qu'il s'était aménagé, à Griffith Park, terrain municipal dont on pouvait disposer gratuitement. Son équipe était exclusivement composée de femmes, aussi maternelles qu'un troupeau de lionnes. J'attendis que leur attention soit détournée par un employé municipal se plaignant que les balles à blanc tirées par les comédiens aient fait fuir les cerfs et les élans.

« Felix !

— Mon nom, c'est *Boris,* répondit-il avec un accent tout droit venu des quartiers de son enfance.

— Je viens d'émigrer de Saint-Pétersbourg, où mon audace artistique provoquait la fureur du tsar.

— Ah ouais ? Et François, qu'est-ce que tu en as fait ?

— Ça virait au cauchemar, Joe. François était fichu. Sur la paille : investisseurs mécontents, femmes furibondes. Vous et M. Edison, c'est la goutte d'eau qui a fait déborder le vase.

— Qui est au courant ?

— Toi. Moi.

— Et le vieux policier ?

— C'est juste un comédien.

— Ce type ne tenait pas son flingue comme un acteur.

— Avant de le devenir, il a été garde du corps de Theodore Roosevelt. Et encore avant, il a combattu les Indiens. J'espérais bien que tu te servirais de ce billet. Joe. Tu ne vas pas être déçu du voyage. »

Plissant les yeux à cause de la lumière, je jetai un coup d'œil alentour, sur les taillis desséchés par le soleil et sur les montagnes lointaines. On était à la fin du mois de novembre — à Jersey on fêtait Thanksgiving en se réchauffant à l'eau-de-vie. Ici, il avait l'air de faire plus chaud que dans une banlieue de l'enfer. J'avais déjà mis mon pardessus au clou.

« Ah ouais ? Et qu'est-ce que tu me proposes ?

— Comme je te l'ai dit, j'ai besoin de quelqu'un pour veiller sur mes affaires. Dans ce milieu, on ne peut faire confiance à personne. Et, dans une ville en plein essor comme celle-ci, il y aura toujours du boulot pour un bon détective.

— Je ne sais pas », répondis-je.

C'est alors que je remarquai que le sommet des montagnes arides était couvert de neige. Je me dis qu'une ville comme celle-ci — en plein essor — allait attirer son lot de Felix Dubinsky. Et d'Edison aussi, d'ailleurs. Toutes sortes de types prêts à tout pour réussir.

Traduit par Dorothée Zumstein.

Comme c'est romantique...

PETER STRAUB

N., au volant de sa Peugeot de location, pénétra dans l'enceinte de l'auberge par une ouverture dans le mur, et vint se garer devant le bâtiment. Au-delà de la vieille porte d'écurie, à sa gauche, une jeune fille brune vêtue d'une robe bleu vif soulevait un sac de farine. Elle le posa devant elle, sur le comptoir, et l'ouvrit. Lorsqu'il sortit de la voiture, la fille lui accorda un regard indifférent, avant de fourrer la main dans le sac et d'en extraire une poignée de farine qu'elle étala sur une planche à découper. Très haut dans l'air gris et froid, de lourds nuages traversaient lentement le ciel. Au sud, d'autres, couleur de suie, s'accrochaient à la cime des arbres et aux versants des montagnes. N. retira du coffre de la Peugeot son bagage à roulettes et sa sacoche d'ordinateur, puis le referma. Il plongea son regard dans la cuisine, par-delà la porte, et vit la fille en robe bleue brandir un fendoir et l'abattre sur un poulet plumé et décapité. N. tira sur la poignée amovible de son sac et le traîna derrière lui, jusqu'au sas de verre par lequel on pénétrait dans l'auberge.

Il s'engagea ensuite dans un couloir étroit et sombre. Des brochures étaient empilées sur une longue table, contre le mur du fond. De l'autre côté, de grandes portes donnaient sur une salle à manger où les tables, disposées bout à bout, formaient quatre rangées. Elles étaient recouvertes de nappes en vichy rouge, et le couvert était mis. Un foyer noirci, contenant deux grils métalliques, occupait le mur du fond. À gauche de la cheminée, des voix masculines filtraient à travers une porte décorée de vitraux rougeoyants.

Après avoir traversé la salle à manger, N. atteignit la réception. Derrière le comptoir, le désordre régnait : un bureau et une table où s'entassaient, pêle-mêle, registres et feuilles volantes ; un fauteuil usé jusqu'à la corde... Des clés attachées à des plaques de métal numérotées étaient pendues à des crochets portant les numéros correspondants. À côté d'une affiche vantant les qualités du fromage Ossau-Iraty, une horloge indiquait cinq heures et demie. N. arrivait quarante-cinq minutes plus tard que prévu.

« Bonjour. Monsieur ? Madame ? »

Pas de réponse. N. se dirigea vers l'escalier, à gauche de la réception. Quelques marches plus bas, il tomba sur un couloir et passa devant deux portes creusées de hublots à hauteur des yeux, comme dans les petits restaurants du temps de sa lointaine jeunesse. En face, d'autres portes arboraient les numéros 101, 102, 103. Une volée d'escaliers plus large menait à un palier et se prolongeait, dans un coude, jusqu'à l'étage au-dessus.

« Bonjour. »

Sa voix résonna dans la cage d'escalier. Des relents de sueur rance et d'hygiène douteuse flottaient dans l'air.

Il déposa son bagage à la réception et, muni de sa seule sacoche, s'engouffra dans la salle à manger. Quelqu'un fit une remarque, et des rires fusèrent. N. longea la dernière rangée de tables et s'avança vers la porte-vitrail. Il frappa deux coups, puis la poussa.

Des tables vides se déployaient en éventail, du seuil jusqu'au parking. Un homme en veste de tweed froissée et à l'air d'universitaire débauché, un type en survêtement râpé et aux traits canins, et un barman chauve et grassouillet se tournèrent vers lui, puis baissèrent la tête pour reprendre leur conversation sur un ton plus confidentiel. N. posa sa sacoche sur le comptoir et prit un tabouret. Le barman le regarda et gagna lentement le bar en haussant les sourcils.

« Je vous prie de m'excuser, monsieur, dit N. en français, mais il n'y a personne à la réception. »

L'homme tendit la main par-dessus le comptoir. Il échangea un regard avec ses amis puis adressa à N. un sourire mécanique. « M. Cash ? On nous avait dit que vous arriveriez plus tôt. »

N. serra la main flasque qu'on lui tendait. « J'ai eu des problèmes pour venir ici depuis Pau.

— Des ennuis de voiture ?

— Non, j'ai juste eu du mal à trouver la sortie d'Oloron », dit N.

Il avait par deux fois parcouru le sud de la vieille ville, essayant de deviner quelle sortie prendre à partir des ronds-points. Enfin, un vieillard édenté croisé à un passage clouté, à qui il avait crié « Montory ? », lui avait désigné l'autoroute.

« Les habitants d'Oloron ne renseignent pas volontiers les gens qui cherchent toutes ces petites villes. »

Il se retourna et répéta la remarque à l'adresse de ses compagnons. Ceux-ci n'étaient pas loin d'atteindre l'état d'ébriété où il leur serait plus facile de conduire que de marcher.

« À Oloron, dit le type en survêtement au visage canin, quand vous leur demandez : "C'est *où,* Montory ?", ils vous répondent : "C'est *quoi* Montory ?"

— OK, dit son ami. C'est quoi ? »

L'hôtelier se tourna à nouveau vers N. « Vos sacs sont dans la voiture ? »

N. prit sa sacoche sur le comptoir. « Mon sac est à la réception. »

L'hôtelier quitta son poste et guida N. à travers la salle à manger. Les deux autres les suivaient comme des petits chiens. « Vous parlez un excellent français, monsieur Cash. Il est rare qu'un Américain ait si peu d'accent. Vous habitez Paris, sans doute ?

— Je vous remercie, répondit N. Je vis à New York. »

En théorie c'était vrai. En temps normal, N. était plus souvent dans son appartement de l'Upper East Side que dans son chalet de Gstaad. Mais au cours de ces deux dernières années, qui n'avaient pas été des années ordinaires, il avait essentiellement vécu dans des chambres d'hôtel à San Salvador, Managua, Houston, Prague, Bonn, Tel-Aviv et Singapour.

« Mais vous avez dû passer une semaine à Paris ?

— Juste un ou deux jours », répondit N.

Il entendit, derrière lui, l'un des deux hommes dire : « Paris est sous occupation japonaise. À ce qu'on dit, à la Brasserie Lipp, ils ne servent plus de cervelas mais uniquement des sushis. »

Ils pénétrèrent dans le vestibule. N. et l'hôtelier se dirigèrent vers la réception tandis que les deux hommes faisaient mine de s'intéresser aux brochures touristiques.

« Combien de nuits est-ce que vous comptez passer chez nous ? Deux, c'est ça ? Ou bien trois ?

— Probablement deux, répondit N., sachant que ces détails étaient réglés d'avance.

— Dînerez-vous avec nous, ce soir ?

— Je regrette, mais je ne pourrai pas. »

L'hôtelier eut une expression de contrariété. Il fit un geste en direction de la salle à manger et dit : « Alors, soyez des nôtres demain, pour le gigot de mouton. Mais il vous faudra réserver au moins une heure à l'avance. Vous avez l'intention de sortir le soir?

— Oui.

— Nous fermons nos portes à onze heures. Il y a une sonnerie, mais je préfère ne pas avoir à me lever pour ouvrir. Mieux vaut que vous vous serviez du code d'entrée. Appuyez sur les touches 2-3-4 et 5. Facile à retenir, non? 2-3-4-5. Et puis, récupérez vous-même votre clé à la réception. Quand vous ressortez le lendemain, contentez-vous de la laisser sur le comptoir. Nous la raccrocherons nous-mêmes au tableau. Qu'est-ce qui vous amène au Pays basque, monsieur Cash?

— À la fois les affaires et le plaisir.

— Et ces affaires, c'est...?

— J'écris des articles de voyage, répondit N. C'est une très belle région.

— Vous êtes déjà venu au Pays basque? »

N. plissa les yeux, troublé par un souvenir qui refusait de remonter à la surface.

« Je ne sais plus. Dans ma branche, on visite tellement d'endroits. Il se peut que je sois venu il y a très longtemps.

— Notre établissement a été fondé en 1961, mais on s'est agrandis depuis. »

D'un geste sec, il posa la clé et sa plaque de métal sur le comptoir.

N. laissa tomber ses bagages sur le lit, ouvrit les volets et se pencha à la fenêtre, comme s'il cherchait à retrouver le souvenir qui lui échappait. La route descendait depuis l'auberge puis remontait, traversant le minuscule centre du village. Juste en face, une femme en pull tenait la caisse derrière une vitrine où l'on pouvait lire SPÉCIALITÉS RÉGIONALES, Au-delà, des champs verdoyants s'étendaient jusqu'au pied des montagnes boisées. À l'endroit précis où l'on quittait Montory, il vit, contre un mur de pierre gris, la cabine téléphonique qu'on lui avait demandé d'utiliser.

Les amis de l'hôtelier sortirent en titubant sur le parking et s'éloignèrent dans une vieille Renault toute maculée de boue. Un camion de livraison portant sur le flanc l'inscription Comète pénétra dans l'enceinte et s'arrêta devant la vieille porte d'écurie. Un homme en bleu de travail en descendit, ouvrit l'arrière du camion et retira d'une pile bien ordonnée un sac en toile qu'il posa dans la cuisine. Une blonde d'une cinquantaine d'années, portant un tablier blanc, émergea du bâtiment et tira le sac suivant. Le poids faillit l'entraîner vers l'arrière, mais elle retrouva son équilibre et transporta le sac à l'intérieur. La fille en robe bleue apparut dans le décor : elle s'adossa au chambranle, à moins d'une cinquantaine de centimètres de l'endroit où l'homme posait un second sac sur le premier. Les sacs étaient entourés d'un nuage de poussière brune. En se redressant, il accorda à la fille un regard de franche admiration. La robe moulait ses seins et ses hanches et son visage possédait une beauté crue et sensuelle, contrastant de façon saisissante avec son expression blasée. Elle marmonna à contrecœur une vague réponse au salut de l'homme. La femme au tablier ressortit et désigna les sacs posés à terre. La fille haussa les épaules. Le livreur fit une révérence moqueuse. La fille se baissa et les ramassa, les hissant à hauteur de taille avant de les déposer plus loin dans la cuisine.

Impressionné, N. se retourna et examina les lieux : des murs d'un blanc jaunâtre, un lit double qui s'avérerait trop petit pour lui, une vieille télévision et une table de nuit sur laquelle se trouvaient une lampe de chevet et un téléphone à cadran. Une broderie sous cadre, accrochée au-dessus du lit, l'informait que pour vivre longtemps, il fallait faire bonne chère. Il tira vers lui son sac de voyage et se mit à pendre ses vêtements, en prenant bien soin de replier les carrés d'étoffe qui lui servaient à protéger ses costumes et ses vestes.

Un peu plus tard, il sortit sur le parking, sa sacoche d'ordinateur sous le bras. Par la porte de la cuisine, il pouvait voir la fille en robe bleue et une autre, âgée d'une vingtaine d'années, à l'estomac proéminent, aux cuisses massives et au visage de dogue encadré d'une tignasse blonde. Elles hachaient des légumes verts sur la planche à découper avec des gestes secs et nerveux. La fille brune leva la tête et le regarda. Il lui dit bonsoir, et se sentit requinqué par le sourire qu'elle lui adressa.

La cabine téléphonique était située au croisement de la route du village et d'une autre, qui descendait avant de traverser les champs et de s'enfoncer dans les Pyrénées. N. introduisit des jetons dans la fente et composa un numéro à Paris. Au bout de deux sonneries, il raccrocha. Quelques minutes plus tard, la sonnerie retentit et il décrocha.

Une voix dit, avec l'accent américain : « Alors, on a eu un petit contretemps ?

— Il m'a fallu un moment pour trouver l'endroit, répondit-il.

— Vous avoir besoin guide indien, pour plus vite trouver piste. »

Son contact aimait bien faire semblant d'être un Indien d'Amérique.

« Vous avez bien eu le paquet ?

— Oui, dit N. C'est bizarre, mais j'ai l'impression d'être déjà venu ici.

— Vous êtes allé partout, vieux compagnon. Vous êtes un grand homme. Une vraie star.

— Dans son dernier rôle.

— Un rôle gravé dans la pierre. Et directement par le grand chef.

— Si je devais avoir des ennuis, je serais capable d'en causer encore davantage.

— Voyons... », dit le contact.

Bien que N. n'eût aucun moyen de savoir à quoi il ressemblait, il s'en faisait une idée assez précise : visage rond, lunettes aux verres épais, cheveux frisés.

« Vous êtes notre meilleur élément. Vous ne croyez pas qu'ils vous sont reconnaissants ? Très bientôt il va leur falloir embaucher des Japonais. Et des *Russes*. Imaginez l'effet que ça leur fait.

— Vous ne voulez pas retourner à votre boulot, histoire que moi aussi je puisse faire le mien ? »

N. était installé à la terrasse du café-tabac de la place du Marché de Mauléon. Assis devant un espresso et une édition originale presque intacte du *Kim* de Rudyard Kipling, il regardait les lumières s'allumer et s'éteindre dans un bâtiment situé de l'autre côté de la place à arcades. Il avait pris une douche dans la baignoire miteuse de sa chambre, s'était rasé devant le petit lavabo, puis avait revêtu un léger costume de flanelle et son imperméable. Avec sa sacoche d'ordinateur bien en évidence sur la chaise d'à côté, il avait tout de l'homme d'affaires en voyage. Les deux vieux serveurs s'étaient retirés à l'intérieur du café illuminé, où quelques clients étaient accoudés au comptoir. Depuis une heure et demie que N. était assis sous les parasols, un jeune couple de provinciaux s'était arrêté pour dévorer un steak frites tout en consultant des guides touristiques, et un jeune homme à l'air sauvage et aux longs cheveux d'un blond sale avait engouffré trois bières. Pendant une brève averse, un Japonais était entré en courant et avait essuyé son front et ses appareils photo avant de parvenir enfin à commander un bœuf bourguignon et un verre de vin. À nouveau seul, N. commença à regretter de n'avoir dîné que d'une assiette de fromage, mais il était maintenant trop tard pour prendre autre chose.

Le sujet, Daniel Hubert, un ancien policitien qui tenait une boutique d'antiquités et donnait dans le trafic d'armes, avait éteint sa boutique juste à l'heure qu'on avait indiquée à N. Puis le salon de son appartement, situé au-dessus, s'était allumé. Et quelques minutes plus tard, sa chambre à coucher, à l'étage supérieur. Tout se déroulait comme prévu.

« D'après les renseignements recueillis par nos agents, il s'apprête à passer aux choses sérieuses, lui avait dit son contact. Selon eux, ça doit avoir lieu ce soir ou demain soir. Voilà comment il procède : il ferme la boutique et monte se préparer. Vous verrez les lumières s'allumer au fur et à mesure qu'il s'approche de sa chambre. Si vous remarquez de la lumière au tout dernier étage — c'est son bureau —, c'est qu'il s'assure que tout est en place, prêt à être livré. Visage pâle sera nerveux. Visage pâle sait qu'il joue désormais dans la cour des grands. D'un côté il a les Sud-Américains, de l'autre les Arabes. Une fois qu'il aura fini de téléphoner, il descendra, sortira par la porte à côté de la boutique et montera dans sa voiture. Une Mercedes avec une plaque bidon, comme tous ces politiciens au bras long. Il se rendra ensuite dans un restaurant, dans les montagnes. Il se sert de trois endroits différents, et il nous est impossible de savoir à l'avance lequel il choisira. Repérez un endroit tranquille, faites un boulot propre et appelez-moi plus tard. Et ensuite, trouvez-vous une petite femme et amusez-vous !

— Et les autres ?

— Attention, les enturbannés, on n'a rien contre. Ce sont des clients. Ces gars voyagent avec des millions en liquide. Nous vénérons la crotte de chameau qu'ils foulent aux pieds. »

Les lumières restèrent allumées au tout dernier étage. Une autre s'alluma puis s'éteignit dans la chambre à coucher. Une moto passa en pétaradant. Le jeune homme du café lança un coup d'œil à N., avant de disparaître sous les arcades et de tourner au coin de la rue. L'un des serveurs fatigués s'approcha et N. déposa un billet de banque dans la soucoupe. Lorsqu'il releva les yeux vers la bâtisse, le bureau et la chambre à coucher étaient éteints, tandis que le salon était toujours allumé. Puis il fut également plongé dans l'obscurité. N. se leva et se dirigea vers sa voiture. Dans un jaillissement de lumière provenant de l'entrée, un homme svelte aux cheveux gris, vêtu d'un blazer noir et d'un pantalon gris, sortit sous les arcades, tenant la porte à quelqu'un qui n'aurait jamais dû se trouver là : une grande blonde en jean et blouson de cuir noir. Elle émergea sous l'une des arches et se tint devant la longue Mercedes pendant que M. Hubert fermait la porte. Déçu et furieux, N. démarra et attendit, au bout de la place, qu'ils se soient éloignés.

Ce genre de choses arrivait plus souvent qu'ils ne voulaient bien l'admettre. Une fois sur quatre, les équipes locales négligeaient un détail. Il lui fallait alors faire avec leurs erreurs et assumer les foirages consécutifs. Et voilà qu'ils commençaient à se planter une fois sur deux. L'équipe de Singapour, par exemple, avait omis de mentionner que son sujet avait recours à deux gardes du corps, dont l'un possédait son propre véhicule. Lorsqu'il le leur avait fait remarquer, ils avaient répondu qu'ils « travaillaient à améliorer la gestion des données à un niveau mondial ».

Pas à dire, la blonde était une sacrée tuile, question gestion des données. Il suivit la Mercedes, séparé d'elle par deux véhicules, tandis qu'elle s'engageait dans une série de virages à droite, prenant des rues à sens unique. Il regrettait que ses employeurs n'autorisent pas l'usage des téléphones portables. Les portables étaient jugés « poreux » et « détectables ». Ils étaient même considérés, suivant l'expression consacrée, comme des « risques potentiels ». N. aimerait qu'un jour quelqu'un daigne lui expliquer le sens exact de « risques potentiels ». Pour signaler à son contact la présence de la petite copine d'Hubert, il lui faudrait retourner à l'« installation publique locale », autre fleuron du jargon administratif. Autrement dit, à la cabine téléphonique de Montory. En matière de risques potentiels, ça se posait là !

À la sortie de la ville, la Mercedes roula sous un lampadaire, et, virant à gauche, fit un brusque crochet. Décidément, c'était le bouquet ! Hubert soupçonnait une filature. Il avait dû surprendre l'équipe locale tandis qu'elle s'escrimait à rassembler ses informations foireuses. N. se maintint aussi loin que possible, anticipant de temps à autre les manœuvres du sujet, puis accéléra dans une rue adjacente. Enfin, la Mercedes quitta Mauléon et tourna à l'est sur une route à trois voies.

N. les suivit, cherchant à comprendre qui était la femme. En dépit de ses vêtements, elle avait tout de la maîtresse, mais quel homme aurait l'idée d'emmener sa maîtresse à pareille rencontre ? Il était peu probable qu'elle représente les Sud-Américains, et encore moins qu'elle travaille pour les acheteurs. Peut-être ne fallait-il voir en eux qu'un charmant couple allant dîner. Loin devant, les feux arrière de la Mercedes signalaient qu'elle quittait l'autoroute en tournant sur la gauche, avant de se mettre à serpenter dans les montagnes. Quand N. s'engagea dans leur sillage, ils étaient déjà hors de vue. Il tourna, monta jusqu'au premier virage et éteignit ses phares. À partir de là, l'opération la plus délicate consista à éviter le fossé tandis qu'il roulait au pas dans l'obscurité, distinguant par intermittence les feux arrière de l'autre voiture ou les rayons lumineux que projetaient ses phares sur les arbres, bien au-dessus de lui.

Depuis la cabine téléphonique, il voyait l'enseigne au néon rouge AUBERGE DE L'ÉTABLE illuminer le parking.

« Tonto attendre, dit le contact.

— J'aurais aimé qu'on me touche un mot de la petite amie.

— Homme blanc parler avec langue fourchue. »

N. soupira. « J'ai attendu en face de chez lui. Hubert avait l'air de beaucoup monter et descendre les escaliers, ce qui s'explique, vu qu'il est ressorti avec une très belle jeune femme en Perfecto. Il faut que je vous dise que j'ai horreur des surprises.

— Dites-moi ce qui s'est passé.

— Il a fait des tas de détours avant de se sentir suffisamment en sécurité pour quitter Mauléon. Je l'ai suivi jusqu'à une auberge dans la montagne, tout en me demandant ce qu'il faudrait que je fasse si la rencontre avait lieu. Tout à coup, il y avait ce changement et la seule manière pour moi de vous en informer, c'était de faire demi-tour et de revenir à ce téléphone, excusez-moi, je veux dire à cette installation publique locale.

— *Ça* n'aurait vraiment pas été une bonne idée, dit le contact.

— J'ai attendu qu'ils entrent dans le parking et sortent de leur voiture, puis je me suis garé derrière un mur et je suis monté jusqu'à un endroit d'où je pouvais apercevoir leur table à travers les carreaux. J'essayais de m'imaginer combien de rapports il me faudrait rédiger si je devais mentionner la fille. Vous vous souvenez de Singapour? L'improvisation, ça ne me fait plus rire.

— Et ensuite?

— Ils ont dîné. En tête à tête. Soupe basque, poulet rôti, salade, pas de dessert. Une bouteille de vin. Hubert essayait de la distraire, mais il n'avait pas l'air d'y parvenir. L'endroit était à moitié plein, des gens du coin pour la plupart. Des types coiffés de bérets en train de jouer aux cartes, deux groupes de quatre, une table de Japonais en tenue de golf. Dieu sait comment ils ont trouvé cet endroit. Quand Hubert et son amie sont repartis, je les ai suivis et j'ai attendu que toutes les lumières soient éteintes. Au beau milieu de toute cette activité frénétique, quelque chose m'est revenu en mémoire.

— Bien. Les gens de votre âge ont, paraît-il, plutôt tendance à la perdre.

— Dites-moi si je me trompe : pour la fille, vous êtes au courant?

— Martine est votre auxiliaire.

— Depuis quand est-ce que j'ai besoin d'une auxiliaire? »

Plusieurs secondes s'écoulèrent en silence, tandis qu'il luttait contre sa fureur.

« OK, reprit-il. Très bien. Mais je vais vous dire

un truc. Tout ça, c'est épatant, mais que Martine s'en tienne à la paperasse.

— Ça, laissez-moi m'en charger. Pendant ce temps, essayez de vous rappeler que, depuis un bout de temps, nous intégrons à notre structure de nouveaux éléments. Voilà un an que Martine se livre à des opérations sur le terrain, et nous avons décidé de lui donner l'opportunité de profiter des leçons d'un vieux maître.

— Bien, dit N. Et Hubert, pour qui la prend-il?

— Pour une experte en matière de psychologie moyen-orientale. Nous l'avons placée de telle manière que le jour où il a eu besoin de quelqu'un pour l'aider à comprendre ce que les Arabes avaient derrière la tête, elle était là. Elle a un doctorat d'arabe de la Sorbonne et a été chargée pendant deux ans des relations publiques d'une compagnie de pétrole au Moyen-Orient. Hubert l'a trouvée tellement à son goût qu'il l'a logée dans sa chambre d'ami.

— Et c'est Martine qui lui a dit que ses partenaires le filaient?

— Il ne vous a même pas entraperçu. Vous ne pouvez pas savoir à quel point vous l'avez impressionnée. Vous êtes son héros.

— Martine devrait passer deux jours avec moi quand on en aura fini, dit-il, assez furieux pour le penser vraiment. Je pourrais parfaire son éducation.

— Vous? dit le contact dans un éclat de rire. Laissez tomber, non que ça ne puisse vous être utile à tous les deux : si vous étiez initié aux programmes codés, vous n'auriez pas besoin d'avoir recours aux IPL, les installations publiques locales. Cela dit, vous n'imaginez pas à quel point je vous envie. À l'époque où vous avez débuté, ce métier laissait beaucoup plus de place à l'individu. Les types comme vous fixaient eux-mêmes les règles du jeu. Moi, on m'a embauché parce que j'avais une maîtrise de gestion et, bien entendu, je suis fier de contribuer à rationaliser notre entreprise et de l'aider à franchir le cap du troisième millénaire. Aujourd'hui encore, et même si l'on ne peut désormais plus se permettre d'oublier les points sur les i et les barres sur les t, le travail sur le terrain me semble terriblement romantique. Les années que vous y avez passées, les choses que vous avez faites... Vous êtes comme Wyatt Earp. Visage pâle, ça a été un honneur pour moi d'être désigné comme votre contrôleur divisionnaire.

— Mon quoi?

— Votre contact.

— L'un de nous a loupé sa vocation, dit N.

— Ça a été un plaisir, de parcourir le vieil Ouest en votre compagnie.

— Vous aussi, allez vous faire foutre », dit N.

Mais on avait déjà raccroché.

Une trentaine d'années plus tôt, un vétéran du nom de Sullivan avait commencé à perdre ses moyens. Des années auparavant, il avait fait partie de l'OSS puis de la CIA. Bien qu'il eût gardé des allures de baroudeur baraqué et qu'il portât chaque jour un costume noir et une chemise blanche, il commençait à avoir de la bedaine et, sous l'effet de l'alcool, ses traits s'étaient affaissés. Il ne s'appelait pas véritablement Sullivan et il n'était pas d'origine irlandaise, mais suédoise. Sa tignasse blonde virait au gris, ses lèvres étaient très fines et ses yeux bleus si clairs qu'ils paraissaient décolorés. N. avait passé un mois à Oslo et un autre à Stockholm et, dans ces deux villes, il avait vu un grand nombre de Sullivan. C'était cela qui lui était revenu à l'esprit tandis qu'il roulait dans la montagne ; ce qui, il y a si longtemps, l'avait conduit dans les Pyrénées : Sullivan...

Il était alors dans le métier depuis presque un an et ses premières missions s'étaient bien passées. Dans un bureau de fortune installé dans une allée marchande de San Fernando Valley, un homme sans nom aux traits tendus et aux cheveux coupés en brosse lui avait fait part de l'inestimable opportunité qui lui était offerte. Il devait prendre l'avion jusqu'à Paris, puis aller à Bordeaux, y rencontrer une légende vivante nommée Sullivan et se rendre avec lui en voiture dans le sud-ouest de la France. Ce que Sullivan pouvait lui enseigner en une semaine, il lui aurait fallu des années pour l'apprendre seul. Cette mission, sa dernière, son chant du cygne, le vétéran aurait aisément pu s'en acquitter sans lui. Alors pourquoi y faire participer N. ? À cause de Sullivan lui-même. Il avait perdu de sa finesse ; il ne se souciait plus autant des détails qu'autrefois. Si bien que, tout en intégrant les leçons du vieux maître, N. pourrait en même temps s'assurer que le boulot était bien fait, et fournir chaque soir des rapports. Si Sullivan foirait, on lui retirerait la mission, dernier job ou pas. Le seul problème, précisa l'homme à la coupe en brosse, c'est que Sullivan allait à coup sûr le prendre en grippe.

Et pour commencer, c'est ce qui s'était passé. Sullivan lui avait à peine adressé la parole pendant tout le trajet depuis Bordeaux. La seule remarque qu'il avait faite, tandis qu'ils roulaient dans la montagne, c'est que les Basques étaient si cinglés qu'ils se croyaient les derniers survivants de l'Atlantide. Il avait déposé N. à son hôtel, à Tardets où une chambre et une voiture l'attendaient, et lui avait suggéré de ne pas le rejoindre pour le dîner ce soir-là. N. lui avait alors rappelé leurs instructions et avait exprimé le désir d'être mis au courant de la situation.

« OK, j'abandonne, vous êtes un boy-scout ! » avait grogné Sullivan avant de démarrer pour se rendre là où se trouvait sa chambre — et celle-ci, N. se le rappelait clairement tandis qu'il descendait la pente allant de la cabine au village, se trouvait à l'Auberge de l'Étable.

Bien que l'auberge ait été, à l'époque, environ deux fois plus petite, la salle à manger était déjà la même salle imposante. Sullivan avait tenu à ce qu'on leur donne une table près de l'entrée, bien à l'écart des couples rassemblés autour du gigot de mouton qui rôtissait dans l'âtre.

En évitant de croiser son regard, lorsqu'il ne le foudroyait pas des yeux, Sullivan but six petits verres de marc avant dîner et, dans un français bien supérieur à celui de N., se plaignit de l'absence de vodka. On trouvait de la vodka en Allemagne, en Angleterre, en Suède, au Danemark et même dans cette misérable Islande. Mais en France, en dehors de Paris, personne ne savait de quoi il s'agissait. Lorsque le gigot arriva, il commanda deux bouteilles de bordeaux et flirta avec la serveuse. Elle répondit à ses avances. Sans formuler clairement la chose, ils convinrent d'un rendez-vous. Sullivan était un séducteur-né. Il se détendit, sous l'effet de l'alcool ou de la certitude que plus tard la serveuse le rejoindrait dans son lit. Il posa quelques questions, endura les réponses, et raconta des histoires qui laissèrent le jeune N. bouche bée. Amusé, Sullivan raconta ses conquêtes derrière les lignes ennemies, se lança dans de terrifiants récits des opérations de l'OSS, imita des dignitaires étrangers, évoqua des bains de sang dans des palais présidentiels. Il parlait six langues couramment, trois autres presque aussi bien et jouait correctement du violon.

« La vérité, dit-il, c'est que je suis un pirate. Et les pirates, en dépit de leur efficacité, ne sont plus à la mode. Je ne remplis pas les formulaires, j'omets de noter la moindre de mes dépenses et je me fiche des blâmes. Ils me laissent agir à ma guise parce que, en règle générale, j'obtiens plus de résultats qu'eux. Mais de temps à autre, je donne des sueurs froides à nos petits camarades, sous leurs chemises coupées sur mesure. Ce qui nous amène à votre présence ici, non? C'est mon dernier boulot, et on m'envoie un auxiliaire. Trêve de plaisanteries : si vous êtes là, c'est pour m'avoir à l'œil. Ils vous ont demandé d'envoyer chaque soir un rapport.

— Ils ont aussi dit que je tirerais de vous le meilleur enseignement du monde, répliqua N.

— Bon Dieu, mon petit gars. Vous devez être sacrément bon s'ils veulent que ce soit *moi* qui vous aide à vous perfectionner. »

Il avala une gorgée de vin et adressa un sourire à N., qui fut sensible à ce changement d'humeur.

« Ils ne vous ont pas chargé d'autre chose? demanda Sullivan.

— Me perfectionner, ça ne suffit pas? » demanda N., soudain en proie au doute.

Sullivan l'avait observé un moment. Son regard n'était pas du tout embué par l'alcool mais froid, intrigué, attentif. Ce regard, qui semblait le percer à jour, avait mis N. sur ses gardes. Enfin Sullivan s'était détendu et lui avait expliqué ce qu'il allait faire, et comment il comptait s'y prendre.

Tout s'était bien déroulé. Mieux que bien : parfaitement. Sullivan avait pris au moins dix décisions qui auraient troublé l'homme à la coupe en brosse. Mais chacune d'entre elles, ainsi que N. avait pris le soin de le mentionner dans ses rapports, avait fait gagner du temps, renforcé l'efficacité et contribué à conclure l'affaire de manière satisfaisante. Le dernier jour, N. avait appelé Sullivan pour savoir à quelle heure il lui faudrait venir le chercher.

« Changement de plan, avait dit Sullivan. Vous pouvez aller seul à l'aéroport. Je compte passer une nuit de plus avec les survivants de l'Atlantide. »

Ainsi, il voulait s'ébattre une dernière fois avec la serveuse.

« Et ensuite, continua Sullivan, retour à la vie civile. Je suis propriétaire de trente hectares, tout près de Houston. Je crois que je vais me faire construire une propriété d'après les plans de Fort Alamo, mais cent fois plus grande, avec une salle de musique dernier cri. Et là, je ferai venir chaque semaine le meilleur violoncelliste sur le marché pour qu'il me donne des cours, j'engagerai un grand chef cuisinier, et les femmes entreront et sortiront à la vitesse grand V. Ah, et puis je veux aussi apprendre le chinois. C'est la seule langue importante que je ne connaisse pas encore. »

Lors d'une de ses rares visites au quartier général, quelques mois plus tard, N. avait salué l'homme de l'allée marchande tandis qu'il déplaçait des piles de dossiers d'un bureau sans fenêtres à un couloir sans fenêtres. L'homme portait un petit nœud papillon et ses cheveux en brosse étaient coupés à ras. Il lui fallut quelques secondes pour situer N.

« Los Angeles, dit-il enfin. Bien sûr. C'était du bon boulot. Du Sullivan tout craché. Beaucoup de risques pris, mais un super-résultat. Ce type n'est jamais revenu de France, vous le saviez ?

— Ne me dites pas qu'il a épousé la serveuse, dit N.

— Il est mort là-bas. Il s'est suicidé, pour être précis. Il ne supportait pas l'idée de prendre sa retraite, voilà ce que je pense. Ils sont beaucoup, parmi ces pionniers, à se fiche une balle dans la tête quand ils arrivent au bout du chemin. »

Au cours des années, N. s'était souvent fait la remarque suivante : ce qu'on appelle l'observation n'est, en général, qu'une affaire d'interprétation. Personne ne voulait l'admettre, mais c'était tout de même la vérité. Si vous refusiez l'interprétation — qui consistait seulement à penser à deux choses : ce que vous aviez observé et pourquoi vous l'aviez observé —, ce refus était lui aussi une interprétation. Plus il ressemblait à Sullivan — par sa résistance au jargon en vigueur et à la paperasse de plus en plus importance nécessitée par l'« intégration de nouveaux éléments » —, moins il voyait l'intérêt de placer des femmes à des postes réservés autrefois aux hommes. Et voilà qu'il se retrouvait avec un auxiliaire féminin. Mais la question qu'il se posait était la suivante : qu'aurait donc fait la dame si Hubert avait remarqué que N. le filait ? Voilà qui donnait matière à interprétation.

En de rares occasions, au fil des années, N. s'était penché sur la question que lui avait posée Sullivan, avant de se détendre : *Ils ne vous ont pas chargé d'autre chose ?*

Dans les institutions, les structures survivent aux individus.

Le parking était aux trois quarts plein. Espérant qu'il aurait encore le temps d'avaler un morceau, N. jeta un coup d'œil vers la vieille porte d'écurie tandis qu'il se garait contre le mur. Elle était fermée et les fenêtres de la salle à manger étaient dans le noir. Muni de son cartable, il alla jusqu'à la porte et composa le code. La porte de verre s'ouvrit dans un déclic. Dans le vestibule, celle de la salle à manger était close. Il lui faudrait rester sur sa faim jusqu'au lendemain. Dans la faible lueur de la réception, il vit sa clé sur le tableau, au milieu des crochets dénudés. Il souleva le battant, contourna le bureau pour aller la chercher et, avec un pincement au cœur, il réalisa que parmi les milliers d'employés des ressources humaines, de directeurs de la communication, d'informaticiens, de contrôleurs divisionnaires de région, d'équipes locales et autres, il ne restait que lui pour se souvenir de Sullivan.

La minuterie des escaliers lui laissait juste le temps d'atteindre le second étage. Après quoi, il lui fallait appuyer sur un autre bouton. L'odeur acide et âcre qui l'avait frappé dès qu'il s'était engagé dans l'escalier s'intensifia au deuxième étage, et se fit plus forte à mesure qu'il se rapprochait de sa chambre. On aurait dit une odeur de pourriture, de produits chimiques en combustion, d'animal mort suintant sur un tas d'algues. Rance et quasi matérielle, la puanteur lui piqua les yeux et pénétra ses narines. En suffoquant presque, N. enfonça la clé dans la serrure et se réfugia dans sa chambre pour découvrir que la puanteur le poursuivait jusque-là. Il ferma la porte, s'agenouilla près du lit et ouvrit la fermeture Éclair de sa sacoche. C'est alors qu'il reconnut l'odeur. Il s'agissait d'effluves corporels exceptionnellement puissants, la version intégrale de ce qu'il avait flairé six heures plus tôt.

« Incroyable ! » dit-il à voix haute.

Quelques secondes plus tard, il avait remonté les stores et ouvert la fenêtre. Quelqu'un qui ne s'était pas lavé depuis des mois, quelqu'un qui empestait comme un rat crevé était entré dans sa chambre pendant qu'il errait dans la montagne. N. passa la pièce en revue. Il ouvrit les tiroirs du bureau, examina le téléphone, et se dirigeait vers le placard lorsqu'il remarqua un paquet enveloppé de papier kraft posé sur la table de nuit. Il se pencha, le retourna avec précaution puis finit par le ramasser. Le parfum, reconnaissable entre mille, du rôti d'agneau et de l'ail, envahit l'atmosphère tandis que la puanteur environnante commençait à s'atténuer.

Il ouvrit le paquet enveloppé d'une feuille de plastique, qui contenait un gros sandwich de pain complet garni de tranches d'agneau et de piments grillés. Une note y était jointe, rédigée d'une main enfantine sur papier quadrillé, dans un français parlé :

J'espère que vous n'êtes pas fâché que j'aie fait ça pour vous. Vous avez été absent toute la soirée et peut-être que vous ne savez pas que tout ferme tôt dans la région. Si vous avez faim en rentrant, je vous en prie, mangez ce sandwich. Avec tous mes vœux.

ALBERTINE.

N. se laissa retomber sur le lit, dans un grand éclat de rire.

Les cloches massives de l'église de Montory, après avoir sonné à chaque heure de la nuit, reprirent le pieux vacarme qui avait empêché N. de dormir. Ignorant la messe comme le sabbat, la jeune femme trop grosse frottait le carrelage de la salle à manger. N. la salua en passant et elle se releva péniblement, retira une paire de gants en latex, les laissa tomber dans un claquement sur le sol mouillé, et lui emboîta le pas.

Trois Japonais en tenue de golf occupaient une des tables recouvertes de nappes blanches en papier et de vaisselle en porcelaine. N. se demanda si le copain éméché de l'hôtelier disait vrai lorsqu'il affirmait que la Brasserie Lipp servait des sushis à la place de la nourriture alsacienne. Il reconnut en eux les hommes qu'il avait vus à l'auberge, dans la montagne. Ils étaient en train de redistribuer leur part de la richesse mondiale en explorant la France en célibataires. Ce qu'il faisait lui-même n'était pas bien différent. Il s'installa à la table la plus proche de la porte, et la jeune femme s'approcha de lui en se dandinant. « Café au lait. Croissants et confiture. Jus d'orange. » Avant qu'elle n'ait tourné les talons, il ajouta : « Je vous prie de remercier Albertine pour le sandwich qu'elle a monté dans ma chambre. Et dites-lui, s'il vous plaît, que je tiens à la remercier personnellement. »

La perspective effrayante qu'elle fût elle-même Albertine s'évanouit avec son sourire entendu. Elle s'éloigna. Les Japonais fumaient en silence, au-dessus des miettes de leur petit déjeuner. N. songea, pour la septième ou huitième fois, qu'à Sullivan aussi on avait attribué un auxiliaire pour sa dernière mission. Avait-il jamais vraiment cru que le vieux pirate s'était donné la mort ? Eh bien, oui, pendant un temps. N., à vingt-cinq ans, voyait en Sullivan un survivant romantique, incapable de s'adapter à l'ennui de la vie civile. Un homme qui avait vécu une telle existence pouvait-il se contenter de leçons hebdomadaires de violon, de bons gueuletons et des plaisirs de la chair ? À présent qu'il avait atteint l'âge de Sullivan et qu'il avait choisi ses futurs loisirs — faire du ski dans les Alpes suisses, assister aux matches des Yankees et et des Knicks, collectionner les éditions originales de Kipling et de T.E. Lawrence et collectionner les maîtresses —, N. savait que Sullivan ne s'était pas tué.

Ils ne vous ont pas chargé d'autre chose ?

Non, ça n'avait pas été le cas, car Sullivan l'aurait immédiatement deviné à l'expression de son visage, sitôt la question posée. Quelqu'un d'autre, un auxiliaire inconnu de N., s'en était chargé. N. sirota son café et tartina ses croissants de confiture. Avec une journée entière devant lui, il avait largement le temps de s'occuper des détails du plan qui germait dans son esprit. N, adressa un sourire aux Japonais tandis qu'ils quittaient la salle. Il avait même le temps de s'arranger pour tirer profit de l'affaire, d'une manière qui aurait forcé l'admiration de Sullivan lui-même.

De retour dans sa chambre, il traîna une chaise devant un coin de la fenêtre, d'où il pouvait surveiller le parking et la route sans être aperçu. Il s'assit, son livre sur les genoux. Une pluie battante tombait sur l'aire de stationnement à moitié vide. De l'autre côté de la rue, l'aubergiste se tenait sous l'auvent de la terrasse, les bras croisés sur sa bedaine, et discutait avec la femme qui s'occupait de la vitrine pleine de bocaux de miel, de bouteilles de jurançon et de fromages de brebis. Il affichait un air sinistre. Les trois Japonais, qui étaient visiblement allés faire une balade sous la pluie, redescendaient la pente, depuis le centre du village. À leur vue, l'aubergiste parut sombrer encore davantage dans la déprime. Sans un mot, ils grimpèrent dans une Renault Espace rouge et démarrèrent. Un vieux Français émergea et, avec un soin tout particulier, se mit à plier son imperméable sur le siège avant de sa 2 CV, avant de quitter le parking. Deux voitures passèrent sans s'arrêter. L'averse faiblit puis cessa, laissant sur l'asphalte des flaques d'eau luisantes. N. ouvrit *Kim* au hasard et relut un passage qu'il connaissait bien.

Il leva les yeux pour apercevoir un long car de tourisme gris qui se garait devant le bâtiment, de l'autre côté de la rue. L'aubergiste décroisa les bras, marmonna quelque chose à la caissière et arbora un sourire professionnel. Des hommes mûrs et bedonnants et des femmes plus ou moins décaties sortirent du bus en jetant autour d'eux des regards incertains. Les cloches géantes remplirent à nouveau l'air de leur vacarme. L'aubergiste quitta rapidement la terrasse, serra quelques mains et les engagea à traverser la rue. On était dimanche, et ils venaient pour le mouton. Une fois repus, lorsque leurs esprits seraient embrumés par la nourriture et le vin, on les pousserait à acheter des spécialités régionales.

Au cours de l'heure suivante, la seule voiture à entrer sur le parking fut une Saab immatriculée en Allemagne, qui déversa deux parents obèses et trois adolescents blonds, étrangement minces et androgynes. Les adolescents se chamaillèrent au-dessus d'une montagne de sacs à dos et de duvets avant d'aller bouder dans l'auberge. La Renault maculée de boue tourna pour se garer devant le bar. Vêtus de chemises blanches, d'écharpes rouges et de bérets, les deux amis de l'aubergiste en sortirent. L'homme au visage canin tenait un tambourin, et l'autre tira une guitare du siège arrière. Leurs instruments sous le bras, ils se dirigèrent vers le bar.

N. glissa son livre dans sa sacoche, se donna un coup de peigne et rajusta sa cravate avant de quitter la pièce. En bas, du feu de la salle à manger ne restaient que des braises ; et, du mouton tournant sur la broche, que les os et les nerfs. Les touristes du car occupaient les trois premières rangées de tables. La famille allemande s'était installée, seule, dans la dernière rangée. Un des enfants bâilla, laissant voir sa langue percée d'un anneau. Les parents, bovins en diable, promenaient sur la salle un regard impassible. Les deux hommes vêtus du costume traditionnel basque entrèrent par le bar et s'engagèrent dans l'allée entre les deux premières rangées de tables. Sans préambule, le guitariste pinça une corde de son instrument désaccordé. L'autre se mit à chanter d'une voix agréable et vibrante de ténor. Les adolescents posèrent leurs gracieuses têtes sur la table. Les autres personnes présentes semblaient apprécier la musique, qui se fit nostalgique, avant de se conclure par la version française de *I Hear a Rhapsody.*

Depuis l'extérieur, N. ne voyait personne en cuisine. L'air était frais et des bataillons de nuages traversaient le ciel bas. Il se rapprocha. « Pardon ? Il y a quelqu'un ? »

Un brouhaha de voix féminines lui parvint aux oreilles. Il avança encore un peu. Des pas décidés résonnèrent sur le plancher. Soudain, la femme plus âgée apparut sur le seuil. Elle lui lança un regard sombre et impénétrable, avant de se retrancher dans la cuisine. Un gloussement étouffé fut couvert par des applaudissements provenant de la salle à manger. Un pas plus léger se fit entendre, et la fille en robe bleue surgit devant lui. Elle s'appuya d'une hanche contre le chambranle, et afficha une expression d'ennui indifférent.

« J'aimerais bien avoir cette balançoire dans mon jardin, dit-il.

— *Quoi ?*

— C'est une bêtise qu'on aimait bien dire quand on était gosses, dit-il en français. Je vous remercie d'avoir fait ce sandwich et de me l'avoir apporté dans ma chambre. »

À trois mètres d'elle, dans l'air frais, N. surprenait les effluves rances de son odeur, et il se demanda comment les autres femmes arrivaient à la supporter.

« Nadine m'a remerciée de votre part.

— Je tenais à le faire personnellement. C'est

important, vous ne trouvez pas, de faire les choses en personne ?

— J'imagine que c'est comme ça qu'il faut faire tout ce qui est important.

— Vous avez eu la finesse d'observer que je n'étais pas là pour le dîner. »

Elle haussa les épaules, ce qui eut pour effet de tendre à l'extrême sa robe sur son corps.

« C'est juste une question de bon sens. Pas question que nos clients aient faim. Un homme aussi robuste que vous doit avoir bon appétit.

— Vous vous rendez compte que ce soir, je vais encore sortir ? »

Elle esquissa un sourire. « Ça veut dire que vous voudriez un autre sandwich ?

— J'adorerais. »

Dans la perspective des plaisirs à venir, il fit deux pas vers elle, pénétrant plus avant dans sa puanteur. « On pourrait le partager, reprit-il, baissant la voix. Et vous pourriez apporter une bouteille de vin. J'aurai quelque chose à fêter. »

Elle jeta un coup d'œil à sa sacoche. « Vous avez terminé ce que vous étiez en train d'écrire ? »

Elle s'était visiblement renseignée à son propos.

« J'aurai fini ce soir.

— C'est la première fois que je rencontre un écrivain. Vous devez mener une vie passionnante. Comme c'est romantique !

— Vous n'imaginez pas à quel point, dit-il. Je voudrais vous raconter un truc. L'année dernière, alors que je travaillais sur un texte à Bora Bora, j'ai parlé à une jeune femme qui vous ressemblait un peu, avec de beaux cheveux et de beaux yeux noirs. Avant qu'elle ne vienne me retrouver dans ma chambre, elle avait dû se baigner dans quelque chose de spécial parce qu'elle sentait comme le clair de lune, comme les fleurs. On aurait dit une reine.

— Si je veux, je peux ressembler davantage à une reine que n'importe qui à Bora Bora.

— Je n'en serais pas surpris. »

Elle baissa les yeux et disparut dans la cuisine.

Après s'être garé dans une petite rue en retrait de la place du Marché, N. traîna dans des boutiques, feuilleta *Kim* au hasard et sirota des menthes à l'eau dans des cafés tout en regardant les piétons et les voitures circuler dans la vieille ville. Dans un magasin portant l'enseigne « Aux Espadrilles basques », il vit les Japonais de l'auberge troquer leurs casquettes contre des bérets vert et jaune, qui leur donnaient l'air de personnages de dessin animé. Ils ne répondirent pas à son sourire. Les Occidentaux, pour eux, devaient tous avoir la même tête. En passant devant la terrasse de ce qui semblait être le meilleur et le plus coûteux restaurant de la ville, il surprit le distingué M. Daniel Hubert et l'intrépide Martine plongés dans une discussion passionnée devant leurs cafés noirs. Le costume de soie noire et le T-shirt noir de M. Hubert mettaient en valeur sa chevelure argentée, tandis que le large pull blanc de Martine, sa courte jupe en daim et ses immenses lunettes donnaient l'impression qu'elle venait de faire une conférence. Les raisons pour lesquelles il les observait n'étaient certes pas un mystère, mais qui sait comment la chose pouvait être interprétée... N. s'éloigna de la terrasse. Il entra dans le restaurant par la grande porte et ressortit pour se poster derrière eux. Il but une eau minérale à une table éloignée et se pénétra du moindre de leurs gestes. Après avoir froidement considéré sa position sur l'échiquier,

M. Hubert commençait à avoir la frousse. Le sourire, l'intelligence, le professionnalisme et surtout le charme de Martine le dissuadaient de renoncer. Que pouvons-nous conclure de tout cela, sachant ce que nous savons ? Nous pouvons, nous devons conclure que l'objet de la mission de N. n'était pas le malheureux M. Hubert lui-même, mais les effets que sa mission aurait sur les acheteurs. N. appuyait sur le bouton A, et fermait d'une manière alarmante une certaine porte. Une autre porte s'ouvrait. Les protagonistes de tous bords en profiteraient, sans tenir compte des acheteurs blousés et de N., qui était désormais hors jeu. Une série d'opérations automatiques faisait tomber l'argent dans la bonne poche, un point c'est tout. Il n'était jamais question d'autre chose.

N. les suivit à bonne distance, tandis qu'ils se dirigeaient vers la demeure d'Hubert. Son regard scrutait les alentours, à la recherche de l'autre, du joueur caché dont Martine ignorait l'existence tout comme lui-même, dans sa jeunesse naïve, l'avait ignorée. Hubert avait retrouvé son calme, sous l'effet des arguments rassurants de Martine. Faisant mine de s'arrêter pour contempler des embrasures de fenêtres particulièrement remarquables, N. le regarda ouvrir sa grande porte sculptée. Il comprit que ce diable d'Hubert irait jusqu'au bout. La prudence d'une vie entière aurait-elle eu raison de l'ambition si sa « consultante » n'avait pas été aussi séduisante ? N. en était presque sûr. Hubert n'était pas parvenu si haut en ignorant les risques qu'il pressentait. Ils ne laissaient rien au hasard, savaient qu'Hubert ne se permettrait jamais de faire preuve de faiblesse devant une femme avec laquelle il espérait coucher. Mais les employeurs de N. avaient eux aussi une faiblesse de taille : ils ne doutaient pas de leur aptitude à prévoir le comportement d'autrui.

Feignant d'être un touriste élégant fasciné par l'architecture du XVIe siècle, N. revint sur ses pas sous les arcades et trouva, tapie dans le bar, la preuve de sa théorie.

Debout, ou plutôt affalé au bout du bar, le jeune homme à l'air sauvage et à la longue chevelure d'un blond crasseux le suivait des yeux, derrière la porte ouverte. Sa moto était là, dans l'ombre, appuyée contre un pilier. Comme quelqu'un qui reprend ses esprits après s'être abîmé dans la contemplation d'un problème, N. jeta un regard absent sur la place. Le jeune homme se redressa et but une longue gorgée de bière. Avec un sentiment d'excitation qu'il connaissait bien, N. fourra les mains dans la poche de sa veste, déambula sur la place, attendit son tour pour traverser, et repartit tranquillement par où il était venu. Le jeune homme posa son verre et s'avança vers la sortie du café. N. atteignit le fond de la place et fit demi-tour, tête relevée et mains dans les poches. Le gars prit une attitude absorbée, entre les piliers.

Si son boulot avait consisté à enseigner leur art au jeune homme, il lui aurait dit ceci : *N'élimine jamais une option avant le tout dernier moment. Reste sur ta moto, crétin, jusqu'à ce que je te dise ce que tu dois faire.* Le gosse croyait que la marche à suivre s'improvisait d'une seconde sur l'autre, conception typique d'un truand. N. s'éloigna et le jeune homme décida de le suivre à pied. Il y avait de la bravade dans sa démarche. Il ne lui manquait qu'une cible peinte sur la poitrine. Amusé par la situation, N. flâna dans les rues, gratifiant d'un regard de touriste admiratif des bâtiments à la sobre beauté, et retourna au restaurant où Martine avait, à force de cajoleries, ramené Hubert à ses rêves de grandeur. À deux boutiques de là, le jeune homme pivota sur ses talons, pour se retrouver face à un stand de cartes postales. Son blouson de cuir sale et élimé était trop large pour que l'on puisse distinguer son arme. Celle-ci était probablement coincée sous sa ceinture, ce qui était là encore un truc de gangster. N. sortit sur la terrasse et choisit une table au dernier rang.

Le jeune homme apparut dans son champ de vision, l'aperçut et battit en retraite. N. ouvrit sa sacoche, en sortit son roman et fit signe au serveur. Celui-ci s'inclina poliment et lui tendit le menu. Le jeune homme réapparut de l'autre côté de la rue et entra dans un café, où il s'installa devant la vitre. Ça, à la limite, ça aurait pu passer si le reste n'avait pas été aussi nul. N. déplia le menu et en lut consciencieusement le contenu. *Tu ne comprends donc pas ? Je suis en train de te dire ce que tu dois faire. Tu as le temps de retourner à ta moto, au cas où tu en aurais besoin quand je me lèverai.* Le jeune homme appuya son menton sur sa paume. N. commanda une soupe aux champignons, des côtes d'agneau, un verre de bourgogne rouge et une bouteille de Badoit. Il ouvrit son livre. Plucky Kimball O'Hara, plus connu sous le nom de Kim, était dans l'Himalaya, où il allait bientôt devoir soutirer des documents secrets à un couple d'espions russes. Le jeune homme se passa la main dans les cheveux, se leva, se rassit. Le bol de soupe aux champignons, couronné d'un nuage de crème, répandait un merveilleux parfum de terre. Le jeune homme finit par ressortir sur le trottoir. N. revint à Kim, aux Russes et à sa merveilleuse soupe.

Il venait d'attaquer ses côtes d'agneau lorsqu'il entendit la moto s'approcher de la terrasse, couvrant tous les autres bruits, puis s'arrêter. Il prit une gorgée de vin. De l'autre côté de la rue, à peine visible depuis le restaurant, le jeune homme descendait de moto. Il secoua la tête et se mit à genoux devant sa machine, une vieille Kawasaki avec de grosses sacoches fixées au siège. Après avoir maladroitement fait semblant de s'occuper du moteur pendant une minute ou deux, il s'éloigna. N. découpa une côte d'agneau, révélant une chair douce et tendre, exactement de la bonne nuance de rose.

Lorsqu'il eut réglé son déjeuner, il s'assura que le jeune homme était hors de vue et pénétra dans le restaurant. Les toilettes consistaient en une cabine dans un couloir longeant la cuisine. Il s'y enferma, se soulagea, se lava et se sécha les mains et le visage et s'assit sur le couvercle des W-C. Cinq minutes passèrent au cours desquelles il ignora le cliquetis de la poignée et les coups frappés à la porte. Deux autres minutes s'écoulèrent avant qu'il ne sorte. L'homme qui attendait le bouscula et referma brusquement la porte derrière lui. N. dépassa la salle des dîneurs et longea le couloir jusqu'à une porte de service donnant sur un étroit passage bordé d'un mur de brique. Un conduit recrachait de la fumée au-dessus de poubelles dont le contenu débordait. N. s'approcha du bout de la ruelle où la moto vrombissait en vain, telle une bête irritée. Le jeune homme avait sûrement reçu des instructions pour la soirée, qui le mèneraient dans les montagnes ou sur les petites routes conduisant à Montory, mais après avoir repéré N., il redoutait de le perdre de vue. Le vrombissement du véhicule s'atténua jusqu'à n'être plus qu'un bourdonnement continu, puis augmenta à nouveau. N. recula. Peut-être que le gosse aurait l'idée d'aller voir si le restaurant possédait une porte de service. Ce ne serait pas si bête.

N. se planqua derrière les poubelles et observa la scène, au-dessus des détritus, tandis que les murs amplifiaient le vacarme de la moto. Le jeune homme s'arrêta, sa roue avant engagée dans le passage. Le moteur toussa, puis se tut.

« Merde ! » dit le jeune homme.

Il répéta le mot sur un ton plus dramatique. Et ça voulait dire ce que ça voulait dire. N. attendit de voir comment il allait réagir : se rendrait-il au téléphone le plus proche pour leur signaler son échec, ou s'engagerait-il dans le passage, dans l'espoir de sauver ce qui pouvait encore l'être ?

Il choisit de pousser sa moto, sur trois ou quatre mètres. Puis, en marmonnant, il la plaqua contre le mur. N. plongea la main dans sa sacoche. Il la referma autour de la crosse d'un pistolet 9 millimètres équipé d'un silencieux de premier choix, enleva la sûreté et arma. Le pas traînant du gosse, distant de six ou sept mètres, se rapprocha. Il proférait à voix basse d'absurdes obscénités. Il n'était plus qu'à trois mètres de lui. N. leva son arme, banda les muscles de ses jambes et s'élança, le bras déjà en position. Le gosse poussa un cri perçant. Son visage aux traits durs pâlit et se déforma sous l'effet de la terreur. N. appuya sur la détente. Un trou qui avait l'air trop petit pour signifier de véritables dégâts apparut entre les sourcils du jeune homme au moment où se faisait entendre un claquement sourd. L'impact de la balle le projeta en arrière et le cloua au sol. Elle ricocha ensuite sur la brique et heurta le béton. Un jaillissement de liquide et de matière s'écoulait le long du mur.

N. replongea le pistolet dans la sacoche et ramassa la douille. Il se baissa, extirpa un portefeuille de la poche du jean et tâta le corps à la recherche d'une arme, mais ne tomba que sur les contours d'un canif dans une poche à fermeture Éclair. Il se dirigea vers la Kawasaki, détacha les sacoches de leurs lanières et les transporta hors de l'allée, dans la lumière d'un après-midi coupant et chargé d'électricité argentée.

Une flopée de prêtres à cheveux noirs et aux visages de garçonnets s'avançait dans sa direction, leurs soutanes claquant sur leurs chevilles. L'un d'eux lui adressa un sourire d'une blancheur étincelante. N. le lui rendit et s'écarta. Les séminaristes occupaient toute la chaussée et échangeaient des propos dans l'espagnol sud-américain si rapide des Équatoriens. C'était le jour du Seigneur. La calotte d'un prêtre fendit l'air scintillant. N. hocha vivement la tête sans cesser de sourire, et tourna.

Quand il eut enfin atteint la Peugeot, il était en nage. Il ouvrit la voiture, jeta les sacoches de la moto à l'intérieur, pénétra dans le véhicule et plaqua sa propre sacoche contre sa jambe droite. Il s'épongea le visage d'un mouchoir et sortit de sa poche le portefeuille du jeune homme. Il était en cuir rouge, marqué du logo Cartier, et contenait trois cents francs ; un permis de conduire au nom de Marc-Antoine Labouret, résidant à Bayonne ; une carte de téléphone ; une carte de membre d'un club de location vidéo ; la carte de visite d'un avocat de Bayonne ; une feuille pliée où étaient notés, à la main, des numéros de téléphone qui ne disaient rien à N. ; une carte de crédit au nom de François J. Pelletier ; une autre au nom de Rémy Grosselin ; des permis de conduire aux noms de François J. Pelletier et Rémy Grosselin, habitant respectivement Toulouse et Bordeaux, qui arboraient la photographie d'un jeune voyou récemment décédé. Les faux papiers étaient ce que N. aurait désigné comme l'œuvre de « l'ami d'un ami » : les caractères n'y étaient pas parfaitement alignés, et l'on distinguait la trace laissée par des coups de gomme. Il retira l'argent, posa le portefeuille sur le tableau de bord et s'empara des sacoches.

Dans la première il ne découvrit qu'un amas de

jeans, de chemises, de sous-vêtements et de chaussettes. Tout était froissé, crasseux et imprégné d'une âcre odeur de saleté. Dégoûté, N. ouvrit la seconde sacoche et y entrevit des fermoirs brillants et le terne éclat du cuir de luxe. Il en tira un sac en croco. Il était vide. Le suivant, également débarrassé de son contenu, était un Prada noir. Il sortit encore quatre autres sacs de femme, tous de bonne qualité bien qu'ayant déjà servi, tous vides. En les replaçant dans la sacoche, N. imaginait le gosse frôlant ses victimes dans un vrombissement, afin de leur arracher leurs sacs à main, avant de filer comme une flèche. Il en avait retiré l'argent et les objets précieux, mis le reste à la poubelle et gardé ce qui avait de la valeur pour le fourguer à un autre voyou.

Soit les employeurs de N. étaient vraiment à la masse, soit il avait confondu un éventuel agresseur avec son assassin désigné. La seconde possibilité lui paraissait la plus probable. Irrité, soucieux et amusé tout à la fois, il passa en revue les dernières vingt-quatre heures. À part le jeune homme, les touristes japonais qui se baladaient sous la pluie et achetaient des bérets criards étaient les seules personnes qu'il eût croisées plus d'une fois. Son contact avait dit quelque chose à propos de la possibilité d'embaucher des Japonais, mais ça ne voulait rien dire. Une sirène beugla derrière lui, immédiatement suivie d'une autre, à sa gauche. Il plongea le sac Cartier dans l'une des sacoches et s'éloigna en serpentant dans les rues à sens unique.

Le vacarme des cloches, marquant la fin d'une autre messe, recouvrit le hurlement des sirènes. La circulation était ralentie aux abords du restaurant où des policiers en uniforme interrogeaient les dîneurs encore attablés en terrasse. Deux autres, impressionnants avec leurs tuniques et leurs ceinturons, bloquaient l'accès à la ruelle. Le trafic reprit normalement et, peu après, N. filait sur l'autoroute, en direction de Montory.

À Alos, un brusque virage menait à un pont désert. N. le franchit à moitié et s'arrêta, contourna son véhicule par l'avant, ouvrit la porte de droite et, prenant appui sur la rambarde, envoya valser d'un seul geste les sacoches dans l'eau vive de la petite rivière de Saison.

Le contact mit vingt minutes à le rappeler.

« Alors, on a eu un petit contretemps ? demanda N., citant les propres paroles du contact.

— Je ne suis pas à l'endroit habituel. Nous sommes dimanche après-midi, vous vous souvenez ? Il leur a fallu me trouver. Qu'est-ce qui se passe ? Vous n'étiez pas censé appeler avant ce soir.

— Il y a un truc que j'aimerais bien savoir, dit N. En fait, je suis un gars plutôt curieux. Faites-moi plaisir. Dites-moi où ils vous ont trouvé. Sur un terrain de golf ? Est-ce que vous vous baladez avec un bipeur sur vous, comme les médecins ? »

Il y eut un silence. « Si quelque chose vous contrarie, je suis sûr qu'on peut arranger ça », dit enfin le contact. À nouveau, un temps d'arrêt. « Je sais que Martine a été une mauvaise surprise pour vous, reprit le contact. Honnêtement, je comprends que ça vous emmerde. Vous en avez besoin comme d'une balle dans la tête. OK, voilà ce que je vous propose : pas de paperasse et pas de rapports, même balistiques. Sitôt le boulot effectué, vous vous tirez et vous encaissez un gros gros chèque. Elle, elle s'occupe de tout le reste. Ça vous fait sourire ? Est-ce que je vois dans vos yeux un pétillement malicieux ?

— Ou peut-être bien que vous étiez au gymnase ? Est-ce qu'il vous a fallu quitter une partie de squash particulièrement tendue à cause de moi ? »

Le contact soupira. « Je suis chez moi. À vrai dire, je suis dans le jardin. En train de bricoler un nouveau clapier pour ma fille, enfin, pour son lapin.

— Vous n'habitez pas Paris ?

— Il se trouve que je vis à Fontainebleau.

— Et vous avez un bipeur ?

— Ce n'est pas le cas de tout le monde ?

— Le lapin, il s'appelle comment ?

— Nom de Dieu, dit le contact. Vous voulez vraiment jouer à ça ? Très bien. Le lapin s'appelle Custer. C'est une blague de famille.

— Vous voulez dire que vous êtes un véritable Indien ? demanda N., avant d'éclater de rire, sous l'effet de la surprise. Un Peau-Rouge, un vrai de vrai ? »

L'idée qu'il s'était faite du contact comme d'un type portant des lunettes à double foyer se métamorphosa en un individu à pommettes saillantes, peau basanée et cheveux noirs tombant sur les épaules.

« Un vrai Indien, dit le contact. Quoique j'aie tendance à préférer le terme *Américain d'origine.* Vous voudriez savoir de quelle tribu je descends ? Je suis un Sioux du Lakota.

— Je veux que vous me disiez votre nom. »

Le contact refusant de répondre, N. ajouta : « On sait bien tous les deux que vous n'êtes pas censé me le dire, mais suivez mon point de vue : vous êtes chez vous. Ce coup de fil n'est pas sur écoute. Lorsque j'en aurai fini ici, personne n'entendra plus jamais parler de moi. À dire vrai, en me donnant votre nom, vous renforceriez la relation de confiance, qui est une des conditions *sine qua non* du travail sur le terrain. Et en ce moment, cette relation de confiance est en piteux état.

— Et pourquoi ça ?

— Dites-moi d'abord votre nom. Et ne me racontez pas de blagues. Si vous mentez, je m'en rendrai compte.

— Mais qu'est-ce qui se passe donc là-bas, nom d'un chien ? Très bien, je remets ma carrière entre vos mains. Vous êtes prêt ? Je m'appelle Charles Many Horses. Sur mon acte de naissance, il est écrit Charles Horace Bunce, mais mon nom indien c'est Charles Many Horses. Quand on cherche à obtenir des contrats du gouvernement, comme c'est notre cas, mieux vaut se conformer aux standards en vigueur. Many Horses sonne bien plus indien que Bunce. Et maintenant, est-ce que vous pourriez m'expliquer pourquoi vous êtes si remonté ?

— Est-ce qu'il y a quelqu'un ici, pour me surveiller ? En dehors de Martine ? Quelqu'un dont je suis supposé tout ignorer ?

— Oh, je vous en prie, dit le contact. Où est-ce que vous êtes allé chercher une idée pareille ? Ah, j'y suis : vous avez dû repérer quelqu'un, ou du moins croire repérer quelqu'un. C'est à ça que vous faites allusion ? Je crois qu'on évite difficilement la paranoïa dans ce genre de boulot. Si vous avez vu quelqu'un, il n'est pas de notre bord. Décrivez-le-moi.

— Aujourd'hui, à Mauléon, j'ai remarqué un jeune homme que j'avais déjà vu traîner autour du café hier soir. Un mètre soixante-quinze, soixante-quinze kilos, un peu plus de vingt-cinq ans. De longs cheveux blonds. Crasseux. Il conduit une Kawasaki. Il me suivait, Charles, il n'y a aucun doute à ce sujet. Partout où j'allais, il allait et si je n'étais pas un tant soit peu professionnel, j'aurais pu ne pas le remarquer. Il m'a fallu sortir d'un restaurant par la porte de service pour pouvoir le semer. OK, dites-moi que je suis parano, n'empêche que ce genre de choses me met mal à l'aise.

— Ce n'est pas un homme à nous, s'empressa de répliquer le contact. À part ça, je ne sais pas quoi vous dire. C'est à vous de jouer, champion.

— Très bien, Charles, dit N., croyant distinguer une sourde menace dans le ton de l'homme. Voilà comment les choses vont se passer : si je revois ce gosse ce soir, il va falloir que je m'occupe de lui.

— Ça me paraît raisonnable, dit le contact.

— Une dernière chose, Charles. Est-ce que nous avons, à votre connaissance, engagé des Japonais sur le terrain ? Vous avez mentionné cette possibilité hier. C'était juste une remarque au hasard, ou bien... non, aucune remarque n'est innocente. On a engagé des Japonais ?

— À présent que vous y faites allusion, je crois que oui... Deux, à ce qu'il me semble. On ne trouve plus de gens comme vous. Du moins pas aux États-Unis.

— Est-ce que ce sont les Japonais que je n'arrête pas de croiser depuis deux jours ?

— Permettez que je vous pose une question. Est-ce que vous savez à quel point le change est avantageux, pour les Japonais ? C'est de la folie. Quand vous voyagez en première classe avec Air France, on vous sert des sushis à la place des escargots. Ce qui explique que de frénétiques petits touristes japonais se baladent partout en Europe, y compris dans les Pyrénées. »

Des sushis à la place des escargots.

La conscience d'avoir entendu peu auparavant une remarque presque identique l'alarma, mais sa panique s'évanouit au souvenir des Basques ivres.

« Tout est en ordre, alors. On est entre nous : Hubert, Martine et moi.

— Vous voyez que les choses s'arrangent dès que vous cessez de vous faire du mouron. Essayez de ne pas abîmer sa voiture. Martine la ramènera en ville. Et de là, elle sera conduite à Moscou. On a déjà un acquéreur.

— Rien ne se perd, à ce que je vois.

— Ou, comme disent les miens : n'achève pas ton cheval avant qu'il ait cessé de respirer. Je suis content que nous ayons pu discuter. »

Oui, d'après eux, tout était en ordre... Allongé sur son lit, N. appela une ligne privée à New York et demanda à son courtier de liquider son portefeuille. L'homme, troublé, exigea une explication détaillée de la manière dont les fonds pouvaient être transférés sur plusieurs comptes en Suisse, sans tomber dans l'illégalité, et il fallut tout lui répéter une seconde fois. N. dit que oui, il comprenait bien la nécessité d'un audit. Puis il appela un numéro disponible sept jours sur sept, vingt-quatre heures sur vingt-quatre aux clients de choix de ses banquiers genevois. Grâce à une réunion téléphonique en multiplex et à une négociation fixant à quatre et demi pour cent les intérêts de la banque, il put organiser la répartition des fonds sur de nouveaux comptes, totalement inaccessibles à des tiers, même selon les critères suisses. Lundi, les mêmes banquiers accommodants se chargeraient d'expédier, en exprès et sous colis scellé, les divers documents. Ils parviendraient le jour même à une adresse à Marseille. Il louait son appartement, et ça n'était donc pas un problème, mais quel dommage pour les livres ! Il se déshabilla entièrement et s'assoupit en regardant un thriller de Hong Kong doublé dans un français hilarant, et où lequel le héros, un policier baraqué, disait des trucs du genre : « Pourquoi est-ce toujours à moi qu'il incombe d'exterminer la vermine ? » Quand il rouvrit les yeux, un professeur de linguistique, un célèbre chef cuisinier et le lauréat du Goncourt de l'année précédente discutaient du prix des produits fermiers. Il éteignit la télévision et lut dix pages de *Kim*. Puis il rangea le livre dans sa sacoche et nettoya le pistolet avec soin, avant d'introduire une nouvelle balle dans le chargeur. Il arma, mit le cran de sûreté et le glissa à côté du livre. Puis il prit une douche, se rasa et se lima les ongles. Vêtu d'un costume gris foncé et d'un fin pull-over noir à col montant, il s'assit près de la fenêtre.

Le parking se remplissait. La famille allemande émergea dans la lumière grise de l'après-midi et grimpa dans la Saab. Après qu'ils se furent éloignés, la Renault boueuse pénétra sur le parking. Les amis de l'aubergiste en sortirent. Quelques minutes plus tard l'Espace rouge fit son entrée en scène. Les trois Japonais traversèrent la route, coiffés de leurs nouveaux bérets, et allèrent inspecter la nourriture et le vin exposés en vitrine. La femme blonde leur fit déguster des lamelles de fromage, et les Japonais hochèrent gravement la tête en signe d'approbation. La fille en robe bleue passa devant la porte de la cuisine. Les hommes, sur le trottoir d'en face, achetèrent deux morceaux de fromage et une bouteille de vin. Ils s'inclinèrent pour saluer la vendeuse, et elle leur rendit leur salut. Un chien noir et blanc, tout agité, entra en trottinant sur le parking et se mit à flairer les taches. Lorsque les Japonais retournèrent dans l'auberge, le chien trotta dans leur sillage.

Après avoir fermé sa porte à clé, N. descendit dans le hall. La gueule ouverte et le regard vif, le chien, couché sur la table, le suivit des yeux tandis qu'il posait sa clé sur le comptoir. N. sentit la soif d'affection de l'animal et, en se dirigeant vers la porte, tapota sa petite tête. Dans la boutique de spécialités régionales, il acheta une portion de fromage de brebis. Peu après, il roulait sur la route étroite en direction de Tardets, prenait le virage en épingle à cheveux au-dessus de la rivière, à Alos, et filait sur l'autoroute menant à Mauléon.

Appuyé contre un mur, sous les arcades, il grignotait avec application le fromage tendre, repliant tout autour le papier d'emballage afin que les miettes ne tombent pas sur son costume. Sous les parasols jaunes, de l'autre côté de la place, un vieil homme lisait son journal. Un jeune couple agitait des jouets au-dessus d'un bébé dans sa poussette. Bénéficiant du privilège que Charles (Many Horses) Bunce avait désigné comme des « plaques bidon », la Mercedes de M. Hubert était garée au coin de la rue, devant le magasin d'antiquités. Un couple d'étudiants arriva sur la place en traînant la patte et se dirigea vers le café, où ils se libérèrent de leurs énormes sacs à dos et se laissèrent tomber sur des chaises, à côté du couple au bébé. La jeune routarde se pencha et fit une grimace au bébé, qui la regarda avec des yeux ronds. N. songea qu'elle devait être du genre à assurer, au plumard. Secousses et gémissements assurés, avant le feu d'artifice final. Une femme élégante, qui devait avoir l'âge de N., dépassa sa voiture, poursuivit son chemin sous les arcades et entra dans le magasin d'antiquités. N. engouffra ce qu'il lui restait de fromage, replia le papier d'emballage avec soin et le fourra dans la poche extérieure de sa sacoche. Au fur et à mesure que la nuit tombait, des lumières s'allumaient, çà et là.

Les Japonais en béret basque n'étaient pas là. Les jeunes routards dévorèrent des croque-monsieur et s'éloignèrent, tandis que le couple ramenait bébé dans sa poussette à la maison. Un mélange de touristes et d'habitués occupaient la moitié des tables, sous les parasols. Un homme et une femme, vêtus d'habits anglais à l'élégance sobre, entrèrent dans la boutique d'Hubert et en ressortirent vingt minutes plus tard, la femme élégante dans leur sillage. L'homme consulta sa montre et précéda ses compagnons sous les arcades. Une voiture de police les dépassa. Au passage, l'homme impassible assis à côté du conducteur tourna vers N. un regard dénué d'expression et un visage couleur de jambon. Une sorte de reconnaissance instinctive semblait toujours les lier, eux et lui.

Obéissant à une impulsion qu'il n'avait pas encore définie, il quitta sa voiture et marcha sous les arcades, jusqu'à la vitrine du magasin d'antiquités. On était à une vingtaine de minutes de la fermeture. M. Hubert tapotait un clavier d'ordinateur, sur un énorme bureau, au bout d'une superbe collection de meubles luisants. Une lampe à abat-jour vert soulignait une profonde ride verticale entre ses sourcils. L'ambitieuse Martine n'était nulle part en vue. N. ouvrit la porte et une clochette tinta au-dessus de sa tête.

Hubert le regarda et tendit la main. N. se mit à circuler entre les meubles, avec un air de profonde concentration. Des années plus tôt, une de ses missions avait exigé qu'il fasse un stage d'un mois au service des antiquités d'une célèbre salle de ventes. Parmi les enseignements accélérés qu'il avait reçus figuraient des cours de contrefaçon dispensés par un maître du genre, un certain Elmo Maas. Ces leçons s'étaient avérées plus utiles qu'il ne l'eût soupçonné à l'époque. En admirant la marqueterie d'une table

Second Empire, N. remarqua une légère brunissure sur le bois, en haut d'un des pieds. Il s'agenouilla afin d'y glisser, par en dessous, le bout des doigts et sentit une rondelle, minuscule mais révélatrice, indécelable à l'œil. La table était un hybride. N. passa à un secrétaire de la fin du XVIIIe siècle que venait juste gâter un travail de redorure trop criard — datant probablement des années trente — du motif de feuilles de vigne encadrant la surface de cuir. La pièce qu'il examina ensuite était carrément fausse. Il connaissait même le nom de l'homme qui l'avait fabriquée.

Elmo Maas, artiste sans scrupules, professait une admiration sans bornes pour un faussaire nommé Clément Tudor. Si vous étiez capable de repérer un Tudor, avait dit Maas, vous étiez capable de repérer n'importe quelle contrefaçon, si bonne fût-elle. Dans un atelier de Camberwell, au sud de Londres, Tudor avait exécuté cinq ou six pièces par an pendant environ quarante ans, se spécialisant dans les XVIIe et XVIIIe siècles français. Des marchands avaient écoulé sa production en France et aux États-Unis. Sa maîtrise les avait protégés, ses pièces et lui-même : jamais identifiés par d'autres que par ses disciples, tel Maas, ses meubles étaient au-dessus de tout soupçon. Certains avaient fini dans des musées, le reste dans des collections privées. Utilisant des photographies et des diapositives ainsi que des échantillons de son propre travail, Maas avait initié son élève aux nuances presque imperceptibles qu'on trouvait chez Tudor : le traitement d'un biseau, l'angle et la frappe du poinçon et du ciseau, et une douzaine d'autres petits détails. Et il les retrouvait à présent, çà et là, sur une armoire Directoire.

« C'est exquis, non ? demanda Hubert. Je ferme tôt aujourd'hui, mais si vous vous intéressez à une pièce en particulier, peut-être pourrais-je... ? »

À la fois respectueux et condescendant, son ton invitait à un départ immédiat. Une angoisse sourde se lisait dans ses yeux cernés de ridules. Toute une vie de bluff fructueux avait donné à ses lèvres leur dessin ironique. N. se demanda si ce marchand de contrefaçons avait réellement l'intention d'aller jusqu'au bout dans son trafic d'armes.

« Je cherche des rayonnages anciens pour y ranger mes éditions originales, dit N. Quelque chose qui convienne pour Molière, Racine, Diderot... Vous voyez ce que je veux dire. »

L'appât du gain fit briller une lueur dans les yeux d'Hubert. « Vous possédez une collection importante ?

— Non, plutôt modeste. Pas plus de cinq cents volumes. »

Le sourire d'Hubert creusa les ridules autour de ses yeux. « Pas si modeste, je dirais. Je n'ai rien en boutique qui puisse vous convenir, mais je crois savoir où trouver précisément le genre de choses que vous cherchez. Vu que je reste ouvert le dimanche, je ferme le lundi. Mais peut-être pourriez-vous prendre ma carte et m'appeler demain, à peu près à cette heure-ci. Puis-je, s'il vous plaît, connaître votre nom ?

— Roger Maris, dit N., en le prononçant comme un nom français.

— Très bien, monsieur Maris, je crois que vous aurez tout lieu d'être satisfait de ce que je vais vous proposer. »

Sur un plateau posé sur le bureau, il prit une carte de visite qu'il donna à N. avant de le guider vers la sortie.

« Vous avez l'intention de rester quelques jours ? demanda-t-il.

— Je serai là jusqu'au week-end prochain, répondit N. Et puis je rentrerai à Paris. »

Hubert ouvrit la porte, déclenchant à nouveau la clochette. « Je peux vous poser une ou deux questions au sujet de certains de vos meubles ? »

Hubert haussa les sourcils et acquiesça à contrecœur.

« Est-ce que votre table Second Empire est en parfait état ?

— Bien entendu ! Rien de ce qui se trouve ici n'a été réparé ou rénové. Bien sûr, personne n'est à l'abri d'une erreur, mais dans ce cas précis... » Il haussa les épaules.

« Et quelle est la provenance de l'armoire que j'étais en train de regarder ?

— Elle nous vient du descendant d'une famille noble du Périgord qui désirait vendre une partie du contenu de son château. Les impôts, vous savez... L'un de ses aïeux en avait fait l'acquisition en 1799. J'ai dans mes dossiers une lettre qui contient tous les détails. Et à présent, je crains de devoir... » Il désigna d'un geste le fond de la boutique. « À demain, alors. »

Hubert s'efforça de sourire et referma la porte avec une impatience manifeste.

Quatre-vingt-dix minutes plus tard, la Mercedes passait sous le réverbère marquant la sortie de la ville. Garé dans l'obscurité, près d'un commerce faisant à la fois office de café et d'épicerie, un peu plus haut sur la route, N. guettait la Mercedes et la vit tourner brusquement à gauche pour retourner aussi sec dans Mauléon, comme il l'avait prévu. Hubert réitérait sa manœuvre de la veille. N. fit démarrer la Peugeot et, quittant l'aire de stationnement du café, s'enfonça dans les montagnes, en direction de l'est.

À peine assez large pour deux voitures, la route tortueuse menant à l'auberge suivait l'escarpement, et était bordée d'une part par un fossé peu profond et par le flanc de la montagne, et de l'autre par une bande herbeuse donnant sur le vide. La route faisait par endroits de brusques crochets et s'élevait de quelque sept ou dix mètres ; plus souvent, elle dévalait brutalement dans la vallée boisée. N. se souvint qu'il y avait sur cette route deux passages étroits où les cars qui montaient pouvaient se ranger sur le côté afin de permettre aux voitures de descendre en toute sécurité. La première de ces petites aires de stationnement se trouvait à mi-chemin de l'auberge, et la seconde environ trente mètres au-dessus. Il roulait aussi vite que son courage le lui permettait. Une seule voiture le doubla, qui apparut et disparut dans un éblouissement de phares. Il dépassa la première halte, repéra la seconde un peu plus haut et poursuivit sa route jusqu'à l'auberge.

Le peu de voitures garées sur le spacieux parking s'alignaient devant l'entrée du bâtiment ocre à deux étages. Deux ou trois d'entre elles appartenaient sans doute au personnel. Ce rusé M. Hubert, prudent comme le sont tous les escrocs, avait choisi un soir où le restaurant était presque vide. N. se gara tout au fond du parking et sortit, laissant tourner le moteur. Ses phares éclairèrent une barrière blanche en bois et trois mètres de prairie, avec rien au-delà, hormis l'immensité du ciel. Au loin, les montagnes se découpaient sur l'horizon. Il se baissa, franchit la barrière et fit quelques pas sur l'herbe. Dans l'obscurité, la gorge ressemblait à un abîme. On aurait pu certainement y précipiter une centaine de corps avant que quiconque s'en aperçoive. En fredonnant, il retourna à sa voiture.

N. se rangea sur l'aire de stationnement, éteignit ses phares et coupa le contact. Loin au-dessous, des phares éclairèrent un tournant et disparurent. Il rajusta sa cravate et se passa une main dans les cheveux. Quelques minutes plus tard, il sortit de la voiture, sa sacoche sous le bras, et se planta au milieu de la route, où il écouta la Mercedes franchir la montée. Ses feux avant illuminèrent soudain un coude, juste au-dessous, avant de se diriger vers lui. N. s'avança et leva le bras droit. Les phares se rapprochèrent, et N. s'enfonça encore d'un pas dans leur lumière aveuglante. Tandis que deux visages blêmes ouvraient de grands yeux derrière le pare-brise, l'emblème circulaire du capot et la calandre s'arrêtèrent à contrecœur à quelques pas de sa personne. N. désigna sa voiture et leva les mains, feignant d'être en difficulté. Une discussion s'était engagée entre les deux occupants. N. contourna le véhicule. La vitre s'abaissa. Les traits de Hubert étaient tendus par l'inquiétude et la méfiance. Quand il le reconnut, il se décrispa un peu, mais pas tant que ça.

« Monsieur Maris ? Que se passe-t-il ?

— Monsieur Hubert ! Quel bonheur de tomber sur vous ! »

N. s'inclina pour regarder Martine. Elle portait un vêtement noir et ample et grimaça en le voyant, ce qui n'altéra pas sa beauté. Leurs regards se croisèrent ; celui de Martine exprimait une concentration pleine de fureur. Eh bien, eh bien...

« Mademoiselle, je suis désolé de vous déranger tous deux, mais j'ai eu des ennuis mécaniques en revenant de l'auberge, et j'ai bien peur d'avoir besoin d'aide. »

Martine le foudroya du regard. « Daniel, tu connais cet homme ?

— C'est le client dont je t'ai parlé, dit Hubert.

— C'est *lui*, le client ? »

Hubert lui tapota le genou et se tourna vers N. « Je

n'ai pas le temps de vous aider, mais je serai heureux d'appeler un garage depuis l'auberge.

— J'ai juste besoin que vous m'avanciez un peu, dit N. Les garages sont tous fermés à cette heure-ci. Comme vous le voyez, je m'apprêtais à redescendre. Je suis désolé d'avoir à vous demander ça, mais ça me rendrait vraiment service.

— Ça ne me plaît pas, Daniel, dit Martine.

— Ne t'inquiète pas, répliqua Hubert. Ça va prendre cinq secondes. Par ailleurs, il y a un point dont je souhaitais m'entretenir avec M. Maris. »

Il franchit encore quelques mètres, avant de se ranger sur l'aire de stationnement. N. monta à sa suite. Hubert sortit du véhicule, secoua la tête et sourit. « C'est un endroit épouvantable pour avoir des ennuis mécaniques. »

Martine s'était retournée pour observer N. par la vitre arrière.

« J'ai eu une sacrée chance de vous rencontrer », dit N.

Hubert se dirigea vers lui et posa deux doigts sur son bras, dans un élégant geste de conciliation. Avant même qu'il n'ait baissé la tête pour lui parler sur le ton de la confidence, N. devina ce qu'il allait dire. « Votre question au sujet de la table en marqueterie m'a troublé pendant toute la soirée. Après tout, c'est ma réputation qui est en jeu chaque fois que j'expose un objet. Je l'ai examinée avec le plus grand soin, et je pense que vous avez peut-être raison. Il est fort possible que l'on m'ait trompé. Il va me falloir regarder ça de plus près, mais je vous suis reconnaissant d'avoir attiré mon attention sur ce point. » Les deux doigts tapotèrent le bras de N. Il se redressa et poursuivit, sur un ton plus convivial. « Alors, vous avez dîné dans mon auberge préférée ? Agréable, non ? »

Hubert fit une brusque enjambée sur la route étroite, satisfait d'avoir résolu une partie de ses affaires, et désireux de passer aux suivantes.

Derrière lui, à un pas de distance, N. tira le pistolet de la sacoche et enfonça le canon sur la nuque d'Hubert. Le fringant petit escroc comprit ce qui se passait, et tenta de se dégager. N. enfouit la gueule de l'arme dans sa chevelure et pressa la détente. Avec le flash de lumière et le claquement à peine audible, l'odeur âcre de la poudre et de la chair calcinée s'éleva dans l'air. Hubert fut projeté sur le côté et tomba à terre. N. distingua les hurlements de Martine avant même qu'elle soit sortie de la Mercedes.

Il fourra l'arme dans la sacoche, qu'il serra sous son coude. Puis il se baissa pour saisir les chevilles d'Hubert, et se mit à le traîner jusqu'au bord de la route. Martine se tenait à l'autre bout de la Mercedes et criait toujours. Lorsque sa voix se fit hystérique, N., se détournant une seconde de sa tâche, leva les yeux et vit un petit automatique — semblable à celui qu'il gardait chez lui dans le tiroir de sa table de nuit — braqué sur sa poitrine. Martine haletait, mais elle tenait fermement le pistolet, les bras tendus au-dessus de la Mercedes. Il se figea et la fixa avec une expression à la fois calme et intriguée. « Baissez ça », dit-il. Il tira le corps d'Hubert sur une quinzaine de centimètres.

« Arrêtez ! » hurla-t-elle.

Il s'interrompit et se tourna à nouveau vers elle. « Oui ? »

Martine se redressa, gardant les bras tendus. « Ne faites plus un geste. Contentez-vous d'écouter. » Il lui fallut un moment pour préparer ce qu'elle avait à dire. « Nous travaillons pour les mêmes personnes. Vous ne me connaissez pas mais vous, vous vous présentez sous le nom de Cash. Vous n'étiez pas censé vous montrer avant que l'affaire ne soit conclue. Alors, dites-moi ce qui se passe. » Sa voix était plus assurée qu'il ne l'eût imaginé.

Tenant toujours les chevilles d'Hubert, N. répondit : « Pour commencer, Martine, je sais qui vous êtes. Et il devrait vous paraître évident que ce qui se passe, c'est un brusque changement de nos plans pour la soirée. Nos employeurs ont appris que votre ami avait l'intention de rouler ses clients. Dites, vous ne croyez pas qu'il faudrait se débarrasser de lui avant que les clients ne se pointent ? »

Elle jeta un coup d'œil en aval, sans bouger le pistolet. « Je n'ai été avertie d'aucun changement de plan.

— Peut-être que ce n'était pas possible. Je suis désolé de vous avoir prise au dépourvu. »

N. recula, jusqu'à atteindre le bord de la route. Il lâcha les pieds d'Hubert et s'avança pour saisir le col de sa veste et tirer l'ensemble du corps sur l'étroite bande herbeuse. Il posa la sacoche à ses pieds.

Elle baissa son arme. « Comment connaissez-vous mon nom ?

— Par notre contact. Comment est-ce qu'on les appelle à présent ? Les contrôleurs divisionnaires ? Il a dit que vous vous chargeriez de toute la paperasse. C'est un type intéressant. Il est indien, vous le saviez ? Il habite à Fontainebleau. Sa fille a un lapin qui s'appelle Custer. »

N. s'agenouilla et mit ses mains de part et d'autre de la taille d'Hubert. Lorsqu'il le souleva, le corps se replia et laissa échapper comme un gémissement, dû aux gaz.

« Il est encore vivant, dit Martine.

— Non, il est mort. » N. plongea son regard, au-delà de la bande d'herbe, dans l'abîme qu'il avait contemplé depuis le fond du parking. La route suivait le sommet de la gorge tandis qu'elle s'élevait vers le plateau.

« Je n'ai pas l'impression qu'il avait l'intention de rouler qui que ce soit. Il s'apprêtait seulement à gagner beaucoup d'argent. Et nous aussi.

— C'est en embobinant son monde que cette fouine gagnait de l'argent. »

N. traîna le corps replié d'Hubert jusqu'à deux ou trois centimètres du bord, et les intestins d'Hubert se vidèrent avec des petits bruits secs et une forte odeur d'excréments. N. fit basculer son corps au-dessus du précipice. Cinq ou six secondes plus tard leur parvinrent le son d'un impact et le fracas des éboulis. Et puis, plus rien, si ce n'est un bruit sourd, à peine audible.

« Il volait même ses clients, dit N. La moitié de ce qui se trouve dans cette boutique est bidon. »

Il s'essuya les mains et vérifia que son costume ne portait pas de taches, avant de coincer à nouveau la sacoche sous son bras gauche. « J'aurais voulu qu'on me dise que ça allait se passer comme ça. »

Elle rangea le pistolet dans son sac à main et contourna sans hâte la Mercedes par l'arrière. « Je peux toujours les appeler, pour qu'ils me confirment votre version, non ?

— Vous avez intérêt », dit N. avant d'ajouter en anglais : « Si vous savez ce qui est bon pour vous. »

Elle hocha la tête et se passa la langue sur les lèvres. Ses cheveux brillaient, dans la lumière de la Mercedes. L'ample vêtement noir était une robe et ses jambes gainées de fins collants noirs se concluaient par une paire d'escarpins à talons plats. Elle s'était habillée pour les Arabes, pas pour l'auberge. Elle se passa une main dans les cheveux et le regarda droit dans les yeux. « Et maintenant, monsieur Cash. Qu'est-ce que je dois faire ?

— Plus ou moins ce qui était convenu. Je vais rouler jusqu'au restaurant et, ensuite, vous prendrez la voiture et vous irez en ville récupérer la vôtre. Le chauffeur qui vous l'a amenée de Paris doit conduire celle-ci jusqu'en Russie. Passez un coup de fil dès que vous serez arrivée à votre — comment ça s'appelle déjà ? —, à votre IPL.

— Et pour ce qui est de... »

Elle agita un bras en direction de l'auberge. « Je me charge d'exprimer nos profonds regrets et d'assurer à nos amis que leurs besoins seront bientôt satisfaits.

— On m'avait dit que le travail sur le terrain réservait des surprises. » Martine lui adressa un sourire mal assuré avant de retourner à la Mercedes.

À travers la vitre, N. remarqua une mallette noire et plate sur le siège arrière. Il s'installa au volant, posa sa sacoche sur ses genoux et examina les commandes. En pressant un bouton sur la portière, il fit glisser son siège vers l'arrière, pour avoir plus de place. « Ça me rend malade de livrer cette belle voiture à un truand russe. » Il tripota le bouton, ramenant le siège d'arrière en avant, et vice versa. « Au fait, comment est-ce qu'on les appelle, nos alliés en manque d'armes ? Tonto les appelle les enturbannés, mais porter un turban n'empêche pas d'avoir un nom.

— M. Temple et M. Law. Daniel ignorait leur véritable nom. Nous devrions y aller, à présent. »

N. finit par repérer le frein à main, qu'il relâcha. Il appuya sur la pédale de frein et passa du point mort à la première. « Vous pouvez me passer la serviette qui est sur le siège arrière ? » La Mercedes dériva vers l'avant tandis qu'il relâchait sa pression sur la pédale. Martine le regarda puis se retourna, posant un genou sur son siège. Elle se pencha sur le côté et tendit le bras vers la serviette. N. fourra la main dans sa sacoche et en tira le silencieux. Il pointa le canon contre la poitrine de Martine et tira. Il entendit la balle heurter quelque chose de dur comme un os et réalisa qu'elle avait traversé le corps de la jeune femme et percuté une armature de métal à l'intérieur du dossier tendu de cuir. Martine s'effondra dans l'intervalle entre les deux sièges. N. vit une longue jambe se dresser devant ses yeux et heurter le tableau de bord.

Il rangea le pistolet et appuya par à-coups sur l'accélérateur. Martine s'enfonça davantage dans le creux entre les sièges. N. ouvrit sa portière toute grande et tourna rapidement le volant vers la gauche. La hanche de Martine glissa sur le levier de la boîte de vitesses. Il pressa à nouveau l'accélérateur. La Mercedes hoqueta et avança en tressautant. À deux doigts du précipice, N. quitta son siège d'un bond et mit pied à terre.

Il était assez près de la portière arrière pour pouvoir en frôler la portière. Lentement, la voiture se rapprochait du bord. Un murmure inintelligible s'échappa des lèvres de Martine. La Mercedes s'engagea au-dessus du précipice, piqua du nez vers l'avant, oscilla, hésita, s'immobilisa. L'éclairage intérieur éclairait les efforts à moitié inconscients de Martine pour se hisser sur son siège. Puis le véhicule tressaillit, pencha vers l'avant, se redressa et, avec une exquise mauvaise grâce, quitta la terre pour plonger dans l'immensité ténébreuse. Les tonneaux qu'elle effectua en l'air projetèrent des tourbillons de lumière jaune qui s'évanouirent lorsqu'elle s'écrasa au fond du gouffre.

Hanté par la troublante image d'une longue jambe féminine se dressant devant lui en un éclair, N. se mit à monter la pente au pas de course. Le tracé de cette jambe, de la cuisse à l'intérieur du genou, l'arrondi musclé du mollet... Cette chose parfaite, semblable à une sculpture de jambe idéale, ne voulait pas lui sortir de la tête.

Quand Martine se serait-elle décidée à passer à l'acte ? se demanda N. Elle avait été trop désemparée pour agir au moment propice, et elle n'aurait pas pu le faire tant qu'il était au volant. Ça aurait donc certainement eu lieu sur le parking. Elle avait ce petit Beretta de calibre 25 — un pistolet du tonnerre, de l'avis de N. La vision de la jambe tendue de Martine s'imposa de nouveau à lui et il réprima une enivrante bouffée d'allégresse.

De fantomatiques cloches d'église retentirent dans le lointain. Il dépassa le mur de soutènement et pénétra dans un halo lumineux émanant des fenêtres de l'auberge. Ses pieds crissaient sur le gravier du parking. Après avoir couru trente mètres dans une montée, il n'était même pas essoufflé. Pas mal, pour un type de son âge. Il alla tout au fond du parking, posa ses mains sur la barrière et respira un air d'une douceur et d'une pureté incomparables. Des nuages rapides balayaient les crêtes lointaines. C'était une belle région du monde. Dommage qu'il doive la quitter. Mais il laissait presque tout derrière lui. Le plus dur, c'était d'abandonner ses livres. Certes, en Suisse aussi il y avait des marchands de livres anciens. Et il lui restait *Kim*.

N. longea la barrière en direction de l'auberge. À travers les grandes fenêtres il pouvait apercevoir les éternels vieux messieurs coiffés de bérets et jouant aux cartes, une famille de la région dînant avec les grands-parents, un jeune couple en train de flirter et des flammes dansant dans l'âtre de la cheminée. Une vieille femme bien en chair apportait un plateau fumant à la table de la famille. Les touristes japonais n'étaient pas revenus, et toutes les autres tables étaient vides. La vieille femme, avant de regagner la cuisine, fit halte parmi les joueurs de cartes et rit à la remarque de l'un d'eux, un vieillard quasi édenté. Personne ne quitterait la salle à manger d'ici une heure. L'estomac de N. se plaignit, dans un gargouillis, de se trouver si près de la nourriture sans pouvoir en profiter. N. se retrancha dans l'obscurité, dans l'attente du second acte de la soirée.

Il ne tarda pas à s'avancer à nouveau car des phares venaient de projeter leur lueur, au-dessous du parking. Il pénétra dans le halo lumineux et expérimenta une nouvelle fois cette bonne vieille excitation : se voir confronté à l'imprévisible, se trouver au croisement de tous les possibles... Une Peugeot identique en tous points à la sienne — année, modèle et couleur — entra sur le parking, précédée par la lueur de ses phares. N. se dirigea vers la voiture, et les deux hommes assis à l'avant affichèrent, en le voyant, une mine prudente et impénétrable. La Peugeot régla son allure sur le pas de N. et l'un des hommes baissa sa vitre. Il fixa sur N. un regard à la neutralité menaçante. Cela plut à N. Ça lui révélait tout ce qu'il souhaitait savoir.

« Monsieur Temple ? Monsieur Law ? »

Sans que son expression se modifie en rien, le visage du conducteur *s'intensifia,* comme si ses traits se condensaient de manière à lui donner un air à la fois plus humain et plus brutal, et presque pitoyable. N. y lut toute une vie de rage et de déception, couronnée de maigres satisfactions. Le conducteur hésita, regarda N. droit dans les yeux et hocha lentement la tête.

« Il y a eu un problème, dit N. Ne paniquez pas, mais voilà : M. Hubert ne peut pas se joindre à vous ce soir. Il a eu un grave accident de voiture. »

L'homme assis à côté du chauffeur prononça quelques mots en arabe. Ses mains étaient crispées sur la poignée d'un gros attaché-case noir. Son compagnon lui répondit par monosyllabes avant de se tourner à nouveau vers N. « On ne nous a rien dit au sujet d'un accident. » Son français était correct, en dépit d'un accent à couper au couteau. « Et vous, vous êtes qui, au juste ?

— Marc-Antoine Labouret. Je travaille pour M. Hubert. L'accident s'est produit tard dans l'après-midi. Je crois savoir que vous vous êtes parlé juste avant ? »

L'homme acquiesça et N. sentit un nouveau frisson d'excitation l'envahir.

« Un chauffeur a perdu le contrôle d'un car de tourisme, près de Montory, et est entré dans la Mercedes de M. Hubert. Par chance, il ne souffre que d'une jambe cassée et d'une sérieuse commotion. Mais sa passagère, une jeune femme, a été tuée. Il commence à revenir à lui et est bien sûr très éprouvé par la mort de son amie. Mais lorsque je l'ai quitté à l'hôpital, M. Hubert m'a répété à quel point il était désolé de ce contretemps. » N. gorgea ses poumons d'une grande bouffée d'air pur. « Il a insisté, continua-t-il, pour que je vous transmette personnellement ses regrets. Il souhaite aussi que vous soyez assurés qu'après un bref délai, les affaires reprendront leur cours comme prévu.

— Hubert n'a jamais fait allusion à un assistant, dit le conducteur. » L'autre homme prononça quelques mots en arabe. « M. Law et moi-même, reprit le premier, nous nous demandons ce que signifie, au juste, "un bref délai".

— Pas plus de quelques jours, répondit N. J'ai tous les détails dans mon ordinateur. »

Leur rire évoquait un bruit de branches brisées, ou celui d'une automobile se fracassant contre des arbres ou des rochers.

« Notre ami Hubert a décidément un faible pour les ordinateurs », dit l'homme au volant.

M. Law avança la tête vers N. Il avait une moustache épaisse, un front haut et intelligent, des yeux clairs et pénétrants. « Cette femme qui est morte, comment s'appelle-t-elle ? » Son accent était bien pire que celui de son compagnon.

« Je ne connais que son prénom : Martine, dit N. Cette garce est sortie de nulle part. »

M. Law sourit et ses yeux se plissèrent. « Nous allons continuer notre discussion à l'intérieur ?

— Je ne demanderais pas mieux, mais il faut que je retourne à l'hôpital. » Il pointa sa sacoche vers le fond du parking. « Pourquoi n'irait-on pas là-bas ? reprit-il. Ça me prendra cinq minutes, de vous montrer ce que j'ai sur l'ordinateur, et vous pourrez en parler pendant le dîner. »

M. Temple consulta du regard M. Law. M. Law leva un doigt, puis le baissa. Les pneus de la Peugeot crissèrent sur le gravier et s'immobilisèrent devant la barrière. Les feux arrière s'éteignirent et les deux hommes sortirent du véhicule. M. Law était mince et mesurait environ un mètre quatre-vingts ; M. Temple était râblé, et plus petit d'une dizaine de centimètres. Les deux hommes portaient des costumes sombres bien coupés et des chemises d'un blanc éclatant. Tandis qu'il s'avançait vers eux, N. les regarda lisser leurs vêtements. M. Temple portait une grosse arme à feu, dans un holster fixé à l'épaule. Quant à M. Law, son pistolet, plus discret, se trouvait dans un holster attaché à sa ceinture. Ne doutant pas de leur supériorité sur M. Labouret, ils étaient un peu méprisants. Après tout, il n'était pour eux que le larbin de l'antiquaire, un type collé à son ordinateur comme un nourrisson au sein de sa mère. Il s'approcha de M. Temple, sourit et passa sous la barrière. « Mieux vaut qu'ils ne puissent pas distinguer l'écran, précisa-t-il devant leurs mines renfrognées. Les gens dans le restaurant. »

Rendu impatient par l'absurdité de la situation, M. Law hocha la tête à l'attention de M. Temple. « Allez-y », dit-il, avant d'ajouter quelque chose en arabe.

M. Temple sourit, se baissa et maintint son bras droit contre son torse tandis qu'il s'engouffrait dans l'intervalle de un mètre. N. fit quelques pas de côté et maintint sa sacoche sur le dessus de la barrière. M. Temple lança une jambe au-dessus de la planche du bas et hésita, ne sachant s'il devait lever sa jambe droite par-devant ou par-derrière. S'inclinant vers la gauche, il plia son genou droit et pivota. Son mocassin racla la planche. N. fit un pas en direction de la barrière, pressant la sacoche contre sa poitrine comme pour la protéger. M. Temple fit un bond de côté et passa sa jambe. Mal à l'aise, il fronça les sourcils.

N. s'agenouilla, la sacoche devant lui. M. Law agrippa la planche et glissa la tête dans l'intervalle. Lorsque qu'il eut enjambé la barrière, N. saisit son pistolet et tira une balle au beau milieu de son front intelligent. Elle ressortit par l'arrière du crâne de M. Law et, guidée à la fois par les lois de la balistique et par un hasard heureux, elle vint s'enfoncer dans le torse de M. Temple tandis que du sang mêlé à une bouillie grise giclait sur sa chemise, M. Temple chancela en arrière et s'effondra sur le sol avec un grognement. N. était fier comme un champion de golf ayant fait un parcours sans faute lors d'un tournoi d'adieu. Il fit un bond et se rapprocha de M. Temple. Grimaçant et bavant une écume rouge, l'Arabe tentait encore, courageusement, de tirer son pistolet de son holster. La balle avait perforé un poumon, ou s'y était peut-être simplement baladée, avant de s'arrêter. N. pointa la gueule du silencieux derrière une oreille charnue, et l'œil droit de M. Temple, aussi grand que celui d'une vache, fut expulsé de son orbite.

De la lumière jaillit des fenêtres de l'auberge, se répandant sur la file de voitures et sur le gravier. M. Law gisait vautré sur la planche, ses bras et ses jambes pendant de part et d'autre. Le sang, depuis sa tête, s'écoulait sur l'herbe.

« Une belle chose est une éternelle source de joie, » dit N.

Saisissant M. Law par le col et par la ceinture, N. le fit basculer par-dessus la barrière, puis, le prenant par les poignets, il le traîna sur l'herbe jusqu'au bord du précipice, avant d'aller chercher M. Temple. Fouillant leurs poches, il s'empara de leurs portefeuilles et en retira l'argent, environ un millier de dollars en francs. Il mit les billets pliés dans la poche de sa veste et jeta les portefeuilles dans l'abîme. Prenant garde ne pas tacher de sang ses mains ou ses vêtements, N. poussa M. Temple plus près du bord et le précipita dans le vide. Le corps disparut presque aussitôt. Il poussa ensuite M. Law et, cette fois-ci, il lui sembla distinguer le faible son d'un corps s'écrasant au fond du gouffre. Le sourire aux lèvres, il regagna la barrière, et passa dessous.

N. ouvrit la portière de la Peugeot des Arabes, côté conducteur. Il retira les clés de contact, redressa le siège et se pencha pour saisir la mallette. Vu son poids, elle aurait pu être remplie de livres. Il referma doucement la porte et lança les clés par-dessus la barrière. Gai au point de ne pouvoir s'empêcher de rire, il retourna sur le gravier et descendit la pente pour regagner sa voiture, tenant la sacoche de son bras gauche et, de sa main droite, l'attaché-case.

Une fois installé au volant, il posa la mallette sur le siège d'à côté et alluma la lumière. Pendant quelques secondes, il ne put rien faire d'autre que fixer le cuir noir et lisse, les coutures et les attaches de cuivre. Son souffle restait bloqué dans sa gorge. Enfin, il se pencha vers l'attaché-case et posa les doigts sur ses mécanismes de fermeture. Il ferma les yeux et les poussa d'un geste du pouce. Ils s'ouvrirent dans un déclic. N. souleva le couvercle de quelques centimètres et, lorsqu'il rouvrit les yeux, vit des liasses bien alignées de billets de mille dollars. « Et voilà pour le service », murmura-t-il. Pendant quelques secondes, il se contenta d'aspirer et d'expirer l'air et de sentir les muscles de son corps se détendre au rythme de son souffle. Puis il démarra et descendit, quittant la montagne.

Lorsqu'il pénétra dans l'enceinte du parking, il lui sembla, en regardant les fenêtres, qu'une fête avait lieu dans l'auberge. Des bougies éclairaient des tables animées et des gens se faufilaient de-ci de-là entre les rangées tandis que le brouhaha des conversations parvenait jusqu'à N. Cette joyeuse foule occupait tout l'espace du parking non réquisitionné par le camion Comète, garé devant la cuisine et prenant trois places à lui seul. N. dépassa la Renault maculée appartenant aux ivrognes basques, l'Espace rouge des touristes japonais, la Saab des Allemands et d'autres véhicules familiers ou inconnus. Il restait un tout petit espace devant le treillis, près de l'entrée. Il s'y glissa, rassembla ses affaires et, en retenant son souffle et en rentrant le ventre, il parvint à s'extirper de la voiture. Derrière les portes de la cuisine, l'employé de Comète, en bleu de travail, était assis sur une chaise et son visage affichait la lassitude patiente des gardiens de musée. Pendant ce temps, les femmes affairées entraient et sortaient avec des plateaux chargés et des piles d'assiettes. N. se demanda ce qui pouvait être important au point d'être livré un dimanche après la tombée de la nuit. C'est alors qu'un éclair bleu attira son attention. Albertine se tenait devant l'évier, lui tournant le dos. Tout à côté d'elle, les bras croisés, l'aubergiste marmonnait quelque chose avec des mines de conspirateur. L'intimité de leur entretien et l'attention qu'elle prêtait aux paroles de l'homme indiquaient à N. qu'ils étaient père et fille. Ce que papa ignore ne pourra pas lui faire de mal, songea-t-il. Le regard de l'aubergiste se porta au-dehors et rencontra celui de N. Ce dernier lui adressa un sourire et poussa de l'épaule la porte de verre.

En se dirigeant vers la réception, il comprit que son euphorie avait auréolé d'une atmosphère de fête un traditionnel dîner dominical. Les Japonais, la famille allemande, les touristes français et des groupes de Basques mangeaient et buvaient à des tables séparées. Albertine ne serait pas libre avant des heures. Il avait tout le temps de réserver ses vols, de faire ses bagages, de se prélasser dans son bain, et peut-être même de faire un petit somme. Les effets de l'adrénaline s'estompaient et il sentait que son corps exigeait du repos. La faim qu'il avait ressentie plus tôt s'était évanouie, autre signe qu'il lui fallait dormir. N. retira sa clé du tableau et gravit les marches, avec la mallette qui lui paraissait de plus en plus lourde, allumant les minuteries successives au fur et à mesure de sa montée.

Il ferma sa porte à clé et s'assit sur son lit pour ouvrir la mallette. Vingt-cinq billets dans chaque liasse, six rangées par trois. Quatre cent cinquante mille dollars. Pas un million, mais quand même une belle prime de départ. Il referma l'attaché-case, le posa sur une étagère du placard et décrocha le téléphone. Vingt minutes plus tard, il avait réservé au nom d'un personnage fictif appelé Kimball O'Hara un vol Pau-Toulouse décollant à quatre heures, et une correspondance pour Marseille à cinq heures. Ses employeurs ne commenceraient à s'inquiéter pour de bon que lorsqu'il serait déjà en route pour Toulouse, et il se trouverait dans un avion à destination de l'Italie avant qu'ils n'aient atteint un état de franche panique. Les corps pouvaient ne pas être découverts avant des jours. N. plia et rangea ses vêtements, à l'exception de ce qu'il s'apprêtait à porter plus tard, dans son sac de voyage, qu'il posa devant la porte. Il laissa *Kim* sur la table de nuit. Quant à la sacoche, il la flanquerait dans une bouche d'égout, quelque part à Oloron.

L'eau chaude tambourinait dans la baignoire-sabot en fibre de verre, tandis qu'il se rasait pour la seconde fois de la journée. Le bain le fit somnoler. Il drapa une serviette autour de sa taille et s'étendit sur le lit. Avant de sombrer dans le sommeil, il eut la vision d'une magnifique jambe tendue, gainée d'un fin collant noir.

Des coups légers mais insistants frappés à sa porte le réveillèrent. N. consulta sa montre : onze heures et quart, plus tôt qu'il ne l'aurait imaginé. « J'arrive. » Il se leva, s'étira et resserra la serviette autour de sa taille. Un écœurant nuage de parfum floral l'enveloppa lorsqu'il ouvrit la porte. Vêtue d'un imperméable sur sa chemise de nuit, Albertine se glissa dans la chambre. N. l'embrassa dans le cou et caressa sa bouche avide, souriant tandis qu'elle l'entraînait vers le lit.

Elle referma la porte derrière elle et les trois hommes, dans le couloir, s'avancèrent à l'unisson, comme des soldats. Celui qui était le plus à droite lui tendit un sac-poubelle ouvert. Elle y fourra le couperet ensanglanté et la chemise de nuit irrécupérable. L'homme l'interrogea du regard. « C'est bon, vous pouvez y aller », dit-elle, reconnaissante qu'il ne lui ait pas imposé son épouvantable français. Puis tous trois la saluèrent en s'inclinant. En dépit de ce qu'elle s'était promis, elle leur rendit la pareille. Elle se redressa, blessée dans son orgueil, et sentit leurs regards s'attarder sur son visage, ses mains, ses pieds, ses chevilles, ses cheveux et tout ce qu'ils parvenaient à détecter de son corps, sous l'imperméable. Albertine fit un pas de côté et ils pénétrèrent l'un après l'autre dans la pièce, afin de se mettre au travail.

Son père, assis devant le bureau de la réception, se leva lorsqu'elle atteignit le vestibule plongé dans l'obscurité. Sous la longue table, Gaston, le chien noir et blanc, s'agitait dans son sommeil. « Tout s'est bien passé ? » lui demanda son père. Il la passa lui aussi en revue, à la recherche d'éventuelles traces de sang.

« Qu'est-ce que tu crois ? demanda-t-elle. Il était presque endormi. Au moment où il a compris ce qui lui arrivait, il avait déjà la poitrine grande ouverte. »

La serrure de l'entrée, en réponse au code, s'ouvrit dans un déclic. Les deux permanents américains la regardèrent en franchissant le seuil.

« Ces imbéciles en béret sont là-haut. Ça fait combien de temps que vous employez des Japonais ?

— Environ six mois », répondit en anglais celui qui portait une veste en tweed. Il savait que l'Anglais irritait Albertine, et c'était sa manière de flirter avec elle.

« Eh, reprit-il. On les aime, ces gars sauvages et fous. Ce sont nos petits frères les Samouraïs.

— Eh bien, ne laissez pas vos crétins de frères oublier la mallette qui se trouve dans le placard », dit-elle. Le plus laid des deux hommes, vêtu d'un survêtement, la dévorait des yeux. « Ce type avait de beaux habits, fit-elle en s'adressant à lui. Ça ne vous dirait pas d'être élégant, pour changer?

— Ses fringues, elles vont aller direct au feu, répliqua l'homme laid. On ne les regarde même pas. Vous savez, ce type, c'était un vrai personnage. Une sorte de légende. J'ai entendu des tas d'histoires incroyables à son sujet.

— Merci, Albertine », dit son père. Il n'avait pas trop envie qu'elle écoute les histoires incroyables.

« Tu peux me remercier. Ce vieux coq m'a obligée à prendre un bain. En plus, tout mon parfum y est passé, parce qu'il voulait que je sente comme une fille de Bora Bora. »

Les deux Américains fixèrent le sol.

« Qu'est-ce que ça veut dire, demanda-t-elle en anglais avec un fort accent français, quand quelqu'un dit : "J'aimerais bien avoir cette balançoire dans mon jardin" ? »

Les permanents américains échangèrent un regard. « Albertine, dit l'homme au physique ingrat, tu es la femme idéale. Tout le monde te vénère.

— Bien. Dans ce cas je mérite d'être mieux payée. » Elle pivota sur ses talons pour regagner l'étage, et le type vilain se mit à fredonner d'une voix fausse et tremblante de ténor : *Comme c'est romantique...* tandis qu'à l'extérieur le camion de livraison vrombissait en effectuant une marche arrière pour se garer devant l'entrée.

Traduit par Dorothée Zumstein.

Dan le Désespéré

WHITLEY STRIEBER

À l'instant où Mr. Daniel Grace actionnait la sonnette de l'office de l'extrémité de son orteil, il fut horrifié d'entendre son tintement se mêler au carillon de la porte d'entrée. L'instinct le plus sauvage faillit prendre le dessus, mais il pressa ses doigts contre le bord de la table et se retint de fuir. Dans la seconde, son vieux domestique apparut. « Oui, monsieur », s'enquit Eddie d'une voix douce.

S'obligeant au calme compassé auquel se doit un gentleman à sa table, Mr. Daniel Grace signala que le verre de lait de Patricia était vide. À treize ans, il lui fallait beaucoup de lait. Dans le silence qui suivit, il entendit le rythme familier du pas de Fielding traversant le vestibule vers l'entrée. Il attendit, le souffle court derrière sa moustache. Il y eut un bruit sourd, la porte qui s'ouvrait. *Allez-vous-en, que ce soit une erreur d'adresse, n'importe quoi.* Il sourit faiblement à sa femme qui le regardait avec des yeux où brillait une innocence qui lui brisa proprement le cœur. Il y eut des voix, oui — celle de Fielding, douce et cultivée. Une autre... rude, un peu nerveuse, pleine de brutale autorité.

Dan Grace reprit enfin son souffle, mais avec l'avidité mesurée d'un matelot à la mer. Quoi qu'il advînt, il fit le serment qu'il ne faillirait pas à sa dignité, pas devant sa femme et ses enfants.

« Merci, père », dit sa fille.

Il cligna des yeux, revint avec stupeur à l'ordre apaisant régnant dans la salle à manger. « Il faut boire et manger de même, ma chère enfant, énonça-t-il. Et vous, Albert, c'est de la viande que vous mangez. Mastiquez cinquante fois pour la viande. »

Albert mastiqua consciencieusement. Immédiatement, l'attention de Dan retourna au bourdonnement des voix dans le vestibule. Le double Derringer tout neuf pesait contre son flanc dans la poche de sa veste. La pointe de sa langue passa sur ses lèvres.

Pour rendre l'attente plus supportable, il examina son environnement domestique, si ordonné, si convenable. Sa fille, quoique grande, était gracieuse, le nez fin comme celui de sa mère, le front large et intelligent. Albert, avec ses grands yeux et sa mâchoire carrée, avait déjà le physique d'un meneur, et Mr. Fallows, son précepteur, affirmait qu'une telle facilité pour les mathématiques était exceptionnelle chez un enfant de son âge. C'était un garçon zélé, encore qu'un peu dépourvu, peut-être, de cette nonchalance impertinente qui sied si bien à un jeune homme.

« Mr. Grace », dit sa femme. Elle s'était avisée du trouble qui régnait dans le vestibule — encore qu'il pût difficilement être identifié comme tel. Mais *tout* visiteur se présentant à l'heure du dîner était fauteur de trouble. Une telle visite ne pouvait en aucun cas relever de l'ordinaire.

« Ma chère, répondit-il, dites-moi, votre course s'est-elle révélée fructueuse ? » Mieux valait simplement ignorer les affaires extérieures. Peut-être n'était-ce rien au fond.

« Vous verrez du ruban sur sa robe bleue dès ce soir, l'informa Eleonora.

— Et un chapeau à brides sur la tête de ma jolie maman », ajouta Patricia.

Eleonora s'empourpra, toujours aussi exquisément. Des quatre filles Hooper, l'épouse de Dan était la seule qui eût hérité du teint délicat de sa mère et de la remarquable douceur de ses traits — les yeux de poupée, la dignité du port et de l'expression — qui révélaient si infailliblement l'éducation d'une vieille famille de la Nouvelle-Angleterre.

De façon plutôt soudaine, Fielding parut, écartant si vivement les larges portes coulissantes qui fermaient la salle à manger qu'elles branlèrent sur leurs rails. « *Sir,* annonça-t-il, un gentleman vous demande. »

Eleonora souleva ses sourcils, le visage sincèrement stupéfait. « Ne sait-il point l'heure qu'il est, Fielding ?

— Il sait l'heure qu'il est, madame. »

Dan se dressa promptement en gratifiant les siens d'un sourire qu'il soupçonna aussitôt trop étincelant. Se ressaisissant, il affirma : « Une broutille, je suis sûr. » Il se retira de la salle à manger et Fielding referma les portes. « Où est-il, Jake ? marmonna Dan à l'adresse de son vieux majordome.

— Dans le bureau de monsieur. Un sale individu, monsieur Daniel.

— J'en suis convaincu. » Il tira sur son gilet en se redressant, se préparant au moment où Fielding ouvrirait la porte.

« Un argousin », précisa Fielding.

Nous y voilà. Le déficit avait été découvert. Mais le pire était qu'il n'y avait même pas de déficit. Non, la vérité était qu'il s'agissait du propre argent de Daniel Grace, et qu'il était de son devoir de le récupérer.

« A-t-il indiqué le motif de sa visite ?

— Non, monsieur. Il a dit, sauf votre respect, que cela vous concernait, monsieur. »

Cet escroc de Prior Downs cherchait à sauver sa peau. Car il ne faisait aucun doute que l'insolvabilité de la banque avait un rapport avec sa sinistre ingérence. Comme il ne faisait aucun doute que ses fricotages avec Voorhis étaient la cause de la soudaine et complète destitution de Dan, que ce dernier n'avait découverte que trois jours plus tôt.

Il avait envisagé qu'un tel instant pût arriver. Peut-être alors n'aurait-il qu'une alternative, avait-il songé : la fuite ou le suicide. « Le bonhomme est-il seul, Jake ?

— Deux de ses semblables sont postés à l'entrée, monsieur. » Fielding ne semblait aucunement perturbé par les événements. Il faut dire qu'il avait servi des hommes du monde toute sa vie.

« Bien. Et à l'arrière ?

— Derrière les communs d'attelage, je ne dis pas. Mais personne aux écuries, en tout cas. »

Dan reçut ses mots comme des claquements de chaînes. « Parfait. » Son cerveau cherchait une échappatoire, mais il n'en voyait aucune. Il n'était pas un escroc professionnel, un habitué de la fuite. Il avait commis son « crime » poussé par le désespoir, dans un accès de terreur folle, pour reprendre son bien des mains d'un homme qui n'était lui-même rien d'autre qu'un vulgaire voleur. Il n'avait pas imaginé que Prior découvrirait si vite le pot aux roses, ni que la police pourrait effectivement se présenter chez lui. Qui soupçonnerait un associé de la banque d'avoir pillé les coffres ?

À la bonne heure, qui ? Pour provoquer l'arrivée de ce flic ici, Prior avait dû retourner au bureau après la fermeture, ouvrir le coffre et compter les billets. Il en manquait pour soixante mille dollars, six cents coupures de cent dollars dorées au verso, autant qu'il s'en trouvait en ce moment dans la sacoche de cuir de Daniel Grace sur le palier de l'étage, autant qu'il en avait perdu dans les actions de la Brooklyn Pneumatic Railway que Prior lui avait fourguées avec force boniments, comme le diable lui-même se serait vendu dans l'affaire.

Fielding fit coulisser les portes, révélant un homme debout au milieu de la pièce comme s'il s'était vu notifier l'interdiction expresse d'approcher du mobilier. L'individu était petit et négligé, l'ourlet de ses pantalons ramassait la poussière, ses coudes et ses genoux brillaient. Il portait un chapeau melon insolemment incliné sur les yeux. Sans un mot, il présenta un feuillet crasseux à Dan. Dan sut qu'il s'agissait d'un mandat d'amener sans avoir besoin de le lire.

« Je suis contraint de vous demander de me suivre, monsieur », déclara l'officier de police, sa diction approximative escamotant les termes soigneusement choisis. Ce n'était pas tous les jours qu'il avait à conduire un nabab aux Tombes. Quand, ce soir, il rentrerait dans son repaire de flics pour son souper de saucisses noires et de bière, nul doute qu'on lèverait son verre à sa santé.

« Le commissaire Voorhis est-il informé de cette affaire ? » voulut savoir Dan.

L'homme désigna le papier d'un signe de tête. Dan y jeta un œil et découvrit qu'il était signé de la propre main de Voorhis. « Par la présente, recevez l'ordre de conduire le sieur Daniel Lewis Hare Grace au lieu de détention qui lui est assigné, soit la prison centrale (Tombes), en attente des assises. »

Il séjournerait six semaines aux Tombes jusqu'au procès, sur l'issue duquel il ne se faisait aucune illusion. On l'enverrait croupir vingt ans en prison ; le siècle nouveau serait largement entamé lorsqu'il retrouverait la lumière du jour, en l'inimaginablement lointaine année 1906. Il passerait ainsi de la table de son dîner à la vie au fond d'un trou, sans même avoir eu la possibilité de s'excuser pour prendre congé.

De nouveau, il envisagea la fuite. Mais comment faire ? Où aller ? Il n'arrivait pas à penser.

« Le fourgon cellulaire est-il devant la porte ? » s'informa-t-il, soudain conscient de l'inconvenance de la chose, surtout dans la partie basse de la Cinquième Avenue.

« J'ai un fiacre, monsieur, dit le policier. Si vous voulez bien vous munir d'un manteau et d'un chapeau.

— Je veux prendre congé de mon épouse et de mes enfants. Nous étions à table.

— Faites. »

Dan écarta les portes coulissantes. Fielding, qui était resté posté là, s'effaça pour le laisser passer en direction de la salle à manger.

Oh, comme l'argenterie étincelait sous le lustre, comme l'acajou de la table était somptueux et merveilleuse la brassée de roses de serre placée en son centre, ô combien succulent le gigot d'agneau reposant toujours devant son assiette vide sur un plat en argent venu d'Angleterre avec les Grace en l'an 1657. Bannis par les Têtes rondes, ces Cavaliers avaient fui vers la colonie de Virginie. À l'inverse du malheureux roi Charles, eux avaient conservé leur tête, avaient même prospéré en Virginie. En 1788, on trouvait également des Grace dans le New Jersey où ils avaient rejoint le Comité de protection de Trenton, et s'étaient battus aux côtés des Torys contre leurs parents de la colonie de Virginie, lesquels étaient des fédéralistes d'une loyauté indéfectible envers Washington.

Aujourd'hui, voilà où en était Dan Grace, qui conservait un souvenir vague de son arrière-grand-père, mince silhouette aussi translucide que du papier. Il avait gardé une vieille pertuisane et ses épaulettes de l'armée continentale.

Démocrate new-yorkais, Dan avait quant à lui monnayé son enrôlement lors de la guerre de Sécession. Ses sympathies tant politiques qu'économiques allaient à la continuation de l'Empire américain, mais d'un point de vue sentimental sa loyauté était acquise aux Grace de Virginie, à leur splendide histoire, à leur culture et à leur raffinement.

« Mr. Grace. » La voix d'Eleonora, avec son ton d'interrogation urgente, le tira de sa rêverie hébétée.

« Ma chère. Mes enfants. » Il entra, entendit les portes coulissantes se refermer derrière lui.

« Qu'était-ce donc ? Quel est ce malotru dans le vestibule ?

— Très bien, ma chère, très très bien. » Il se dirigea vers le fond de la pièce, se glissa rapidement à l'office. Mattie et Belle levèrent simultanément les yeux sur lui, ébahies l'une et l'autre. Mattie se mit promptement sur ses pieds. « Monsieur ? »

Il traversa l'office, puis la cuisine, avec son odeur âcre de fumée de bois et le parfum plus doux du pudding en train de cuire. Il y avait aussi une odeur de fumée de cigarette, et il dit d'un ton absent : « Pas de ces cigarettes ici, Belle.

— Non, *sir.* »

Il sortit, gagna les écuries, referma la porte. Une pluie fine tombait, un vent d'automne tenace secouait les branches sombres des arbres qui bordaient l'étroite allée des voitures. Aussitôt, le froid vif transperça ses habits du soir. Il ne pensait guère disposer de plus d'une ou deux minutes, aussi se rua-t-il dans les communs d'attelage. « Monty, appela-t-il, y a-t-il un attelage prêt ?

— Seigneur, non, monsieur ! Y a-t-il une urgence ?

— Donnez-moi donc vos effets, dit-il en décrochant de la patère le lourd manteau de son cocher et en coiffant son vieux chapeau de castor élimé.

— *Mes* effets, monsieur ? »

Il entendit un cri au-dehors. Il devait se hâter, il n'osait s'attarder plus longtemps. Aucune chance de harnacher les chevaux d'attelage, non plus que de seller Flyer ou Dobson. Il ouvrit grandes les stalles et fit reculer Flyer. Des deux, la jument était la plus docile même si elle n'était pas la plus rapide. Mais peut-être cela ne compterait-il pas, après tout. Peut-être un cheval de police fourbu traînant un cab serait-il incapable de rattraper une jument emballée sous le poids d'un cavalier.

« Ouvrez les portes, Monty. Vite. »

Monty, qui avait servi dans la maison du père de Dan, obéit sans poser de question. Mais tout de même, il n'était pas correct pour un gentleman de monter un cheval sans selle, sans parler d'être accoutré d'un manteau de cocher par-dessus des habits du soir. Et tant de précipitation ! Monty n'avait jamais vu un Grace se hâter, pas même lorsque le 4, Ann Street avait brûlé en 1877. Aussi s'exécuta-t-il avec une grimace réprobatrice. Il n'ignorait pas la malencontreuse réputation qu'avait son jeune maître d'être toujours « bien pressé ».

Dan talonna les flancs de la bête. « Laissez-moi la brider, monsieur », demanda Monty.

Dan aperçut son fils debout sur le seuil de la cuisine. « Père, appela-t-il.

— Tout va bien, cria-t-il.

— Il a un revolver ! »

Et il vit le policier, une ombre dans la lumière jaune de la lampe à pétrole provenant de la cuisine. Dan regarda fixement l'énorme Colt se soulever, tenu à deux mains par l'homme. Aucune parole ne fut prononcée ; le policier pointa son arme et tira, disparaissant aussitôt derrière un gros nuage de fumée de poudre.

Peut-être Dan perçut-il le frôlement de la balle, peut-être était-ce seulement le fruit de l'imagination d'un homme désespérément soulagé de ne pas avoir été touché.

Il pressa ses genoux contre la jument, et n'obtenant pas de réaction, lui talonna les flancs. Mais c'était un cheval d'attelage, elle ne comprenait rien à ces ordres-là. C'est alors que, surgissant de la fumée, apparut son cher Albert. Il fonça droit sur la jument. « Taïaut », cria-t-il en la claquant. Voilà ce qui s'appelait avoir du tempérament, grands dieux. Le jeune Albert montrait du tempérament !

Une autre claque et la jument bondit, alors que dans leur dos le pistolet grondait de nouveau. Cette détonation fut suivie par des exclamations générales de dépit. « Brigand ! » cria Dan à l'adresse du colonel Wilson, qui venait de surgir de sa cuisine, sa chemise amidonnée sortie de sous ses bretelles. « Brigand dans les écuries ! »

Dan poursuivit sa course, alors qu'à nouveau le pistolet rugissait. Cette fois, il entendit très nettement siffler la balle ; il l'entendit et la sentit sous la forme d'un brûlant coup de vent boxant son oreille. Il déboucha dans la 11e Rue. Les pavés luisaient à la lumière des becs de gaz, de fins rideaux de pluie tombaient. C'était une nuit inhospitalière, le vent du nord-est mugissait, les feuilles mouillées marbraient les trottoirs. Deux gamins des rues s'éloignaient en courbant l'échine, leurs journaux mouillés, leur espoir de la journée envolé. Un mendiant, cul-de-jatte rescapé de la dernière guerre, faisait tinter sa sébile.

Machinalement, Dan mit sa main à sa poche, en quête d'une pièce de cuivre ou d'argent. Mais on ne gardait pas de monnaie dans les petites poches d'un habit du soir, et la pelisse du cocher ne contenait rien non plus.

Il chevaucha jusqu'à l'angle de la rue et tourna dans Broadway. Un éclat de rire lui parvint du trottoir, et il vit un homme s'avancer, silhouette trop sombre pour être identifiée, le cou dissimulé par une fine écharpe de soie, le chapeau haut de forme vaguement de travers. Surgit alors de la 12e Rue le cab de la police au galop. De l'intérieur de la voiture retentit la plainte aiguë d'un sifflet. Devant lui, Dan vit Henry Conroy, le policier de secteur, sursauter, se retourner, et se lancer au pas de course vers lui.

Dan prit Broadway, vers le nord de Manhattan, instinctivement attiré par le monde familier des hôtels et des théâtres de la 23e Rue. Il remonta l'avenue à toute allure, passa devant l'église St. Thomas, lieu de culte des Grace depuis trois générations. La circulation était rare, seuls un rémouleur et un marchand de maïs chaud lançaient leurs appels dans le silence.

Derrière lui, tous les chiens de l'enfer étaient lâchés. Le cab roulait si vite qu'il entendait son fracas même par-dessus le tonnerre des sabots de la jument. À l'infini, les coups de sifflet se répondaient tandis que les policiers en faction répercutaient l'un après l'autre l'alarme et se mettaient à courir vers Broadway.

C'était épouvantable. Il était désemparé. Il aperçut alors, surgissant des ténèbres à sa rencontre, une diligence descendant Broadway en direction du sud de Manhattan. Quelques secondes, et il la croiserait. Pouvait-il sauter et tenter de se dissimuler en s'accrochant au marchepied ? Oh, il était absurde de seulement y songer. Il n'avait rien d'un athlète capable de sauter d'un cheval au galop. Mais au même instant il aperçut, au-devant de lui, trois policiers qui débouchaient dans Broadway. Ils se préparaient à le désarçonner, cela ne faisait aucun doute. Derrière lui un cri se réverbéra sur les façades obscures : « Arrêtez ! » Puis, plus près : « Arrêtez ! » La voix de l'homme était haut perchée ; il était aussi excité par la chasse à l'homme que Dan l'était lors des chasses au renard de Riverdale, quand les chiens hurlaient en flairant la piste et que le renard détalait dans les fourrés.

La diligence était plus proche, si proche qu'il distingua les silhouettes blotties dans la lumière spectrale de l'intérieur. Le cocher était assis sur l'impériale, son tablier de cuir luisant de pluie, ses yeux scrutant l'obscurité sous son castor trempé. Puis les fenêtres passèrent dans un éclair. Derrière l'une d'elles, il eut le temps de voir un petit visage d'enfant, un garçonnet ou une fillette, qui contemplait avec effarement la soudaine apparition de cette silhouette fantomatique sur son cheval emballé.

L'animal semblait progresser à une vitesse fantastique. Dan ne pensait pas avoir jamais chevauché aussi vite, ni en steeple-chase, ni même en course de plat, et jamais, au grand jamais, dans les rues de la ville. Il n'osait pas sauter, et en tout état de cause, sa chance était passée avec la diligence avalée par le monde perdu derrière lui.

De fait, il allait si vite qu'il dépassa en trombe les trois argousins, lesquels soufflaient tous dans leur sifflet avec fureur. Un coup au genou, cinglant, lui apprit que l'un d'eux l'avait atteint de sa matraque.

Le cheval était totalement incontrôlable et Dan savait bien qu'il ne serait pas capable de l'arrêter. Le destin d'un animal dans cet état était assuré : il courait droit à la mort, dans laquelle il entraînerait son cavalier avec lui. Dan se cramponnait à la crinière, les genoux pressés contre les flancs trempés, lorsque l'animal vira brusquement, fuyant l'éclat des réverbères devant l'immeuble des « Machines à coudre domestiques » sur la 14e Rue. La jument rua une fois, deux fois, et Dan se retrouva à terre dans un craquement terrifiant. Son chapeau roula vers le caniveau où le récupéra un marchand d'huîtres qui avait dressé son étal devant le St. Denis Hotel, débordant présentement d'importance et d'activité en raison de la présence de Sarah Bernhardt qui y logeait pour la durée des représentations de *Flora Dora.*

Et voilà où il en était, vautré dans le caniveau et blessé, et le cheval qui disparaissait au bout de l'avenue. Il se releva, entier, pour le moment au moins. En silence, le marchand d'huîtres lui tendit le chapeau. Son regard de cristal réclamait un petit geste, mais Dan n'avait rien à lui donner qu'un sourire affreusement mélancolique, il le craignait.

Un autre homme, un voyou arborant chapeau melon et cigare, l'examina d'un œil circonspect. Dan songea : un serpent de la brigade de Broadway qui pense que j'ai volé ces vêtements. Car il était d'une apparence singulière : habit du soir en soie sous une pelisse de cocher en lainage grossier, et castor à vingt dollars avec bande aux couleurs de la livrée. Le serpent ne pouvait savoir qu'il s'agissait des oripeaux de son propre cocher et des couleurs de la livrée de sa propre maison.

Repoussant la tentation de foncer tête baissée dans le St. Denis pour voir si on lui accorderait une chambre sans délai sur la bonne foi de son patronyme et de sa physionomie connus, il s'élança dans l'avenue, col relevé, chapeau baissé, esquivant les flaques de lumière tel un authentique desperado. Sans se retourner, il se hâta le long de la 14e Rue à l'affût d'un omnibus pour le ferry, priant pour qu'il en passât un qui le sauverait. Mais les conducteurs étaient à l'ordinaire près de leurs sous, et Dan n'avait pas le plus petit nickel en poche. Comment s'en sortirait-il ? Dans quelques minutes, les flics seraient de nouveau à ses trousses.

Maudit soit Porter, maudite la Buckler Trust Company, et maudits Voorhis et la cruelle injustice des édiles, de jeter un gentleman dans les Tombes où, à inhaler les vapeurs fétides, il ne manquerait pas de contracter la consomption ou le sépulcre blanchi. Et que dire de Sing Sing, avec son pilori, son poteau de torture, ses chaînes et ses boulets, tout cela parce qu'il avait repris ce qui lui appartenait, son patrimoine et la fortune des Grace ?

Il avançait toujours, sans savoir comment il paierait son ticket, quand il aperçut soudain un omnibus faisant claquer les pavés derrière son attelage fumant. Il y avait des silhouettes blotties dans la voiture découverte, une famille d'immigrants sans doute, tout juste débarquée sur les docks de Brooklyn. Il brûlait de sauter à bord. Mais n'importe comment, même s'il parvenait à rejoindre le ferry de la Pennsy, comment paierait-il sa traversée, ou un billet de train, ou même une gorgée de soupe ou une huître à quinze cents ?

L'alerte ne tarderait pas à le précéder et il aurait bientôt à ses trousses la brigade de la Sixième Avenue aussi. C'est alors qu'il vit, venant à sa rencontre, Mr. Samuel Wilson, ancien de Yale comme lui, aujourd'hui dans le commerce maritime, ou à l'exportation, enfin un commerçant, mais homme charmant en société. Oui, un excellent homme vraiment.

« Oh, Wilson ! » dit-il.

L'homme continuait à avancer. Était-il ivre? Comment un Wilson pouvait-il honnêtement snober un Grace?

« Wilson, n'est-il pas?

— Je vous demande pardon? Oh, bonté divine, Danny! Par Dieu, mon ami, que faites-vous ici? »

Dan réfléchit rapidement. Il ne devait pas laisser soupçonner le moindre ennui. Plus haut, dans la Sixième Avenue, il commençait à entendre les coups de sifflet redoutés. L'omnibus s'éloigna avec fracas. Il en distinguait vaguement un autre venant de la direction de la North River. S'il ne se trouvait pas à bord de ce prochain omnibus, c'en était fait de lui. « Ma foi, figurez-vous que je participe à une petite chasse au trésor, dit-il. Je dois trouver un dollar d'or caché dans les parages, mais mes indices ne me mènent à rien. »

Wilson cligna des yeux, puis son expression se fit très agréable. Il aurait grand plaisir à entrer dans le cercle mondain d'un Grace. « Ma foi, Danny, voyez-vous ça, je crois bien en avoir un sur moi.

— Vraiment, cher ami? Mais je suis censé trouver l'autre. » Il sortit le mandat d'amener. « Voici ma carte, voyez-vous. » Wilson esquissa naturellement un geste dans sa direction, mais Dan la réintégra prestement dans la sécurité de sa poche. « J'ai... brûlé toutes mes cartouches, pour ainsi dire, eh? L'énergie me manque, je le crains.

— Alors dans ce cas... » L'autre sortit de sa poche un magnifique dollar d'or, et jamais Dan n'avait vu dans une somme aussi dérisoire quelque chose d'aussi beau. Le salut!

« Je n'ai pas la monnaie.

— Oh, Danny, vous me l'enverrez, vous me l'enverrez. »

Dan prit la pièce. Il voyait clairement l'omnibus

maintenant, dont les lampes se balançaient tandis qu'il approchait. Le conducteur allait l'envoyer au diable pour ne pas avoir de menue monnaie, mais il s'en contrefichait et le diable n'aurait qu'à l'emporter ! Les bougres feraient mieux de se réjouir d'empocher de l'or. Vers le milieu du long pâté de maisons, le casque haut d'un policier se découpait contre le faible halo de lumière projeté par un lointain réverbère. Dan se pencha vers Wilson. « Pas un mot à Voorhis, glissa-t-il avec un clin d'œil.

— Voorhis ! Jamais ! » Wilson rit, impressionné et excité par ce nom, ainsi que Dan l'avait prévu. « Voorhis, ah ! Celle-là est bien bonne, Danny ! Excellente ! »

L'omnibus arrivait et Dan s'avança sur la rue. « Au revoir, Wilson, lança-t-il. Je vous enverrai mon homme dans la matinée. » Déjà, il était en voiture, tanguant pour garder l'équilibre sur le caillebotis oscillant du marchepied rendu glissant par la pluie. Ses chaussures n'étaient pas faites pour la boue qui déjà s'introduisait entre ses orteils et l'obligeait à les contracter. Dehors, le flic interrogeait Wilson qui secouait vigoureusement la tête. Non, affirmait-il sans doute, il n'avait pas vu le moindre brigand.

Mais ce dandy légèrement éméché n'eut pas l'heur de convaincre le policier. Il promena son regard alentour, l'arrêta finalement sur l'omnibus. Le contrôleur, de mauvaise humeur comme il fallait s'y attendre, prit le dollar de Dan, le mordit et le retourna dans la lumière d'une vieille lampe enfumée. « Merci », finit-il par dire, et il tira de sa bourse quatre-vingt-quinze dollars en pièces de un penny, cinq cents et un demi-dollar d'argent, avec un soin horripilant. Chargé de sa poignée de monnaie, Dan se retira vers la partie la plus obscure de la voiture et, baissant son chapeau sur ses yeux, s'enfonça dans un anonymat tout à la fois misérable et glorieux.

Un instant plus tard, le policier grimpa à bord de la voiture. « Holà, arrêtez », dit-il. Le conducteur freina immédiatement ses mules, qui hennirent de colère. C'était l'heure de leur foin et de l'écurie, elles ne le savaient que trop bien.

« Dites voir, on a sonné l'alerte du côté de la Cinquième Avenue. N'auriez vu personne monter comme qui dirait précipitamment, quand vous avez traversé, par exemple ?

— Juste à l'instant, répondit le conducteur, les yeux baissés, répondant avec mauvaise grâce au flic.

— Juste à l'instant, c'était un type de la haute et ami de Voorhis en personne, en route pour quelque divertissement, annonça le flic en soulevant son casque en direction de Dan. Le bonsoir à vous, cher monsieur !

— Et bien le bonsoir à vous, mon brave », répondit Dan. Bien entendu, le flic n'avait fait qu'entendre l'alerte. Il n'avait pas la moindre idée que le fugitif était un membre du club des Quatre-Cents. Une telle chose était proprement inconcevable. Elle ne viendrait jamais à l'esprit de quiconque, sauf à en être expressément informé.

Le flic descendit donc, pour s'éloigner vers la Cinquième Avenue et le concert désormais décroissant de sifflets. Et l'omnibus repartit, oscillant et bringuebalant vers le bas de la 14e Rue et le début des quais de Brooklyn, avant de poursuivre vers Battery, où le conducteur annonça par-dessus le crissement de cuir du frein et les braiments furieux des mules : « Annexe de la Pennsy, ferries pour Erie et Staten Island. Prochain arrêt Communipaw.

« L'annexe fonctionne-t-elle ? cria Dan, impatient de la prendre s'il le pouvait.

— Noon ! Celle-là s'arrête au coucher du soleil. »

Alors, pourquoi annoncer son fichu nom, pauvre imbécile ? Il aurait bien souffleté le rustre, mais il se contenta de se rencogner dans son silence. Il laissa passer Communipaw et tous les arrêts jusqu'à Courtlandt Street. Ce service se prolongeait fort tard, reliant tous les arrêts après la gare de la Pennsy, côté Jersey.

Au cours de la demi-heure à bord de la voiture, Dan conçut un plan dément. Son intention était d'attendre qu'un individu fortuné vînt à sortir de la Pennsy pour l'attaquer à l'aide du Derringer. Mais comment « attaquait »-on un individu ? À n'en pas douter, une certaine habileté, pour ne pas dire de la rudesse, devait être de rigueur.

Mais il ne pourrait tout bonnement pas prendre. Il devrait se présenter, remettre sa carte à l'individu. Un gentleman ne pratiquait pas la rapine. De toute sa vie, il n'avait jamais menti ni levé sérieusement la main sur un de ses semblables, non plus que dans toutes ses transactions, il ne s'était jamais conduit qu'avec la plus parfaite honorabilité. Le seul acte qu'il eût commis sous l'empire du désespoir lui avait été dicté par la tragique extrémité de la situation. Prior Downs l'avait laissé sans rien, pas même de quoi entretenir sa maison. Avant la fin de la quinzaine, ils auraient été expulsés ; telle était la tragique extrémité. Même son salaire princier à la Knickerbocker ne pouvait maintenir une maisonnée qui réclamait pour cent trente dollars de rentes et de gages par semaine, sans compter les notes d'épicier et de boucher, et toutes les autres mains qui se tendaient.

Il descendit de l'omnibus et se fondit promptement dans l'obscurité. En dehors des becs de gaz qui brûlaient devant le terminus du ferry, les seules lumières des environs étaient les feux des marchands de saucisses et de marrons chauds. Il traversa les larges pavés de granit pour gagner les trois arches d'entrée du terminus. Il entendit un sifflement de vapeur lointain, suivi de la sonnerie puissante d'une corne de ferry. Des passagers allaient débarquer. Très bien, il allait se tapir dans les ténèbres pour attendre son homme.

L'idée d'allumer un cigare le prit, mais il n'osait s'approcher du vendeur dans le hall, et il avait laissé son étui à cigares sur son bureau afin que ce bon vieux Lex le lui remplît. Ah, la maudite affaire. Un homme méritait bien un cigare en pareille adversité.

Un groupe de femmes voilées sortit du terminus, des religieuses engoncées dans leurs coiffes et leurs voilettes. Les suivait une dame de belle prestance en chapeau haut et pèlerine huilée qui se dirigea vers un attelage en retroussant ses jupes pour ne point ramasser mégots de cigares et peaux de châtaignes jonchant abondamment le caniveau. Derrière elle venaient deux hommes, mais de rang inférieur, avec leurs chapeaux d'une hauteur exagérée et leurs boutonnières fraîchement garnies d'œillets teints.

Apparut alors un individu qui pouvait être juif, à en juger par la longueur de sa vieille barbe effilochée. Il était sur son trente et un, avec la sobre élégance de chez Gaylord et Manning plutôt que le tape-à-l'œil du Kennedy's Emporium. C'était son homme, financier à l'évidence, ou capitaliste d'une espèce ou d'une autre.

« Monsieur, appela-t-il en l'approchant à longues foulées. Les mains en l'air, monsieur ! Levez les mains en l'air ! »

L'homme se retourna, yeux énormes derrière son pince-nez.

« Plaît-il ?

— J'ai dit : les mains en l'air, monsieur !

— Eh bien, je dis non, monsieur ! » Il poursuivit son chemin, accélérant le pas en direction des fiacres rangés à moins de dix mètres de là. « Taxi, appela-t-il, taxi ! » Là-dessus, il sauta dans le premier de la file ; la seule manifestation de son trouble fut qu'en se laissant tomber sur le siège, il cogna son chapeau qui tomba. Comme le couvre-chef faisait la culbute, Dan l'entendit indiquer d'une voix bourrue par le guichet : « Forty Union Square, au trot, je vous prie. »

Il s'affaissa contre un réverbère. Comment pourrait-il refaire une chose pareille ? Comment le pourrait-il ? Tout cela était d'une horreur absolue, d'une épouvantable, d'une effroyable horreur. Absent de lui-même, il acheta des châtaignes, les brisa et en mangea le savoureux contenu avec gratitude. Il n'avait pas terminé son dîner, il avait faim et froid, il était mouillé et ses chaussures se délitaient.

Deux autres personnes apparurent, mais c'étaient deux femmes, et l'idée ne l'effleura même pas que leur bourse pût être accessible aux doigts du détrousseur. On pouvait en être réduit à voler, mais pas une femme. Cela ne se faisait pas. Même le plus vil brigand ne faisait pas ces choses-là.

À peine le ferry avait-il lancé son premier coup de sirène que deux cavaliers de la police montée surgirent au galop. Par bonheur, Dan Grace les entendit avant qu'eux-mêmes n'eussent pu le voir, et il se glissa tel un vulgaire tire-gousset derrière une pile de barils de saindoux.

Au même moment, deux omnibus arrivèrent de directions opposées, et le ferry lança son deuxième coup de sirène. Pour ainsi dire acculé à présent, Dan se précipita vers un homme dont il ne savait s'il partait ou s'il arrivait. Cette fois, il montra le Derringer en disant : « La bourse ou la vie », du ton le plus rogue qu'il put.

Le jeune homme s'exécuta avec une assez grande célérité. « Monsieur, s'enquit-il avec l'accent étudié d'un homme de la même classe que Dan, êtes-vous dans le besoin ?

— Je suis au désespoir, monsieur, dit Dan en sortant sa carte. Je vous en prie, présentez-vous à ma résidence au matin, et vous serez dédommagé de votre perte. » Il retira l'argent plié du portefeuille de l'homme et le considéra. « Combien avez-vous là ?

— Quatre-vingt-un dollars, monsieur. Le bénéfice entier d'un mois de démarchages.

— Présentez-vous demain matin à mon homme de confiance, Mr. Fielding. Montrez-lui cette carte, et dites-lui que son maître le prie de vous remettre cent dollars. »

Les yeux du jeune homme s'écarquillèrent lorsqu'il les posa sur la carte. « Mr. Grace ! s'exclama-t-il d'une voix aiguë.

— Lui-même. » Et là-dessus il s'éloigna à grands pas dans le terminus. Un nègre colossal vendait le *Journal,* qu'il acheta et coinça sous son bras à la manière des autres voyageurs de basse classe. Son manteau boutonné, il se fondit dans la cohue des hommes ordinaires, pour peu que passât encore inaperçu le cuir éventré des mules d'intérieur qu'il avait aux pieds.

Il acheta un ticket pour deux pence et, au coude à coude avec les gens du commun, monta à bord du bateau. Il se retrouva dans un long compartiment sordide éclairé de lanternes à pétrole vacillantes. Au-dessus, dans le salon, il y avait un orchestre et, il le savait, des poêles chaleureux, du café, des sandwiches. Ici, à l'étage inférieur, il n'y avait rien que le vent, les embruns, et la puanteur des mules et des hommes.

Le ferry mit en branle ses turbines, exhala un gros

jet de vapeur en même temps que son dernier coup de sirène, puis tressaillit quand son hélice moulina l'eau avant de quitter le quai pour se glisser dans les eaux rapides de la North River. Dan gagna l'arrière de la foule et se tint debout face à la grande cité qu'il abandonnait. Devant lui se déployait l'immensité des immeubles, familière le jour, mais en cet instant enveloppée de ténèbres. Il était neuf heures du soir par une nuit d'octobre, et la vapeur du ferry montait devant la lueur de milliers de fenêtres éclairées au gaz. La ville semblait infinie et infiniment mystérieuse : machinerie gaiement illuminée parcourue d'attelages et de diligences qui paraissaient longer paresseusement les rues. Leur manège et leur grondement véritables étaient atténués par la distance qui rapidement se creusait. Tel un pont destiné aux anges, la Voie lactée flottait au-dessus de l'ensemble, et à l'extrême orient, un croissant de lune rougissait.

Le cœur douloureux, Dan se détourna. Il abandonnait non seulement sa place dans ce vaste monde, mais aussi l'intimité de sa demeure et la chaleur du foyer. Il se languissait déjà d'entendre la voix d'Albert l'appeler : « Père, père ! », et de voir sa fille sauter sur ses genoux, le visage baigné de joie. Et Mrs. Grace, comment supporterait-elle l'épreuve, privée du réconfort de ses bras ? Et lui-même, comme il la pleurerait, son Eleonora.

La perspective de ne plus jamais les revoir et de ne plus jamais être heureux avec eux était abominable. Prior méritait qu'on le pendît. Il s'enfonça dans la foule, silhouette morose perdue dans la masse.

Un autre ferry se profila sur l'encre nocturne de la rivière puis les dépassa à vive allure, ses cheminées tapissant le ciel d'étincelles. Quelque part, des matelots crièrent, et il aperçut le pâle contour de voiles et la faible lueur d'une lanterne de poupe. Comme ils atteignaient le milieu de la rivière, lui-même atteignit la proue où il se mit en position de débarquer rapidement. Il ne pensait pas que la police l'eût déjà devancé, mais il ne fallait pas négliger ce télégraphe de malheur, capable de propager des nouvelles par-delà fleuves et continents aussi vite que l'opérateur pouvait taper sur son clavier.

Tout soudain, le ferry lança un coup de sirène et inversa ses hélices. Le bateau entier tressaillit et sa cargaison de troisième classe oscilla en gémissant. Dan aussi fut pris de fayeur : il ne se passait pas de semaine, semblait-il, sans qu'on lût dans les journaux le récit d'un accident dans ces eaux, explosion d'une chaudière, collision, qui parfois les précipitait tous dans le courant impitoyable et rebelle de la marée d'estuaire.

Mais ce soir, il ne devait pas y avoir de collision car bien avant de représenter un quelconque danger, la masse formidable d'un paquebot transatlantique estompa les lueurs de la côte de Jersey. Dan vit alors un immense océan de hublots, tous éclairés, avec derrière l'aperçu d'une vie scintillante, l'éclat chatoyant des soies, le frémissement sombre des habits du soir. Et au-dessus de l'éventail de la poupe, le point rouge du cigare d'un gentleman solitaire qui montait et qui descendait.

Le ferry avait déjà tourné, déplacé sa masse pour poursuivre sa course dans le sillage puissant et phosphorescent du Léviathan en partance.

Dan avait embarqué maintes fois sur un départ de nuit, à bord du *Berengaria* ou du *Flying Cloud,* où il avait dansé avec Mrs. Grace jusqu'aux premières heures de l'aube tandis que le navire fendait les eaux noires de l'Atlantique.

Le débarcadère du ferry commençait à surgir comme d'un nuage, et Dan s'avisa qu'un brouillard léger voilait le rivage de Jersey. Il resta en observation jusqu'à ce que le ferry pénétrât dans un appontement éclairé de torches. Puis le portillon se souleva et il mit pied à terre avec ses compagnons dans la gare proprement dite de la Pennsy.

Il vit immédiatement qu'un Vestibule direct partait à minuit et quart, destination Chicago via Baltimore et Washington. Ce n'était pas un express ultra-rapide comme les trains du matin, mais il faisait le trajet en trente heures, ce qui était préférable aux quarante heures d'un train régulier.

Par ailleurs, les Vestibule étaient tous des trains-couchettes, et Dan ne se voyait pas passer une nuit et un jour dans une voiture assise, à tuer le cours misérable des heures en faisant la conversation à des voyageurs de commerce. En remontant la longue rampe d'accès à la gare, il chercha des yeux des policiers. Il n'en vit aucun, mais repéra un premier lambin, puis un autre, et se demanda s'il s'agissait de policiers en civil. Mais ils semblaient indifférents au passage de la foule qui se dirigeait non pas vers le départ des grandes lignes, mais vers les wagons à chevaux de la ligne des chemins de fer de Jersey, et les tramways de la Hackensack qui partaient des ailes de l'immense terminus.

Redoutant qu'une main ne vînt d'un moment à l'autre s'abattre sur son épaule, il s'approcha de la rangée de guichets. Derrière le premier se tenait un jeune homme aux cheveux luisants d'huile de Macassar et à la moustache cirée. Bien vulgaire, ce garçon.

« Bonsoir, monsieur, lui dit-il sur un ton affable.

— Chicago, je vous prie.

— Direct ou régulier ?

— Direct.

— Bien, monsieur. »

Dan lui tendit vingt-six dollars, qu'il compta avec le mélange de nonchalance étudiée et de soin qui identifiait un membre de sa classe aux yeux d'un homme tel que celui qui se tenait derrière la fenêtre grillagée. « Merci, monsieur. Je vous ai placé derrière le salon. » La voiture « correcte », où avaient leur place les voyageurs d'excellence, des gentlemen qui entendaient deviser autour de la table de whist en sirotant les boissons que la compagnie de chemins de fer espérait vendre au cours du long trajet. Juste devant « leur » voiture serait située la voiture-restaurant, ce qui signifiait qu'ils n'auraient jamais à traverser plus d'un vestibule pour aller soit dîner, soit se divertir entre eux.

Son billet en poche, il avait désormais accès aux salons de première classe de la gare. Il s'y introduisit rapidement avec le sentiment qu'il y serait à l'abri de la police. Les chemins de fer n'aimaient guère plus voir des argousins déambuler en de tels lieux que les hôtels de luxe ne souhaitaient leur présence dans le hall de leurs établissements. Dan frissonna au souvenir de celui qui était entré chez lui avec son mandat souillé, et avait tenté de faire feu sur lui. Quel policier normal aurait osé faire une chose pareille ?

Prior l'avait-il — qui sait ? — soudoyé ? Car dans un procès, Prior lui-même risquerait fort d'être inquiété. Si Dan parvenait à produire les documents adéquats, Prior pourrait se trouver dans l'impossibilité d'éviter les assises. Il se pourrait *même* que Dan fût déclaré innocent, mais il en doutait. Il était convaincu qu'un jury le jugerait coupable d'avoir extorqué les fonds... ainsi que Prior, pour avoir commis une fraude manifeste.

Il passa au restaurant. Dès qu'il aperçut les nappes blanches et les lustres scintillants, il éprouva toute la fatigue et la faim d'un homme traqué, et la pièce entière parut vaciller. Il dut se retenir au comptoir du chef de rang.

« Monsieur ?

— Excusez-moi. » Il se ressaisit, déboutonna son manteau et s'en défit avec ostentation comme s'il s'agissait d'un manteau d'opéra. Des mains reçurent le vêtement dans son dos, et il pivota sur lui-même pour confier aussi son chapeau au garçon. Il s'avança dans la salle, saluant de la tête d'autres gentlemen attablés çà et là dans le restaurant presque vide.

Il restait encore deux heures avant le départ du train, aussi commanda-t-il le menu complet, et fit-il honneur à chacun des plats : revigorante soupe de queue de bœuf, quelques salades plus très fraîches, un joli morceau d'alose, une excellente selle de bœuf, et un vin plutôt vert, simplement qualifié sur la carte de « vin de France ».

Il mangea lentement, cherchant en lui le courage de télégraphier à Mrs. Grace qui devait être folle d'inquiétude, et tâchant de déterminer s'il était ou non un lâche. Prendre la fuite était-il légitime pour un gentleman ? N'aurait-il point dû camper sur son honneur et défier ce butor dans son vestibule ? Mais las, comment aurait-il défié Voorhis et ses laquais, et que faire si Prior avait entraîné le commissaire de police dans l'une de ses escroqueries, l'obligeant ainsi, au mépris de toute justice, à poursuivre Dan ?

C'étaient des temps bien sombres pour de vrais gentlemen, des temps bien sombres. Voyez New York, ce palais de Mammon, grouillant d'hommes rendus fous par le dollar. Voyez ce journal, par exemple, grossier torchon truffé de rotogravures et de dessins criards. Et que dire de l'*Evening Post,* le seul que l'on pût vraiment lire et apprécier ? Comparé au *Journal* ou au *Press,* il rentrait difficilement dans ses frais.

C'étaient des temps insensés pour tous : des noms de vieilles familles s'effondraient du jour au lendemain, le clinquant et la pacotille envahissaient tout, se hissaient aux meilleures places, lançaient leurs propositions misérables du haut des parapets de la nation. Si la Cause Perdue avait triomphé, la situation eût été plus saine, à coup sûr, et les États auraient davantage ressemblé aux petites nations que les pères fondateurs avaient en tête plutôt qu'à une masse déboussolée vassale de Washington, avec ses lubies, ses escrocs, ses brigands déguisés en hommes d'État. Au lieu de quoi, les gentlemen du Sud avaient perdu tous leurs biens, et s'étaient dispersés dans l'Ouest armés de leurs seules distinctions sociales. Combien de tricheurs professionnels d'aujourd'hui n'avaient-ils pas entamé leur carrière dans les salons de Savannah et de Richmond ? Ces pauvres hères roulaient désormais leur bosse, avec au fond de leur balluchon leurs bottes Faro éculées, vêtus de redingotes démodées dont la soie d'antan fanait avec le temps.

Comme lui-même, homme d'honneur poussé au déshonneur, se fanait aussi. Il se cramponnait dans un océan sombre aux derniers vestiges de sa splendeur, et bientôt, pressentait-il, il les verrait sombrer. Il mangea sa selle de bœuf à l'aide des lourds couverts en argent frappés de l'écusson de la Pennsylvania Railroad, sous la lumière étoilée du lustre, dans le murmure familier d'autres gentlemen en train de dîner.

Il songea qu'il pouvait lui télégraphier seulement quelques mots. Trois, décida-t-il : « Je vais bien. » Oui, le bureau du télégraphiste était ouvert ici toute la nuit. Il pouvait faire câbler la dépêche en exprès, pour une remise à l'aube. Mais la police ne pouvait-elle facilement surveiller les télégraphes ? Ils sauraient, dans ce cas, qu'il avait pris le Vestibule de nuit, d'où ils déduiraient sans peine sa destination.

Il termina sa viande et constata qu'il ne pourrait avaler ni fromage ni dessert, aussi se leva-t-il de table. Son habit du soir demeurait approprié à la circonstance, et il conserva les effets du cocher repliés sur son bras. Il n'avait ni valise ni malle. Mais qui s'en douterait ? Il les aurait déjà fait enregistrer dans son wagon-lit, naturellement.

Il était vingt-trois heures trente à présent, et l'agitation régnait dans la gare. Là-bas, sur la voie principale, le Vestibule de nuit soufflait et sifflait tandis que sa vapeur s'élevait. Dan gagna le bureau du télégraphiste, rédigea sa dépêche et la remit au comptoir accompagnée de un dollar. L'homme ne leva même pas les yeux sur lui, tant était haute la pile de messages accumulés devant lui. Le sien se retrouva piqué comme les autres, ses quinze cents de monnaie changèrent de mains, et l'homme retourna à son clavier.

Voilà qui était fait. Il pouvait maintenant monter à bord. Il sortit dans le corridor, dépassa le salon des dames, dont les rideaux étaient tirés à cette heure tardive, descendit les escaliers et arriva sur le quai. Comptant les voitures, il le remonta jusqu'à la tête du train, sachant que la sienne se situerait tout près de la locomotive, là où la fumée montait le plus haut.

Les voitures étaient vert sombre avec un liseré doré, les couleurs de la Pennsy. La voiture-salon se distinguait par la lueur chaleureuse de ses multiples lampes à abat-jour vert. Il grimpa à bord où il fut accueilli par le portier : « Bonsoir, monsieur. » Celui-ci prit son billet et le conduisit à sa place dans le wagon immédiatement derrière. « Vos bagages vous suivent-ils, monsieur ?

— Dans un moment », répondit-il en tendant une pièce de cinq cents.

L'homme le remercia d'une courbette, et se chargea

de son manteau et de son chapeau misérables. Cet habit serait parfait pour le salon, cette nuit, mais que ferait-il au matin ? Il n'y avait pas de tailleur dans les trains.

Le train roulait à quarante miles à l'heure en claquant furieusement sur les rails lorsque Dan nota un soudain ralentissement. « Que se passe-t-il », dit-il par-dessus ses cartes, qui n'étaient pas très bonnes. Toute la nuit, il avait eu de bonnes mains, mais subitement, le jeu donnait l'impression de s'être retourné contre lui.

« Aucune idée », murmura Edward Parkhurst, avec qui il jouait à une variante à deux joueurs.

Le train continuait à ralentir. Voilà qu'ils avançaient au pas à présent, et il entendit bientôt des aiguillages. Mais où pouvait-il y avoir des aiguillages ? Ils se trouvaient sur la ligne principale, à mi-chemin entre New York et Baltimore. Il n'y avait aucun aiguillage et aucun train arrivant en sens inverse à cette heure, alors qu'est-ce qui pouvait pousser un train express à se ranger sur une voie de garage ? Il n'osait s'en enquérir, de crainte d'attirer l'attention sur sa déconfiture.

Mr. Parkhurst leva les yeux, puis tira sa montre à gousset. « Deux minutes, c'est bien votre avis, monsieur ?

— Au moins.

— Mmm... alors nous arriverons en retard. Voilà qui ne fait guère honneur à la Pennsy, dois-je dire.

— Steward, appela Dan, y a-t-il un problème ?

— Monsieur, c'est un train spécial qui arrive de New York. »

Lentement, la bouche de Dan s'assécha. Un train spécial ! De quoi pouvait-il s'agir ? Le Président ne se trouvait pas à New York, aucun chef d'État n'était en visite aux États-Unis, il n'y avait aucune raison pour qu'un express s'arrêtât pour laisser passer un train spécial.

Et que dire de sa vitesse ? Pour les rattraper ainsi, cet engin avait dû foncer à une allure de cinquante miles ou plus. Aucune raison ordinaire ne justifiait qu'on lançât un train spécial, mais une raison extraordinaire, certainement, comme par exemple un voleur en fuite, et la disparition de soixante mille dollars en coupures dorées.

Une lanterne passa en dansant en contrebas — un cheminot s'en allant signaler leur présence arrêtée sur la voie. « Bien, bien, voilà qui n'est pas banal, dit Parkhurst. Cinq minutes. Nous serons *très* en retard.

— Quel genre de train spécial ? » s'entendit demander Dan.

Le steward arrivait. Ses dents brillèrent dans son sourire embarrassé. « Monsieur, je crains fort que ce ne soit un train spécial de la police. »

Parkhurst s'exclama : « Je n'ai jamais entendu une chose pareille. Quelle affaire singulière !

— Une fortune a été dérobée à New York », indiqua une autre voix. Dans la voiture-salon, les petits groupes isolés de joueurs de cartes formaient à présent un groupe plus uni à mesure que les passagers commentaient leur mésaventure commune. « Je l'ai entendu dire dans la rue. On raconte que la Knick risque d'être prise d'assaut au matin. »

La voix d'un autre homme s'éleva. « Grace ! Vous êtes à la Knickerbocker. Qu'y a-t-il de vrai dans tout cela ? »

Dan était absolument atterré. Comment pouvait-on le connaître jusqu'ici ? Ce parfait inconnu savait son nom et l'avait identifié physiquement. Mais pardi, supposa Dan, il était un homme en vue. Cette idée l'occupait rarement. « Pas la moindre vérité dans tout cela », dit-il.

Un silence général s'abattit. À l'évidence, aucun des hommes présents ne le croyait. Ils se précipiteraient à la banque au matin, à coup sûr.

« Pas la moindre vérité, renchérit Parkhurst. Mr. Grace ne jouerait pas paisiblement aux cartes avec moi si le contraire était vrai. » Il souleva les sourcils en direction de Dan. « Poursuivons-nous, monsieur ?

— Mais certainement. » Pourtant, des idées de fuite enfiévraient désormais son esprit. Le train spécial arrivait ! On le traînerait hors d'ici comme un vulgaire aigrefin, il souffrirait l'agonie de l'humiliation publique. On n'avait pas hésité à faire feu sur lui, faire *feu* sur lui ! Seigneur Dieu, il était la victime d'un empire de voleurs. Et pis, jamais il ne serait en mesure de donner ses instructions à Mrs. Grace pour disposer de l'argent. Elle et les enfants sombreraient dans la misère et le besoin. Son fils deviendrait un vaurien des rues, sa fille une misérable fille de joie, l'un de ces pauvres lis souillés qu'on trouvait au Scotch Annie's dans Bleecker Street.

Les cartes défilaient dans un brouillard aveugle. Le whist était un jeu de stratégie et de ruse, mais Dan ne parvenait pas à concentrer son esprit. Mr. Parkhurst l'emportait facilement.

Il était à l'agonie. Que faire ? Où aller ? Il entendait déjà le hululement lointain d'un sifflet. Il s'en faudrait de bien peu avant que le train spécial ne fût là, quelques minutes à peine. Il songea à s'enfermer dans les toilettes et à se faire sauter la cervelle avec le Derringer. C'était au fond la seule issue : où était donc passé son courage ? Quand son honneur était perdu, un gentleman faisait la dernière chose qui s'imposait. Frappé d'indignité, un gentleman tirait sa révérence.

Dan ne pouvait imaginer une terre continuant à tourner autour du soleil, à offrir la douceur et les bienfaits de la vie, sans qu'il fût lui-même convié à sa table. Mais les hommes meurent, ils meurent comme du bétail — et lui ne faisait pas exception. L'ennui était qu'il ne s'y était pas préparé. Il n'avait pas voulu envisager les conséquences de son acte quand il avait pris le sac. Or, il y avait toujours des conséquences.

« Mr. Grace ?

— Monsieur ? » Il n'avait pas joué. « Oh, je vous demande pardon. » Il posa une carte, qu'il vit coupée avec empressement. Il adressa à Mr. Parkhurst ce qu'il espéra être un sourire plein d'aménité. « Il est trois heures passées, déclara-t-il en abaissant ses cartes. Je crois que je vais me retirer.

— Mais nous n'avons pas terminé, monsieur.

— Pour ma part, si. Je dois me rendre à l'appel de Morphée, veuillez m'excuser. » Il se leva, pivota et se dirigea comme un aveugle vers son compartiment. Lorsqu'il passa dans le vestibule du wagon, il entendit clairement le train spécial, un rugissement qui déchirait la nuit. Cela ressemblait à la voix d'un taureau furieux lancé à leurs trousses, ou à quelque monstre affamé dans l'obscurité. Alors, la lanterne de tête apparut sur la voie, dansant et oscillant, œil cruel entre deux rangées d'arbres dans la forêt. La cheminée crachait des flammes et les chaudières déversaient des étincelles sur la voie. Paralysé par cette apparition, par cette chose semblable à un démon incarné, Dan se retrouva pétrifié tel un homme qu'il faut porter au gibet.

Puis s'éleva un crissement de freins suraigu, suivi du mugissement de la vapeur relâchée. Le train spécial ralentissait ; il s'arrêtait. La question ne se posait plus désormais — c'était exactement ce qu'ils avaient dit. C'était pour lui.

Jamais il ne pourrait avertir Mrs. Grace. Dieu seul savait ce qu'elle ferait de la sacoche en cuir. Elle pourrait même ne jamais songer à regarder dans cette pauvre chose. Plus haut sur la voie, il n'y avait rien, pas même un signal lumineux. Dan connaissait cette portion de chemin de fer — un passage désertique au milieu de la nature sauvage de l'ouest du New Jersey.

Le train spécial s'arrêta sur la voie principale, parallèlement à l'express rangé sur le bas-côté. Il s'arrêta, vomissant de la vapeur, sa chaudière craquant sous l'effet de la chaleur, sa cheminée toujours rugissante alors même qu'on apercevait le chauffeur muni de son éteignoir, devant le foyer rougeoyant qui couvrait d'une lueur jaune son visage en sueur et ses yeux flamboyants. Dan se recula, horrifié par le soudain silence de la machine, par l'ignoble prémonition qu'il signifiait. Un unique wagon, noir, aux vitres obscures, le composait, qui lui rappela le train de deuil de Lincoln qu'il avait vu passer dans sa jeunesse.

Sans une pensée de plus, il franchit la portière de la voiture, et sauta au sol, du côté opposé à la voie. À présent, l'express le séparait du monstre. Il prit dans sa main son dérisoire petit pistolet, pivota sur lui-même et s'enfonça à l'aveuglette dans la forêt sombre.

Dix enjambées suffirent pour l'arracher au XIXe siècle et le plonger dans le monde primitif. Tout autour de lui se dressaient d'énormes arbres, dont les troncs s'élevaient démesurément haut jusque dans l'inconnu. Des choses se froissaient, s'agitaient, sifflaient; le sol de la forêt soupirait comme si de secrètes batailles s'ourdissaient dans son humus fangeux. Il avançait en trébuchant, agitant les bras tel un vain sémaphore, cherchant une direction, un sens à ce qui n'était à la vérité que la fuite éperdue d'un désespéré.

Des branches déchiraient ses vêtements avec la

fureur de doigts squelettiques, lacérant la soie délicate comme autant d'impalpables dentelles, le laissant écorché, meurtri, nu dans ses loques. Pourtant, il continuait, fuyant obstinément la lumière du train, se sauvant plus loin, toujours plus loin, jusqu'à ce qu'il ne vît plus rien ni n'entendît plus rien que la vie de la forêt elle-même.

Il était à demi nu à présent, chaussé de simples lanières de cuir encore maintenues par quelques boutons irréductibles, n'ayant plus sur le dos que son pantalon pour faire de lui un homme, pour ne rien dire d'un gentleman. Tandis qu'il courait, des ronces déchiraient sa tonsure raffinée, arrachaient des bribes de ses grands favoris. Il dévala un ravin, enjamba un ruisseau pris par le gel. Il hoquetait, tombait, se relevait, fonçait tête baissée dans un tronc, puis dans un autre, titubait, se redressait et repartait — jusqu'à ce que soudain, il débouchât à l'air libre.

Il avait débouché de la forêt, courant toujours, incapable de comprendre exactement ce qui s'était passé, ses bras tournoyant comme des ailes de moulin... lorsqu'il heurta un objet dur qui le fit tomber lourdement sur ce qu'il identifia immédiatement comme le ballast et les traverses de la voie.

Il se redressa sur les genoux, torturé par ses blessures, son œil se fermant rapidement après son choc contre le rail. Et il aperçut des lumières, une locomotive rougeoyante, deux ou trois lanternes. « Arrêtez, cria une voix. Arrêtez là-bas ! »

Il avait tourné en rond, il avait décrit un cercle complet pour revenir à moins de cinquante pieds de l'endroit d'où il était parti. Il poussa un grognement, invoqua le nom de son Dieu. Voilà qu'ils arrivaient au long de la voie, lanternes oscillantes, voix stridentes : « Arrêtez, arrêtez, qui va là ! »

Il les vit, fantômes avides qui se ruaient sur lui avec leurs assignations et leurs fers, et il sentit aussi le pistolet dans sa main. Il avait sali le nom de son père, déshonoré sa famille. Les deux canons chatouillèrent sa tempe grise. Il ajusta bien son doigt pour être certain de presser les deux petites détentes à la fois.

Il n'y eut aucun bruit, aucun éclair de feu, pas le moindre drame sinon la conscience de l'acier d'un rail s'étirant soudain devant lui, et ce qu'il restait de son cerveau ne suffit même plus à lui dire que le choc de la détonation l'avait fait basculer sur le flanc.

« Il a tiré ! Il s'est tué !

— Je le vois bien, George ! »

Dan Grace n'entendit rien que le doux reflux de la mémoire, tandis qu'autour de lui le monde sombrait dans une lumière étrange qui ressemblait à la face brillante de Dieu, mais qui n'était aux yeux des vivants que la vieille lanterne faiblarde d'un cheminot.

« Qu'est-ce que c'est que ce pauvre diable ? s'écria le dénommé George.

— Il est tout nu, ses vêtements... » Ils se regardèrent, deux vieux aiguilleurs aux yeux écarquillés de stupeur face à l'apparition soudaine de la mort. Lentement, ils levèrent les yeux, scrutèrent la masse énorme de la nuit.

D'où pouvait-il venir ? Qui diable pouvait-il être ? Ils étaient totalement perplexes. Il n'y avait pas une maison alentour, rien de part et d'autre de cette vieille voie désaffectée. Qu'il ait pu arriver jusque-là depuis la voie principale était impossible, complètement impossible. La voie se trouvait bien à trois miles de là, en direction de l'est, de l'autre côté d'une vaste et impraticable forêt.

Traduit par Nadine Gassie.

TABLE

Composition réalisée par EURONUMÉRIQUE

IMPRIMÉ EN ALLEMAGNE PAR ELSNERDRUCK
BERLIN
Dépôt légal Édit. : 37868-09/2003
Librairie Générale Française - 43, quai de Grenelle - 75015 Paris.
ISBN : 2-253-17303-7 31/7303/6